Collection dirigée par
Henriette Joël et Isabelle Laffont

OUVRAGES
DE LOUISE ERDRICH

chez le même éditeur :

L'AMOUR SORCIER
LA BRANCHE CASSÉE
LA FORÊT SUSPENDUE

MICHAEL DORRIS / LOUISE ERDRICH

LA COURONNE PERDUE

roman

traduit de l'américain par Dora Pastré

ROBERT LAFFONT

Titre original : THE CROWN OF COLUMBUS

ISBN 2-221-07213-8
(édition originale :
ISBN 0-06-016079-9 Harpers-Collins Publishers, New York)

Pour notre bouquet de Violettes

REMERCIEMENTS

Nous sommes reconnaissants aux bibliothécaires de recherches et d'inter-échanges de Dartmouth College pour leurs idées et leur assistance, et tout particulièrement à Charles Rembar – ami, écrivain de talent et critique sévère – dont les excellents conseils et le vigoureux enthousiasme ont permis à ce livre de traverser toutes les tempêtes.

... Christophe Colomb présenta le Journal de bord à la reine Isabelle. Elle le fit recopier sans délai à l'intention de l'amiral... L'original olographe est introuvable depuis la mort de la reine Isabelle en 1504; on suppose qu'il est demeuré en sa possession jusqu'à cette date. Il n'est pas impossible de le découvrir un jour, dans quelque lieu.

The Log of Christopher Columbus
Robert H. Fuson

Ce qui me navre plus que tout, c'est la confiscation de mes papiers, dont je n'ai jamais retrouvé aucun; et ceux qui m'auraient le plus servi à prouver mon innocence sont précisément ceux qu'il a le plus sûrement écartés. Voyez quel inquisiteur honnête et juste il est! Mais quoi qu'il ait fait, on me dit qu'il a dorénavant dit adieu à la justice et qu'il est simplement devenu un despote. Notre Seigneur garde Sa puissance et Sa sagesse à jamais; et, surtout, Il punit l'injustice et l'ingratitude.

Lettre de l'Amiral
à (l'ancienne) nourrice du prince Jean
Lettres choisies de Christophe Colomb

QUATRE DÉCOUVERTES

1

1

24 décembre 1990
Eleuthera, les Bahamas

Dans la douceur mordorée d'un après-midi antillais, la mer déposa une merveille. Valérie Clock, la fille des îles qui la découvrit, était une bonne à rien notoire, qui lézardait, au lieu de ratisser la plage comme l'en avait chargée sa mère. Bientôt, les choses changeraient du tout au tout.

Cet après-midi là, Valérie faisait ce à quoi elle était le plus apte. Rien. Le soleil de 5 heures était si tiède, si haut – pourquoi ne pas attendre, avant de prendre le râteau, que la marée ait achevé de tout pousser ? Là-bas au loin, elle voyait un petit point, jaune, quelque détritus qu'il lui faudrait haler.

De longs rouleaux turquoise avançaient lourdement. Valérie avait tout son temps, pourvu que le vent restât assez fort pour juguler les puces de mer. Elle se gratta la cheville, attrapa avec l'orteil un morceau de caoutchouc – une tong émergea doucement, abandonnée par quelque pied, en Floride peut-être ou Dieu sait où. Valérie l'essaya. Elle lui allait à peu près.

Le point jaune était maintenant plus gros. En fait, il ressemblait à ces radeaux que les pêcheurs mouillent au-delà du récif pour transporter leur butin. Sa taille piqua vaguement la curiosité de Valérie ; elle se leva pour ratisser, le temps qu'il fût assez près pour être atteint à gué. C'était bien un radeau ; elle jeta son râteau sur la plage et avança dans le ressac, de l'eau jusqu'à la taille. Attirant à elle les fargues incurvées, elle se haussa sur la pointe des pieds pour regarder par-dessus bord et resta pétrifiée. Elle était circonspecte, s'attendant à ce que sa prise fût à moitié pourrie, mais ce qu'elle avait devant les yeux était si surprenant qu'elle fut d'abord incapable de comprendre ce qu'elle voyait. C'est de ce jour qu'on l'appela « la fille de Pharaon ».

Valérie regardait hébétée, elle ne pouvait pas arracher son regard du fond du bateau. Avançant une main, elle toucha le bébé, mais le petit enfant aux joues roses dormait, bercé par le mouvement et le sifflement des vagues.

2

11 octobre 1492
Samana Cay, les Bahamas

L'Amiral débarqua de la chaloupe armée avec Martin Alonso Pinzon et son frère Vincente Yañez, qui était capitaine de la *Niña*. L'Amiral déploya la bannière royale et les deux pavillons des capitaines avec la croix verte entre un F et un I, chacun surmonté d'une couronne, que l'Amiral arborait sur tous les bateaux. Une fois à terre, ils virent des arbres très verts, des étangs en grand nombre et des fruits variés. S'adressant aux deux capitaines et à ceux qui venaient de sauter à terre ainsi qu'à Rodrigo Descobedo, l'*escrivano* de toute la flotte, et à Rodrigo Sanchez de Segovia, l'Amiral déclara qu'il allait, ils en étaient témoins, prendre possession, ce qu'il fit, en leur présence à tous, de l'île en question pour le compte du roi et de la reine, ses seigneurs; il fit les déclarations prescrites, qui sont plus détaillées dans les attestations rédigées sur place par écrit. Les habitants de l'île ne tardèrent pas à s'attrouper. Ce qui suit, ce sont les propres mots de l'Amiral, consignés dans son livre sur son premier voyage et la découverte de ces Indes.

Afin, dit-il, *qu'ils se montrassent amicaux à notre égard – parce que je compris que, pour libérer ces gens [de l'erreur] et les convertir à notre Sainte Foi, l'amour serait plus efficace que la force – je donnai à certains des bonnets rouges, et des perles de verre qu'ils se mirent sur la poitrine, ainsi que beaucoup d'autres choses de petite valeur, qui leur firent tant de plaisir et nous assurèrent tant et si bien leur amitié que c'en était merveille. Plus tard, ils vinrent à la nage jusqu'aux chaloupes où nous nous trouvions, nous apportant des perroquets et des pelotes de fil de coton et des javelots et beaucoup d'autres choses, et ils nous les échangèrent contre d'autres objets que nous leur donnâmes, comme de petites perles de verre ou des grelots. En somme, ils prirent tout et donnèrent volontiers de ce qu'ils possédaient. Mais il me parut que c'était un peuple très pauvre en tout. Ils allaient aussi nus que dans le ventre de leurs mères; et les femmes aussi, bien que je ne visse qu'une toute jeune fille. Et tous ceux que je vis étaient jeunes, car aucun de ceux que je vis ne dépassait trente ans. Ils sont très bien formés, avec de beaux corps et des visages agréables. Leurs cheveux* [sont] *grossiers – presque comme la queue d'un cheval – et courts. Ils portent les cheveux au ras des sourcils, mais derrière ils les portent longs et ne les coupent jamais. Certains se peignent en noir, et ils ont la peau de la couleur de celle des Canariens, ni noire ni blanche; certains se peignent en blanc, et certains en rouge, et certains avec ce qu'ils trouvent. Et certains se peignent le visage, et certains tout le corps, et certains seulement les yeux, et certains seulement le nez. Ils ne portent pas d'armes et ne les connaissent pas, car je leur ai montré des épées et ils les ont prises par le tranchant et se sont coupés par ignorance. Ils n'ont pas de fer. Leurs javelots sont des flèches sans fer et certains sont terminés par une dent de poisson ou d'autre chose. Ils sont tous de bonne taille et se tiennent bien droits. J'en vis certains qui avaient des marques de blessures sur le corps et je leur demandai par signes ce que c'était; et ils me montrèrent comment les habitants des îles voisines venaient ici pour essayer de se saisir d'eux, et comment ils se défendaient; et je crus alors et crois toujours qu'ils viennent de la* tierra firme *pour les emmener en captivité. Ils devraient être de bons et intelligents serviteurs, car je vois qu'ils répètent très vite tout ce qu'on leur dit; et je pense qu'ils deviendraient facilement des Chrétiens, car ils m'ont paru n'avoir aucune religion. S'il plaît à Notre Seigneur, au moment de partir, j'en emmènerai six à Vos Majestés afin qu'ils apprennent à parler.*

Journal du premier voyage en Amérique de Christophe Colomb, 1492-1493, résumé par Bartolomé de Las Casas

3

25 décembre 1990
Eleuthera, les Bahamas

Les professeurs Hilda et Racine Seelbinder se levèrent de bon matin pour aller, sans grand espoir, explorer la plage de la côte atlantique de l'île. Afin de chasser leurs sombres pensées, ils emplissaient leurs poches de petits mollusques cannelés. Racine se pencha vers le sable et exhiba à l'intention de sa femme un coquillage poli. Elle le lui prit des mains, le retourna, puis le laissa tomber. En tant que professeur de géographie, elle régnait sur les épaves. Racine, médiéviste de vocation, s'enthousiasmait sans discernement. C'était à Hilda d'éviter les excédents de bagages, de décider ce qui était assez insolite pour mériter d'être rapporté aux enfants. Elle rejeta successivement la coquille de buccin endommagée, l'étoile de mer à quatre branches qu'il lui offrit, et, avec un mépris teinté d'exaspération, un seau d'enfant orange recouvert d'une croûte de goudron. Quelque peu vexé, Racine s'éloigna, bien décidé à ne plus rien ramasser qu'elle pût refuser ou dédaigner.

Et ils continuèrent à scruter l'océan. Là-bas, au loin, infatigable, le garçon qui n'avait pas dormi de la nuit faisait de même en se dirigeant vers eux.

S'étant promis, quelle que fût sa découverte, de ne pas pousser de cri, Racine n'émit aucun bruit quand il repéra la forme. Attiré par ce qu'à première vue il espérait être un petit arbre déraciné, apporté par les vagues, il pressa toutefois le pas jusqu'à pratiquement courir. Mais à mesure qu'il approchait, l'arbre prenait forme humaine. Dans l'ombre oblique du soleil, à chaque soulèvement de la mer, le torse respirait, et les bras, pareils à des branches, se levaient mollement pour retomber. La tête s'enfonçait sous l'écume, tandis que le courant sous-marin menaçait de reprendre le tout. Il fallut que Racine arrivât pratiquement dessus, l'eau lui battant les chevilles, pour admettre qu'il s'agissait d'un corps d'homme, nu dans les remous de la marée.

L'instant suivant, Hilda était derrière son mari.

– Alors, c'est vrai.

Ça ne faisait pour elle aucun doute.

Il fit un pas de côté et recula, tandis qu'avec une minutie de myope Hilda s'accroupissait pour mieux voir.

Après le soulagement, puis le choc qui s'ensuivirent, il fut pris de remords et s'agenouilla à côté d'elle.

– Mais c'est un vieillard, dit-elle tout haut.

Même à ses propres oreilles, sa constatation lui parut stupide, aussi essaya-t-elle de se rattraper en faisant une chose plus stupide encore si elle n'avait été couronnée de succès. Armée de ses connaissances de secouriste, Hilda contrôla à l'aide de deux doigts les pulsations de la carotide et fut étonnée de percevoir un lent cognement. Deuxième urgence : la réanimation. Le cerveau dispose de quatre minutes décisives. D'une secousse qui fit sursauter Racine, Hilda tira l'homme à elle et essaya de lui desserrer les dents. N'y parvenant pas, elle hésita, puis se rappela la variation bouche à nez. Inutile. Les paupières battirent, puis les yeux s'ouvrirent, des yeux d'un bleu noyé, si délavé que la mer matutinale semblait s'y être engloutie. Ils ne regardaient nulle part, mais leur violente intensité indiquait que l'homme était conscient.

De concert, Hilda et Racine le traînèrent sur le sable sec. De la distance où il se trouvait, le garçon vit et se mit à courir.

Le corps du vieillard était long, décharné et blême. Il avait les cheveux blancs, collés à la tête, ce qui, pour Racine, évoquait ces bustes de sénateurs romains aux immenses yeux de marbre.

Finalement, les membres aussi raides que si le froid de l'océan lui avait atrocement étiré les muscles, l'homme fixa son regard sur le visage de Racine. Racine était subjugué par ce regard. Yeux interrogateurs, à la manière d'un bébé, muets et étonnés à la fois, qui incitèrent Racine à expliquer qui il était.

– Racine, murmura-t-il.

Le visage de l'homme devint alors effrayant. Il s'empourpra avec une telle rapidité qu'il parut devenir noir. Les yeux se mirent à briller au fond de leurs orbites, les tendons du cou firent saillie, cordes tendues, dans l'effort qu'il fit pour desserrer les mâchoires.

– Il est en état de choc, annonça Hilda.

Elle caressa le front de l'homme, mais comme il adressait de nouveau un regard muet à Racine, elle se redressa.

– Je ne peux rien faire de plus ici. Nous n'avons pas beaucoup de temps. Reste. Je vais continuer à chercher, mais je vais envoyer Nash demander de l'aide. Il sait sûrement qui c'est.

Racine inclina la tête en signe d'acquiescement. Il était captivé. Il continuait à tenir l'homme, à le surveiller attentivement, lorsque soudain ses lèvres se descellèrent avec un minuscule claquement, comme la rupture d'un élastique. Racine se pencha plus près. Les mâchoires de l'homme se détendirent, s'ouvrirent, et entre ses dents Racine vit un tampon de plastique transparent.

Il ne faisait pas de doute que l'homme voulait que Racine le lui retirât.

Ce qu'il fit en tirant doucement les extrémités du petit sac – le genre d'emballage utilisé pour garder les sandwiches frais – jusqu'à le sortir entièrement. L'homme ferma les yeux, laissa échapper un soupir. Racine ouvrit le petit sac, en retira un morceau de papier plié, et le lissa sur le sable mouillé. L'encre était épaisse, maculée par l'eau, mais l'écriture était étrangement familière et facile à déchiffrer.

Merveilleuses sont les forces tumultueuses de la mer.
Merveilleux est Dieu dans les profondeurs.

Racine étudia le visage de l'homme, soucieux d'y lire le sens de ces mots, mais, le corps tremblant de fatigue, l'homme sombrait maintenant dans une demi-inconscience. Racine fourra le papier dans la poche de son pantalon, puis, voyant que les frissons ne cessaient pas, il attira le vieillard à lui et le berça comme un enfant. Sa peau était froide, si froide qu'elle captait la chaleur de Racine, et, pendant les vingt minutes qui suivirent, ils restèrent assis à attendre de l'aide, frissonnant dans les bras l'un de l'autre, seuls tous les deux sur la plage.

4

26 août 1990
Hanover, New Hampshire

Vivian Twostar

Rien ne paraît important lorsqu'on attend les premières douleurs. En tout cas pas les recherches. En m'introduisant avec peine dans la bibliothèque, je fis tourner le tambour avec une telle force que j'en expulsai dans mon sillage une étudiante ébahie. Elle trébucha dehors, sur l'herbe luxuriante de l'été finissant, avec une exclamation indignée. Je m'arrêtai dans la porte afin de reprendre mes esprits. À mon neuvième mois de grossesse, j'étais devenue d'humeur étrange, tour à tour agressive et abrutie.

Le jour, j'étais madame le maître assistant Twostar, remarquable maître de conférences d'anthropologie, une autorité, une professionnelle en même temps que la mère convenable et sérieuse d'un garçon de seize ans aussi exaspérant qu'original. Le soir, en général, j'étais simplement Vivian, et je restais à la maison, avec la grand-mère qui m'avait élevée et vit maintenant avec moi, à classer des articles insipides sur la danse du soleil ou « La dernière position de Custer : un nouveau point de vue ». À portée de la main gauche, j'avais un bol de pop-corn au fromage, à portée de la droite, la télécommande de l'antenne parabolique que j'avais réglée sur Nostalgie. Je jetais de temps à autre un coup d'œil aux films en noir et blanc, tandis que grand-maman assemblait avec fureur une courtepointe de berceau en quilt.

La journée ayant été particulièrement éprouvante, j'essayai une technique de relaxation que m'avait apprise ma sage-femme, Sara Thompson. Je retenais ma respiration, puis expirais lentement. *Laisse-toi couler,* me dis-je à moi-même. *Fais tomber la fréquence de tes pulsations et rappelle toi que ton cœur bat pour le bébé, pour vous deux.* Tout passe par le placenta, la bière comme la colère. Une expression de Sara. À ma première visite prénatale, elle m'avait aussi demandé de lui donner mes cigarettes. Elle les avait jetées dans l'évier à broyeur de son cabinet et avait ouvert le robinet en grand.

J'étais donc dans une forme écœurante, et d'une humeur massacrante.

Pourquoi d'une humeur massacrante ? C'était la faute à Christophe Colomb. Cinq mois plus tôt, on m'avait demandé – non, *ordonné* – de présenter un article sérieux sur le grand navigateur. Et je n'avais pas beaucoup avancé. Malgré mon héritage, pot-pourri de Nouveau et d'Ancien Monde, j'ai d'autres intérêts dans la vie ; en outre, j'avais vu venir de loin le cinquième centenaire de la découverte. Mon premier mouvement, comme toute personne sensée de pure ascendance indienne ou sang-mêlé, fut de me dérober. J'étais également de mauvais poil parce que la seule chose qui m'allait encore était une robe en jean vaste comme une tente militaire. J'étais de mauvaise humeur, parce que... c'était comme ça.

Je regardai l'horloge sur le mur au-dessus du bureau de prêt, enregistrai qu'il était plus de 5 heures, puis laissai mon regard s'attarder sur la pancarte « Interdit de fumer ». Comme toujours, cette interdiction attisait mon envie, je n'avais alors qu'une idée, c'était d'allumer une cigarette. Durant les trois premiers mois de cette grossesse que je voulais dans les règles, pour me calmer en de telles circonstances, je portais derrière l'oreille une cigarette de secours avec filtre en plastique. Dans un moment de forte tension, pendant une conférence par exemple, je la tapotais contre un gobelet en carton, comme pour faire tomber la cendre ; ce simple geste suffisait à me redonner confiance, à me ressaisir... jusqu'au jour où mon fils, Nash, m'annonça qu'il devrait passer l'été au collège s'il voulait entrer en terminale à l'automne suivant. J'en cassai le cylindre d'un coup de dent.

Elle me manquait pourtant encore, j'avais encore envie d'inhaler ce faux goût de menthe et de donner quelque chose à faire aux doigts de ma main droite, mais je me dis que je n'avais pas besoin de béquille. Il me fallait m'élever au-dessus de ces sujétions, surnager, avancer sans me laisser piéger par les sables mouvants de ma vie, les remous de mes hormones, et ma taille ridicule.

Je basculai vers l'escalier, montai les marches l'une après l'autre. Comme je déferlais dans le couloir de la bibliothèque inférieure pour me rendre aux toilettes, j'essayai de prendre, à l'intention des étudiants qui s'écartaient pour me laisser passer, une expression affable. Je longeai le mur recouvert des peintures murales que José Clemente Orozco avait exécutées dans le milieu des années trente pendant son malheureux exil du Mexique dans le New Hampshire. C'était une galerie de cauchemar qui vous laissait pantois : des conquistadors et des paysans, des Aztèques et des jésuites. Le seul personnage féminin important de toute cette fichue épopée était une institutrice à l'air mauvais et aux cheveux tirés en chignon. Pourtant Orozco me parlait. Vivian Ernestine Begay Manion Twostar. Cœur d'Alene-Navajo-Irlandaise-Hispanique-Sioux-par-mariage. J'aimais à penser que ce méli-mélo de noms illustrait une version de l'histoire de l'Amérique.

Les toilettes des femmes se trouvaient juste après un Christ féroce et bilieux brandissant la hache avec laquelle il venait de couper sa croix. J'atteignis ma destination, un petit coin aux éléments fatigués, cuvette, lavabo et distributeur de verres en carton. M'effondrant sur une chaise, je laissai mes pensées m'envahir. Il y avait, en fait, un autre personnage féminin dans la saga d'Orozco. Elle était enceinte elle aussi, un squelette vêtu d'une robe noire, ou, plutôt, elle était dans les douleurs de l'enfantement, la tête en feu, sous le regard indifférent d'une rangée de professeurs mornes et décharnés. Ses rejetons chitineux – fœtus entassés dans des pots en forme de cloche – portaient des mortiers. Des anciens élèves scandalisés prétendaient qu'Orozco mordait la main savante qui l'avait nourri, et certains parents collet monté regardaient la scène d'un œil désapprobateur, mais, pour moi, c'était un magnifique clin d'œil, purgatif et absurde, qui me rendait légère à chaque fois que je passais devant. Ç'aurait pu être l'emblème des Études de l'Amérique indigène, titre de ma prétendue spécialité.

Je posai violemment les mains sur mes genoux, me composai le masque hautain que j'aurais voulu arborer une heure plus tôt lorsqu'un rédacteur adjoint de la revue des anciens m'avait fait venir dans son bureau moquetté pour m'interroger au sujet de l'article.

– Vivian, avait-il dit, manifestement inquiet, nous espérons toujours que vous écrirez quelque chose de neuf sur Christophe Colomb que l'on puisse publier dans le numéro de remise de diplômes 1991. Vous savez, euh, du point de vue indien, euh, indien d'Amérique.

– J'ai eu des préoccupations, avais-je répondu en montrant mon énorme giron.

Mais son regard n'avait pas osé suivre mon geste.

– Nous sommes très impatients de voir quelques pages, Vivian.

Nous avions déjà eu cette conversation.

– Vous savez bien que vous êtes parfaite, avait-il poursuivi. Allons, votre première phrase, l'ouverture ?

– Que diriez-vous de « Tout fout le camp » ?

J'étais d'humeur grincheuse, mais, ravi de s'être souvenu de la partie « indigène » de mon sobriquet, il n'en avait pas moins émis un rire poli. J'étais habituée aux variations de mes collègues bien intentionnés : « Indienne d'Amérique du Nord », « Indienne indigène », simplement « Indigène », ou parfois le plat, pédant « Amérindienne ».

Merci Christophe.

– Mais je suis originaire de l'Idaho, avais-je fait remarquer. À moitié navajo par la grâce d'un cœur d'Alene Lothario. Christophe Colomb ne nous a jamais approchés. Il était trop occupé à enlever des Arawaks pour les ramener à la cour d'Espagne, muselés comme des chiens.

Il avait applaudi.

– Exactement! C'est exactement le genre d'approche révisionniste que je cherche.

Voyant mon expression, il avait ajouté avec une fausse sincérité :

– Eh bien, vu que nous n'avons pas d'Indiens indigènes arawak démuselés parmi les professeurs...

Quel farceur.

– C'est une année de deuil pour tous les Indiens d'Amérique, lui avais-je annoncé sans sourire.

– Magnifique!

Je n'arrivais à rien. Il se montrait allègrement obtus, quoique sans agressivité. Il me faudrait supplier avec plus de force.

– Écoutez, vous savez que c'est l'année de ma titularisation. Il y a longtemps que j'aurais dû achever mon livre et, euh, je dois accoucher ce mois-ci.

Pour finir, nos deux regards se posèrent sur le monticule formé par le bébé sous la tente de jean délavé. Porter un enfant est un acte étonnamment public. Des étrangers m'ont arrêtée dans la rue pour me demander s'ils pouvaient toucher mon ventre, comme si j'étais une sorte de porte-bonheur. Mais d'une trempe plus délicate, ce vénérable monsieur l'Éditeur associé, horrifié d'avoir ainsi laissé son regard s'égarer, s'était redonné une contenance en brassant ses dossiers.

– Alors vous serez bientôt en congé de maternité. Ça tombe parfaitement. Nous serions ravis si vous nous donniez l'article dans les semaines qui viennent, Vivian. Personne d'autre ne serait capable de traiter le sujet aussi bien que vous.

Je m'étais empêtrée dans de nouvelles excuses, mais nous savions l'un et l'autre que je finirais par me rendre. Même le journal maison était une publication, et en cette année décisive tout comptait.

Comme me l'avait rappelé le doyen des professeurs, mon cas n'était pas orthodoxe. Mon *CV* débordait d'expériences pédagogiques dans quatre collèges différents, mais manquait de productions savantes. Ça l'inquiétait considérablement, bien qu'il débitât mes excuses à ma place : mère célibataire; ce n'était pas non plus ma faute si les programmes que j'avais fondés dans d'autres établissements avaient échoué faute d'argent avant que je n'eusse eu le temps de publier un livre ou au moins plusieurs articles féconds à partir de ma thèse de doctorat ; et il y avait, bien sûr, le rôle de conseil que je devais remplir auprès de mes étudiants – et tout le monde sait le temps que cela prend. Le chapitre « service communautaire » de mon curriculum vitae était plein à craquer – j'étais la cible toute trouvée pour les comités ayant besoin d'une femme ou d'une minorité –, ce qui n'empêchait pas le doyen et moi-même de savoir que ce n'était pas le travail, tout sérieux qu'il fût, qui permettait d'être titularisé. Il espérait sincèrement que je saurais utiliser judicieusement le temps que je ne consacrais pas à l'enseignement. Pour lui, ce ne serait pas du gâteau de renvoyer le seul maître assistant aborigène.

Et, je dois l'admettre, je commençais à trouver séduisante l'idée de la titularisation. Je la voyais comme une espèce de ligne de démarcation que j'aurais déjà dû franchir. Jusque-là, j'avais, si on veut, vécu en free-lance, la bride sur le cou. Je prenais les choses comme elles venaient, persuadée que toute déception était compensée par un événement heureux. Mais, à quarante ans et avec ce bébé sur le point de faire son entrée, un peu de sécurité ne me ferait pas de mal. Un contrat à vie m'apparut comme une vaste péniche où paresser pendant que je me décidais à m'organiser. Une titularisation valait bien quelque bagarre, une certaine pression, mais l'effort exigé devait être payant. Aussi, lorsque Christophe Colomb frappa à la porte, n'eus-je d'autre choix que de le prier d'entrer.

Pourtant, à l'entrée de la bibliothèque, le portillon ne se déclencha pas. J'étais refoulée. Un « Refusé » en cristaux liquides verts apparut à hauteur des yeux, et une sirène retentit avec fureur, attirant l'attention d'une jeune factionnaire aux lèvres fermes que je ne reconnus pas ; c'était une espèce d'étudiante dans une robe noire et molle avec un étonnant col vert-jaune. Ses lunettes, qu'elle portait en collier au bout d'un ruban élastique, rebondirent lorsqu'elle les lâcha. Elle me fit signe d'essayer une nouvelle fois. Il y avait dans son signe de tête autant d'interrogation que de défi, et cette attitude me hérissa. *Ne fais pas d'histoires,* me conseillai-je. Je sortis ma carte d'identité de la fente, vérifiai que ma photo était bien dirigée vers le haut et l'introduisis dans le mécanisme la tête la première, comme il était indiqué. Je haussai les épaules à l'intention de la femme qui m'observait, lui décochai un sourire et essayai de nouveau.

– Sésame, ouvre-toi, prononçai-je tout haut.

Refusé. On aurait dit que j'essayais de m'introduire par effraction dans une banque.

La femme tendit la main et je lui remis la carte.

– Ah, fit-elle, satisfaite. Vous n'avez pas dû utiliser la bibliothèque cet été, professeur... – elle loucha pour lire – Twostar.

– Si, je l'ai utilisée, mentis-je sur la défensive. Je l'ai utilisée pas plus tard que l'autre jour.

Je cherchai en vain un visage familier, quelqu'un qui témoignât pour moi.

– Je me demande comment vous avez pu entrer. – Elle n'en croyait pas un mot. – Votre carte n'a pas les références que nous avons exigées ce trimestre.

– Pourtant, je suis venue. Les détecteurs me connaissent et ouvrent automatiquement le portillon lorsqu'ils me voient arriver.

Je me voyais dans le rôle de l'accusée dans un vieux film – Ida Lupino à la barre des témoins soumis à un interrogatoire serré. Je cherchais un alibi, le titre d'un volume que j'aurais compulsé la semaine dernière, mais la femme n'insista pas. Elle avait déjà établi que les livres étaient à elle et que j'étais une mauvaise payeuse.

– De toute façon, il vous faut une nouvelle attestation.

Elle sortit d'un tiroir un code-barre autocollant. Avec ce qui me parut une force inutile, elle l'appliqua des deux mains au travers de ma signature.

– Voilà, dit-elle, maintenant vous êtes à la page.

– Ce que je ne dirais pas pour certains.

Nous regardâmes toutes les deux sa robe, mais au moment où je débitais ces mots, je me rendis compte que je cherchais la bagarre, que je déchargeais mon trop-plein de bile. Le bébé me donna un violent coup de pied sous la cage thoracique comme pour me faire taire. Les yeux de la bibliothécaire se plissèrent d'exaspération et l'étudiant qui était derrière moi ne perdait pas un mot de la scène, prêt à lancer de ses lèvres pincées un « Y en a, vraiment ! », dès que j'aurais franchi le portillon.

– Merci.

Je pris la carte et l'examinai, dos au bureau. La photo avait été prise le premier jour de mon arrivée à Dartmouth College, et j'étais habillée en fonction de ce que je considérais à juste titre comme mon rôle : camaïeux plutôt que contrastes, cheveux avec une raie au milieu impeccable et retenus de chaque côté par des barrettes en perles, chemise d'indienne orange gansée de satin blanc. J'avais une expression sévère, comme pour refléter celle des Indiens de ces anciens portraits de Curtis que l'on voit partout, des Indiens représentés comme le monde les attend – nostalgiques face au passé, distants et inoffensifs.

Mais c'était raté. Mon visage ressemblait plutôt au rond d'un dessin d'enfant, d'un enfant en colère, qui aurait fait des traits horizontaux pour les sourcils, des lignes parallèles pour les lèvres, qui n'aurait pas été très fort pour les nez, et aurait surévalué de plusieurs centimètres l'épaisseur d'un cou de femme.

Et en plus j'avais la bouche à demi cachée par du fluo chartreuse : « Bon pour 1992 », suivi d'une série de diagonales noires.

– Ça devrait marcher maintenant, fit la bibliothécaire.

En effet. Et l'affaire en serait restée là s'il n'y avait eu le petit problème de ma taille. Je n'étais plus à l'échelle de la bibliothèque. Le portillon était plus étroit qu'un tourniquet de métro et il était clair que j'avais menti. Ça faisait des semaines que je n'avais pas essayé de passer. Au lieu de triompher, mon bourreau haussa les épaules et eut pitié de moi. Sans un mot, elle me fit signe de contourner et de passer par la sortie, dont la porte était d'une largeur plus obligeante.

Une fois au milieu des rayonnages et enveloppée d'un silence soudain, je prévoyais qu'arrivée à la section des ouvrages correspondant aux références notées dans mon carnet, je ne trouverais qu'un grand vide : tous les livres que je voulais étaient sortis. Et le pire, c'est que je savais où ils étaient.

Le tableau n'est pas complet. Femme. Bébé. Il ne s'agissait pas d'une conception virginale, et Roger Williams rôdait à la lisière du cadre. Oui, c'est bien le même Roger Williams, le célèbre poète narratif, le chéri des critiques, la star médiatique à la Byron récemment présentée dans le magazine *People*, rêvant, un stylo Mont Blanc contre son beau menton, devant un buste en plâtre de son sujet de prédilection, Christophe Colomb.

Voilà où se trouvaient les livres importants, ceux dont j'avais vraiment besoin – avec le père de mon bébé. Ce qui ne contribuait pas à diminuer le tracas et l'irritation que me donnait cet article. Dès le début, cet essai se révéla un pas de géant sur les plates-bandes de Roger, un droit sur son autre bébé – celui qu'il reconnaissait publiquement. Mon ancien petit ami travaillait avec acharnement depuis des années sur un monologue de Colomb en vers libres, à la manière de Browning dans « My Last Duchess ». Roger comptait terminer son chef-d'œuvre pour le cinquième centenaire du premier débarquement.

Ayant repéré dans les rayonnages inférieurs les références de la bibliothèque du Congrès notées sur un papier que je tenais serré dans ma main, je constatai que Roger avait, comme d'habitude, ramassé les meilleurs livres, ne me laissant que quelques rogatons.

Et ils étaient là, épais ou minces, avec toutes les reliures possibles et imaginables, depuis le cuir fauve jusqu'au carton marbré. Je posai mon sac à dos, allumai la minuterie, et m'attelai à la tâche décourageante de piocher parmi le rebut de Roger. En tout cas je n'en faisais pas partie. Techniquement parlant, c'était moi qui avais rompu.

Les deux volées de marches maigrelettes qu'il m'avait fallu descendre n'avaient pas été une mince affaire dans mon état, aussi m'arrêtai-je pour récupérer mon taux d'oxygène. J'étais bâtie comme ma grand-mère – ossature mince, maigre – et, si j'avais toujours trop fumé, fait tout trop, je n'avais jamais pris de poids et ne m'étais jamais sentie affaiblie. Mais cette grossesse n'avait pas été facile. Il m'avait fallu supprimer tous mes vices, arrêter de faire la plupart des choses que j'aimais, pourtant je ne cessais de devenir plus ronde, plus somnolente, plus grosse. J'avais les pieds si gonflés que je ne pouvais plus mettre de chaussures à talon et que j'avais dû me rabattre sur des chaussures rationnelles, ce qui faisait ridicule sur une petite femme en forme de poire. Certains jours, je me faisais l'effet d'un gnome – un monstre dodu tout droit sorti d'un conte de fées, des joues comme des pommes, une insupportable douceur. J'avais envie de me déchaîner, mais il me fallait sublimer mes pulsions.

Peut-être n'avais-je pas suffisamment donné du poing, mais depuis que j'étais à Dartmouth, cet édifice avait été pour moi une cathédrale de sublimation, l'antidote le plus efficace contre l'exaspération, la panique intellectuelle, les problèmes graves et les petites agressions quotidiennes auxquelles est affronté le cœur humain. L'intérieur de la bibliothèque Baker, avec son air sec, son atmosphère grise, sa douce température constamment maintenue à celle de San Diego, son ambiance de vieux papier, de cuir et de colle, aurait suffi à vous donner envie d'être titularisé. Rayonnages, ouvrez-vous.

Je pris le *Columbus Memorial Volume*, avec sa riche reliure rouge, son titre en grosses lettres d'or et ses pages épaisses qui sentaient le coton légèrement roussi, comme si elles avaient été repassées l'une après l'autre. Il avait été publié par le Club catholique de New York en 1893, ce qui expliquait pourquoi Roger l'avait dédaigné. En tant que protestant, il avait dû se dire que ce livre serait sectaire et sans surprise, et, sapristi, il n'avait pas tort. Mais pour un obscur vestige du quatrième centenaire du premier voyage, il représentait un genre et vous remettait à votre place. S'il y avait un sixième centenaire de 1492, si le monde durait jusque-là, quelque tâcheron sans talent viendrait peut-être traîner ses guêtres dans cet endroit précis et sortirait de sa place, parmi les E119 fs, l'article sur lequel je travaillais, qui serait alors présenté dans une petite chemise en carton marron.

Je ne pratiquais peut-être plus, mais j'étais née catholique et avais été élevée comme telle, l'intention de ce livre était donc limpide pour moi – il s'agissait de démontrer que toute l'entreprise avait été résolument d'inspiration catholique romaine, depuis le premier financement par les rois catholiques, Ferdinand et Isabelle, jusqu'à l'œil catholique qui le premier avait aperçu la terre, le pied catholique qui l'avait foulée, la croix de bois qui y avait été immédiatement dressée. Ces chevaliers de Christophe Colomb du XIXe siècle – qui d'autre ? – me ramenèrent à l'école primaire de la mission de DeSmet dans l'Idaho, à l'époque de l'arithmétique catholique (l'ordre divin), de la géographie catholique (deux chapitres consacrés à l'Irlande contre cinq pages à l'Asie et à l'Afrique païennes réunies), de l'histoire catholique (vous pouvez me demander n'importe quoi sur les Croisades) et de la science catholique (le procès de Galilée était toujours d'actualité).

Je découvris ensuite *The Log of Christopher Columbus* (Le journal de bord de Christophe Colomb), dans ce que la jaquette poussiéreuse saluait comme une nouvelle traduction. Je savais pourquoi Roger l'avait laissé. C'était trop proche de son idée. Il était censé inventer une version poétique de ce Journal et ne voulait probablement pas être gêné par des paroles authentiques. Par acquit de conscience j'attrapai deux biographies d'amateur ; j'avais bientôt choisi trop de livres pour tout monter en un seul voyage jusqu'à ma cellule du sixième.

Cette seule idée m'épuisait. J'étais accablée par l'accumulation des étagères, des livres, du sujet, de Roger. En cette fin de grossesse j'avais les paupières brûlantes de fatigue et, comme il arrivait souvent, mon corps fit tout bonnement ce qu'il avait envie de faire. Sans mon consentement, il s'affaissa sur le carrelage frais.

Rembourrée que j'étais par mon excès de poids, le sol ne me parut pas si dur. Tandis que je me reposais dans la pénombre réconfortante de ce sous-sol, je pensai à de la nourriture, à des saletés pleines de calories. À mon grand soulagement je me rappelai que, pour parer à toute éventualité, je m'étais fait quelques provisions. Me tournant péniblement sur le côté, je maniai le fermoir de mon sac, empoignai le sachet alu de cacahuètes grillées au miel. Je l'ouvris d'un coup de dent, puis m'en versai une avalanche directement dans la bouche.

Il était, bien entendu, strictement interdit de manger dans la bibliothèque, je fis donc disparaître jusqu'à la dernière cacahuète compromettante. Une fois le sac expédié, je fis une boule de la pièce à conviction, et suçai les grains de sel qui avaient pu s'égarer sur mes doigts. J'étais moins fatiguée, mais restai à me reposer dans la demi-obscurité. Je devais passer à 9 heures du soir au collège où Nash suivait son cours de rattrapage en mathématique pour le prendre à la sortie de sa colle. Il n'était pas encore 6 heures.

Le couloir de la bibliothèque devenait de plus en plus sombre. Personne ne venait à cet étage, n'allumait la minuterie réglée sur dix minutes, à la recherche de quelque réponse. Mon bébé bougea, une articulation – épaule ou genou – ondula sous mes doigts. Je n'avais aucun pressentiment, aucun souhait, aucune préférence quant au sexe, je n'avais même pas choisi de nom. Je portais un enfant parce que j'en désirais la compagnie.

J'avais lu que, dans certaines tribus, le Créateur était un cœur solitaire comme moi, fatigué d'être abandonné, découragé, incapable de garder des amis. Aussi le pauvre hère s'installait-il et fabriquait-il quelques êtres humains, s'attendant stupidement à ce qu'ils lui en fussent reconnaissants.

Avec ce bébé, tout ce que je demandais c'était dix bonnes années avec lui. Nash m'a appris à être modeste dans mes aspirations. Rien que de penser à lui, après nos bagarres de la semaine dernière, j'en avais le cœur qui battait plus fort; roulant sur le côté, j'avançai un genou et m'agrippai pour me mettre à quatre pattes, de façon à pouvoir me relever plus facilement, par étapes. Je me trouvai nez à nez avec l'étagère inférieure. J'en profitai pour prendre connaissance des livres que je ne pourrais plus voir ensuite, faute de pouvoir me baisser assez bas, je pris donc appui sur mes coudes et, louchant dans la quasi-obscurité, je choisis ou rejetai quelques titres de plus.

Je laissai de côté *Columbus : The Man with a Dream* (Christophe Colomb : l'homme d'un rêve), mais *The Secret of Columbus*

(Le secret de Christophe Colomb) retint mon attention, de même que *Colón : First Ambassador to the Heathens* (Colón : premier ambassadeur auprès des sauvages). Puis, de l'endroit où était supposé se trouver un certain volume, je retirai un bloc de bois de la taille d'un livre. J'ai une tendresse particulière pour ces rectangles de chêne que Dartmouth utilise en de rares occasions pour marquer l'emplacement d'un ouvrage manquant, rangé dans un carton spécial ou dans la salle des livres anciens. Leur présence suscite en moi l'instinct du chasseur. Les petites indications dactylographiées, collées sur le dos, sont souvent obscures, d'une précision académique mais imprégnées de l'esprit des bibliophiles de la Nouvelle-Angleterre : autorité et rectitude. Au bout de la quête à laquelle elles invitent se trouve la promesse d'un livre de valeur, de taille ou de contenu exceptionnels. Un jour, au bout d'une suite d'indices, je découvris l'univers de Ptolémée en cartes, un volume relié en peau de porc souple, aussi haut et large que moi, installé sur son étagère métallique.

Retirant le morceau de bois avec un plaisir anticipé, je me hissai sur mes pieds, et rallumai la lumière afin de lire ce que j'avais pêché.

Ce bloc était étrangement lisse et vide, peut-être n'était-il là que pour marquer un espace. Je n'abandonnai pourtant pas. Je l'inspectai sur toutes les coutures jusqu'à découvrir une surface rugueuse, légèrement collante, à l'endroit où avait été collée l'étiquette. Le message était tombé ou avait été enlevé, et ça ne datait pas d'hier, car le rectangle était noir de poussière et de crasse. J'inspectai soigneusement le sol, au cas où, et, lorsque je m'accroupis laborieusement pour remettre le bloc en place, je déplaçai les autres livres pour m'assurer que l'étiquette ne s'était pas collée quelque part. Pas trace d'étiquette.

J'étais, comme dit mémé lorsqu'elle est frustrée – ce qui est presque toujours le cas –, « sortie de mes gonds ». Je déteste ne pas trouver ce que je cherche, même si, au début, je ne sais pas ce que je cherche. La présence de ce marqueur de bois était aussi agaçante, aussi provocante qu'un nom qu'on a sur le bout de la langue ; j'ajoutai donc le bloc aux livres que j'emportais dans ma cellule. Peut-être le rendrais-je à l'entrée ou l'utiliserais-je comme presse-papiers, ou bien tuerais-je simplement le temps en imaginant le livre étrange et fascinant qu'il était censé désigner.

Le bureau prestigieux qui m'était attribué était une petite alcôve au bout d'un couloir désert, protégée par un rideau en maille tombant jusqu'au sol. Avec mes bras chargés, l'endroit n'était pas facile d'accès – je fus obligée de fouiller pour trouver deux clés, celle du couloir et celle de la porte de mon bureau. Je me laissai tomber dans la chaise longue que j'avais subrepticement apportée le printemps dernier. Je ne peux pas me concentrer lorsque je suis mal installée, mais si, telle une Colette de bas étage, je suis calée dans mon bon gros fauteuil en toile de plastique avec ma couverture de laine et mes coussins, je peux lire et écrire pendant des heures. Je tirai le cordon de ma lampe de bureau, modèle standard à col flexible, puis me baissai pour attraper le premier livre de la pile.

Christopher Columbus, Mariner est la version populaire de la biographie en deux volumes, extrêmement détaillée, de Samuel Eliot Morison, *Admiral of the Ocean Seas*. C'était bien sûr Roger qui avait la version intégrale, aussi devais-je me contenter de ce livre de poche abrégé. C'était un survol rapide qui me donna ce dont j'avais besoin – les grandes lignes de la vie de mon sujet, une espèce de crible intellectuel au travers duquel passer les textes plus denses à venir, ceux que je me procurerais en m'introduisant dans le bureau du département de littérature anglaise de Roger, ou en réclamant tout ce qu'il utilisait.

Il n'y avait apparemment pas grand-chose à dire sur les dix premières années de ce garçon à la tignasse rousse et au visage criblé de taches de rousseur, aussi Morison médite-t-il sur le nom de Christophe, qui se révéla étrangement prophétique et approprié. Premier clin d'œil à l'avenir : Colomb reçut le nom de saint Christophe, patron des voyageurs. Voilà qui m'inspirait. Médaille magnétique sur le tableau de bord de notre voiture familiale, saint Christophe nous protégea des crevaisons au cours de nos allées et venues entre l'Idaho et le Nouveau-Mexique. Dans ce rôle, il fut toujours un de mes saints préférés et, lorsqu'il fut chassé, il y a quelques années, de la légion catholique des super-héros, je le pris très mal. Notre Sainte Mère l'Église avait soudain des doutes sur son existence même. Voici maintenant un fait troublant : selon la « légende » de saint Christophe, le bon vieux passeur porta le Christ enfant sur ses épaules pour lui faire traverser un cours d'eau. Pour cet exploit, il fut surnommé, comme Colomb des années plus tard, « Porte-Christ ». Quelle coïncidence ! Colomb aurait dû être Le Tisserand – c'est ce à quoi il était destiné, à la suite de ses parents, drapiers bourgeois de Gênes. Mais au lieu de s'intéresser à l'entreprise familiale, le garçon était attiré par l'océan. Il travailla quelque temps avec son père, s'occupant de négoce, et fit quelques longs voyages en Méditerranée, puis il servit sur un navire pendant la guerre entre le roi René II d'Anjou et le roi d'Aragon. Il avait vingt-cinq ans lorsqu'il survécut à son premier naufrage, au large des côtes portugaises. Le bâtiment flamand *Bechalla* sombra sous le feu d'une bombarde française, et Christophe Colomb dut regagner le continent européen accroché à un espar.

Que ne s'était-il alors orienté dans l'autre direction !

En ce temps-là, Lisbonne était le cœur des explorations et des découvertes, un vrai cap Kennedy, le paradis des cartographes, des entrepreneurs et des prétendus marins. C'est là que Christophe Colomb avait appris à lire et avait conçu sa grande idée. Morison ne dit pas si le Portugais moyen croyait la Terre plate, mais il insiste sur le fait que la plupart des initiés étaient persuadés de vivre sur la surface d'une sphère. La taille restait un point de contestation : quelle en était la circonférence ? Combien de temps fallait-il pour en faire le tour ? Christophe Colomb était depuis peu converti à cette thèse, et une fois cette idée en tête, il s'accrocha à sa proie avec l'obsession d'un bull-dog. Il rassembla tous les trésors de sagesse biblique, apocryphe, nautique ou personnelle pour se prouver à lui-même – et convaincre des financiers potentiels – que la Terre était beaucoup plus petite qu'elle ne se révéla être, beaucoup plus petite que ne l'estimaient la plupart des éminents géographes de son temps. Christophe Colomb affirmait que le légendaire Cipango – lisez « Japon » – de Marco Polo, la porte du Pays des Épices, s'étendait juste au-delà de l'horizon, à seulement deux mille quatre cents milles marins vers l'Ouest inexploré.

Il était, bien sûr, dans l'erreur totale. Par air, comme le précise Morison, Tokyo est à plus de dix mille milles des îles Canaries, point de départ du magique et mystérieux voyage de Christophe Colomb. Mais, en dépit des innombrables preuves qui s'accumulaient sur sa tête, il refusa, sa vie durant, de reconnaître qu'il était tombé sur un nouveau continent. Au cours de son dernier voyage, il rendit tout son entourage fou en essayant de prouver que la côte du Venezuela n'était qu'à deux pas des richesses de l'Orient.

Par le chemin des écoliers, sans doute.

Marquant de l'index l'endroit où j'en étais de ma lecture, je posai la tête sur le treillage souple. Linda George, amie et homologue pour le programme d'études sur les Indiens d'Amérique à l'université de Washington, m'avait appelée de Seattle, la semaine dernière, pour me demander comment s'annonçait le bébé.

– En retard, dis-je. En retard et gros.

– Est-ce qu'on t'a appelée du National Endowment ? demanda-t-elle.

– De quoi parles-tu ?

– Du cinquième centenaire – conseils divers et indications précieuses. Les gens du District de Columbia ont fini par comprendre que les Indiens pouvaient avoir un rôle à jouer l'année prochaine. Ils m'ont demandé ce qu'ils pourraient parrainer pour mettre à l'honneur le point de vue des Américains indigènes.

– Et tu as dit ?

– Je leur ai suggéré d'annoncer une série de voyages organisés « À la découverte de l'Espagne ». Vingt-huit jours, flamenco compris. J'ai dit que le gouvernement devrait dresser un énorme panneau lumineux près de Samana Cay, où l'on pourrait lire matin, midi et soir : « Fausse route pour Calcutta ».

– Ils ont dû être ravis de t'avoir téléphoné.

– Je leur ai dit que la seule chose positive, pour ce qui est de la terminologie, c'est que Christophe Colomb ne croyait pas faire voile vers la Turquie. Compris ?

– Qu'est-ce qu'on rigole.

– Promets-moi une chose, dit Linda avant de raccrocher. Si c'est un garçon, appelle-le Innocent. C'est le pape qui a finalement décidé que nous étions des êtres humains.

Je rouvris Morison, m'y replongeai en prenant des notes. Pendant six ans, Christophe Colomb harcela la cour espagnole, déjà connue pour sa paperasserie, sa bureaucratie, ses atermoiements et bientôt pour être le centre de l'Inquisition. Oubliant miraculeusement les combats mauresques, la reine Isabelle lui manifesta une certaine sympathie, mais la commission Talavera, constituée pour la conseiller sur la question des mondes ronds, débouta Christophe Colomb.

Christophe se rendit au monastère franciscain de La Rabida près de Palos et, en 1491, Juan Pérez, un des moines du lieu, demanda à la reine de reconsidérer son refus. De nouveau convoqué à la cour avec, cette fois, une mule et une nouvelle garde-robe, Christophe Colomb essuya un nouveau refus. Quelque chose en lui dut toutefois faire bonne impression. Isabelle passa un accord avec Luis de Santander, trésorier de la maison du roi, puis envoya un messager chercher Christophe Colomb. Cette troisième fois, le charme opéra.

Fermant les yeux, je me pris à songer : « Et si... ? » mais en poursuivant ma lecture, Morison me donna la réponse. Si ça n'avait pas été Christophe, ç'aurait été quelqu'un d'autre, vers la même époque – peut-être même quelqu'un de pire. En l'occurrence, un exilé de Nuremberg, du nom de Martin Behaim, avait construit un globe sur la base des mêmes hypothèses erronées que Christophe Colomb ; en 1493, il alla trouver Jean du Portugal pour lui demander de financer son voyage exploratoire. En fait, les Portugais damaient le pion aux Espagnols en matière d'esclavage et de meurtre, car ils avaient déjà commencé d'exploiter la côte occidentale de l'Afrique. Au moment où Christophe Colomb revenait avec la nouvelle de sa découverte, le roi Jean hésitait encore à donner carte blanche à Behaim.

N'eût été ce scénario, il y aurait eu l'alternative française. Quittant la cour d'Espagne après avoir essuyé son second refus, il était dans les intentions de Christophe Colomb de gagner Paris et de se joindre à son frère Bartolomé pour demander à Charles VIII de financer le voyage projeté. J'envisageai la chose : l'Amérique découverte par Christophe Colomb, et décidai qu'à tout prendre c'était mieux ainsi. Une fois sur place, les Français ne se torturèrent pas la cervelle pour savoir si les Indiens avaient ou non une âme. Les Indiennes hurons avaient manifestement ce qui comptait le plus pour les trappeurs français, et ces dames transformèrent beaucoup plus de Français en Indiens que le contraire.

La première traversée de Christophe Colomb ne fut pas, comme je l'ai entendu à l'école, un opéra dramatique au romantisme noir. Il fut assez malin pour trouver les alizés, une brise à la fois douce et régulière qui permit aux trois bateaux d'aller à une vitesse considérée à ce jour comme tout à fait respectable par la navigation à voile. L'équipage ne se fit certes pas faute de grommeler, mais, au cours du mois que dura le voyage, personne ne menaça de jeter le capitaine par-dessus bord. Nombreux étaient les signes de terre – oiseaux, brins d'herbe et morceaux de bois flottants. Puis vint la nuit où la terre fut en vue. Je recopiai dans mon carnet le texte pompeux de Morison :

> Les bateaux s'élançaient, tanguant, roulant, dans un jet d'embruns – vagues blanches à leurs proues et sillages blancs réfléchissant la lune. La Pinta est peut-être à un demi-mille en tête, la *Santa Maria*, à la hanche de bâbord, la *Niña* de l'autre côté. Maintenant l'une, puis l'autre court de l'avant, mais elles vont toutes au bout de leurs possibilités. Avec le sixième sablier de la veille nocturne, les derniers grains

de sable coulent d'une ère qui a commencé avec l'aube de l'histoire. Dans quelques minutes le destin retournera un sablier dont nous regardons encore couler le sable. Il n'y a pas eu depuis la naissance du Christ de nuit aussi pleine de sens pour l'humanité.

Pitié! Laissant libre cours à mon imagination, je considérai l'autre point de vue de cet événement décisif.

Sur la minuscule île de Guanahani, quelques familles de Lucayens dorment en se balançant nonchalamment dans leurs hamacs de chanvre. C'est une bande d'épicuriens pleins de santé, des traîneurs de grève et des amateurs de surf, sans la moindre aptitude pour la destruction. Lorsque par hasard ils se battent avec leurs voisins et rivaux caraïbes, c'est à coups de harpon. De toute manière, vu qu'ils bénéficient les uns et les autres d'un pays regorgeant de nourriture, où le temps est au beau fixe et le paysage fabuleux, il n'y a guère lieu de se disputer.

Il n'y a même pas de gros gibier à chasser, et y en aurait-il que ces gens préféreraient sans doute se la couler douce – plonger pour ramener du poisson, récolter des conques, faire pousser des patates douces et déterrer des racines féculentes. Ils se nourrissent de pain de manioc, façonnent des marmites, filent et tissent du coton, bien qu'ils n'en portent pas. En vrais amoureux de la nature, ils préfèrent vivre au naturel. Jour après jour, ils mènent la vie de plage. Ils grandissent, font l'amour, enfantent, mangent, meurent. Le soleil se couche. Le soleil se lève. Été sans fin de surf et de nuits étoilées : rythme tropical encore apprécié à ce jour par les clients des divers Clubs Med des Caraïbes.

Mais voilà qu'à l'aube d'un certain matin il se produit quelque chose de nouveau. Les voiles de trois caravelles espagnoles apparaissent à l'horizon du monde. C'est un spectacle neuf et, comme on s'y attendrait de gens qui n'ont jamais eu beaucoup à se tracasser, ils se précipitent tous sur le rivage et agitent les mains en signe de bienvenue. Ils n'ont aucune raison d'attendre autre chose que de bonnes nouvelles.

– Il n'est pas avec toi ? Tu l'as perdu ?

– Peut-être as-tu verrouillé la porte et n'a-t-il pas osé te réveiller. Il a pu grimper par la fenêtre du premier. Va voir dans sa chambre. J'attends.

Elle posa son téléphone. Le temps qu'elle revienne, j'avais avalé la moitié d'un carton de jus d'orange.

– Non.

Je fermai les yeux. Un opaque néant rouge me tambourina derrière les paupières. Mon inquiétude concernant Nash, sous la forme d'une sinistre matraque noire, était suspendue à côté de moi, prête à me tomber dessus. J'avais senti le vent de son passage à côté de ma joue. Au cours des deux dernières années j'avais appris à m'en protéger, à essayer de pas me trouver à sa portée.

– Eh bien, dis-je, il a dû passer la nuit chez un ami.

– Ou être kidnappé par un fou, dit mémé, tout accusation.

– C'est pareil.

Plusieurs amis de Nash avaient été exclus de l'école pour des délits dont le journal ne pouvait pas parler, du fait qu'ils étaient encore mineurs.

– Ne t'affole pas, conseillai-je à mémé, essayant de m'en convaincre moi-même.

Hilda descendit vêtue d'un pantalon en tricot et d'un chandail jaune serpent. Sa tenue, qui sur toute autre aurait paru affreuse, faisait ressortir le vert saisissant de ses yeux. Après avoir envoyé Rachel garder des enfants, et que Mark fut parti sur ses talons, promettant qu'il irait, avant son football, inspecter les lieux de rendez-vous des élèves de cours de vacances, Hilda tourna son attention vers moi.

– Qu'y a-t-il ? demandai-je. Je viens de passer neuf heures enfermée dans la bibliothèque, où j'aurais pu accoucher, bon Dieu. Et puis, il y a Nash. Il a passé la nuit dehors, peut-être à une soirée, peut-être dans un fossé, peut-être drogué dans une chambre d'étudiant. Et tu es là à me dévisager avec des yeux ronds.

Le visage d'Hilda prit une expression hésitante. Elle se détourna.

Son trouble me dérouta.

– C'est Nash, c'est ça ?

– Comparé à Nash, ce n'est rien. Sors-toi ça de l'esprit, dit-elle avec une moue coupable.

– Quoi ? demandai-je d'une voix forte.

– Bon. Roger est ici, il dort en bas. Il t'a cherchée dans toute la ville. Nous l'avons fait venir.

Je fus prise au dépourvu par le souvenir du visage rayonnant de Roger.

– Et alors ?

Hilda mélangea le sucre et le lait dans son café. Elle était de ces gens qui rougissent de colère, qui évitent de prononcer des paroles désobligeantes. C'était, avant tout, une femme d'une tolérance sans réserve.

– Pour qui te prends-tu, une sœur de charité ? fis-je. Ce salaud m'a abandonnée.

Elle me regarda d'un air grave, réfléchi.

– Tu vas déranger le bébé.

Cette matinée était par trop déroutante.

– Permets-moi d'appeler l'école et je m'en vais.

Hilda enroula les mains autour de sa tasse vide et pencha la tête, révélant quelques robustes fils gris au milieu de sa fine chevelure blonde. Cette vue me toucha, rétablit une certain équilibre.

– Ce n'est pas ta faute.

J'avais perdu toute agressivité. Roger avait d'abord été leur ami. Hilda et Racine avaient catégoriquement refusé de se mêler de notre rupture ; ils n'avaient pas pris parti et n'avaient pas davantage essayé de jouer les conseillers.

– Ce doit être une espèce de poussée hormonale du neuvième mois, poursuivis-je en cherchant un Kleenex dans mon sac. Il faut que je me remette d'aplomb avant d'affoler le directeur.

Hilda attrapa un rouleau d'essuie-tout et le posa sur la table. Je lus l'étiquette.

– Super-absorbant. Ça tombe bien.

Je me mis à rire, ce qui me sauva de l'instant suivant, où le père de mon enfant ouvrit la porte du sous-sol, en s'essuyant les cheveux avec une serviette. Il paraissait si calme, frais et impeccable que mon humeur s'altéra instantanément ; j'en étais muette de fureur. Mais il était ainsi. Si j'avais eu besoin que me fût confirmé l'aspect imposant de ma taille – et je n'en avais pas besoin –, son visage l'eût fait. Il en resta bouche bée, comme on dit. Son regard bleu était interloqué, et sa main se figea dans les plis de la serviette. Nous avions presque réussi à nous éviter complètement pendant des mois, et la dernière fois qu'il m'avait vue, lors du dîner d'adieu auquel je l'avais sans façon invité, je ne dépassais guère cinquante-trois kilos.

Ce repas, comme tous ceux qui suivirent, s'était accumulé sur mes hanches, et assise là avec mes seize kilos de plus, j'étais cette caricature que j'avais lue dans ses yeux, lorsque je lui avais annoncé que j'étais enceinte.

La matraque frappa de nouveau, et cette fois elle toucha son but.

– Je file.

Je prononçai ces mots avec une douceur si froidement calculée qu'Hilda se réfugia dans sa chambre avec sa tasse de café. Je l'imaginais dans cet espace confortable avec ses affiches encadrées et ses coûteux coussins de chez Marimekko. Elle réveillerait Racine, et ils laisseraient la tempête se déchaîner en dessous.

À l'abri, vraiment ?

La sonnerie du téléphone retentit.

Roger se balança d'un pied sur l'autre, mit la serviette autour de son cou et rentra sa chemise. Il se rajustait toujours avant de se lancer dans une discussion ; il ramenait ses cheveux en arrière, retirait des peluches imaginaires. Si on voulait avoir l'avantage, il suffisait de le coincer quand il n'était pas net. Il m'avait un jour avoué qu'avant d'écrire il lui fallait s'habiller de pied en cap. Mais il avait saisi l'occasion de se reprendre, ce n'était pas juste. Du haut de l'escalier Hilda cria que le téléphone était pour moi. À sa voix je savais que c'était Nash.

– Où es-tu ?

La première question des parents, qui permet de mesurer la situation.

– À l'école.

Je respirai.

Il y eut un long silence, puis un nonchalant, presque hypocrite :

– Bon, ben, j'ai cours.

– Je sais.

– Faut que j'y aille.

– Nash, où as-tu passé la nuit ?

– Chez un ami.

– Chez qui ?

– Tu ne le connais pas.

– Son nom ?

– Qu'est-ce que tu vas faire, appeler sa mère ? Et toi, où étais-tu ?

Je raccrochai. Roger n'avait soufflé mot, mais tout avait changé. Pendant que je parlais à Nash, j'avais perdu l'avantage.

– Qu'a-t-il dit ?

– Evasif, comme toujours.

Roger parut soulagé, mais il ne pouvait pas en rester là. Affectant un ton pensif, il me demanda comment je me sentais.

Je ne répondis pas.

– Comment *vas*-tu ? insista-t-il, comme s'il était en droit de savoir.

Je le considérai froidement. Il demeurait un géniteur plein de promesses. Les différents plans de son visage s'ajustaient avec une subtile précision, mais son sourire sans défaut était, je le subodorai soudain, le produit d'une coûteuse orthodontie. Il me faudrait conserver mon job, si je voulais payer les appareils dentaires de ce bébé.

– Qui est ton dentiste ? demandai-je.

Roger prit l'air méfiant, avala une bouffée d'air.

– Je t'en prie, dit-il. Tu m'as renvoyé toutes mes lettres. Tu as traversé des rues pour m'éviter. Tu devrais pourtant savoir que j'aurais...

– Tu aurais fait quoi ? Tu m'aurais épousée ? Nous ne sommes pas des gamins, en plus je n'ai pas de père pour t'y contraindre, revolver au poing.

La cafetière passa à la phase suivante avec un déclic et un soupir. Un oiseau sautillait dans la mangeoire de l'appui de fenêtre, picorait dans l'assiette en plastique.

– Tu as bien dormi ? – Hilda entrait dans la pièce en questionnant Roger comme si de rien n'était. Elle avait retrouvé son rôle de parfaite hôtesse. Elle enfila son pardessus. – Ce n'est pas le cas de Vivian. Elle était enfermée dans la bibliothèque – tu imagines ? – et toute fatigue est mauvaise pour elle. Je la reconduis chez elle.

Son coupe-vent brun avait des poches à grands revers. Elle avait déjà pris ses livres et ses clés.

– Je peux très bien le faire, proposa Roger. Ça me fera plaisir, ajouta-t-il à mon adresse. Tu ne devrais pas...

– Conduire dans mon état ?

Je complétai sa phrase et entendis poindre dans ma voix une fureur incontrôlable. J'étais décidée à rester calme.

– Je peux conduire toute seule, merci à vous deux.

Je me levai – pour toujours, semblait-il – et ils ne bougèrent pas. J'ouvris la porte, me retournai et me forçai à sourire.

– Ne te prends pas pour Superman, dit Hilda.

– Ce n'est absolument pas le cas.

Je fis un signe de la main, empruntai prudemment l'allée d'accès et attendis d'être installée derrière mon volant, et d'avoir mis le moteur en marche, pour me laisser aller. Je savais que je ne devais pas pleurer, que c'était mauvais pour la peau, que ça me donnerait mal à la tête, que ça influerait sur mon bébé, que de toute façon ça ne servait à rien. Je sortis du chemin en marche arrière, et me dirigeai vers Dunkin' Donuts. Crème bavaroise. Mieux valait *Schlag* que *angst.*

Les contractions de la nuit avaient cessé depuis longtemps et, une fois à la maison, j'eus la certitude que seule l'angoisse les avait provoquées. L'accouchement était prévu pour dans dix jours, et j'avais encore le dernier cours de l'année à donner ou plutôt à recevoir dans ma maison, transformée pour l'occasion en auberge espagnole.

Ma maison est un havre, et j'avais besoin de son silence. C'est une vieille baraque, peinte en blanc, avec un toit en tôle et des volets noirs branlants décorés de croissants de lune découpés dans le bois. Je pénétrai dans la cour. Mémé arrosait des belles-de-jour qu'elle faisait courir autour de la porte. À soixante-dix-neuf ans, c'était une jardinière enragée, qui faisait jaillir les plantes de terre par la seule force de sa volonté. Elle s'arrêta et attendit, petite femme à l'ossature frêle, aussi parfaitement proportionnée qu'une poupée, dont la peau hâlée et soyeuse était plissée de rides charmantes irradiant des coins des yeux et de la bouche. Dès qu'elle vit que j'allais bien, une expression sévère cisela plus profondément son visage et ses pupilles noires étincelèrent. À mon soulagement, elle laissa tomber le sécateur dans sa poche. Elle tourna légèrement la tête pour pallier la surdité inavouée de son oreille droite. Nous échangeâmes nos habituelles plaisanteries; pour donner plus de poids à ses dires, elle attaqua en navajo.

– Ne t'en prends qu'à toi-même si tu fais une fausse couche.

– Bonjour quand même.

Elle était soulagée de me voir. Je le constatai à la façon dont elle m'arracha le sac de livres des mains et me poussa dans l'entrée.

– Du calme!

J'essayai de plaisanter, mais ma voix dérapa. Elle posa violemment la bouilloire sur le fourneau.

– Nash est à l'école, dis-je. J'ai déjà mangé.

– Tu as encore du sucre autour de la bouche. Du poison.

Elle me jeta un torchon en pleine figure, prit quelques pincées dans ses diverses boîtes à thé et les jeta dans la bouilloire avec un doigté de sorcière. Elle posa devant moi la tasse fumante, dont je reniflai les effluves avant de me lancer. C'était l'infâme infusion qui, selon elle, tonifie l'utérus. Son goût amer resterait pendant des heures, mais comme elle me jugeait déjà mauvaise mère, pas question de me défiler. Ses yeux m'en défiaient.

– Bon, si Nash veut bien se tenir tranquille pendant quelques jours, je pourrai avoir ce bébé.

Mémé me dévisagea, puis elle se rappela ses lunettes et fouilla dans sa poche. À travers les épais verres ses yeux semblaient énormes et étonnés, inéluctables. Je savais qu'elle cherchait des signes de fatigue. Ils étaient immanquables – mes paupières gonflées, mon air de chien battu, mes cheveux s'échappant en désordre de ma barrette en plume.

– Il y a cette réunion, ce soir, lui rappelai-je. Toute ma classe vient, et chaque étudiant est censé me présenter un mémoire de trente pages.

Elle accueillit cette annonce par un silence désapprobateur. J'en faisais trop. Trop de certaines choses et pas assez d'autres, comme toujours.

– Je ne peux pas y échapper, dis-je pour ma défense. Nous n'avons pas de cuisine à faire, mes étudiants apportent ce qu'il faut. Dieu seul sait avec quoi ils vont débarquer : un gros morceau de cheddar du Vermont, quelques pichets de cidre, un paquet de galettes de blé complet. Si le contingent végétarien a de l'ambition, nous aurons peut-être droit à une grande marmite de ratatouille.

Mémé frappa la table de sa main.

– As-tu l'intention de dormir ? demanda-t-elle en anglais cette fois.

Je me levai péniblement de la chaise, et elle m'accompagna, tel un gardien de prison, jusqu'au pied de l'escalier.

– Ne t'inquiète pas, dis-je, en me retournant à mi-étage. Dans deux heures je serai une autre personne.

– Parfait, dit-elle.

Ce fut un séminaire extrêmement vivant, un des plus réussis de tout le trimestre, et si je n'avais pas été si fatiguée, j'y aurais même pris plaisir. Mais, malgré ma sieste, j'étais encore anéantie, et Nash n'était toujours pas rentré. J'essayai de ne pas m'inquiéter. À 7 heures précises, ponctuels et gais, mes étudiants descendirent de trois voitures avec leur nourriture marquée politiquement : raisin biologique, pâté sans viande à base de noix écrasées. Ma classe était représentative du mélange que j'attirais généralement. Quelques étudiants en sciences économiques, sceptiques et avisés, qui s'étaient inscrits pour satisfaire à la répartition des sujets. Leur contribution au dîner se réduisit à six variétés de biscuits au chocolat. Et puis il y avait les cinq ou six étudiants qui s'intéressaient vraiment aux civilisations intactes et pures, et, enfin, les deux ou trois fanatiques qui juraient de vouer leur vie à la cause indienne.

L'un de mes fanatiques du trimestre était trop gentil, il avait trop le cœur sur la main. Avec son visage d'ange, ses boucles blondes à la Garfunkel et la conviction qu'il devrait assister à un rassemblement de Lakota, il ne tiendrait pas longtemps. Il portait *Elan Noir parle* sur son cœur. Les Sioux n'en feraient qu'une bouchée. En revanche, Kate, une rousse pas sotte de Tulsa, avait l'intention de faire du droit et de se spécialiser dans les affaires d'eau et de minéraux. C'était la seule que j'essayais vraiment d'accrocher et de retenir.

À table, Kate se lança immédiatement dans une grande conversation avec mémé, tandis que les autres s'agglutinaient autour de la nourriture. Élan Noir paraissait effondré par l'absence d'aliments traditionnels. Il aurait manifestement voulu des racines et des baies.

Mon cours se proposait d'étudier les tribus précolombiennes, mais je réservais toujours la dernière rencontre à l'évocation de l'impact de l'Ancien Monde. Sans système d'écriture, les Indiens d'Amérique du Nord n'avaient pas la possibilité de garder pour la postérité le compte rendu précis de leur premier contact avec les Européens, aussi n'avais-je d'autre choix que de m'en remettre à la tradition orale, ou de lire entre les lignes des récits anglais ou espagnols, toujours emphatiques et souvent stupidement complaisants. Certaines de mes hypothèses étaient de pure logique : quelle aurait pu être la réaction de gens connus pour se baigner plusieurs fois par jour, en face de l'équipage d'un bateau qui ne s'était pas lavé depuis des mois, des années, qui ne *croyait* même pas à la toilette ? Les chroniqueurs européens pensent que c'est par pur respect que les premiers Indiens rencontrés avaient baissé la tête et collé les mains sur leur visage, mais je reste persuadée qu'ils se bouchaient simplement le nez.

Avant d'évoquer cette rencontre, il me fallait aussi débusquer les fausses informations. Je venais de faire une visite guidée de dix semaines autour des plus grandes réalisations de l'ancienne Amérique : systèmes d'échange ingénieux, religions subtiles et compliquées, agriculture florissante, égalité politique entre les hommes et les femmes. Passionnés d'ethnologie, impressionnés par les arts traditionnels, fascinés par les richesses et les beautés que je leur révélais, mes étudiants formaient un auditoire bien disposé. « Pourquoi ne savions-nous pas cela ? » demandaient-ils de temps à autre. « Pourquoi tout a-t-il disparu ? »

Je devais maintenant le leur dire.

Après que la nourriture eut disparu, je distribuai quelques caricatures sur la « Découverte de l'Amérique », choisies dans divers revues et journaux. Dans chaque dessin, Christophe Colomb est un innocent qu'observent, à son insu, deux Indiens blasés. Christophe est perdu, ahuri, et les Indiens sont insolents – rien à voir avec les vieux manuels de sciences humaines, où on les voit s'effondrer par terre pour adorer les bateaux aux voiles comme des nuages.

« Avez-vous des réserves ? » demande au Découvreur dans la première illustration un indigène sourcilleux.

– La rencontre fut pour les Indiens une expérience différente de celle des Européens, dis-je. De ce côté, vous aviez des centaines de sociétés, des millions de gens, qui savaient par expérience que le monde était multiple. Faites une journée de marche dans n'importe quelle direction. Que trouvez-vous ? Une tribu avec une nouvelle panoplie de dieux, une langue aussi différente de la vôtre que le tibétain l'est du néerlandais – très peu, en fait, d'un tant soit peu familier. Un seul point commun, l'étrangeté réciproque ; imaginez-vous donc autant d'aspects que de peuplades, tenons-nous-en là, d'accord ? Elles sont innombrables et toutes différentes. Inutile d'envoyer des missionnaires culturels, d'essayer de mettre tout le monde d'accord, sinon dans votre propre tribu. Aussi lorsque les Indiens rencontrèrent leurs premiers Français, Portugais ou Espagnols, les accueillirent-ils simplement par un : « Génial, une autre bande d'excentriques dans ce monde imprévisible. Pas de quoi en faire un plat. »

– Mais ils ont fait du troc avec eux, insista Kate. Ça les intéressait.

– Evidemment, fis-je. Les Européens avaient beaucoup de choses à vendre. Savez-vous le temps qu'il fallait à un Arawak pour façonner un clou à partir d'un coquillage ? Et que faites-vous quand il se casse ? Et les miroirs ! Essayez de vous faire une coiffure compliquée avec pour tout secours une flaque d'eau.

– Vous parlez de technologie, fit remarquer un des économistes en herbe. Les inventions européennes étaient séduisantes.

– C'était à double sens, répliquai-je. Les Indiens donnèrent autant qu'ils reçurent, bien qu'on leur en ait rarement su gré. Qu'est-ce qu'un hamburger sans *pommes de terre* frites et sans *tomato* ketchup ?

Je compris à son expression que j'avais cité sa nourriture préférée. Je n'en restai pas là.

– Un tiers des médicaments utilisés aujourd'hui ont été mis au point ici, bien avant le XVe siècle. Sans parler du concept iroquois de gouvernement représentatif ou l'amendement sur l'égalité des droits.

– Si les Indiens étaient si intelligents, pourquoi ne sommes-nous pas en train de parler leur langue ?

L'économiste n'était pas disposé à se rendre. Providentielle intervention.

– Leurs langues, corrigeai-je. Des milliers de langues, ce qui créait un certain problème de communication interne et ne facilitait pas la propagation des nouvelles. Qui se réduisaient à quelques points. Tout d'abord les Européens étaient organisés et sûrs d'eux. Après des siècles de guerre, ils avaient mis au point tout un système d'armes bien supérieures à ce avec quoi les Indiens – dont les armées se réduisaient généralement à une bande de cousins – pouvaient riposter. Sans parler du fait que les Européens avaient la volonté de gagner et la certitude d'être dans leur droit. Un seul dieu, une seule famille d'où dérivaient toutes leurs langues, un seul récit de la création, un seul programme : l'empire du monde. Ne sous-estimez jamais le pouvoir du culot et de la pensée positive. Ils avaient la certitude que la terre leur appartenait.

Elan Noir était affligé. Avec ses sandales et sa chemise à la Che Guevara, il avait su résister aux charmes de l'Ancien Monde, alors pourquoi les Indiens y avaient-ils succombé ?

– Pourquoi ne se sont-ils pas défendus ? demanda-t-il, désolé. Pourquoi ont-ils si facilement cédé leurs terres ?

Il était temps de lâcher la véritable bombe.

– Ça n'a pas été la cavalerie, dis-je. Mais les microbes. L'assaut a débuté de manière invisible, fortuite, favorisé par l'air, le contact, les puces, le sang, une poignée de main. Le premier Européen qui a posé le pied en toussant sur le continent nord-américain a probablement tué plus d'Indiens que n'aurait pu l'imaginer George Armstrong Custer dans son rêve le plus fou. On estime à plus de cent millions le nombre des habitants de l'hémisphère ouest en 1491, dont 95 pour 100 moururent de variole, rougeole et autres maladies importées d'outre-mer. Ils ne savaient pas ce qui les frappait. Il n'y avait pas de précédent, aucun médicament qui fît de l'effet. Ce fut presque la fin du monde. Quelques individus, par un hasard de la génétique, étaient naturellement immunisés; ils devinrent les ancêtres de l'actuel peuple indien.

Je m'arrêtai.

Était-ce la grossesse, la taille du bébé qui me comprimait les poumons ? Je me sentais légèrement étourdie. Dans le silence habité par la respiration de mes étudiants, le bruissement de leurs stylos, j'entendis une voiture s'arrêter dans la rue, suivie par le claquement sourd d'une portière. Puis la voiture démarra dans un rugissement. Ce ne pouvait être que Nash.

Mes élèves me regardaient, stylos en l'air, sourcils froncés – concentration authentique chez certains, affectée chez d'autres. D'un instant à l'autre, je le savais, le visage perplexe de Nash s'encadrerait dans la fenêtre juste derrière moi, essayant de comprendre ce qui pouvait bien se passer.

– Fermez les yeux, dis-je dans un éclair d'inspiration.

J'avais devant moi toute une classe de visages fermés. J'eus soudain envie de m'échapper de la pièce, de monter et de me glisser sous mes couvertures.

– Maintenant, imaginez-vous à une autre époque, proposai-je. Vous faites partie d'une communauté, disons l'endroit où vous avez grandi, peuplée de gens pareils à ceux que vous y avez connus. Des gens amoureux. Des couples mariés se disputant avec leur belle-famille. Des enfants sortant subrepticement la nuit pour regarder les étoiles filantes, comme vous l'avez fait. Des gens prêts à se venger de leurs voisins pour une insulte. Des gens espérant que demain sera meilleur qu'hier. Puis soudain, sans raison, ils se mettent à tomber malades. Ils ont des croûtes sur le corps. De fortes fièvres. Ils deviennent fous. Ils essayent tous les remèdes qu'ils connaissent, remèdes généralement efficaces, mais malgré les traitements de leurs médecins, ils continuent à mourir. Les vieux et les bébés partent d'abord, puis les robustes. Presque tout le monde meurt. Ceux qui ne meurent pas tout de suite se retrouvent si seuls qu'ils regrettent de ne pas être morts.

Les jeunes visages bien soignés avaient l'air tristes, piteux. J'entendais Nash approcher, puis je perçus le craquement des buissons desséchés, lorsqu'il se haussa pour regarder à l'intérieur de la maison. C'est tout juste si je n'entendais pas son cerveau s'enclencher à la vue des étudiants en méditation. Les rouages cliquetaient à essayer de dégager une explication plausible. Étions-nous devenus bouddhistes durant son absence ? Je lui fis mentalement signe d'entrer, de dire bonsoir, et d'aller dans sa chambre, de ne surtout pas créer d'incident.

Mais les parents ont un sens, pas tant un lien tangible qu'une perception, du réglage de l'enfant, et chez Nash quelque chose était déréglé. Il resta un peu trop longtemps à la fenêtre, hésitant. Ce n'était pas uniquement la pièce remplie de zombis – il voulait cacher quelque chose et ne savait pas très bien comment s'y prendre. Avant qu'aucun des étudiants n'ait ouvert l'œil, je repris la parole.

– Devant l'impuissance de votre médecine, de votre science, vous cherchez des explications religieuses ou politiques. Dieu est en colère, le destin est cruel. Certains prétendent que c'est l'œuvre d'ennemis, de sorciers. Il faut les avoir avant qu'ils ne vous aient. Mais en attaquant vos ennemis, vous ne faites que répandre la maladie. Tous vos efforts ne font qu'empirer les choses.

Les pieds de Nash raclèrent contre l'écorce de l'arbre qui poussait à côté de sa fenêtre ; il se hissait dans ses branches. Une brindille se cassa et le bébé donna un coup de pied. Il était maintenant sur le toit, puis de lourds pas se firent entendre au-dessus de ma tête.

J'avais écouté trop longtemps, et les étudiants avaient ouvert leurs yeux. Ils avaient le visage tourné au plafond ; ils écoutaient aussi ; lorsque Nash tomba sur le sol de sa chambre, ils me regardèrent avec effroi. Il y eut une série de chutes, et j'imaginais livres, ordinateur, tirelire, lampe, radio basculant en chaîne.

Sortant en trombe de la cuisine, mémé traversa la pièce et gravit l'escalier. Puis elle frappa à sa porte. Mes étudiants étaient prêts à prendre des notes ; je les regardais impuissante.

Elan Noir aurait parié pour un sorcier en chambre, ou quelque esprit frappeur. Si ce n'était que cela – mais la concierge ne s'y serait pas trompée : il y avait un toxico dans le grenier.

– Rentrez chez vous, leur dis-je. Le trimestre est fini. Vos devoirs pour lundi. Reposez-vous bien.

Inutile d'expliquer la situation. J'étais en face d'adolescents qui respectaient la loi, avaient rempli des dossiers de recherche, avaient été admis à Dartmouth. Motivés, consciencieux. La progéniture de parents fiers, rappels de mon échec.

Mémé se tenait tête penchée derrière la porte verrouillée de Nash.

– Il ne veut pas répondre, dit-elle vaincue.

Par acquit de conscience je demandai à Nash de sortir. Pas de réponse.

– Attends ici, dis-je à mémé.

J'allai chercher ma boîte à outils dans le placard de la salle de bains. De retour dans le corridor, je plaçai le tournevis sur les gonds et donnai un coup de marteau ; le métal céda facilement. Aucun bruit ne provenait de l'intérieur.

– Nash, l'avertis-je. Écarte-toi.

Je libérai les gonds puis, avec l'aide de mémé, j'abaissai la porte et passai dessus pour entrer dans la chambre de mon fils. Il était affalé sur son lit.

– Nash ?

Il ne bougeait pas. Ma voix était normale, mais un léger frisson de peur me descendit le long des bras et m'enserra le ventre, derrière le bébé. Nash ouvrit alors les yeux et tenta d'accommoder.

– Oh merde, m'man.

Ma peur se mua en colère, une vague de soulagement mêlée à une rage telle que mes jambes flageolèrent et que je dus me poser sur le bord du matelas. Nash sourit d'un air rêveur puis, se détournant de moi, il se cala dans un méli-mélo de couvertures. Il sombra aussitôt dans un profond sommeil. Je le saisis par la cheville et lui secouai sauvagement la jambe.

– Qu'est-ce qui ne va pas ?

– Qu'est-ce... ?

Je lui tirai le pied, le secouai de nouveau.

– Hé, m'man, arrête. – Il avait toujours les yeux fermés. – Que veux-tu qu'il y ait, si je dors ?

Je lui lâchai le pied, me levai et le regardai. Ses longs cheveux étaient collés à sa joue ; il avait ramené sur lui une partie de la literie et replié une jambe par-dessus l'édredon. Il dormait comme un enfant, mais il avait un corps d'homme ; il était fort et large d'épaules.

– Il est drogué, je pense, dis-je à grand-maman. Camé.

Son pouls était régulier, sa respiration égale, mais son sommeil était trop profond, trop soudain. Mémé éteignit la lumière, et nous restâmes sur la porte tombée, juste à l'extérieur de la pièce, regardant à l'intérieur. S'il faut un commencement à tout, un seuil était franchi. Un air froid entra par la fenêtre. Il se dégageait de Nash une odeur de crasse et de drogue. Des objets brisés jonchaient le sol, son enfance gisait en morceaux. Son avenir était suspendu, menaçant, au-dessus de nous, et j'étais traversée par l'émotion, trop faible pour arrêter la pluie.

– Ça va aller, dis-je à mémé, en lui touchant l'épaule.

Elle posa un instant la main sur mon bras, et pour une fois ne dit rien.

J'essayai de replacer l'incident dans son contexte. Même si Nash était soûl, camé, défoncé, c'était la première fois que je le constatais. C'étaient, me dis-je, des choses qui arrivent, un rite de passage propre à la fin du XXe siècle. Mais à minuit, je me demandais encore si je ne devais pas contrôler pour la dixième fois la respiration de Nash, le réveiller, ou bien laisser tomber et pleurer dans mon oreiller. *Comment pouvait-il me faire ça ? Et maintenant ?* La pensée de son égoïsme m'obsédait tellement que je ne voyais d'autre solution que de me rabattre sur le demi-litre de glace à la cerise, caché dans le congélateur en bas. J'envisageai sérieusement de quitter mes draps frais, de traverser le corridor dans l'obscurité, de ramollir la glace dans le four à micro-ondes, lorsque je m'endormis. Je fus réveillée huit ou neuf heures plus tard – il faisait grand jour – par une forte sensation de tiraillement cadencé, une vraie contraction, qui m'apprit avec certitude que mon corps se préparait enfin à donner naissance au bébé.

Avant les premières contractions, on croit que l'accouchement ne viendra jamais. Une fois le travail commencé, on oublie l'avoir attendu. La naissance de Nash avait été longue et difficile, des éclairs de douleur, puis le brouillard de l'anesthésie. Il s'était présenté par le siège avec les pieds repliés derrière les oreilles, position que j'ai depuis considérée comme une métaphore de sa vie. Sara m'avait convaincue que ce bébé-ci se présentait par la tête, et j'avais immédiatement songé au tour de tête de Roger. Je me le rappelai moyen, et encore, ce qui me rassura. J'avais fait mes exercices, les roulements de hanches, le gros dos, mes respirations. Je crois que, si je n'appelai pas Hilda ou Sara immédiatement, c'est qu'en dépit de ma forme, plus que moyenne, de mon âge et de l'angoisse des dernières semaines, j'étais confiante et calme.

Toute crainte m'avait quittée. Les rayons de soleil filtraient à travers mes fenêtres poussiéreuses formant un arc magique, fourmillant d'atomes de poussière embrasés. Le ciel était d'un bleu doux et froid, et un vent nonchalant poussait dans l'air de gros blocs de nuages. Je regardais douze minutes rouges se dissoudre et se reformer sur le réveil digital posée à côté de mon lit. Chaque chiffre était formé par le même jeu de traits; seul leur éclairage changeait avec l'écoulement du temps. J'attendais une contraction assez forte pour commencer mes exercices respiratoires. Je ne voulais pas quitter ce lit, cette chambre avec mes tableaux préférés. Je ne voulais pas quitter le carré bleu de ma fenêtre, les petits oreillers verts en soie brodée que j'avais achetés dans le quartier chinois de Boston, les livres et les faïences de Rosebud Sioux, mémé, ses thés amers et ses piments verts, Nash, même Nash, je ne voulais pas quitter cet univers confortable et connu.

J'appelai Sara.

– Si ça vous dit, prenez une bonne douche bien chaude, et détendez-vous en attendant qu'Hilda arrive. Je vous retrouve à la maternité.

J'attendis une nouvelle contraction avant de composer le numéro des Seelbinder. La sonnerie du téléphone retentit cinq fois. Le méchant chat de mémé entra dans ma chambre, jeta un regard circulaire et ressortit. Si Roger répondait, décidai-je, je raccrocherais et accoucherais à la maison.

Racine était au bout du fil. Son père était spécialisé dans l'histoire du théâtre français; sa mère, actrice de genre à la télévision. Dans ce contexte, Racine était devenu quelque peu comédien. À la fois intelligent et bienveillant, sensible et percutant, c'était le plus dévoué des pères et un adorateur des femmes à tous les stages de la reproduction. En bref, il était l'homme idéal dans ma situation.

– Hilda est en plein cours; j'arrive tout de suite.

C'était le plan de secours, et Racine avait l'air tellement content que la roue se soit arrêtée sur lui que je m'en rengorgeai; mais une violente contraction m'envahit brutalement. Bien qu'indolore, celle-ci était bizarre, instantanée, comme le heurt d'un mur de briques. Je laissai tomber le téléphone. Trop abasourdie pour me rappeler mon schéma respiratoire, j'émis de curieux bruits désordonnés, si éloquents aux oreilles de Racine que lorsque je repris, calmement, le récepteur et dis : « Excuse-moi », je n'entendis que la tonalité.

Je me douchai avec du savon au vétiver dans le cabinet de toilette de mémé équipé d'une rampe, puis revêtis une espèce de caftan en épais coton vert repéré dans un magasin pour femmes fortes, que j'avais réussi à remplir devant mais que j'imaginais, ou espérais, pouvoir reporter par la suite. Mon sac étant prêt, je le descendis et entrai dans le salon où mémé était assise, raide, dans son fauteuil à bascule en osier.

Elle somnolait comme le font les vieilles personnes, légèrement et régulièrement, sans perdre son maintien. Elle avait les pieds sagement joints sur le sol et ses mains reposaient fermement sur les accoudoirs. Je m'assis en face d'elle dans le siège inclinable en vinyle et l'observai. Nous nous entendions mieux, lorsqu'elle était inconsciente, lorsque je pouvais me bercer de l'illusion que c'était une douce vieille dame. Elle avait la peau veloutée, comme le toucher de l'eau, sa nouvelle robe-chemisier imprimée de roses lui couvrait le genou. Sa petite tête s'adaptait exactement dans le creux du coussin de l'appui-tête. Elle personnifiait le temps arrêté, calme dans le chaud éclat du soleil, le vent muet qui remuait les branches d'érable de l'autre côté de la route.

Orpheline à douze ans, recueillie par des religieuses catholiques, mariée à dix-sept ans – enlevée par un romantique cheminot mi-irlandais mi-Cœur d'Alene et emmenée en voyage de noces à Tensed, dans l'Idaho, en wagon couvert –, Angeline Begay Manion s'était crue sauvage, jusqu'à ce que ma mère se soit révélée et lui ait damé le pion, jusqu'à ce qu'elle m'ait eue, moi. Mémé avait la force de caractère d'une autodidacte. Quelque part dans le chaos de sa vie, elle s'était, prétendait-elle, frayé un chemin, à force d'opiniâtreté et de ruse, à travers cours du soir et cours par correspondance. Elle avait enseigné, écrit pour des journaux tribaux sur tous les sujets imaginables, et elle avait couru le pays. Elle avait été à Adak, Alaska, et à Philadelphie, Mississippi. Je discernais parfois les empreintes de son histoire dans certaines expressions, dans son habileté avec Nash, dans ses réveils instantanés – aussitôt lucide, agressive, sur ses gardes, comme un prisonnier de guerre, un chien errant.

Elle ouvrit les yeux, ploya les mains, vit mon sac.

– C'est le moment, dit-elle.

Adieu, douce vieille dame. Salut, Angeline.

– Les contractions sont encore distantes de plus de dix minutes, rien d'alarmant. Racine arrive.

En fait, il était là. Il avait fait la route qui me prenait plus d'une demi-heure, les meilleurs jours, en dix-huit minutes. Il était entré dans la maison sans frapper, il s'y était matérialisé avec une telle soudaineté qu'il semblait avoir traversé les murs. Contrariée de ne pas avoir entendu sa voiture, de ne pas l'avoir accueilli, mémé était tout à fait capable de lui demander de ressortir et de rentrer normalement, mais je ne lui en laissai pas l'occasion.

– C'est le moment ou jamais, dis-je en me propulsant vers la sortie.

J'étais dans la voiture avant l'arrivée de la contraction suivante. Mémé m'y poursuivit et me fourra dans la main un petit sac fait dans le même tissu que sa robe. Racine se glissa derrière le volant, et la Volvo, dont le moteur tournait au ralenti, s'ébranla. Au moment de disparaître au coin en dessous de la maison, de l'autre côté d'un bosquet clairsemé, j'agitai frénétiquement la main. Elle se tenait le bras figé en l'air, silhouette minuscule dans un brouillard de feuilles vertes.

– N'attrape pas de contravention, dis-je. Il s'en faut de plusieurs heures.

L'épaisse bourre rousse des cheveux de Racine lui tombait en volutes autour des oreilles et sur le col de sa veste. Je regardai ses mains sur le volant. Carrées, musclées, précises. Elles auraient pu appartenir à un menuisier.

– Est-ce que je mets de la musique, quelque chose de calme, Chopin ?

– Parfait, dis-je. Je vais très bien.

Les cinq premières minutes du prélude « Goutte d'eau » emplirent alors la voiture. J'avais l'impression d'assister à un film étranger avec bande sonore mélodramatique. Sa monotonie me fit perdre le contrôle de ma respiration, et je dus m'enfoncer dans mon siège, me recentrer, yeux fermés, afin de reprendre le dessus. Je poussai sur le bouton « eject ».

– Ça va ?

– C'est étrange, marmonnai-je, submergée par une nouvelle contraction qui ne s'arrêta pas, mais se confondit avec la suivante.

Agrippée au tableau de bord, je me balançai contre ma ceinture de sécurité.

– Fonce ! dis-je, dès que j'eus repris ma respiration.

Il s'exécuta et le monde défila à toute allure – je le sentais, mais ne le voyais pas vraiment. Je haletais, front appuyé contre le sac fleuri qui dégageait un parfum de cèdre. Les arbres se fondaient, fumaient, maisons et granges, taches de blanc, taches de rouge, clôtures illisibles comme des signatures de peintres, puis la ville, kaléidoscope de bruits et de détails, la campagne encore. Des klaxons retentirent, lorsque Racine brûla un feu rouge, puis, enfin, la voiture s'arrêta devant l'entrée couverte des urgences.

Un jeune homme, une jeune femme et un fauteuil roulant se matérialisèrent. La femme essaya de m'enlever le sac de mémé, mais je m'y accrochai.

– D'accord, d'accord, fit l'infirmière d'un ton apaisant. Gardez-le.

Une fois, deux fois, j'eus une envie presque intolérable de pousser. J'étais bel et bien dans les douleurs. « Douleurs » est un mot interdit pour les défenseurs de l'accouchement dit « sans douleur », mais ce que je ressentais était très éloigné de l'« inconfort », plus apprécié. J'empoignai Racine.

– Ne pars pas.

Il me serra la main. J'étais tout de suite dans le bain, pas le temps de m'habituer à l'eau. Il y avait la porte de la salle de travail... Sara, qui fit entrer l'anesthésiste. Après des semaines de tergiversations, j'avais finalement demandé une épidurale. Mais le travail était tellement avancé que c'était maintenant hors de question.

J'essayai de plaisanter, de dominer la situation, et de me mobiliser pour la suite. Mais j'étais abattue, j'avais peur, je redoutais la prochaine contraction. Elles s'enchaînaient maintenant presque sans interruption.

– Vous êtes à huit centimètres, annonça Sara. Le bébé est là. Qu'est-ce que vous avez fabriqué ?

– Recherche, réussis-je à prononcer.

Ce fut ensuite le bébé qui prit la direction des opérations. Beaucoup de mise en scène, beaucoup de bruit, des sons métalliques. Comme si mon corps était distrait, puis s'intéressait à ce qui se passait autour et à l'intérieur de lui, les contractions se ralentirent. Je m'appliquais à calmer le tremblement des doigts de Racine, je répondais à son étreinte.

– J'abuse, vraiment, dis-je en manière d'excuse.

Racine se pencha, me passa le bras autour des épaules et me soutint. Je nageais dans l'air, air aveuglant qui bourdonnait d'éclairs.

– Eteignez-moi ces lumières! m'écriai-je.

Mais il n'y avait pas de lumière, et lorsque les contractions cessèrent, je vis l'obscurité augmenter, paralysante, menaçante.

– Formidable, on y est presque, dit Sara. Écoutez-moi bien,

Vivian. Les naissances rapides peuvent être dures. C'est tellement soudain. Respirez.

Mais j'eus le souffle coupé, comme si j'avais été jetée par un brisant écumant contre le fond de la mer. J'essayai de remonter, de surnager mais, vague après vague, j'étais submergée, brisée, précipitée sur le lit d'hôpital. J'étais comme une noyée avec, pour seul repère, Racine. Son étreinte à laquelle une part de moi-même se raccrochait avec espoir. Sa main, la seule pression de cette main était une bouée qui me rattachait à moi-même. Sa présence signifiait que tout cela aurait une fin, me rappelait que le jeu en valait la chandelle. Puis je perdis tout repère, tout appui, je larguai les amarres. La nuit m'engloutit.

– Poussez maintenant, ordonna Sara.

Je poussai. Je poussai comme une folle. Comme si j'étais au cabinet.

– Ça devrait aller, m'entendis-je péniblement prononcer, en retombant sur le dos.

Il y eut un silence. Contrainte à l'effort pour éviter les crampes, je me transformai en mécanique. Je puisais ma substance dans les objets qui m'entouraient, regardais, quand je le pouvais, la pendule murale. Le temps qui passe était mon ami. Ce bébé avançait centimètre par centimètre, mais parfois, lorsque je cessais de pousser, il reculait. J'étais le point de mire d'une petite équipe de supporteurs.

Me rappelant le sac que m'avait donné mémé, je demandai à Racine de l'ouvrir. Lorsqu'il l'eut fait, une odeur douceâtre de glycérie se répandit autour de moi, fumée de sauge, parfum d'écorce de cèdre. Je quittai un moment la salle pour me retrouver dans la réserve, recluse dans l'obscurité de la hutte de travail, à murmurer les prières appropriées. Je voyais les rochers embrasés, entendais le crépitement de l'eau tombant d'une louche, la vapeur si chaude que mes cils me brûlaient les joues et que mon souffle me brûlait les mains. Je tirais ma force de la paix que me procurait le fait d'être où je devais être, au contact de la terre. Je pris une profonde respiration et avec la longue poussée suivante, interminable poussée, où j'épuisai tout ce que j'étais, où je sentis mon corps s'étirer de façon absurde, pont entre ce monde et l'autre, je m'abandonnai, et mon bébé glissa dans sa vie.

Elle était rouge, ferme et potelée. Sara la plaça sur ma poitrine, la recouvrit d'une serviette d'hôpital. Je la touchai et elle me regarda droit dans les yeux, comme sa grand-mère, vive comme un trimardeur dans un dépôt de trains.

– Mademoiselle Violet Twostar, dis-je. Bonjour.

Lorsque Nash prit le combiné, sa voix trahissait une véritable excitation, une émotion sincère. Nous sommes parfois deux piles dans un boîtier de torche, et c'est pour le contact inespéré que je fais front, casque, m'inquiète et lutte.

– Tu es grand frère, annonçai-je. Ça y est.

– Racine me l'a dit. C'est une vierge, un cul serré.

– Je rentrerai dès qu'on me laissera sortir.

– Comment te sens-tu ?

– Je t'aime, Nash.

Je réagis avec trop d'empressement, je l'effarouche, alors qu'il a fait le premier pas. Il hésita juste un instant, puis prononça d'une voix basse :

– Moi aussi, m'man.

Mémé prit l'appareil.

Je n'avais pas eu le courage de lui dire que je voulais donner au bébé le nom de ma mère, sa fille dévoyée – les années écoulées depuis le jour où elle s'était enfuie n'avaient pas radouci le cœur de mémé. Plus moyen maintenant de l'éviter.

– Elle s'appelle Violet.

– Violet *Marie,* marchanda immédiatement mémé. Comme ma mère à moi.

Dans notre famille, il y a un gène capricieux, un trait de caractère, mélange de témérité, d'imprévoyance et d'implacabilité, qui revient à chaque génération. Le père de mémé, mémé, ma mère, un cousin mort brusquement, et peut-être Nash, avaient tous tendance à faire des étincelles. En entendant le ton de la voix de mémé changer, j'examinai ma fille. Je n'étais manifestement pas son seul parent.

Par endroits, ses cheveux, fins poils blonds, poussaient à la verticale. Ses doigts étaient longs et effilés, serrés comme s'il leur démangeait déjà de s'enrouler autour de leur premier stylo. Avait-elle échappé au gène fugueur ? Le sang bleu avait-il dominé ? Non. Elle s'était assoupie. Elle ouvrit la bouche et une bruyante explosion emplit la pièce.

Aucun doute, elle était bien la fille de Roger, mais à la BMW avaient été ajoutés des ailerons, des chromes et une calandre menaçante. Ce bébé était turbo-injecté.

Je savais que c'était à moi de prononcer la première le nom de Roger. Que diable !

– Est-ce que Roger est au courant ? demandai-je, lorsque Racine et Hilda vinrent me rendre visite.

Racine dut tourner la tête pour regarder Hilda, ce qui rendit d'autant plus évidente son hésitation. Elle le laissait toujours annoncer les nouvelles délicates, exprimer les nuances.

– Il a veillé chez nous.

– Vous lui avez dit ?

– Moi, admit Hilda. Je lui ai également dit de te laisser l'initiative de prendre contact avec lui quand tu le voudrais – si tu le voulais –, j'ai bien fait ?

Elle était persuadée d'avoir parfaitement lu mes pensées.

– Absolument.

J'avais pris un ton catégorique, mais je ressentis une pointe de déception. S'il avait été impossible à Roger de ne pas prendre part à l'événement, s'il avait fait irruption dans la chambre et s'était jeté au pied du lit, eh bien, peut-être ne l'aurais-je pas mis à la porte. Mais il ne l'avait pas fait.

– Ça n'a aucune importance, mais comment a-t-il réagi ?

De nouveau le silence. Mes amis évaluaient réciproquement leurs intuitions.

– Il est devenu stoïque, admit finalement Racine.

– Qu'est-ce que ça signifie ?

– Eh bien, il s'en veut beaucoup, poursuivit Hilda en voyant mon expression.

– Il ne s'en veut pas. Au mieux il a un sentiment d'échec moral.

J'avais dit, des mois auparavant, à Roger de ne pas se montrer, mais je ne lui pardonnais pas son obéissance.

Tard cette nuit-là, étendue dans une espèce de stupeur, j'écoutais d'une oreille distraite la nouvelle mère du lit voisin faire l'article sur les Tupperware qu'elle vendait pour gagner sa vie. Elle expliquait les mystères du sas, le « rot » breveté, les moules en plastique pour glaces à l'eau, les boîtes à gâteaux, les moules à manqué et la fermeture qui avait « l'imprimatur du mari ». Vers 1 heure du matin, ayant abandonné toute réserve et complètement réveillée, je commençai à y prendre intérêt. À 2 h 30, j'étais convaincue qu'il n'y avait plus de raison que ma cuisine ne soit pas bien organisée, que cet ordre nouveau infiltrerait de quelque façon ma vie, que par le simple achat de ces bacs et boîtes en plastique je pourrais vaincre le chaos. Si seulement il existait un produit indestructible qui protège les adolescents et leur évite de se gâter. À 4 heures, nous nous étions endormies, nos bébés emmaillotés dans leurs langes gaufrés rose et bleu, le sien, comme de juste, dans un berceau en plexiglas, le mien serré contre moi. La respiration de Violet était légère, rapide et presque indiscernable. Son cœur n'était plus uni au mien.

Une part de moi-même souhaitait sortir de l'hôpital, une autre craignait d'en partir. Lorsque j'avais ramené Nash à la maison, il avait crié des heures durant, ne s'arrêtant que lorsqu'on le nourrissait ou qu'on le promenait d'un bon pas dans la maison. À la fin du troisième mois, son père, Purvis Twostar, avait craqué. C'est à ce moment-là qu'il avait décidé de devenir médiateur, s'était rendu à Genève avec une organisation internationale et n'était jamais revenu. Plus tard, il était réapparu en Australie à l'occasion d'une conférence sur les droits des aborigènes, où il avait rencontré la minette de Stanford, bronzée, aimante et blonde, qui était devenue sa seconde femme et l'avait attiré à Sausalito.

Seule avec le bébé, et essayant de terminer une licence d'anthropologie, je m'étais débarrassée, comme d'un manteau d'hiver, des kilos que j'avais pris pendant ma grossesse. Sur les photos prises de moi cette année-là, j'ai l'air fatigué et désespéré d'un chat affamé. Nash, pour sa part, prospérait, ses cris lui réussissaient manifestement, de sorte que, lorsque mémé décida de venir vivre avec nous, c'était un énorme bambin, vigoureux et heureux de vivre, et elle ne comprenait pas pourquoi j'avais fait tant d'histoires. Il était le fils qu'elle avait toujours voulu et il l'adorait.

Purvis ne manquait pas le moins du monde à Nash, en tout cas c'est ce que je me disais au début. Mais lorsque je le vis compter les jours qui le séparaient de son séjour d'été en Californie, parler, des semaines après son retour, de son père, de Betsy et de l'océan, il me fallut bien réviser mon opinion. Lorsque Betsy commença à avoir ses propres bébés, les invitations s'espacèrent. Nash prétendait s'en moquer, mais je savais qu'il se sentait remplacé et abandonné – et je décidai que cela ne se reproduirait pas.

Il ne facilita pas les choses.

Je ne pouvais plus me supporter une minute de plus dans cet hôpital, mais j'en avais assez de demander des services, aussi commandai-je un taxi. Mémé sortit seule pour m'accueillir. Dès qu'elle vit Violet, ses yeux brillèrent de convoitise, et je me rendis. Cette bataille-là nous la livrerions plus tard, et souvent.

– Assieds-toi, non, allonge-toi.

Mémé faisait semblant d'être choquée de me voir sur pied, mais je n'étais pas dupe. Elle voulait seulement se débarrasser de moi pour pouvoir examiner le bébé à loisir. Je m'étendis sur le canapé, les pieds en l'air, et attendis que Nash descende de sa chambre sans porte.

Mais il ne descendit pas. Mémé fronça les sourcils.

– Je n'ai pas réussi à le retenir.

Les premières semaines de la vie de Violet sont restées floues, à part le repas qu'Hilda et Racine avaient tenu à faire à la maison, le premier samedi après mon retour. Le matin, ils se consacrèrent aux cuissons, l'après-midi, aux marinades et, le soir, ils disposèrent le festin sur de petits plateaux autour du canapé, de façon que je reste allongée, leur filleule dans le creux de mon giron.

Hilda me tendit une petite assiette avec un minuscule croque-madame brûlant. Elle me versa un verre d'eau de source glacée, étala ma serviette sur moi, puis elle trinqua avec Racine et mangea trois petits sandwiches à la suite. C'était une redoutable mangeuse, elle me sidérait toujours par les quantités qu'elle était capable d'engouffrer.

– Violet est un miracle, dit Hilda, débordante de sentiment. Une âme pure.

– Et le péché originel ? fit mémé en me regardant sévèrement.

Le premier sacrement se dressait entre nous. Comme Pascal, elle faisait le pari et optait pour le baptême. Je me réservais.

– Elle a peut-être un petit goût de fruit défendu au coin de la bouche, dit Racine en caressant la délicate couverture au crochet. J'adore les affaires de bébé.

– Un des rares hommes qui admettent ce genre de chose, dit tendrement Hilda. La tendance semble avoir changé ou, plutôt, régressé. Cet été, mes étudiants ont plutôt développé leurs pectoraux que leurs cerveaux. Je regrette ces jeunes Werther à la barbe clairsemée, j'ai la nostalgie de ces sensuels regards baudelairiens. Eux, au moins, avaient une conscience aiguë de leur péché originel.

– Hilda, bien sûr, fit remarquer Racine, est arrivée sans tache.

– Les bébés juifs ont assez de souci comme ça.

– Surtout s'ils sont nés à Bratislava en 1943, dit Racine en lui touchant le bras.

– Saint Augustin croyait que le péché originel était transmis par l'acte de la procréation, dis-je. Le sexe.

Mémé m'adressa un regard désapprobateur, et je me dis que s'il était un couple qui avait eu l'occasion de donner raison à Augustin, c'était Roger et moi. Après avoir fait la découverte l'un de l'autre, chacun de nos péchés était originel, mais notre passion avait changé, et, fussions-nous restés ensemble, je me demandais si elle ne serait pas devenue une confortable routine. Peut-être nous serions-nous mis à manger du pop-corn au lit, en regardant de vieux films. J'étais contente d'avoir rompu, au plus brûlant de nos relations.

Je me demandais comment les couples mariés depuis longtemps réussissaient, comme on dit dans les magazines féminins, à « ranimer la flamme ». Hilda et Racine n'avaient recours à aucune thérapie ; pas de lingerie provocante ni, comme je l'avais lu quelque part, aucun truc – par exemple, ouvrir la porte à son épouse, vêtu en tout et pour tout de cello-frais. Peut-être n'avaient-ils même pas besoin de songer à ce genre d'artifices. Ou peut-être que si. Qui savait à quoi s'adonnaient les autres derrière des portes closes ? Qui parmi nos collègues de Dartmouth aurait reconnu Roger Williams, le jour où, se prenant pour un satyre de vase grec, il s'était enroulé du lierre autour des oreilles ?

Pourtant Hilda avait vraiment l'air normale avec son plateau de coupes imitant la peau grenue de l'avocat. À l'intérieur de chaque coupe une moitié de vrai avocat, assaisonnée de jus de citron vert et d'huile d'olive, et remplie d'un mélange de crevettes, de crabe, de riz et de pignons. Dès la première bouchée, des larmes de joie m'emplirent les yeux.

– Quand j'étais petite, ma famille cultivait des avocats, annonça mémé. Ma grand-mère et mon grand-père se sont disputés pour savoir s'il fallait ou non me baptiser. Pépé était catholique, et voulait que je le devienne. Mémé était guérisseuse. Pépé craignait, si je n'étais pas baptisée, que je retourne dans les limbes, où, disait-il, je tournoierais éternellement.

– La béatitude charnelle pour l'éternité. – Me revenait à l'esprit la définition des limbes de l'école primaire. – Tout à fait ton truc.

– C'était un châtiment ? demanda Racine qui n'y comprenait plus rien.

– J'avais neuf ans au moment de la cérémonie.

Absorbée par son histoire, mémé poursuivit sans se préoccuper de nous.

– Je devais donc être sage toute ma vie.

D'un regard, elle me défia de le nier. Car, en fait, elle s'était donné de la marge ; je le savais grâce aux bavardages de ses amis.

– Elle est pieuse maintenant, dis-je. Pas de plaisir charnel de quelque ordre que ce soit.

Hilda eut une exclamation et attendit la fourchette en l'air. Mais, distraite par les hors-d'œuvre, mémé s'était momentanément désintéressée de la conversation. Pour combler le silence, Racine fit une mauvaise plaisanterie pour expliquer que dans sa jeunesse il avait été un coureur de jupons.

Je le regardai incrédule.

– Bien sûr, dit-il pour sa défense, le concept de péché n'a rien à voir avec le bien ou le mal. Mais avec l'obéissance. Il faut se soumettre à l'autorité transcendante, Dieu, l'Eglise, la communauté, ou toute autre chose. Le péché est une déviation.

Il se sourit à lui-même d'un air absent, empila les assiettes vides sur le plateau et disparut.

– Je suppose, dit Hilda en s'appuyant rêveusement dans son siège et en faisant tournoyer le pied de son verre, que Racine est en train de découper le gigot, de mettre un peu de moutarde dans la sauce à la crème, et de faire réchauffer les petites galettes de pomme de terre que nous avons apportées de la maison. Je pourrais aller l'aider mais, à ce stade, il aime bien régner sur la cuisine. Je le gênerais.

– La vaisselle est pour moi, dit mémé. Je la ferai tout à l'heure.

Ainsi, puisque grâce à Violet j'étais dispensée de toute tâche, nous attendîmes, confortablement installées et la conscience tranquille, pendant que de la cuisine nous parvenaient de fébriles bruits de vaisselle, des bouffées de fumée ou de délicieuses odeurs.

– Je sais que tu dois être inquiète pour Nash, dit Hilda d'un ton qui se voulait consolateur.

J'acceptai sa consolation. Je lui avais dit ce qui s'était passé le soir où j'avais reçu ma classe, mais ça ne l'avait pas impressionnée.

– Il y a quelques années, Racine et moi avons eu beaucoup d'ennuis avec Mark, avait-elle dit.

– Mark ? Ce fils modèle ? Ce jésus en sweat-shirt !

Hilda acquiesça.

– Même lui. L'adolescence n'en épargne aucun. C'est extrêmement déroutant. Racine a opté pour une solution physique, je me rappelle. Il a décidé que Mark avait besoin de quelque chose, autre que la drogue, qui le désoriente vraiment. Et un soir, en regardant dans le journal, nous avons remarqué qu'il y avait toutes sortes de leçons – chant, danse du ventre, claquettes, équitation, toutes sortes de choses. Notre choix s'est arrêté sur le karaté parents-enfants. Au lieu de cela, Mark s'est intéressé aux poissons tropicaux.

– Un garçon qui élève des tétrodons luminescents au lieu de renifler de la coke. Si tu te plains de ce gosse, je te tue.

Elle changea de sujet.

– Racine m'a dit que tu écrivais un article sur Christophe Colomb. Alors ? Était-il ou n'était-il pas juif, comme le prétend Roger ?

J'essayais de reconstruire en esprit les bribes de preuves ésotériques trouvées à la bibliothèque. Bien que réunies et présentées avec soin, elles paraissaient davantage arrangées pour satisfaire aux a priori des biographes de Christophe Colomb que pour prouver objectivement une théorie ou une autre, et je n'étais pas disposée à reconnaître que Roger avait raison en quoi que ce fût.

– Je ne sais pas encore. Je peux seulement dire qu'il a quitté l'Espagne l'année où Isabelle a chassé les juifs non convertis, mais c'était peut-être pure coïncidence. En fait, rien ne dit que son bateau n'a pas doublé celui où se trouvait le grand-père de Spinoza, en route pour Amsterdam.

– N'en croyez pas un mot, déclara mémé. Au couvent où j'ai été envoyée, les bonnes sœurs mexicaines utilisaient un vieux livre pour nous apprendre l'espagnol. Grâce à elles, et par mon intermédiaire, tu le parles et le lis, Vivian. J'ai dû tant de fois recopier et traduire des fragments de la *Lettera Rarissima* de Christophe Colomb que je pourrais les réciter par cœur. Tu te rappelles la lettre de Christophe Colomb à la nourrice du prince Jean ? « Pour une femme », c'est-à-dire une Indienne, « on donne cent castellanos. » Oh oui, cet homme était un catholique bon teint. Peu importe le nombre de filles qu'il a vendues, il a commencé et fini pauvre.

Je flanquai le plateau par terre pour la faire taire. Je détestais quand elle était grossière avec mes amis. Hilda et Racine avaient préparé ce merveilleux repas, et tout ce qu'elle trouvait à faire, c'étaient des déclarations antisémites, anticatholiques et antisociales.

– Il était peut-être italien, dit Hilda. Les Russes le revendiquent, vous savez. Les Norvégiens aussi. Peut-être n'a-t-il jamais existé.

Mémé roula des yeux, comme elle le faisait toujours avec Roger lorsqu'il parlait de son poème. Elle en savait toujours plus que le spécialiste le plus averti. Elle était tellement sûre d'elle, tellement contente d'elle.

Le petit poids compact de Violet tout contre moi, je décidai de reprendre le projet Colomb avec une ardeur renouvelée, et de prouver qu'elle se trompait, même si je devais pour cela donner raison à Roger Williams.

L'arrivée d'un bébé vous donne du recul, vous fait croire à tort que tout est miraculeusement rentré dans l'ordre. Comparés au long pont branlant que sont la grossesse, l'accouchement et la naissance, nos ennuis à venir paraissaient bien simples. Je m'abandonnai à l'illusion que la vie se chargerait d'elle-même. Les mois solitaires avaient été si pénibles et étaient encore si présents dans mon esprit qu'il semblait que tout ce que la vie réserverait comme ennuis serait mineur en comparaison.

Je ne comptais évidemment pas avec mon manque d'énergie, mon besoin d'hibernation. Je ne comptais pas avec les trois semaines suivantes qui passèrent dans un brouillard lumineux, comme si je traversais un paysage semé d'oasis de joie où je m'occupais de ma nouvelle fille, au milieu du désert d'où j'essayais d'arracher mon fils. Je ne comptais pas sur Violet dont la personnalité s'éveillait et dont la vive sensibilité s'affirmait. Je ne comptais pas que Roger me manquerait.

6

Vivian

Le jour où Violet eut six semaines, je composai une nouvelle fois le numéro si familier de Roger. Je m'étais convaincue qu'il avait droit à cet appel, qu'il était en droit de recevoir des nouvelles directes de notre enfant. Je me persuadai qu'il s'agissait de ma part d'une sorte de service public, de gratification. Mais, pendant que les numéros crépitaient dans l'appareil, je me sentis faiblir, comme si je faisais quelque chose de dangereux.

Je faisais bel et bien quelque chose de dangereux.

– Oui!

Ah, l'ordre immuable des choses. Encore le répondeur. Je pris une voix légère, insouciante.

– C'est la sécurité sociale?

– Vivian.

– C'est moi. Ce bon vieux six cent trois, à tes ordres.

– J'ai si souvent voulu t'appeler. Comment vas-tu? Comment va-t-elle?

– Elle t'a pris ton nez, dis-je. Il te manque?

– C'est toi qui me manques.

Je déglutis.

– Serais-tu par hasard libre ce soir? proposai-je en manière de réplique.

Durant les mois que nous avions passés ensemble, cette forme d'invitation avait été notre plaisanterie favorite, le code indiquant une répétition de notre première nuit, lorsque la table réservée par Roger au club de l'université pour 20 heures était restée vide, parce que nous n'avions jamais quitté la maison, que nous avions dîné d'une simple galette de blé tartinée de brie *danois,* avant d'abandonner tout faux-semblant.

– Toute la nuit. Toute la semaine.

– Moi et ma petite amie, dis-je. Nous pensions passer prendre quelques crackers et du fromage.

Je passai en voiture devant la maison, doucement mais sans m'arrêter. Toutes les lumières du bas étaient allumées et j'aperçus Roger à travers une fenêtre. Il entrait dans la cuisine avec dans les mains ce qui ressemblait au *New York Times* du dimanche. Je fis le tour du pâté de maisons et m'arrêtai au coin de sa rue. Je me traitais de tous les noms – d'abord pour être venue, ensuite pour mon indécision, une fois sur place. Je passai un contrat avec mon avenir. Si Roger ne sortait pas de la cuisine, je rentrerais chez moi, lui écrirais une carte postale avec mes excuses, et irais mon chemin. Je le laisserais à ses livres et à ses revues et mettrais mes émotions en veilleuse. Je m'arrêterais chez Ben & Jerry et m'offrirais un double chocolat frappé bien grossissant. Je proposerais à mémé un tournoi silencieux de cribbage, et, pour une fois, je gagnerais. J'écrirais ce fichu article sur Christophe Colomb, puis obtiendrais mon diplôme avec un sujet moins convenu.

La porte d'entrée était ouverte. Tourné dans la direction d'où je devais venir, Roger s'y détachait. Il me fit signe de la main.

Je klaxonnai et stoppai le moteur.

Mais qui pouvait résister à ce Roger Williams ? Qu'avait-il en réserve dans son réfrigérateur au cas où je viendrais ? Pas seulement du brie. Du brie *danois.* Et sur la stéréo ? Pas son habituel Bach, mais le disque d'Aretha Franklin que je lui avais donné pour son anniversaire, avec juste le volume que j'aimais.

Cet homme criait : « Transigeons. »

Quant à Violet, de l'instant où je détachai la ceinture de sécurité entourant son couffin pour la porter dans la maison de son père, elle ne cessa de crier. Paupières serrées, dos arqué, bouche grande ouverte, elle était l'image de la protestation, une furie, un courroux d'Ancien Testament. Je la berçai contre mon cœur, fredonnai dans son oreille, en désespoir de cause je soulevai doucement la paupière de son œil droit de façon qu'elle voie que c'était moi – sa source alimentaire – qu'elle injuriait. Cette intrusion ne fit qu'exaspérer son hystérie.

– Ce n'est pas toi, dis-je pour consoler Roger qui paraissait consterné.

Ce n'était manifestement pas ainsi qu'il avait imaginé cette première rencontre avec le fruit de ses reins.

– Alors quoi ? demanda-t-il au-dessus du vacarme de Violet.

– L'absence de mouvement, expliquai-je. Elle aime la voiture, le bruit du moteur. Elle déteste l'immobilité. Donne-moi une minute avec elle. Le temps de la calmer.

Nash avait été lui aussi un bébé hypersensible, s'alarmant de tout bruit, de toute lumière ou sensation inattendus. La seule chose qui ait marché avec lui avait été une totale perte sensorielle, un retour simulé dans le sein maternel. Debout dans l'entrée brillamment éclairée de la maison de Roger, je me sentais moi aussi accablée. Le parquet en bois blond reflétait les faisceaux laser du lustre futuriste. Un tapis d'Azerbaïdjan sur le mur blanc d'en face palpitait de rouges sombres et de noirs. Aretha exigeait un peu de respect, et il y avait dans l'air cette pointe particulière d'aïl et d'oignons sautés.

– J'en ai pour un instant, criai-je avant de disparaître dans le vestiaire.

Une fois la porte fermée, les bruits, les odeurs et l'aveuglant éclairage du monde de Roger étaient amortis par un effleurement de laine de bonne qualité. Suspendus sur de coûteux portemanteaux de bois, des manteaux de toutes sortes, serrés les uns contre les autres et dégageant une légère odeur de renfermé. Malgré l'obscurité je sentais l'ordre. Un gouffre d'habitudes séparait l'existence de Roger de la mienne. Même Tupperware ne m'avait pas aidée. Il n'y avait pas chez moi un placard où Violet et moi puissions nous tenir, sans désorganiser le chaos, sans faire basculer des piles de revues à moitié lues, ou trébucher sur des chaussures dépareillées. Roger savait exactement où se trouvaient ses affaires. Ce qui était cassé était réparé dans la journée. Les cadeaux non voulus étaient rapportés et transformés en crédit achat, les vieux vêtements étaient empaquetés par ses soins, et ramassés par une œuvre de bienfaisance, et comme Roger n'achetait jamais rien sur un coup de tête, il utilisait tout ce qu'il achetait.

Comme un cerf-volant retombant à terre après un fort coup de vent, Violet se calmait petit à petit. J'en profitai pour me préparer. Comparé à ce qui m'attendait, l'espace clos du placard était un havre. Roger avait fait abattre tous les murs du rez-de-chaussée de sa maison du XVIIIe, créant un espace ouvert rompu seulement par des étagères à hauteur d'épaule et des meubles destinés à être vus de tous les côtés. Un semis de casseroles en cuivre pendait au-dessus de la cuisinière, isolée au milieu de la pièce ; la tapisserie, les tapis et les gravures à cadre métallique formaient une gamme de coloris allant du sombre au clair. Pas d'objets superflus, pas de livres mal classés. Si le dernier numéro de l'*American Scholar,* de *Daedalus* ou de *Caliban* était posé à un angle incongru sur la table du café, il était certain que Roger y avait publié un nouveau poème ou un nouvel article.

– Chuuut, murmurai-je à l'intention de Violet. Sois gentille avec papa. Il n'est pas habitué aux petites braillardes.

Elle avait maintenant le visage plus calme, mais elle semblait toujours sur ses gardes. Un faux mouvement de ma part, une rupture de rythme dans le bercement de mes bras, et je devrais payer.

La première fois que j'étais venue chez Roger, j'avais été frappée par l'impossibilité de se cacher. Des arêtes de poutre étaient encore visibles dans le plafond, attestant la présence autrefois d'un labyrinthe de petites pièces pleines de recoins, mais maintenant même les fenêtres de façade n'avaient pas de rideaux. Je m'émerveillai à la pensée que cet homme n'avait rien à cacher, que sa maison était aussi limpide que le regard de ses clairs yeux bleus.

– Un café ? avait-il demandé, ce soir-là.

Il avait alors exhibé un expresso épais et amer dans une minuscule tasse blanche. Flottant sur le liquide noir, une fine lamelle d'écorce de citron. J'en perdis la tête.

– Sucre ?

– Non, merci.

J'étais déjà assez comblée comme ça.

Roger m'avait indiqué un canapé bas recouvert de toile beige, sur lequel je m'étais assise.

– Maintenant, avait-il dit, en se laissant tomber sur un coussin à mes pieds, parlez-moi de vous.

« Inconfortable » serait un mot faible pour décrire mon état d'esprit, ce soir-là. Le beau et fin visage de Roger se trouvait à quelques centimètres de mes genoux et ce n'était pas ce que j'avais de mieux. Il avait le sourcil interrogateur, la bouche prête à sourire, les mains sans bagues jointes comme pour une prière. Nos yeux se disaient des choses qu'aucune de nos paroles n'aurait pu exprimer. Je posai ma tasse sur la table et me laissai glisser à la hauteur de Roger.

– Le destin, avais-je murmuré. Vous avez mon numéro.

– Je l'espérais, sourit Roger, sans rien comprendre.

Mais il s'en fallut de plusieurs semaines avant que je ne prenne la peine de le lui expliquer.

Dans son sommeil le visage de Violet adoptait le masque de la béatitude, l'enfant à la vierge – c'est ainsi que j'entendais hypnotiser Roger. Ainsi, après son dernier frisson, j'attendis trois bonnes minutes pour laisser à Violet le temps de s'installer dans le sommeil ; puis je frappai doucement de l'intérieur du vestiaire.

– Entre, fit machinalement Roger.

J'entrouvris la porte.

– Eteins les lumières et baisse la stéréo, murmurai-je.

J'attendis qu'il exécute mes ordres. Lorsque la pièce ne fut plus éclairée que par les chiffres liquides, qui chatoyaient comme autant de flammes vertes, du magnétoscope, du four à micro-ondes et du répondeur, j'entrai. Mes yeux étant déjà habitués à l'obscurité, je voyais nettement Roger. Il perdit petit à petit son expression paniquée et regarda Violet. Je le laissai prendre son temps ; finalement il leva le regard vers moi. Ses yeux avaient abandonné leur habituel air entendu et n'exprimaient plus que la crainte ; tandis que les chiffres changeaient de forme tout autour de nous, racontaient leurs histoires, je saisis sur la joue de Roger le reflet d'une pensée autre.

Je m'approchai et les bras de Roger se refermèrent sur moi et notre bébé. Violet donna des coups de pied et je retins mon souffle, mais elle redistribuait simplement son poids, pour s'appuyer contre la poitrine de son père, comme moi.

Je ne sais pas combien de minutes nous restâmes ainsi. Probablement pas autant qu'il me parut, le temps sans doute qu'il fallut à Roger pour en prendre conscience et jouir du tableau classique que nous formions. J'acceptai néanmoins chaque seconde comme une grâce, mais je sentis bientôt son attention s'écarter de Violet et de moi pour se reporter sur lui-même, et je me dégageai de son étreinte.

– Elle va dormir maintenant, dis-je. Elle est épuisée. Nous pouvons la coucher sur des couvertures dans la chambre d'invité.

C'était un des seuls endroits de la maison disposant d'une porte qui ferme. La chambre voisine, qui était celle de Roger, en était un autre.

Il me suivit au premier étage, puis de la courtepointe de son arrière-grand-mère il fit un nid au milieu du lit d'invité, inutilisé mais impeccablement fait. Violet était enfermée dans ce sommeil de nouveau-né duquel le monde est totalement absent. D'expérience je savais qu'elle était partie pour plusieurs heures.

– Nous ferions mieux de rester ici, dis-je après que nous l'eûmes laissée. Au cas où elle se réveillerait.

Roger acquiesça docilement et nous allâmes dans sa chambre, allumâmes la lampe de chevet et nous assîmes l'un à côté de l'autre sur un lit sculpté dans les chênes de la Nouvelle-Angleterre par l'un des fameux ancêtres de Roger, défricheurs de forêt.

– Tu m'as manqué, répétait Roger.

Il me prit la main et je me sentis soudain nerveuse, bien que cette situation corresponde précisément à ce que j'avais secrètement envisagé. Je n'étais pas la seule à être mal à l'aise.

– Où en est ton article sur Christophe Colomb ? demanda-t-il brusquement.

La question jaillit comme libérée après un long emprisonnement.

– Il est plus provocant que tu ne le penserais, répliquai-je.

C'était pure bravade : je n'avais rien à dire à Roger sur le sujet.

– Je pourrais peut-être suggérer quelques titres.

– Non, merci.

J'aimais ce rôle supérieur que je m'étais inventé ; laissant libre cours à mon imagination, je l'enjolivai.

– Tu sais, la nuit où je suis restée enfermée dans la bibliothèque ? lui confiai-je. Je suis tombée sur des souvenirs non catalogués de la découverte, don d'une famille d'anciens étudiants, des dingues de Christophe Colomb.

Roger, qui était sur le point de s'étendre, se redressa.

– Tu ne prends pas ça au sérieux, j'espère. La vie de Christophe Colomb est bien cernée. Ta réputation ne gagnera rien à recourir à des amateurs et des dilettantes.

Le mot important était « amateur ».

– J'adore quand tu dis des gros mots, fis-je.

Je m'allongeai à côté de lui et fermai les yeux.

– Sérieusement, Vivian.

Pauvre Roger. Comme il s'inquiétait de ma réputation !

– Il faut que je te prévienne, dis-je en étendant la main pour déboutonner sa chemise. – Le contact de sa peau contre mes doigts produisit une réaction immédiate dans ma poitrine. – Il y a des avantages et des inconvénients à faire l'amour avec une accouchée. Tu as entendu parler du pays où coulent le lait et le miel ?

– La Terre promise ?

– Je pensais plutôt à Noé. Le déluge. Tu es d'attaque ?

Roger se débattait avec mon soutien-gorge ; je l'aidai à ôter l'agrafe, et il enfouit la tête dans ma poitrine. Longue, merveilleuse exploration. Enfin, il releva la tête pour respirer.

– Alors ? fis-je, répétant ma question.

Il passa la langue sur ses lèvres, réfléchit.

– Pas du tout surfait, dit-il. Certainement très riche en calories, mais je pense qu'il aura du succès. Et le miel ?

– Il n'est pas tard, souris-je. Le monde t'appartient.

Roger prétendait vouloir me garder toute la nuit, mais je savais qu'il n'en était rien. La tétée de 2 heures aurait été une rude surprise, et celle de 4 h 30 une monstruosité. Roger était un homme d'habitudes : trente minutes de nouvelles à la National Public Radio avant d'enfiler une robe de chambre en soie à 7 h 15 et d'appuyer sur le bouton d'un robot allemand qui moulait le café et filtrait l'eau goutte à goutte à travers la poudre. S'il était en verve, il mangeait un croissant sur lequel il avait étalé de la marmelade d'oranges anglaise avec de gros morceaux d'écorce, dont il avait lu la publicité dans le *New Yorker*. L'opération la plus importante était le rasage dans une débauche de mousse avec le coupe-chou de son père, aiguisé de six coups sur une sangle en cuir sombre. On imaginait mal Violet au milieu de ce scénario. Comment Roger, terrassé par les cris avec lesquels elle accueillait le monde, pourrait-il choisir la cravate appropriée ? Comment accepterait-il mes cernes sous les yeux, la rivale affamée, goulue et possessive, accrochée à mon sein ?

Aussi, après un intermède postcoïtal convenable, je décidai de faire mes adieux. Ce n'était pas facile – Roger sentait si bon. Comme s'ils étaient bien dressés, les draps étaient restés doux et confortables. Étendue, yeux ouverts, attendant l'impulsion qui m'obligerait à me lever, m'habiller, prendre Violet et m'en aller, je réfléchissais pour la centième fois à la vie autre que l'on menait ici. Jus d'orange frais, saumon de Nouvelle-Ecosse, mots croisés du dimanche, au lit, appuyé contre des oreillers géants en duvet d'oie. Pédicure. Musique électronique. Et, surtout, longues plages de calme.

Comme si elle lisait dans mes pensées, Violet lança un défi à travers le mur. Ce n'était qu'une salve préliminaire, le cri du bébé à moitié réveillé qui, le réveillant complètement, se transformerait en cri d'indignation. Je roulai du lit sur mes genoux, me traînai jusqu'à mon tas d'habits, les emportai sur le palier et refermai la porte de Roger. Mon sein gauche assourdit les protestations de Violet, puis la fit taire. Assise, pendant qu'elle se nourrissait, dans un fauteuil Shaker à dossier droit, je comptais les rais parallèles de lumière – celle du réverbère filtrée à travers les lamelles des minuscules stores vénitiens. Violet se touchait parfois l'oreille, la caressait presque avec sa main. C'était un geste si satisfait, si gracieux, d'une autorité si discrète que j'y reconnus la marque de Roger.

En partant, je relâchai par degrés la poignée de la porte, qui se referma sans bruit. Violet ne se réveilla pas lorsque je la posai dans le couffin et l'enveloppai dans la couverture. J'attendis le croisement pour allumer les phares, et au lieu de la radio ou d'une cassette, je laissai ma mémoire rejouer la musique des dernières heures. Il existe une adéquation entre la solitude et la nuit – une espèce de connivence originelle avec le paysage. Les cris des grillons s'y gravaient avec précision, marques de crayons bien taillés sur du papier blanc, comme si tout dans le monde attendait le lever du soleil d'automne.

Je pris Violet dans mon lit avec moi, et réussis à dormir quelques heures de plus, m'occupant d'elle, sans me réveiller complètement. À 6 h 45, je songeai aux yeux de Roger qui s'ouvraient à cet instant précis, cherchant quelque chose, s'apercevant que ce quelque chose était moi, et comprenant que j'étais partie. Je l'imaginai momentanément triste puis, le temps qu'il mette sa machine à café en marche, approuvant mon bon sens. L'arrangement de la nuit dernière, qui prenait tout à fait en compte ses limites, était fait pour convenir à sa vie. J'espérais qu'il apprendrait la tolérance, qu'il nous réclamerait davantage.

Je dormis une heure encore; puis, à 8 heures, j'appelai Hilda chez elle, pensant que, comme d'habitude, elle ne serait pas en avance.

– Ouais ?

J'étais sûre qu'elle était en train de lire.

J'émis un bâillement bruyant.

– Ou bien c'est Vivian ou bien un obsédé obscène et au bout du rouleau, dit-elle. La petite t'a empêchée de dormir ?

– Non, c'est le grand.

Il y eut un silence pendant lequel elle essaya de comprendre, puis un soupir théâtral.

– Pas... ?

– Il a frappé à ma porte. Que pouvais-je faire ?

– Roger est venu ?

– Enfin, pas exactement. Mais cet impétueux imbécile a répondu au téléphone quand je l'ai appelé. Et il a ouvert la porte de sa maison.

– Quelle horreur !

En arrière-plan, j'entendis Racine demander « Quoi ? » et imaginai Hilda grimaçant quelque explication. Son visage se tordrait en mouvements exagérés – moue et signes improvisées – et il répondrait de même. Ils attendaient ces retrouvailles, je le savais, et se posaient des questions – questions de gens heureux en ménage – sur ma santé mentale. Ils pouvaient maintenant craindre qu'on me fasse à nouveau du mal.

– Alors, raconte, comment ça s'est passé ? demanda Hilda, une fois achevé son échange mimique avec Racine.

– Oh, je lui donnerais soixante-dix-sept, dis-je. Côté paroles, ce n'était pas le pied, mais alors, quel rythme !

– Quoi ?

Hilda adorait le parler américain, mais n'en saisissait pas toujours bien le sens. Pendant que j'apprenais par cœur le pourcentage d'écoute des tubes américains à la télévision, elle devait probablement apprendre à jouer du violon à Melbourne.

– Sur une échelle de un à dix, dis-je dans un effort pour me faire comprendre, je donnerais douze à la soirée.

Incapable de maîtriser sa curiosité, Racine prit la communication.

– Tu as perdu la tête, déclara-t-il. Es-tu heureuse ?

L'étais-je ? Je regardai autour de moi, me cambrai, sentis le poids de Violet sur mon épaule, aperçus les habits de la nuit dernière en tas à mes pieds.

– Oui, répondis-je. Aujourd'hui je suis heureuse.

Les semaines passant, je me demandais combien de temps je réussirais à mener tout de front : nourrice et amante, chercheuse assidue et psychiatre – mais l'équilibre tenait tant bien que mal. Pendant des jours et des jours, les choses se passèrent aussi bien que possible. Mémé avait Violet pour l'apaiser, et Nash était momentanément intimidé par ma capacité reproductrice. Depuis qu'il était confronté à la réalité de Violet, il respectait des horaires réguliers. La présence physique de ce bébé avait libéré quelque chose en lui.

Je le surprenais en train de la regarder au lieu de se regarder lui-même, d'étudier ses mains et ses pieds, de contempler longuement son visage. C'était, décidai-je, le moment de frapper. Sans le consulter, je nous inscrivis à un cours de karaté familial à l'académie Grotz, m'imaginant, comme le promettait la publicité de Grotz, que l'union dans les coups fait l'union dans les cœurs. Tandis que je retrouverais mon tonus musculaire, nous pourrions nous tailler un chemin vers une harmonie mère-fils.

Quant à Roger, il était soulagé de m'avoir récupérée à si peu de frais, et pour une fois je ne demandais rien que je n'obtienne gratuitement. Je faisais le compte de mes avantages, qui étaient nombreux. Un bébé en bonne santé. Une grand-mère qui se prenait pour une nurse de droit divin. Un fils adolescent qui ne se droguait apparemment pas. Un unique et bon ami qui me trouvait séduisante. Un travail qui payait les factures. Même Christophe Colomb, qui se révélait être un vrai casse-tête chinois.

– Que sais-tu de Colombus ? demandai-je un soir à Nash, pendant qu'il mangeait un *burrito* aux haricots.

Il me lança un regard circonspect. Était-ce un test ? Un professeur d'histoire de son école avait-il téléphoné pour se plaindre ? Ma question était-elle le point de départ d'un sermon qu'il ne souhaitait pas entendre ?

– Colomb ou Colombus ? l'homme ou l'Ohio ? demanda-t-il.

– Le type qui voguait sur le grand bleu.

J'adoptai un ton neutre, désintéressé, mais j'étais sincèrement curieuse d'entendre sa réponse. Quand on commence à être spécialisé dans un domaine, on oublie ce que les gens savent habituellement. On perd de vue le point de départ.

Nash posa son *burrito*, une lueur dans le regard. Il croyait savoir ce qui allait venir : les sornettes indiennes. Moi, sa mère, lui faisant prendre conscience de cette partie de son héritage. *Yah-ta-yah-ta-yah-ta.* « Pitié ! » semblait-il dire, mais comme j'avais Violet dans les bras il se montra indulgent.

– Il a cru que c'était l'*Inde*. – Devant la stupidité d'une telle hypothèse, Nash roula les yeux. – C'est pourquoi il nous a appelés « Indiens ».

Oh, ce qu'il était gentil !

– Autre chose ? demandai-je sans l'ombre d'une menace.

– Il a trouvé beaucoup d'or, c'est ça ? Ce qui en a fait un héros.

Il me jeta un coup d'œil, et prit une décision.

– Christophe Colomb, déclara-t-il sur un ton différent, à la fois catégorique et plus sérieux, c'est à cause de lui qu'on est dans le pétrin.

Je m'assis à table. Il s'accouda, repoussa son assiette et me fixa d'un regard sévère – presque accusateur.

– M'man, dit-il. Je sais que tu travailles sur un article, et je ne voulais pas t'écarter de ton sujet, mais puisque c'est toi qui en parles, j'ai un scoop.

Dans l'ardeur soudaine de sa réponse, dans le plaisir qu'il prenait à exposer ce qu'il s'était donné la peine de lire, je me reconnaissais. Il poursuivit, passant cette fois en revue ce qu'il ne croyait pas au sujet de Christophe Colomb : qu'il fût espagnol, qu'il fût le seul à penser que la Terre était ronde, et ainsi de suite.

Je l'arrêtai.

– C'est ça ton scoop ?

– Oui, enfin. Ce que je vais dire, c'est entre nous.

– Je serai muette comme une tombe, l'assurai-je, mais lorsqu'il était parti, il était aussi imperméable au sarcasme que mémé.

– Colomb était un marchand d'esclaves, m'man. Mon prof d'histoire le sait parfaitement.

Il attendit. Comme je ne tombais pas de ma chaise, Nash reprit son *burrito* et poursuivit entre deux bouchées.

– La plupart des mecs ont dit « débile », mais moi j'ai dit que je le croyais. « Regardez-moi, ai-je dit. Je suis un Indien. Colomb aurait voulu faire de moi un esclave. »

– D'un point de vue géographique, c'est peu probable, remarquai-je. Les Lucayens, les Arawaks, les Tainos, oui. Mais ton prof a raison – dès les premières lignes de son Journal il est clair que Christophe Colomb ne pouvait envisager autre chose qu'une relation esclave-maître entre le peuple qu'il avait découvert et les Européens comme lui.

– Comme il n'a pas trouvé assez d'or, il a renvoyé des esclaves quand il est revenu aux États-Unis.

– Exact.

– Tu as raison.

Sa scandaleuse révélation vérifiée, Nash se montra satisfait, mais il n'avait pas terminé.

– Tu vois, pour en revenir à ce que j'ai dit, que c'est de la faute de Colomb si on est dans le pétrin...

– Oui ?

– C'est parce qu'il est arrivé ici avec un état d'esprit dominateur, et qu'il l'a adopté d'abord avec les Indiens, ensuite avec tout le pays. C'était comme s'il se prenait pour le nombril du monde et que le reste était de la merde, et depuis ça n'a pas changé. Mais ce n'est pas mon point de vue, tu vois ? Personne n'est le nombril du monde. Ni les Blancs, ni nous, ni même les êtres humains.

– Alors qui ?

– La nature. Nous en faisons tous partie. – Nash se croisa les doigts. – C'est pour ça que je ne mange plus de viande.

– Je ne m'en étais pas aperçue.

– Tu ne remarques jamais ce que je mange. Mais mémé l'a remarqué.

Il n'y avait aucune malice dans son propos, mais je n'en sursautai pas moins.

– Les mammifères rêvent, dit-il. Je ne veux rien manger qui rêve. C'est ma position philosophique. Et puis, les gens épuisent les nappes aquifères pour irriguer les pâturages, pour nourrir le bétail, de façon que nous puissions manger du *steak* !

– Très bien. Pas non plus de hamburger.

– Pas de steak.

Il paraissait mélancolique, mais sa voix était ferme. Nous nous regardâmes en hochant la tête d'un air entendu. Il y eut un silence, pendant lequel Nash interrogea sa mémoire en quête de plus amples données, mais il ne trouva rien. Fin du fichier Colomb. De la pièce voisine, la voix de mémé rompit la trêve.

– Il est devenu fou, annonça-t-elle.

– Oyez, oyez, fis-je. La tradition parle.

Je lui en voulais d'interrompre mon échange avec Nash. Ne pouvait-elle se contenter de surveiller le régime de mon fils ?

– On l'a ramené enchaîné en Espagne, poursuivit-elle. Il avait une maîtresse.

Ces derniers mots furent prononcés sur un ton scandalisé, comme si les vaches rêveuses de Nash, la sécheresse et les autres indicibles catastrophes écologiques étaient une conséquence directe de l'adultère. L'allusion, le doigt accusateur ne m'échappèrent pas. Comme le prouvaient mes dernières nuits, j'étais moi aussi une maîtresse.

– A-t-elle eu la chance d'avoir des enfants de lui ? répliquai-je. Ont-ils été la lumière de la vie de sa grand-mère ?

Je n'eus pour réponse que le grincement décidé de son fauteuil à bascule. J'avais marqué plusieurs points. Roger en Christophe Colomb. Moi en Beatriz Peraza. Quelle distribution !

Il était 16 h 30, deux jours plus tard, après l'école, avant le dîner. Nous avions payé notre droit d'inscription à l'académie Grotz de karaté, provisoirement installée dans les locaux d'un magasin de vêtements masculins en faillite de Claremont, au sud d'Hanover. La peinture bleue s'écaillait par endroits, et les étagères étaient vides. Il y régnait une odeur de moisi – l'air y était à la fois humide et froid.

Nash et moi avions été mis en formation debout. Nous étions pieds nus. Exposée à travers les baies vitrées aux regards des passants, je me sentais inconfortable et ridicule.

– Voici notre dojo, dit Grotz, qui arrivait du vestiaire en balayant la pièce de ses mains. Je suis Phil Grotz. Vous pouvez m'appeler Sensei.

C'était un solide petit homme en tenue blanche – tout avait un nom – à l'air rayonnant. Il se mit à expliquer la méthode de la Main vide, comme il l'appelait. Pendant les quinze minutes suivantes, tandis que j'étais assaillie par un discours pseudo-mystique honteusement simpliste, je sentis ma résolution flancher. Pourrais-je aller jusqu'au bout, même pour l'amour de Nash ? Je glissai un regard vers mon fils, et obtins ma réponse. Il avait les lèvres entrouvertes, la respiration rapide et courte. Complètement hypnotisé.

– Quant à la drogue, dit Grotz en conclusion, elle bloque la conscience. Si vous voulez approcher de notre dojo, oubliez-la. Notre travail, c'est la quête d'une véritable conscience, qui ne peut s'obtenir que par une intense éducation physique et spirituelle. Si vous prenez de la drogue, vous perdez tout contrôle, toute maîtrise de soi, ce qui est précisément le but du karaté. Est-ce clair ?

Comme de l'eau de roche. Et, en ce qui me concernait, merveilleux. Soixante-cinq dollars bien dépensés.

Au cours des semaines suivantes, je fréquentai avec assiduité le dojo de Grotz et continuai à penser que ce succédané de philosophie pourrait faire du bien à Nash, mais pour faire bonne mesure et nous rapprocher, j'ajoutai mon propre rituel. Avant chaque séance nous récitions une partie de la bénédiction navajo qui semblait coller à merveille. « Les pieds de la terre deviennent mes pieds, ainsi donc je traverse la vie. Sa puissance motrice devient ma puissance motrice... » Ainsi commençait-elle. Il fallait cependant soutenir la lutte. Qui avait le temps de s'adonner à ce genre de passe-temps ? Mon travail en pâtissait. Roger se sentait négligé. Quand elle entendait les propos étranges que Nash jetait de temps à autre, mémé lançait des regards furibonds. Sur un plan purement physique, cela m'obligeait à m'exercer au coup de pied de base jusqu'à ce que ma jambe semble se détacher, à plonger indéfiniment les mains dans du gravier pour en durcir le tranchant, et à rebondir sur place comme un ballon de basket. Même avec mon coûteux soutien-gorge spécial jogging/allaitement, cet effort que je m'imposais venait trop tôt après l'accouchement. J'étais encore lourde, sans cesse fatiguée, mais si nous ne le faisions pas maintenant, j'avais peur qu'il soit ensuite trop tard pour Nash. Sur ses instances la porte de sa chambre avait été remise en place, et elle était généralement fermée de l'intérieur.

Petit à petit, à contrecœur, Violet avait trouvé son rythme. Elle se réveillait en hurlant juste avant 5 heures, sommeillait après son petit déjeuner jusqu'à 8 heures environ, puis affrontait la journée, les poings serrés et l'air défiant. Soutenue par un kangourou, elle daignait généralement rester juchée contre ma poitrine, pendant que je vaquais, mais elle détestait être privée de contact physique. Comme si elle tenait davantage du marsupial que des autres mammifères, elle se blottissait contre moi, adoptant à peu près la même position que celle qu'elle avait dans mon ventre, mais inversée. C'était le genre de bébé qui prenait son temps, n'avançait qu'en connaissance de cause. Elle était plus réfléchie que timide. Contrairement à Nash, contrairement à moi, elle regardait avant de sauter, et se trompait rarement.

J'étais la loge d'où ma fille contemplait le monde et, comme tout était nouveau pour elle, elle se contentait du point de vue que je lui offrais. Certaines mères transportent leur rejeton à travers des tourbillons de couleurs, de formes et de bruits : marchés cacophoniques, rues retentissantes de klaxons de voitures et d'aboiements de chiens, jungles verdoyantes pleines d'odeurs de terre et de fleurs. Leurs bébés doivent rapidement apprendre à filtrer ce qui est étranger, pour chercher l'unique fil de la tapisserie, se frayer un chemin à travers ce vacarme. Le concurrencer. Ils se protègent, acquièrent une oreille fine, tout en sachant se rendre sourds, un œil perçant tout en sachant se rendre aveugles. À peine ont-ils pris conscience de leurs jambes qu'ils sont prêts à courir.

Pas Violet. Elle passait toutes ses journées avec moi dans les salles sombres et silencieuses de Baker Library. Les spectres qu'elle contemplait étaient assourdis, rangées horizontales de dos de livres. Chaque pas était perceptible, chaque voix un murmure. Le rythme était lent, l'air immobile. Elle traduisait sa vie page après page, en cherchait le sens dans les moindres signes. Elle s'appuyait sur cette vie ordonnée, et, avide et curieuse, elle était à l'écoute de toutes les vibrations. Dans ces salles silencieuses ma fille devint si sensible que, lorsqu'elle se trouvait dans un contexte normal – une épicerie, un restaurant –, son organisme brusquement surmené se déclenchait comme une alarme; elle dressait un mur de protection de son invention. Guidée par les exigences de mon travail, elle en vint à préférer la solitude, la compagnie de ses pensées sereines. Tandis que je traquais la vie secrète de Christophe Colomb, Violet ajustait, aiguisait sa vie contemplative. Dans un lieu paisible, elle apprit à se faire invisible, dans un lieu bruyant, à être plus bruyante encore.

Je parlais parfois à ma fidèle compagne, comme si elle comprenait. « Imagine », lui disais-je doucement, son oreille, microphone de mes pensées, lorsque j'avais découvert un fait inattendu. « Qu'en sais-tu ? » susurrais-je, si une source inconnue en contredisait une autre dans leur analyse des mobiles ou de l'origine de mon personnage. « Qu'en penser ? » chuchotais-je pour me réveiller, lorsqu'un auteur, galvanisé par d'infimes détails, soutenait une théorie mineure. Ma voix attirait l'attention de Violet et, l'espace d'un instant, nous devenions conspiratrices. Son visage irradiait du plaisir que lui procurait cet accord parfait, et, exaltée par son approbation, je prenais le complément de notes, consultais la source douteuse.

Le portefeuille d'articles sur lequel j'étais tombée au cours de la longue nuit où j'avais ressenti les premières douleurs m'était particulièrement précieux. C'était la première chose que je devais directement à l'influence de ma fille, son premier cadeau, dont j'étais décidée à tirer parti. Avec une patience que je ne me connaissais pas, je filtrai le magma d'héraldique rimé en forme d'iambes, les programmes commémoratifs de petites villes, les reproductions de portraits romantiques, versions stylisées de Christophe Colomb, souvent maussade, louchant vers un rivage qu'il est le seul à voir. La famille

Cobb avait réuni suffisamment d'éléments kitsch, à l'occasion des deux derniers centenaires de 1492, pour tapisser les murs de la Smithsonian, et je les écartai feuille après feuille. C'est alors que, collée au fond du portefeuille, je trouvai une note sur laquelle on pouvait lire : « Pour la suite de Cobb, voir dossier Correspondance, salle des Trésors. » Puisque j'en étais arrivée jusque-là, autant aller jusqu'au bout.

7

Roger

Mieux valait ne pas contrarier Beatriz Peraza, la maîtresse de Christophe Colomb. On raconte que lorsqu'un homme mettait en doute sa vertu – ce qui à y réfléchir n'est pas une accusation outrancière – elle le faisait pendre deux fois, une première fois à l'intérieur de la maison et une seconde fois à l'extérieur. Refroidis par ce double péril, ses amants ultérieurs gardèrent vraisemblablement leurs critiques pour eux-mêmes.

Tirant une leçon de ce récit, j'évitais autant que possible de faire des commentaires sur la vie de Vivian. Nous étions l'un et l'autre adultes, me rappelais-je, différents, libres d'organiser nos existences respectives comme bon nous semblait. Je devais me garder de suggérer des additions ou des soustractions à sa garde-robe, d'assourdir les couleurs ou d'arrondir les angles des dessins géométriques qu'elle semblait tant aimer. Je n'avais pas qualité pour lui conseiller d'être plus autoritaire avec sa grand-mère ou de se fonder davantage sur une érudition solide plutôt que de se perdre en digressions. Elle marchait au son de son propre tambour, dont le rythme l'avait menée jusque-là. Elle était elle-même, et je savais bien que c'était son idiosyncrasie qui m'attirait, qui faisait d'elle la femme la plus mystérieuse que j'eusse jamais rencontrée.

Pourtant, maintenant que nous avions renoué, je découvrais que son avancement me tenait personnellement à cœur. Je n'étais pas le professeur Higgins pour son Eliza Doolittle – c'était loin d'être aussi outré – mais je pouvais par bien des façons lui être utile, si seulement elle m'y autorisait. Je ne suis pas un modèle, il est vrai. Je peux être vieux jeu, j'ai des idées arrêtées, je déteste agir avant d'avoir soigneusement envisagé chaque option. Vivian essayait à force de moqueries de me faire perdre ces habitudes de misanthrope – dans mon intérêt – et j'étais soucieux de rentrer en grâce. Elle ajoutait à mon répertoire quotidien un élément de surprise, mais sa vie pouvait souffrir plus de prévisible, ma spécialité. Entre nous, la somme de nos habitudes, bonnes ou mauvaises, divisée par deux, ne pouvait que nous apporter une harmonie plus grande. La télévision était notre arène : au mieux, j'étais « culturel », Vivian était « grand public ».

Si nous passions une soirée par semaine ensemble, j'éteignais la télévision après *MacNeil/Lehrer Newshour,* de façon que nous puissions nous voir tranquillement et parler de nos prochains cours.

– J'aime *Murphy Brown,* protesta Vivian un lundi.

– Plus que moi ? fis-je, vexé. Plus que le plaisir d'un cours bien mené ?

Elle grinça des dents, ferma les yeux, et je me préparai à essuyer une tempête de récriminations. Vivian m'accuserait d'essayer de la dominer et je répliquerais en énumérant toutes les concessions que je lui avais faites. Qui de nous deux était en retard d'une concession, et de quelle importance ? *Murphy Brown* serait-il sa ligne Maginot, ou bien choisirait-elle un autre point stratégique ? Finalement, Vivian trouva un moyen terme.

– Nous allons l'enregistrer, annonça-t-elle. Et nous le regarderons ensemble vendredi.

J'acquiesçai sobrement. Je savais qu'elle ne m'en ferait pas grâce.

Notre principal sujet de discorde était l'indulgence excessive que Vivian manifestait envers ses enfants. Je m'étais promis de ne jamais faire état, devant quiconque, du vol abject de Nash. J'étais muet, et cynique. La rééducation du garçon était un projet à long terme – si toutefois il y avait une chance d'en faire un être humain civilisé. J'étouffai même mon envie de critiquer ces absurdes cours d'autodéfense orientale, qui risquaient à mon sens de le conforter dans sa fatuité, et surtout de le rendre dangereux.

En outre, le temps que Vivian passait à ces occupations était autant qui m'était enlevé, et je ne pouvais pas m'empêcher de le considérer comme perdu. Et de m'en plaindre.

– La vie est courte, l'art difficile, répliquait Vivian avec une fausse gravité. C'est la philosophie de Sensei Grotz. Tu peux t'appuyer dessus, Roger.

– Dois-je comprendre que tu n'es pas une inconditionnelle de cet exterminateur patenté, de ce Grotz ?

– Expert en nuisibles, sourit Vivian. Il travaille avec des fermiers du coin, et c'est une thérapie pour Nash. Je pense que pour moi c'est inoffensif, quoique je sois la pire de tout le dojo, la moins compétente. Je n'ai pas dépassé le coup de pied. Ça fait un mois que je donne des coups de pied à des adversaires imaginaires. D'après Grotz je suis un « petit univers » et je devrais essayer d'acquérir la sérénité dans mon coup de pied. Je lui ai dit que ce n'était pas ma méthode habituelle, mais je regarde les autres en me préparant au jour où j'aurai le droit de frapper avec le tranchant de la main.

Je n'étais pas convaincu. Trop longtemps incontrôlées, l'insoumission et la grossièreté de Nash étaient devenues comme une seconde nature. Aucune technique orientale simpliste n'était à même de transformer l'égocentrisme avec lequel il abordait le monde. En fait, rien à part une longue psychanalyse. J'attendais toujours de lui un signe de repentir, d'honnêteté. Certainement, me disais-je, la mutilation de mon journal, la violation de ma vie privée, tout implicite qu'elle fût, devaient peser sur ce qui lui restait de conscience.

Je me trompais – il semblait étranger à la pitié. C'était comme si j'avais fait quelque chose de si terrible, de si impardonnable aux yeux de Nash qu'il estimait avoir le droit de se venger à sa guise.

Je ne perdis pas de temps à essayer d'identifier la nature de mon crime, mais je finis pas conclure que la question n'était pas si compliquée que cela. J'*étais* – ce qui était une raison amplement suffisante. En outre, j'avais une liaison avec Vivian. Nous formions le triangle, classique depuis Sophocle, de la haute tragédie.

Violet, quant à elle, était encore une terre vierge. Elle était accessible, peut-être malléable, et je la sentais capable de répondre de façon positive à toute direction qui lui serait clairement et fermement signifiée. La génétique ne comptait pas pour rien, et puis c'était ma fille. Elle devait aimer l'ordre et la cohérence. Je compatissais à son désarroi et à son impuissance à communiquer son souhait véritable lorsque Vivian s'écartait de cette ligne.

Rien d'étonnant à ce que Violet fût si souvent hystérique.

– Elle te met à l'épreuve, grognais-je, lorsque Vivian déboulait en pleine nuit de notre lit au premier vagissement du bébé. Tu te rappelles ce livre qui recommande de respecter un horaire, même pendant les deux premiers mois ?

– Tu te rappelles la nourrice d'Oreste ?

J'avais moi-même cité à Vivian le passage de Cilissa : « Les jeunes ventres des enfants leur sont une loi. »

– Roger, c'est un nouveau-né.

Les études sur les rats, la réimpression de *Neonate Psychology* (Psychologie néonatale), la logique elle-même ne tenaient pas en face de la foi de Vivian en un instinct maternel brut.

À sa manière, elle essayait de m'éviter toute gêne. Elle demandait très peu d'aide, mais elle exigeait en retour que je lui abandonne toute décision relative au bébé. Mon rôle était limité à celui de spectateur bienveillant, toujours prêt à battre des mains lorsque Vivian présentait une pancarte disant : « Applaudis », mais sourd et muet dès que j'avais une opinion contraire à la sienne. Tant que je n'étais pas tenté de le traduire en action ou, ce qui était davantage dans mon tempérament, en inaction, j'étais encouragé à avouer un penchant pour ma fille. D'innombrables spécialistes sont d'accord pour affirmer qu'un bébé ne doit pas dominer la vie de ses parents. Mais qu'ils essayent donc d'en convaincre Vivian, pour qui la maternité excusait et justifiait tous les excès.

Je ne pouvais naturellement que me sentir étranger à un bébé qui évoluait au milieu d'une telle licence. Nous étions embourbés dans des rôles adverses, moi préconisant le juste milieu, elle exigeant des bains de pétales de rose. Par respect pour son intelligence naturelle, je refusais de parler à Violet en petit nègre, d'une voix de fausset plus insultante qu'autre chose. Plus tôt elle maîtriserait les conventions de la conversation, plus tôt elle trouverait consolation dans la lumière de la raison. Mais encouragée par un monde de facilité et de murmures, ma fille se rebellait contre une pression que j'étais seul à exercer. Elle préférait résider au pays des mangeurs de lotus et menaçait de faire du grabuge si on ne lui passait pas immédiatement tous ses caprices.

Il n'est donc pas étonnant que, voyant mes pensées perpétuellement interrompues, mes repas si joliment préparés refroidir sans être mangés, que me voyant privé de mon repos et constatant qu'on ne me demandait pas mon avis, j'éprouve quelque rancœur. Je ne pouvais m'empêcher de noter que « Violet » a la même racine que « violence », et j'étais précisément victime de violence affective. Peut-être cette enfant avait-elle été mal nommée. Où étaient donc les « chemins aux couleurs de *violette* du plaisir » de Shelley ? Comment le Richard II de Shakespeare peut-il dire : « Bienvenue à mon Fils / Qui sont ces *Violettes* / Qui jonchent le vert giron du Nouveau Printemps ? » Athènes n'avait-elle pas été baptisée la « Cité de la couronne *violette* », après que les Furies en eurent été chassées ? Le *vio-*

lon est un instrument apaisant. Sous la tutelle permissive de Vivian, ma fille devrait être rebaptisée Cymbeline.

En fait, lorsqu'on m'en laissait la moindre chance, je me montrais tout à fait compétent. La première fois que me fut accordé l'honneur de changer la couche jetable biodégradable – approuvée par la défense de l'environnement – de Violet, je commençai par lire les instructions imprimées sur le côté du paquet. Vivian se moqua de mon perfectionnisme, prétendant que la marche à suivre était parfaitement évidente, mais je n'avais pas l'intention de me débattre comme l'un de ces mâles ineptes et maladroits, bouffons de comédie télévisée et de cliché hollywoodien.

Le jour où, contre toute attente, Violet réagit de manière positive à mon intervention, formulée sur un ton calme et uniforme, Vivian eut du mal à cacher sa contrariété. S'arrêtant au milieu d'un cri, prête à recommencer, Violet écoutait, paralysée, tandis que je la suppliais de se tenir tranquille.

– Les larmes ne servent à rien, lui dis-je gentiment. Il nous arrive à tous d'avoir faim ou soif, et je comprends ta frustration : tu ne peux pas mettre un nom sur ce que tu veux.

– Roger ! s'exclama Vivian qui rôdait d'un air protecteur autour du berceau de Violet.

Je savais, bien sûr, que l'enfant ne pouvait pas comprendre mes paroles, mais quelque chose, compassion ou réconfort, passait. Le bébé et moi nous regardions dans les yeux, et par un acte de volonté je le maintenais suspendu entre la curiosité et son hurlement antérieur. Vivian affirmait, cependant, que notre communion relevait du hasard.

– Ce n'est pas une de tes étudiantes, dit-elle. Pour elle, tu n'es qu'une vague extension d'elle-même.

Je n'avais que plus de raisons de lui offrir un havre de paix. S'il n'y avait pas de frontière entre ma fille et moi, pourquoi ne penserais-je pas pour nous deux ?

8

Vivian

J'appartiens à la tribu perdue des sang-mêlé, ce pot-pourri de couleurs et de cris qui ne facilite pas les repères. Lorsque l'ADN de mes différents ancêtres – Irlandais et Cœur d'Alene et Espagnols et Navajos et Dieu sait quoi d'autre – s'est combiné pour me former, le résultat n'a pas donné le mélange homogène d'un mixeur. Vous savez ce qui est recommandé sur les boîtes de Bisquick pour la préparation des crêpes ? Mélangez avec une fourchette. Laissez des grumeaux. C'était moi.

Il y a un avantage à ne pas être ceci ou cela. On dispose de millions d'histoires, une pour chaque occasion, qui dans un sens sont toutes des mensonges et dans l'autre toutes vraies. Lorsque des Indiens me demandent : « Qu'êtes-vous ? » Je sais exactement ce qu'ils demandent, et réponds Cœur d'Alene. Je n'ajoute pas « entre un quart et la moitié », parce que c'est une précision qu'ils n'exigent pas d'emblée – mais qui peut venir plus tard si je déconne et qu'ils se demandent pourquoi. Si un de mes collègues de Dartmouth demande : « Où avez-vous fait vos études ? » je choisis l'endroit le plus prestigieux, celui où il est le plus difficile d'entrer, pour bien montrer qui je suis. Si un étranger dans la rue veut savoir d'où Violet tient ses cheveux châtain clair et sa peau foncée, je donne pour toute explication ses origines anglo-saxonnes, et le laisse se débrouiller.

Parfois, je décide qui je serai, parfois, je laisse ce soin aux autres. Je ne suis pas tout quelque chose, mais un petit peu de beaucoup de choses. Mes racines s'étendent dans toutes les directions, et si j'en arrose certaines plus souvent que d'autres, c'est parce qu'elles en ont davantage besoin. Pour le collège je suis un mécanisme revendicatif indolore, pour Roger je suis à la fois exotique et présentable, pour Nash je suis trop conventionnelle, pour mémé je suis trop anglaise, pour Hilda et Racine je suis l'amie américaine romantique. Pour Violet, pour le moment en tout cas, je suis parfaite. Pas étonnant que j'apprécie sa compagnie.

J'ai lu des articles anthropologiques savants sur des gens comme moi. On nous appelle des marginaux, comme si nous existions partout sauf au milieu de la page. Notre territoire est celui des annotations, des notes explicatives, des notations éditoriales. Nous sommes parqués sur les gradins, d'où nous regardons l'arène sans jamais participer aux jeux. Cette vision périphérique a du bon. Étant hors des frontières régulières, on sait au moins où on n'est pas. On échappe à la claustrophobie de l'appartenance, et ce qu'on perd en sécurité, on le gagne à découvrir – comme n'y parviennent jamais les participants – l'illusion de la sécurité. Nous envions l'innocence, je l'admets, mais comme les agrafes qui relient un tissu à un autre, nous avons nos rôles à jouer. « Pris entre deux mondes », dit-on souvent de nous, mais je dirais les choses différemment. Nous sommes la *prise*.

Etrangère pour étrangère, je pourrais être apparentée à Christophe Colomb. Toutes versions de sa vie confondues, il étouffait partout. Italien en Ibérie. Juif en chrétienté. Converti parmi les baptisés à la naissance. Laïc parmi les franciscains. Il parlait toutes les langues avec un accent étranger, et son regard était en permanence fixé au loin. Nulle part il n'était vraiment adapté, et là était son moteur. Il était poussé par l'aliénation, par sa volonté de forger des liens, d'être le lien entre un groupe humain et l'autre. Rien d'étonnant à ce qu'il ait établi sa position sur l'Atlantique, qu'il se soit tourné vers l'horizon occidental. Il devait penser globalement, parce que le monde entier était le seul contexte dont il fût sans équivoque membre à part entière.

De plus en plus plongée dans ma recherche, bien au-delà de ce qu'exigeait un papier pour l'organe maison, je justifiais le temps volé à d'autres occupations : plus les faits que j'accumulais sur Christophe Colomb étaient contradictoires et disparates, mieux je comprenais l'homme et m'identifiais à lui, tout en détestant l'absence de discernement dont il avait fait preuve à la fin. Loin de me gêner – grief permanent de tant d'érudits qui avaient passé au crible les fils pendants et les fausses pistes de sa vie –, les paradoxes de Christophe Colomb, les invraisemblances de sa vie m'attiraient. Il ne pouvait pas être tout ce qu'il prétendait être, mais la fiction qu'il avait bâtie autour de lui et présentée au monde n'était, je devais le reconnaître, jamais deux fois la même. Il était un certain type d'homme à la cour, un autre aux Antilles ; un mercenaire, un saint, un savant, un fanatique et, bien sûr, un marchand d'esclaves. Le premier importateur du Nouveau Monde. Le paradigme. Il apposa un symbole sibyllin à une signature et en griffonna si péniblement une autre qu'il ne devait pas savoir lire et écrire de longue date, comme il le soutenait. Vus d'un certain angle, mesurés par un autre menteur, ses mensonges corroboraient la réalité. Il était un nœud de vies imaginaires, d'histoires n'ayant qu'un pied dans la réalité, et quand par accident, il pénétra enfin véritablement dans le plus grand de tous les contes, le plus incroyable, il ne sut qu'en penser. Pouvait-il encore croire à ce qu'il disait, après tant de tromperies ? Il avait rencontré l'impensable : un monde qui n'en contenait pas d'autre était un monde sans frontières. En touchant le rocher de l'Amérique, Christophe Colomb rapetissait définitivement l'Europe.

Au début, personne ne partageait mon enthousiasme, à part Violet, qui approuvait tout, à condition qu'on satisfît sans délai ses besoins. Mémé regardait mes comptes rendus de travaux nocturnes avec suspicion, comme si j'étais passée de l'autre côté. « Ne peux-tu pas faire des recherches sur un Indien ? voulait-elle savoir. Une Indienne ? »

Roger, qui avait bâti sa carrière sur l'histoire poétisée, n'était pas emballé par le révisionnisme des autres – il estimait en avoir le brevet. Il avait accumulé dans ce but plus de documents qu'il n'en fallait dans sa précieuse bibliothèque – les écrits de Las Casas et de Diaz, des descendants et des détracteurs de Christophe Colomb, *Les Voiles de l'espoir* de Simon Wiesenthal, *De Orbe Novo* de Peter Martyr, les fragments traduits du *Chilam Balam* de Mayan, l'essentiel de l'interprétation littéraire : Milton, Shakespeare et son cher Donne. La dernière chose que souhaitât Roger, c'était un passé réinventé, un nouvel almanach pour 1492 qui rendît obsolète sa précieuse iconostase. Bien qu'il ne le dît jamais directement – après tout, techniquement nous étions des amants, perdus dans l'émerveillement de nos retrouvailles –, je savais qu'il me considérait comme une intruse dans son domaine, un éléphant dans un magasin de porcelaine, un dangereux amateur dont tout gain serait pour lui une perte.

De son côté, Hilda me reprochait de négliger, durant les précieuses et fugitives semaines de ma bourse universitaire, le travail qui m'obtiendrait ma titularisation. Christophe Colomb était un champ par trop labouré, ne manquait-elle pas de répéter. Minces étaient mes chances de sortir quelque chose de neuf, et moins encore le *livre* qu'exigeait ma nomination. Je pourrais flirter avec l'ésotérisme une fois que je serais professeur de faculté – Dieu sait qu'à l'université ça se pratiquait dur –, mais pour l'instant je devrais grossir mon curriculum vitae à l'intention du comité consultatif auprès du recteur – cette auguste assemblée d'experts intransigeants qui se tenait entre moi et un salaire à vie – afin de justifier mon élévation au rang des élus. Ses membres étaient connus pour m'être favorables – qui aurait voulu flanquer à la porte le seul professeur indien de la faculté, et une femme en plus ? – mais les critères ne pouvaient pas être contournés. Il y avait trois obstacles officiels : pour « enseignement », c'était gagné d'avance; pour « service communautaire », je franchissais allègrement la bosse. Seul « études » restait à passer, et il me fallait une grosse liasse de tirés à part ou d'articles à paraître.

En fait, le seul encouragement réel que je reçus me vint d'une source plus que douteuse : un certain Henry Cobb, de la promotion 1950 de Dartmouth, le dernier membre du club des Cobb obsédés par la découverte, le dernier à avoir apporté sa contribution au dossier de lettres que j'avais découvert dans la salle des Trésors, où des rangées de placards métalliques verts abritaient les opinions des fils du collège : remerciements et récriminations, pétitions et démentis. Les Cobb disposaient de tout un tiroir pour eux seuls.

J'en fis un survol rapide. Pendant soixante-quinze ans une procession de Cobb avait en gros réclamé la même chose : retrouvez ce que nous vous avons prêté et renvoyez-le!

Etrangement, malgré ces pages et ces pages de correspondance, je n'arrivais pas à me faire une idée claire de ce dont il s'agissait.

Un portrait du *New York Times,* joint à la chemise d'Henry Cobb par un bibliothécaire prévenant, le présentait comme un opportuniste de Wall Street, un négociant en titres, exilé pour une longue retraite familiale aux Bahamas, à la suite de revers du marché. Rien d'étonnant à ce que Christophe Colomb fût davantage à son goût que le rendez-vous, souvent remis, mais toujours en vigueur, avec la FTC qui contrôle les opérations de bourse.

Dans sa dernière lettre, qui ne remontait qu'à quelques semaines, Henry Cobb demandait qu'un des plus hauts responsables de Dartmouth prenne immédiatement contact avec lui. Sinon son alma mater perdrait l'occasion d'accéder à la gloire d'être la source d'une déclaration fracassante, le dernier dépositaire « d'une bombe à retardement dont le mécanisme est branché depuis cinq cents ans et qui est sur le point d'exploser ».

L'annuaire des anciens élèves de Dartmouth révélait que le fils d'Henry Cobb, Carey, de la promotion 1973, était banquier à Boston ; Vernon, de la promotion 1976, vice-président d'une entreprise de textile à Raleigh, en Caroline du Nord ; sa fille Melinda, de la promotion 1985, ingénieur de l'environnement, travaillait actuellement dans le sud de la Californie ; et Avery, de la promotion 1988, avait une bourse d'études Fulbright à Taipei. Personne n'avait ajouté ne serait-ce qu'un PS à la harangue épistolaire de la famille. Il semblait qu'Henry, contrairement à tous les Cobb venus avant lui, n'avait pas trouvé de fils ou de neveu aussi zélé à qui transmettre l'obsession familiale. Rien d'étonnant à ce qu'il fût décidé à faire tout exploser.

Sa lettre du 10 octobre 1989 était à la fois menaçante et alléchante : « Pour la sixième et dernière fois je vous prie de retrouver et de renvoyer tous les documents relatifs à Christophe Colomb, envoyés en toute bonne foi par mon père et mes aïeux. Au cas où vous n'accéderiez pas à ma requête, je me verrais dans l'obligation de porter à la connaissance publique les documents originaux en ma possession. Ce n'est qu'en mettant nos ressources en commun que nous parviendrons à ouvrir le passé. N'ayez crainte, votre assistance sera récompensée, mais ne tardez pas. Le temps est capital. » L'adresse de l'expéditeur était : « The Bight, Box 18, Rock Sound, Eleuthera, Bahamas. »

Je recopiai l'adresse dans mon carnet. Quelque chose m'avait-il échappé dans le fatras du dossier Cobb ? Plus tard, dans mon bureau, je ne pus y résister : j'écrivis à Cobb une lettre de demande de renseignements volontairement ambiguë.

Cher Mr Cobb,

Je suis le professeur Vivian Twostar de l'université de Dartmouth. Tandis que je faisais des recherches pour un article d'érudition sur Christophe Colomb, je suis tombée sur la longue correspondance, très provocatrice de surcroît, de votre famille, ainsi que sur une collection de mémorandums qui ne figurent pas au catalogue. Je serais très intéressée d'en apprendre davantage sur vos théories. J'ai des impératifs de dates – n'est-ce pas toujours le cas ? –, aussi une réponse rapide de votre part serait-elle la bienvenue.

Veuillez croire, cher Mr Cobb, à mes sentiments les meilleurs.

J'ignorais le temps qu'il fallait à une lettre pour atteindre Eleuthera, mais je comptais sur une réponse. Je m'attendais à ce qu'Henry Cobb soit soulagé d'avoir finalement attrapé un poisson, si petit fût-il. Je n'aurais pas été surprise de recevoir un épais paquet d'articles photocopiés, une exégèse de dix pages écrites à la main, ou une déclaration dérisoire du genre : Christophe Colomb était de nationalité portugaise, ou bien originaire d'Afrique occidentale.

Mais jamais je n'aurais pu prédire ce que j'entendis lorsque je décrochai le téléphone de mon bureau en ce début de décembre, moins d'une semaine après avoir posté ma lettre.

– Professeur Twostar ? demanda une voix de femme.

– « Two » comme « *too* », pas comme « *tw* », rectifiai-je, en appuyant de la même façon sur les deux syllabes de mon nom.

– C'est le professeur à l'appareil ? demanda la femme.

– Elle-même.

– La Western Union à l'appareil. J'ai un message pour vous de la part de Mr Henry Cobb des îles Bahamas. Voulez-vous que je vous le lise ou que je vous le poste ?

– Lisez-le, répondis-je sans réfléchir.

J'étais littéralement stupéfiée.

– Attends votre arrivée STOP Donnez date et numéro de vol STOP Maison d'invités à votre disposition pour durée séjour STOP Apportez originaux de tous articles prêtés par famille Cobb, dont page de lettre manquante STOP Ne serez pas déçue STOP

Je fermai les yeux, m'imprégnant de cet ordre.

– J'ai également un mandat, poursuivit l'opératrice. De mille dollars. Comment souhaitez-vous le toucher ?

– Mille dollars ?

– Vous pouvez le toucher en liquide au bureau de la Western Union le plus proche, qui doit être White River Junction, dans le Vermont. Ou bien je peux le faire virer à un compte bancaire, mais cette transaction pendra une journée. Que préférez-vous ?

– Je peux très bien aller à White River.

J'étais abasourdie.

– Il sera disponible après 13 heures, conclut la femme. Bonne journée.

Je restai un long moment à contempler le récepteur. Mon premier mouvement fut de refuser l'argent, de faire de cet événement une histoire amusante à raconter à Racine, mais regardant par la fenêtre j'entendis les flocons de neige contre la vitre. Nous parlions bien d'Eleuthera. Une île des tropiques. Une maison à ma disposition.

Les vacances de Noël de Nash commençaient la semaine suivante. Roger finirait de corriger ses examens et rendrait ses notes à peu près à la même période. Je calculai : mille divisé par trois. Si les allers et retours coûtaient dans les trois cent cinquante dollars, ça pouvait marcher – Violet voyageait encore gratis. J'aurais à supporter Cobb pendant un jour ou deux, et il est probable que je le décevrais en n'étant pas renversée, mais quelle importance ? Il avait manifestement les moyens. Personne ne lui avait forcé la main. Et deux après-midi d'acquiescements bidons pour échapper à l'hiver dans le New Hampshire et passer des vacances quasi romantiques en famille, ce n'était pas cher payé.

Je n'avais pas la moindre idée de ce que Cobb voulait faire de tous les mémorandums sur Christophe Colomb, mais là n'était pas mon propos. J'appelai l'agence de voyages, et traversai le campus pour me rendre dans le bureau de Roger. Il était assis derrière son bureau immaculé, les doigts en équilibre au-dessus du clavier de son ordinateur. Un tantinet désarçonné par cette violation de son emploi du temps, il leva un regard interrogateur. Avait-il oublié un rendez-vous avec moi ?

– Hé, hé, hé, dis-je en refermant la porte derrière moi. Dis bonjour au père Noël.

Maintenant que j'allais rencontrer Henry Cobb, je retournai au classeur vert et examinai avec plus d'attention la correspondance Cobb, en commençant par aujourd'hui pour remonter jusqu'en 1915, date à laquelle elle s'achevait. Henry lui-même avait écrit six lettres furieuses, et de plus en plus insistantes, pour exiger le renvoi de divers objets non précisés, dont l'université avait apparemment prétendu avoir perdu une partie. Il considérait manifestement que ces articles avaient une grande valeur et se plaignait de ce que, pendant leurs années universitaires, ses deux plus jeunes enfants, Melinda et Avery, se soient vu refuser l'accès à certains, et n'aient pu en récupérer aucun.

Ce plaisantin était-il fou, ou quoi ? Ce que j'avais était de la guimauve de troisième catégorie. J'en vins à penser que ce que j'avais trouvé n'était peut-être pas ce que cherchaient les Cobb.

Les bibliothécaires de l'université avaient répondu au courrier d'Henry par des photocopies de règlements à l'usage de l'utilisateur ordinaire : « Afin de protéger contre tout dommage ou perte, les documents donnés ou ne figurant pas dans le catalogue ne sont accessibles qu'au personnel autorisé, comme les professeurs et les administrateurs, jusqu'à ce qu'ils soient intégrés aux collections régulières de l'université de Dartmouth. » Ces lettres ne précisaient pas jusqu'à quand cette mesure serait effective – rien d'étonnant à cela. Ma découverte nocturne avait été perdue et, puisqu'il en manquait encore, l'ensemble devait se trouver dans la réserve du musée, énorme entassement de legs et testaments.

Cela tournait à la chasse au trésor, mais j'étais accrochée, et je me disais en outre que pour des billets gratuits je ne pouvais pas faire moins que cette investigation. Le lendemain, je me rendis dans le sous-sol où étaient stockés tous les objets de valeur douteuse offerts par les anciens élèves. Les salles étaient bourrées de tout un fatras allant du tristement bon au fabuleusement nul : armures, végétaux du New Hampshire soigneusement pressés entre deux rectangles de verre, souvenirs de la foire universelle de Saint Louis. Il y avait, posée sur un plat, une tête en caoutchouc plus vraie que nature, le Jean-Baptiste de Salomé, accessoire de théâtre. Des boucliers, des cartes, un kayak, les procès-verbaux soigneusement consignés de milliers de réunions. Il y avait des programmes de théâtre pour les Ziegfeld Follies et, en quantité, des tas et des cartons d'articles et de mémorandums sur le passé de Dartmouth. Des trophées sportifs. Des discours de remises de diplômes datant du XIXe siècle. D'interminables volumes de graves décisions maintenant complètement oubliées.

M'aidant de deux caisses d'uniformes de la Première Guerre mondiale, je me hissai jusqu'au reste de la planque Cobb, coincée dans un angle éloigné et envahie de poussière. Sur chaque étagère, une double rangée de rebuts – qu'on n'avait pas voulu refuser pour ne pas heurter les donateurs, mais qui ne justifiaient pas le temps qu'il faudrait pour les trier, les répertorier, les conserver. L'attribution d'une valeur est la plus subjective des mesures ; elle est fluide et capricieuse. Certains objets et papiers qui avaient, pour l'un ou l'autre des fils de Dartmouth, une valeur incalculable, qui étaient les premières choses à sauver en cas d'incendie ou d'inondation, étaient pour le réceptionnaire comme autant de sacs de feuilles mortes. On prenait cependant grand soin de ce qui entrait. Des étiquettes soigneusement dactylographiées étaient fixées sur les cartons. Les documents précieux étaient conservés dans des chemises en carton brun.

Tout caché qu'il fût, il ne me fallut pas longtemps pour découvrir le carton Cobb. Il suffisait pour le repérer d'ingéniosité et d'un sens du classement un peu créatif. Avec son sens inné de l'ordre, Roger serait resté plus longtemps que moi désarçonné. Il aurait cherché un nom commençant pas « Co » entre « Ci » et « Cu », et ne le trouvant pas, il aurait abandonné. Mais moi, j'étais loin d'être aussi optimiste. Vu mon système de rangement inattendu, j'estimais avoir de la chance si même le « C » était d'un quelconque secours – je suis connue pour classer ma correspondance sous la lettre « L » pour « Lettres », bien que je range toujours soigneusement mes lectures par ordre alphabétique. Je commençai par le début de l'étagère « C », et c'est là qu'était mon carton : « Cabb ». L'employé devait avoir l'accent de Boston.

Je m'adressai à une conservatrice adjointe qui m'autorisa à emporter chez moi tout ce que je voulais.

– Gardez-le autant que vous voudrez, dit-elle, tandis que je signais un reçu.

Elle était engagée dans la tâche don-quichottesque de retirer de documents précieux les agrafes métalliques susceptibles de rouiller et de les remplacer par des trombones en plastique.

– Et pendant que vous y êtes, puis-je vous intéresser à un fabuleux assortiment de bouteilles de Coca-Cola anciennes ?

Comme je me mettais à rire, elle leva son petit ôte-agrafe et m'en menaça.

– Promettez-moi au moins, si vous devenez célèbre et que vous nous donnez vos papiers, d'enlever vous-même toutes les agrafes.

– Si personne ne s'intéresse à ce fatras et que personne n'en veut vraiment, pourquoi la bibliothèque le garde-t-elle ? demandai-je à Roger, tandis que nous étions dans son salon.

J'avais passé la soirée à éternuer sur les coupures de journaux en lambeaux. J'étais apparemment allergique aux décompositions opérées par le temps.

– La carte de Vinland, répondit-il, avant de retourner à son poème.

– Que veux-tu dire ?

J'interrompais sa muse créatrice, mais j'étais dans mon droit. Il m'avait à peine parlé depuis le dîner.

– Yale, dit-il. Il y a quelques années, un étudiant est tombé sur un document oublié, qui a depuis été identifié comme l'ancienne Scandinavie. On y voyait la première carte du Groenland et de la côte du Labrador. La carrière du garçon était faite. Il s'est tenu toute une conférence autour de lui à Berkeley. Depuis lors les bibliothèques ne jettent rien, au cas où.

Pour prévenir d'autres questions, Roger se pencha sur son bureau et alluma l'écran de son ordinateur. Dans le cercle étroit et lumineux de sa lampe Tensor, la délicate structure yankee de son visage était frappante. La courbe de son nez, reproduite en miniature chez Violet, était élégante et patricienne. Ses narines frémissaient sous l'intensité de sa pensée. Il retenait sa respiration, dans l'attente de l'inspiration, du vers qui allait jaillir.

– J'ai comme un frisson de plaisir pervers à te regarder penser, murmurai-je.

Il replia les doigts, serra les poings, en appuya les jointures contre ses dents, se pencha sur son travail, prit sa respiration et entra frénétiquement un vers ou deux. Effaça. En tapa un autre. Je retournai au carton Cobb – encore des brochures pour le quatrième centenaire, des bannières rouge, blanc, bleu, et plusieurs versions du visage de Christophe Colomb par différents artistes. Les blonds étaient apparemment en vogue au XIXe siècle. Sous le manuscrit d'une pièce intitulée simplement *Oyez,* je tombai sur une grande enveloppe jaunie marquée « Lettres antérieures à 1900 ».

Comparées au capharnaüm des documents annexes, ces épîtres étaient d'une lecture fascinante, aussi bien d'un point de vue psychologique que strictement historique. Prises en bloc, elles constituaient un monument d'obsession, vieux de plus de cent cinquante ans. La suffisance semblait être un trait de caractère spécifique aux Cobb, le dénominateur commun reliant une génération à la suivante. Mais il s'agissait d'un narcissisme d'un genre très particulier : les Cobb tiraient leur importance non de ce qu'ils étaient, mais de ce qu'ils prétendaient être les seuls à savoir. Cobb après Cobb, de père en fils, ils prêchaient inlassablement la même chose, le secret de famille qu'ils cherchaient désespérément à révéler. Certains mots revenaient sans cesse : « Christophe Colomb », bien sûr, mais aussi « Eleuthera » et « *corona* ». Plus je m'éloignais du XXe siècle, plus les références devenaient évasives, tandis que le mot « *diario* » apparaissait de plus en plus souvent.

– Ces types étaient atteints de monomanie, dis-je à Roger, mais voyant qu'il inspirait et se penchait encore plus bas sur son clavier, je n'insistai pas.

Dieu me garde de l'écarter du chemin menant au mot juste.

Et puis, ce n'étaient pas les Cobb qui manquaient pour me tenir compagnie. Henry, mon nouveau copain épistolaire, avait à peine plus de soixante ans. J'essayai d'imaginer comment mémé et lui s'entendraient – ce brasseur d'affaires américain qui n'avait rien de mieux à faire que de délirer sur son legs perdu, et la femme qui en ce moment même m'attendait à la maison en regardant la pendule. Elle acceptait que Roger soit le père de Violet, mais refusait de le reconnaître comme mon amant. Elle maniait le paradoxe comme personne, talent qu'elle devait à son éducation à la mission. Dans son univers inébranlable, il y avait amplement la place pour les chants navajos et pour Jésus-Christ, pour des vérités concurrentes – sinon contradictoires. Tout dépendait de ce qu'elle avait besoin de croire à un instant donné, et dans mon cas particulier, on frôlait la naissance virginale.

Je pensais à l'oncle paternel d'Henry, Harrison Cobb, correspondant erratique des années de la Grande Dépression. Qu'aurait dit cet homme, qui se répandait avec une égale ferveur contre les syndicats, le whisky et le droit de vote, de mes arrière-grands-parents irlandais, partie intégrante de « ces canailles d'immigrés » qu'il détestait tant ? Coincés entre des diatribes contre les juifs et les Polonais, les Irlandais n'échappaient pas à l'appellation péjorative de « Micks », sous le prétexte qu'ils s'appelaient tous Michael. « Ce beau continent n'était pas destiné à cela », se plaignait Harrison. D'après ce que j'avais entendu, Pat Manion, le beau-père de mémé, n'aurait pas été impressionné par de tels arguments. Pour lui, tout Cobb aurait été, par définition, un apostat de plus, sans couleur définie.

Je secouai précautionneusement l'enveloppe jaunie pour en faire glisser une lettre d'apparence fragile dont je dépliai le papier raide. L'élégante écriture à l'encre brune était difficile à lire, mais je pus déchiffrer la date – 12 novembre 1876 – et un nom : Dr Elijah Cobb, vétéran de la guerre de Sécession, 1er Régiment de volontaires du Connecticut, blessé à Antietam en 1862. Il écrivait avec impatience et fureur. Pourquoi le président Asa Dodge Smith n'avait-il pas répondu à ses deux dernières lettres ? Pourquoi ce temps insensé pour retrouver « le paquet » ? Le trésor, la gloire n'intéressaient donc pas l'université ? N'avait-il perdu un bras au service de l'Union que pour se voir méprisé par son alma mater ? Avec sa coopération, la *corona* était à portée de main de l'université, et cela n'allait-il pas épater cette parvenue de Princeton ?

Il ne mentionnait pas Little Big Horn, bien que l'événement dût encore être à la une en cette année centenaire de la fondation des États-Unis. En novembre, la nouvelle avait même dû parvenir jusqu'aux oreilles de la mère de la mère de ma mère, Sweet Whistle, dans son village du nord de l'Idaho. Comment l'histoire de la défaite de Custer serait-elle racontée à Cœur d'Alene ? Serait-elle occasion de fête ou d'angoisse ? Elle n'avait laissé aucune trace de ses pensées, rien de comparable aux arguties d'Elijah Cobb, et pourtant elle occupa le même pays, vécut et mourut à l'ombre des mêmes événements.

Quelque bibliothécaire consciencieux avait conservé les lettres d'Eleazer Cobb entre des feuilles de papier paraffiné, mais cette précaution était, je le soupçonnais, davantage inspirée par l'ancienneté que par le contenu. Eleazer rappelait inutilement au « Sir » auquel il adressait ses six lettres, envoyées chaque année, le 4 juillet, qu'il portait le nom du fondateur de Dartmouth, Eleazer Wheelock. Ce Cobb était lui aussi soldat, de la campagne du Mexique. Il avait un ton tout aussi grinçant pour raconter un « pèlerinage à l'île elle-même », inutile, grâce à la « négligence » de l'université. Il se plaignait vigoureusement de l'absence de réponse et de coopération du « Sir », « malgré mes exhortations les plus ardentes ». « Sir » devait en porter toute la responsabilité.

Je songeai à Porfirio, le seul ancêtre non navajo de mémé, le premier sur l'arbre rangé au centre de l'ancienne Bible espagnole qu'elle conservait dans un panier tressé qui absorberait, elle le jurait, toute pernicieuse humidité. J'ignorais si Porfirio avait oui ou non combattu sous le général Santa Anna, mais à la suite de la défaite du Mexique il avait perdu son pays et sa nationalité. Il était issu d'une famille de commerçants près de Ship Rock, tout ce qui restait, selon la légende, d'un groupe parti de Compostela vers le nord, à la suite de Coronado, à la recherche des Sept Cités de Cibola. Leur bétail, leurs cochons et leurs mules étaient morts. Leurs chevaux furent abattus pour être mangés, et lorsqu'ils arrivèrent enfin à Cibola – non pas une grande ville aux murs constellés de pierres précieuses, mais un paisible *pueblo* en adobe – les hommes avaient, dit-on, déserté ; certains s'y établirent pour cultiver des courges, des citrouilles et des haricots, tandis que d'autres se lancèrent dans le commerce. Est-il possible que Porfirio et Eleazer se soient rencontrés sur la ligne de tir ? Peu probable, mais la vie de l'un eut des répercussions sur celle de l'autre; avec des lustres de recul, j'en pouvais considérer avec une simple curiosité la chaîne des conséquences.

Protégées par des chemises en carton, les premières lettres Cobb étaient séparées par du papier que les années avaient effrité. Il était près de minuit et Roger, satisfait de l'avancement de son travail et de mon respect pour ses exigences, s'étira pour signaler qu'il était disponible. Mais c'était maintenant moi qui ne voulais pas perdre le fil.

– Je suis à toi dans un instant, dis-je, prétextant Violet – aux yeux de Roger, mon travail seul n'aurait pas justifié que je le fasse attendre. Je vais la laisser se réveiller seule, ensuite je la nourrirai. Ainsi, elle dormira peut-être jusqu'à 6 heures.

Roger dressa la tête, réfléchit à la logique de ma proposition, pesa l'alternative : le plaisir immédiat de mon corps ou la perspective d'un sommeil ininterrompu, puis il approuva d'un signe de tête, mais ne dit rien. Il ne voulait pas déranger le bébé avant l'heure. Il ferma les yeux pour signifier qu'il allait lui aussi dormir. Je compris le message. Lorsque je monterais, je ne ferais pas de bruit.

Une fois seule, je m'installai au bureau de Roger et posai les papiers sous sa lampe. L'ancienneté de ces pages leur méritait une place parmi les raretés de Baker; lorsque j'aurais fini, je les porterais à l'attention du bibliothécaire en chef. La première pièce était adressée par le collège à Mr Cobb, et était signée par le deuxième recteur de l'université. On s'y confondait en excuses pour la perte désolante de quelque chose qu'avait envoyé Cobb. Au cours de la construction de Moor's Indian Charity School, un « jeune Mohawk » – c'était évidemment un Indien qu'on rendait responsable – avait semble-t-il égaré un paquet « précieux par son ancienneté ». Le recteur était absolument désolé, mais ce paquet semblait irrémédiablement perdu, mais pas détruit, il en jurerait.

Il y avait deux lettres d'un précédent Henry Cobb. La première posait la question rituelle : pourquoi ma lettre n'a-t-elle pas obtenu de réponse ? La seconde, réponse au recteur de Dartmouth, s'offusquait de la stupide perte d'un présent dont la valeur était inestimable. Il avait attendu un demi-siècle. Ce qui avait été donné à l'université par feu Samuel Cobb ne serait-il donc jamais retrouvé ?

C'était pour le moins déroutant, et je dois admettre que ce cortège de Cobb avait rallumé en moi un sentiment d'inachèvement. J'étais toujours obsédée par ce maudit bloc de bois que j'avais trouvé sur l'étagère de Christophe Colomb, la nuit où je m'étais retrouvée enfermée dans la bibliothèque. En y réfléchissant, il devait représenter le mystère, le but indéfini que chacun de nous poursuivait sans savoir ce qu'il cherchait ou s'il l'avait jamais atteint. Peut-être étais-je à la recherche du même objet que tous ces Cobb, mais leurs lettres n'étaient pas d'un grand secours. Si seulement ils n'étaient pas si énigmatiques, comme s'ils craignaient d'en dire trop, de mettre sur la voie une lectrice qui ne serait pas dans le secret et en revendiquerait le prix. À la recherche de quoi étaient-ils – étions-nous ? Où était l'objet en question ? Je me passai les doigts dans les cheveux : dommage que ce négligent étudiant mohawk ne soit pas à portée de la main que je lui demande. Mais cela faisait belle lurette qu'il était hors d'atteinte.

L'était-il vraiment ? À cette pensée je me redressai dans mon siège. Dans les années 1700, il n'y avait pas beaucoup d'Indiens à Hanover – je devrais au moins pouvoir trouver le nom du type. Il avait empoisonné les vies de générations de Cobb, de sorte que même si je n'avais rien de concret à apporter à Eleuthera, même si je n'étais qu'une déception de plus parmi toutes celles qu'avait connues Henry Cobb, je pourrais peut-être au moins lui fournir la façon d'opérer du gamin qui avait fait dérailler le train familial. Ce n'était pas grand-chose en échange de mille dollars, d'une lune de miel sans mariage, mais c'était déjà ça, et, tout en arrangeant les oreillers sur le canapé de Roger pour me faire un nid, je mis au point une stratégie de recherche.

Les vieilles bibliothèques disposent d'ailes qui ressemblent à des greniers de maisons où ont vécu plusieurs générations. Le lendemain matin, je me rendis au dépôt Samson Occum, un des joyaux de l'université : leur pasteur-recruteur-collecteur de fonds indien américain attitré, premier d'une longue série de témoins aborigènes appointés dont, je devais l'admettre, j'étais le modèle actuel. De l'avis de tous, Samson Occum, bien que de teint foncé, était un chrétien intelligent, s'exprimant avec aisance. Eleazer Wheelock, qui reconnaissait un bon élément du premier coup d'œil, l'avait envoyé en Écosse pour créer le noyau de la fondation. Il réussit à convaincre les philanthropes d'Edimbourg de casquer pour Dartmouth plutôt que pour, disons, Harvard ou Yale, en leur expliquant qu'il s'agissait d'une université *indienne*, fondée pour apporter des lumières aux sauvages autant qu'aux fils de bonne famille.

Il y eut effectivement quelques Indiens au début – non à l'université elle-même, mais à l'école de commerce qui lui était attachée. Ils venaient de toute la Nouvelle-Angleterre, et la plupart d'entre eux firent long feu. Ou bien ils avaient le mal du pays et partaient, ou bien ils attrapaient la petite vérole et mouraient. Je me rappelais avoir entendu dire que certaines de leurs lettres étaient conservées avec les archives de Samson Occum. Or, après avoir fouillé dans quelques placards et fichiers étiquetés, je trouvai ce que je cherchais. Certaines étaient réunies dans des classeurs de fortune, et d'autres – les correspondances les plus importantes – dans des étuis individuels. Mais laquelle, si tant est qu'il y en eût une, provenait de *mon* Mohawk, le garçon qui avait perdu le trésor de Samuel Cobb ?

Je considère que ce que l'on cherche n'est jamais facile à dénicher, et ne se trouve jamais ni en haut ni en bas de la pile, je commençai donc par le milieu. Violet dormait dans son harnais et j'avais tout l'après-midi devant moi. Je piochai dans un carton, lus quelques paragraphes d'autodénigrement – « Docteur Wheelock, mon âme est trop noire pour mériter... » – puis passai à la suivante. Les essais, quel que soit l'auteur, développaient un thème commun : une apologie de l'espèce la plus vile. Leurs auteurs regrettaient ce qu'ils étaient, ce qu'ils n'avaient pas bien fait. Personne ne méritait la bonté qu'on leur avait témoignée.

Du lavage de cerveau.

Au bout d'une heure environ, j'ouvris un lourd carton portant le nom de Peter Paul et pêchai une feuille au hasard.

« Je ne mendie pas, commençait la lettre. Je n'oublie pas. »

Je clignai des yeux, m'appuyai contre le mur pour soulager une douleur dans les épaules. Peter Paul était un fauteur de troubles et j'étais très contente de le rencontrer.

« Votre Seigneur Jésus-Christ est ici et je me prosterne devant Lui comme vous m'avez dit de le faire. Mais Il ne connaît pas le chemin de la maison de ma mère. Dans sa demeure Il ne règne pas. Dans le Nord les incendies brûlent encore. »

J'ajoutai largement foi au dire de ce Peter. De telles opinions n'avaient pas dû être bien vues des instances morales de son époque. Je m'agenouillai et fouillai dans le carton : un unique mocassin en peau, mince et décoré de tuyaux de plumes ; un cahier fatigué avec différents passages du Nouveau Testament, recopiés d'une écriture laborieuse ; une dent d'animal ; une bourse plate en cuir fixée avec du cuir brut à un panier au couvercle tressé serré, devenu gris avec le temps. À l'intérieur, se trouvait une petite liasse de papiers. La première feuille que je pris était très ancienne et portait une notation de l'écriture très particulière de Peter Paul.

« Les choses cachées sont à Yahvé notre Dieu. » (Deutéronome 29, 28.)

En dessous il avait écrit : « Ce qui est fut déjà ; ce qui sera est déjà. » (L'Ecclésiaste, 3, 15.)

En dessous, simplement : « Je reprends ce qui m'a été pris. *Signé* : Peter Paul, vingt-deux ans.

Bien que je ne les comprenne pas, ces mots me parlaient. Posant le panier et le paquet sur le sol à côté de moi, je me pris le visage dans les mains et me sentis enveloppée sous un voile de chagrin. Mes doigts étaient froids et, lorsque je levai la tête, je découvris que des larmes s'étaient mêlées à la poussière dont ils étaient couverts. Dans cette pièce silencieuse je pleurais Peter Paul et tous ses frères et sœurs. Je lui enviais la terre d'où il était parti, sûr de la retrouver intacte. Il était un lien, la dernière génération à être née sans le pressentiment de la domination. Je ne romançais pas la vie de sa mère dans une communauté tribale. Vie de dur labeur, de danger et d'inconfort, mais dont elle était parfaitement maîtresse. Elle avait mis au monde un fils fier, et l'avait envoyé loin de son village pour apprendre de nouvelles coutumes. Peut-être n'était-il jamais revenu. Peut-être fut-il enterré à Dartmouth dans le petit cimetière derrière l'observatoire. Mais s'il était retourné chez lui, il aurait été différent.

Je suis née différente, jetée en plein dans le courant des événements, sans rocher auquel m'accrocher. Boule de flipper, il me semblait parfois avoir passé ma vie à réagir, heurtant l'un après l'autre les obstacles lumineux. Pendant des années, j'avais pris de la vitesse, ralenti, roulé encore, sans trouver d'endroit où me reposer, sans jamais choisir ma direction. Mais c'était du passé. J'avais choisi Violet, même de façon inconsciente. Cette fois-là, j'avais aidé le destin : j'avais osé et j'avais gagné. C'était un premier pas, d'autres suivraient. Je donnerais un but à ma carrière, au-delà du récit d'atrocités par doses de cinquante minutes. Peu m'importait ce que je ferais du reste de ma vie, tant que je savais à peu près où j'allais, tant que je donnais plus que je ne recevais, tant que je changeais quelque chose.

Peter Paul m'avait laissé un message métaphysique, que je reçus parfaitement : fais du grabuge et tu te détacheras du lot commun. J'ignore le temps que je restai là à réfléchir, prendre une résolution, décider de m'y tenir. Peut-être une minute, peut-être une heure. Mais ce fut suffisant.

À l'intérieur du paquet, les autres feuilles semblaient différentes, plus lourdes. L'encre était décolorée, mais, de mon point de vue, l'écriture n'était pas de la même main. Il y avait également autre chose à l'intérieur. Un dossier plus petit. Avant que j'aie eu le temps d'en extraire le contenu, Violet se réveilla, effrayée de se trouver debout et seule. Ses jambes, qui sortaient des ouvertures de toile, s'agitaient furieusement et ses cris explosaient dans le silence de la petite cellule stérile. Ayant obtenu l'autorisation d'emprunter jusqu'au lendemain tout ce que je voulais de cette collection, je rangeai les citations de Peter Paul, fis entrer le carton et son panier dans mon fourre-tout, et quittai la bibliothèque avant qu'on nous demande de partir, et sans me douter de ce qui m'attendait.

Je passai mon après-midi à courir : vaccin pour Violet, visite de routine au bureau de Sara, achats d'épicerie pour mémé et Nash. Je dînai avec eux, regardai la télévision pendant une heure, donnai le bain du bébé, la couchai dans la chambre de mémé et pris une douche. Je mis les habits que je porterais le lendemain, et, vers 22 heures, je partis chez Roger.

La maison était sombre, mais il avait laissé, comme promis, la porte d'entrée ouverte. Il m'avait prévenue qu'il avait l'intention de se coucher tôt. N'étant pas fatiguée, je m'assis, avant de monter le rejoindre, et sortis doucement la bourse de cuir et le panier, dont le contenu fit, lorsque je le soulevai, un petit bruit sec. Le couvercle était fermé par un lien ténu qui se cassa dès que je le touchai. Je le soulevai, inclinai le panier et en renversai le contenu sur le buvard immaculé de Roger – un tas de coquilles d'huître noircies et recouvertes d'une croûte. Peter Paul était un véritable comédien.

Je dégageai les feuilles que je n'avais pas encore vues, et regardai la dernière pour y découvrir l'identité de l'auteur. À ma surprise, la signature soulignée d'un parafe n'était autre que celle de Samuel Cobb. J'étais à la racine de tout : les tout premiers mots de Cobb à l'université.

Très Révérend, commençait la lettre.

J'ai en ma possession un Document merveilleux et renversant. Oui, un Document d'une Telle Importance que j'en ai l'Esprit Déchiré. Dois-je le Détruire ou le Conserver ? Dois-je Fermer mes oreilles ou Ouvrir mes yeux ?

La Réponse, Gracieux Maître, doit venir de Vous, car c'est dans les Salles Bénies de Dartmouth que j'ai pour la première fois rencontré la Vérité et que j'en suis devenu à jamais le très humble Serviteur. Cassandre avait-elle coutume de Masquer son Regard Prophétique ? Socrate redoutait-il l'Amère Vérité ? Énée resta-t-il dans les bras souples de Didon, ou bien fit-il voile vers Rome ?

C'est le Destin qui m'a chargé de ce Fardeau, qui m'en a Confié le Soin. Je l'ai payé d'une centaine de vies, et pourtant, il en est qui Doutent encore. Le Livre dont cette page a été Déchirée repose en Sûreté dans un Coffre sculpté et tapissé de soie. Il me vient d'une Source Inattaquable, d'une personne trop attachée à mon service et à ma Faveur pour mentir. La Signature de la Lettre provient de la même Personne que les Coquilles enfermées ici. Elles portent des Marques à la fois Curieuses et Familières, qui sont certainement l'Empreinte d'une Main Humaine.

J'en appelle à vous, Gentil Sir : venez à mon Aide. Que votre très Estimée Voix se joigne à mon misérable chœur. Quelqu'un d'aussi Instruit que Vous peut sûrement déterminer la Véracité de ces Trésors, ou voudra au moins en inspecter l'Ensemble. Faites-moi venir, et je l'apporterai.

Même maintenant, malgré la Guerre finie et la Victoire du Juste, je ne garantirais pas la sécurité du Messager auquel je confierais ce Paquet, aussi je n'envoie que deux pages du Grimoire. Je ne puis pas m'empêcher de penser, gentil Sir, qu'elles suffiront à vous convaincre de la Valeur de l'Ensemble, et de ce qu'il Présage. J'attends, donc, vos Sages Instructions.

Avec mes Sincères Prières pour votre bonne Santé, je reste, votre Étudiant toujours fidèle et reconnaissant,

Samuel Martin COBB

Je revins au carton. J'étais excitée malgré moi, comme si j'avais identifié un microbe, un virus pirate depuis longtemps assoupi, à l'exception d'une souche survivant chez les Cobb. J'avais lu suffisamment de romans à suspense, vu suffisamment de policiers à la télévision, pour être incapable de résister à l'intrigue qui se nouait : parchemin jauni, phrases inachevées, trésor auguré.

La face lisse des coquilles était effectivement décorée d'étranges marques en relief. Je les examinerais plus tard. Le dernier objet du carton était une chemise mince fermée par une petite serrure qui s'ouvrit dès que je m'en saisis. Je trouvai les deux pages promises, si fragiles que j'eus peur qu'elles ne se désagrègent si je les manipulais trop ; avant toute autre chose, je les transportai avec précaution dans le bureau archimoderne de Roger et les posai soigneusement – l'une après l'autre – sur la surface vitrée de sa photocopieuse. Un bouton pressé, un *whrrr*, la répétition du procédé, et deux copies glissèrent dans le plateau. L'image, fixée sur du papier ordinaire, reproduisait l'impression défraîchie en écriture gris et blanc aux lignes parallèles. Je crus d'abord la calligraphie illisible. Je regardai avec attention les courbes et les coupes, mais n'y découvris aucun sens. Je suivis le tracé des groupes de lettres, de gauche à droite, de droite à gauche, attendant une lumière, jusqu'à que je discerne enfin un mot : « Colon ».

J'étais hypnotisée. Seuls me tenaient compagnie le ronflement de la machine et sa lumière verte clignotante, indiquant « Prêt ». Je pus enfin reprendre depuis le début, et vis cette fois ce qui m'avait d'abord échappé. La langue condensée que j'avais devant les yeux n'était pas de l'anglais. Avant d'en comprendre le sens j'en reconnus la forme. Je voyais ce graphisme, cette écriture penchée à l'espacement si particulier, pratiquement tous les jours depuis deux mois. Il y avait une chance. Ce pouvait être la sienne.

Roger était si peu habitué à être réveillé par quelqu'un d'autre que Bob Edwards, animateur de l'édition matinale de la National Public Radio, qu'il lui fallut un moment pour reprendre ses sens, tandis que je le secouais sans ménagement.

– D'accord, dit-il, comme s'il acceptait quelque invitation rêvée.

– Viens, Roger. C'est important. Tu vas être soufflé.

– C'est sur la table, à côté de la porte de derrière, dit-il quelque peu irrité.

– Roger, réveille-toi. Tu viens de t'endormir.

– Je ne dormais pas, protesta-t-il indigné, avant de rouler sur le côté. J'ai juste fermé les yeux, marmonna-t-il dans son oreiller.

– Eh bien, ouvre-les. J'ai quelque chose à te montrer que tu ne croiras pas.

S'étant enfin rendu compte qu'il n'était pas seul, Roger loucha dans ma direction. Son regard n'avait rien d'amical.

– Fais-moi confiance. Redescends.

Son visage se contorsionna en un masque où se lisaient l'indignation, la trahison, le regret. Il avait suffisamment d'empire sur soi pour rester muet, pour ne pas dire ce qu'il pensait de moi. Il attendait que je retire poliment ma demande, que je le laisse tranquille, mais il finit par se laisser fléchir. Faisant appel à toute sa patience, il laissa tomber ses jambes le long du matelas jusqu'à ce que ses doigts de pied trouvent la descente de lit, puis prit appui sur ses pieds. Je lui tendis sa robe de chambre et le regardai l'enfiler, ajuster machinalement le col de son pyjama pour qu'il s'étale harmonieusement sur le châle.

– Quelle peut être cette urgence extrême ? – Roger s'adressait à l'univers, non pas à moi. – Quelle est la situation, si critique fût-elle, qui ne peut attendre jusqu'au lendemain ? Pas d'ennui avec le bébé ? demanda-t-il, soudain éveillé.

Je le rassurai d'un hochement de tête.

– Tu verras, promis-je. Tu seras content que je t'aie obligé à te lever.

– Tu es prête à en jurer sur ta vie ? demanda Roger avec un regard impitoyable, mais il trouva ses pantoufles et me suivit dans l'escalier illuminé.

Sur la table de la cuisine, j'avais tout disposé à l'exception des coquilles. Cela attendrait. Les copies des deux documents étaient encadrées par des livres de référence ouverts à des pages reproduisant la signature et l'écriture de Christophe Colomb. Je ne donnai pas d'autres informations, mais regardai le visage de Roger, suivis ses yeux qui se déplacèrent d'abord lentement, se mirent à comparer, puis passèrent de plus en plus vite d'un écrit à l'autre.

– Qu'est-ce que c'est ? demanda-t-il finalement. Où les as-tu trouvés ?

– C'est ce qui met les Cobb en rage depuis deux cents ans.

– Ce ne sont que des copies.

J'avais prévu cette objection, ouvris une nouvelle chemise et dévoilai les originaux. Roger se tenait immobile; il s'humecta les lèvres, se frotta doucement le bout des doigts les uns contre les autres.

– S'ils sont authentiques...

– Ils le sont, dis-je. Je le sens.

Roger se tourna vers moi. Son expression n'exprimait ni interrogation ni dénégation. Elle était rare entre toutes chez l'intellectuel agnostique de la fin de ce XXe siècle : c'était l'effroi pur et simple.

Me plaçant à côté de lui, je lui pris la main. Debout devant sa table, nous étions comme des suppliants devant un autel, comme de futurs conjoints attendant la bénédiction.

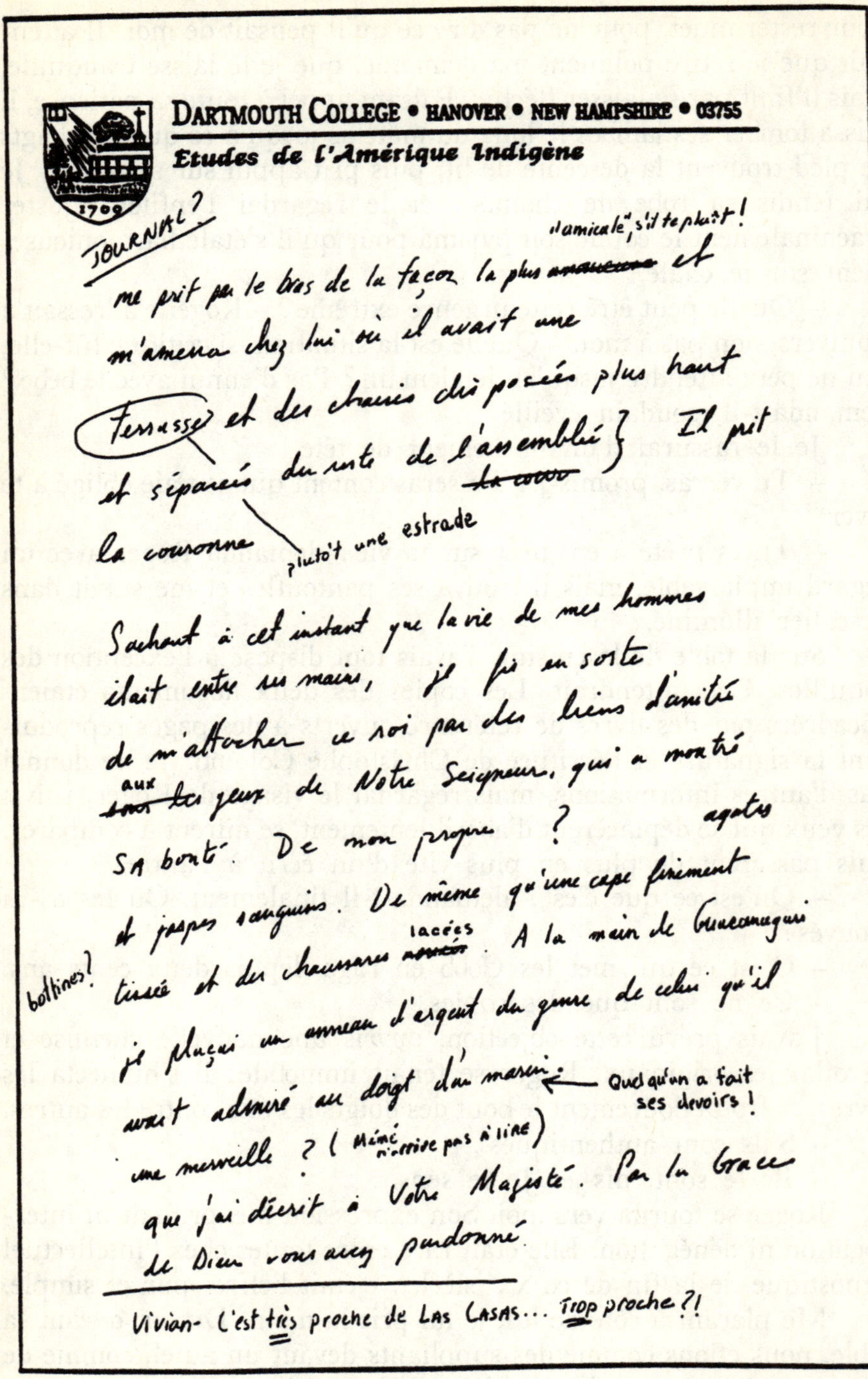

DARTMOUTH COLLEGE • HANOVER • NEW HAMPSHIRE • 03755
Etudes de l'Amérique Indigène

JOURNAL?

"amicale", s'il te plaît!
me prit par le bras de la façon la plus ~~amoureuse~~ et
m'amena chez lui où il avait une
terrasse et des chaises disposées plus haut
et séparées du reste de l'assemblée } Il prit
~~la couro~~
la couronne — plutôt une estrade

Sachant à cet instant que la vie de mes hommes
était entre ses mains, je fis en sorte
de m'attacher ce roi par des liens d'amitié
aux
~~sous les~~ yeux de Notre Seigneur, qui a montré
Sa bonté. De mon propre ? agates
et jaspes sanguins. De même qu'une cape finement
lacées
bottines? tissée et des chaussures ~~cousues~~. A la main de Guacanagari
je plaçai un anneau d'argent du genre de celui qu'il
avait admiré au doigt d'un marin. ← Quelqu'un a fait ses devoirs!
une merveille ? (Mémé n'arrive pas à lire)
que j'ai décrit à Votre Majesté. Par la Grace
de Dieu vous avez pardonné.

Vivian — C'est très proche de LAS CASAS... TROP proche ?!

Fragment d'une lettre ?

DARTMOUTH COLLEGE • HANOVER • NEW HAMPSHIRE • 03755

Etudes de l'Amérique Indigène

un homme barbu de la colonie ligoté par une corde, ~~sans vie~~ [MORT].
sur les tombes [HERBEUSES?] d'autres, je vous écris à vous
le Dieu éternel, Notre Seigneur, qui donne [(accorde?)] à ceux [AUX HOMMES]
qui marchent dans Sa voie paix et miséricorde
Sur le conseil de notre prêtre, [← EXACT : NOUS LE SAVONS PAR MORISON !] j'ai songé à ordonner
l'exécution du cacique. Mais avant de décider pour
ou contre, il me fut indiqué (par signes ?) que
Guacanagari ~~sollicitait~~ ma présence, afin d'expliquer [← "suppliait" serait plus approprié !]
la calamité. [← ça a l'air de sanctifier le meurtre !]
Dans sa hutte brûlée le roi signes d'extrême [← quoi ?] pitié :
et en pleurant son chagrin. Guacanagari fit draguer [(tiré par une ligne)] un panier
de la mer et je suis persuadé à des signes ??
chargé ces huîtres, que ses courtisans, fit-il ensuite
comprendre, ouvraient à la vapeur, puis faisaient bouillir,
conservant le jus pour le parfum, pour confectionner une
soupe légère parfumée aux herbes. [← ORIGINE DE LA SOUPE AUX CLAMS !!]
largefeuille. Monsieur [Ici – quoi – que peut-on tirer de cela ?] mon fils, vous pouvez voir par vous-
même le message écrit en perles. Je discerne le chemin
qui mène à la couronne mais je choisis de ne pas le suivre,
et le présent ? doigt de terre brisé entre tout et rien [↳ Je lis : le frère que je ne pouvais étreindre]
racheter

[Vivian – N'essaie pas de faire dans la poésie ! RW]

Donné dans la colonie d'Isabelle le vingt-huit
janvier mille quatre cent quatre-vingt-douze.

[EST-CE POSSIBLE ? →] COLÓN

9

Vivian

Christophe Colomb ne me laissait décidément pas en paix. Moins d'une semaine plus tard, Roger et moi fûmes réveillés à 6 h 45 par la voix cajoleuse de Bob Edwards.

– Comment la National Geographic Society justifie-t-elle les millions de dollars dépensés pour une expédition aux Antilles ? Est-il si important de connaître l'endroit exact où a débarqué Christophe Colomb ?

Comme à son habitude Bob se montrait provocateur, essayant d'amener le spécialiste à trahir son enthousiasme. Son ton, plein d'une insouciance rugueuse, appelait une réponse horrifiée.

– La National Geographic recherche la *vérité,* lança l'invité de Bob, la voix aiguë et tendue sous l'effet de l'indignation. Nos membres attendent des réponses et nous avons mission de leur en fournir. En tant qu'attaché de presse, j'ai le privilège de communiquer le résultat d'années de recherches. Heureusement, nous avons dans ce cas une réponse définitive : Samana Cay. Il n'y a maintenant plus aucun doute : c'est bien le site du premier accostage du Navigateur sur l'hémisphère occidental.

Bob, l'âme de l'Amérique sceptique, n'était pas convaincu.

– Et l'île de Watlings – et San Salvador ?

– C'est une croyance difficile à extirper ! Mais nous avons utilisé la simulation par ordinateur.

Je donnai un coup d'épaule à Roger, et tendant le bras au-dessus de sa tête, remontai le volume. Je ne sais pas ce qu'il s'apprêtait à dire, mais mon regard en direction du radio-réveil l'arrêta net.

– De l'aveu général, il y a des problèmes, des contradictions mineures, admit l'attaché de presse.

Dans son rôle de relation publique, il devait se montrer pondéré, juste, mais avec derrière lui tout le poids de la société, il était persuadé d'avoir raison.

– La version Las Casas du Journal de Christophe Colomb est la seule source fiable dont nous disposerons *jamais*. A moins que quelqu'un ne sache quelque chose que la National Geographic ignore! ajouta-t-il sur un ton qui signifiait qu'il n'y avait pas la moindre chance.

Tandis que résonnait l'indicatif musical, je regardai Roger. Il avait le visage blanc, lugubre; il était sur la bonne voie.

– Ils n'ont même pas cité mon poème.

Etait-ce jalousie ? Ressentiment ? Roger ne guérirait-il jamais de ce besoin de se voir citer dans les potins de *People* ?

– N'es-tu pas en train d'oublier ce que nous venons de trouver ? demandai-je.

– Ma conception vaut aussi qu'on en discute.

La myopie de son ambition m'étonnerait toujours. Quel que soit le débat, si dérisoire soit-il, Roger en faisait toujours trop. Au bruit de notre conversation, Violet émergea de son sommeil et se mit à pleurer, réclamant l'attention générale.

– Ta conception crie, dis-je exaspérée, en rejetant les couvertures et prenant le bébé.

Authentification. Roger était scrupuleux. Dans l'univers du savoir, rien n'est valable à moins d'avoir été déclaré tel par des spécialistes, et avant de rencontrer Henry Cobb, je voulais me faire ma religion. Etais-je en possession de faux astucieux et extrêmement anciens, ou bien l'impossible ne l'était pas, et ces pages étaient authentiques ?

Dès que j'étais gagnée par cette pensée, ce qui m'arrivait pratiquement toutes les heures, j'éprouvais l'angoisse d'un *manque*. Le plus déroutant dans ces deux pages, ce n'était même pas tellement qu'elles aient pu être écrites par Christophe Colomb lui-même, mais qu'il ne soit fait mention de leur contenu dans aucun des livres que j'avais consultés. Si elles étaient authentiques, alors elles étaient, dans l'état actuel des connaissances, absolument *nouvelles*. Et peut-être n'étaient-elles pas seules à avoir traversé le temps. Je n'arrivais pas à oublier une phrase d'une des lettres d'Henry Cobb à Dartmouth : « Ce n'est qu'en mettant nos ressources... » Tout ce que rapporta Christophe Colomb, la moindre de ses pensées a de l'importance pour les Indiens – soit qu'il témoigne du monde qui était le nôtre avant le contact, soit qu'il nous fournisse les preuves qui nous permettraient de réclamer une justice tardive.

Curieusement, je reçus peu d'aide de Roger, aussi dus-je commencer par le début. Que savais-je des parchemins, de la composition de l'encre au XVᵉ siècle, ou même de l'analyse d'écriture ? Pour plus de sûreté j'avais placé les documents dans ma boîte à gâteaux Tupperware et en avais fait sortir jusqu'au dernier souffle d'air. Je restais à contempler le rectangle de plastique rouge comme si l'intensité de mon regard pouvait suffir à résoudre l'énigme qu'il contenait. Je ne savais pas à qui m'adresser. Je scrutai la pièce à la recherche d'une indication, d'une piste, d'une inspiration – et elle était là, à ma portée : les Pages jaunes.

La région de Hanover, dans le New Hampshire, est peu peuplée. Son annuaire téléphonique était trop mince pour élever un petit enfant au niveau de la table, mais il comportait la rubrique « Cartes anciennes », avec un seul item : La Terre est ronde, située au premier étage, juste au-dessus de mon repaire de Main Street, le glacier Ben & Jerry. Je composai le numéro, et un homme me répondit à la deuxième sonnerie.

– Pouvez-vous me dire comment je pourrais vérifier l'âge de vieux écrits, demandai-je, en essayant de prendre l'air bien informé.

– Quel âge leur donneriez-vous ? Qui les a écrits ?

– Cinq cents ans ? proposai-je. Et ils peuvent avoir été écrits par Christophe Colomb.

– Oh !

Au silence qui s'ensuivit, je compris que je l'avais semé.

– Vous avez beaucoup entendu parler de l'anniversaire de la découverte, hein ?

Son ton condescendant ne me plaisait qu'à moitié. Il ignorait qui j'étais. Comment osait-il me sortir ça ?

– Parfaitement, fis-je sur un ton hautain. Je suis un professeur de Dartmouth et je suis tombée par hasard sur un fragment assez intéressant.

J'appuyai sur le mot de passe de toute recherche universitaire. On ne passait pas sa vie en bibliothèque à traquer des arcanes par nécessité, utilité ou même curiosité. Non, les faits se devaient d'être *intéressants,* ce qui impliquait à la fois une supériorité et une certaine indifférence. Sous-entendu : « Je ne suis pas assez bête pour laisser ma vie en dépendre, mec, si stupéfiante soit cette découverte. »

– Ah, dit-il. Je vois.

– Oui, fis-je pour l'encourager. Alors... ?

– Eh bien, on peut, bien sûr, dater l'encre au carbone. Il y a des méthodes radioactives plus précises, mais cela vous donnerait une idée approximative. Ce serait un début.

– Est-ce que cela peut se faire par ici ?

– Non, mais à Boston, oui. Peut-être le Peabody à Harvard. Mais c'est un procédé coûteux.

– Combien ?

– Ça dépend de la taille du fragment, de son état. Je dirais, en gros, sept cent cinquante.

Le prix de l'avion, quoi. Mais, minute ! Je me rappelai l'existence d'un fonds universitaire, auquel on pouvait faire appel à bref délai. Cela nécessitait une demande à une commission universitaire. Mais comment refuseraient-ils ?

– Où dois-je appeler ? demandai-je à l'homme.

Je l'entendis tourner des pages, l'une après l'autre, puis il me donna le nom de quelqu'un à qui m'adresser.

La commission se réunissait, par chance, une semaine plus tard, et ma requête était inscrite à son ordre du jour. J'avais discuté de ce que je devais dire, de ce que je devais révéler. Je ne voulais pas faire de promesses que je ne pourrais tenir, et, en prétendant avoir un document écrit de la main de Christophe Colomb, je risquais d'être chassée sous les huées de la salle de conférences aux boiseries de chêne. Je ne pouvais pas me permettre le moindre faux pas. Brièveté et imprécision, avait conseillé Roger, qualités dans lesquelles il excellait. J'avais suivi son conseil.

Les trois arbitres de la commission auraient pu être choisis pour leur esprit de contradiction systématique. Ces professeurs aux titres compliqués étaient tous plus suffisants les uns que les autres, et étaient habitués, dans le cadre étroit de leur département, à ce qu'on leur fasse la cour, à ce que le silence s'établisse dans une assemblée dès que l'un d'entre eux pénétrait dans une salle. A présent, groupés au bout d'une longe table de bois, ils constituaient – à l'intérieur de l'univers qu'était l'université de Dartmouth – une hiérarchie tournante presque cosmique, un déploiement de supernovas prêtes à arriver.

Mon cas était le troisième à l'ordre du jour.

Le président de la commission, James O'Brien, corpulent titulaire de la chaire de biologie humaine Esther Hadley Holcomb, avait récemment renoncé au tabac. Deux ans plus tôt il avait bourré pour la dernière fois sa pipe d'acajou, opté pour l'abstinence devant toute une assemblée universitaire, et avait été applaudi. Avec moult rêveries philosophiques et des considérations sur la revitalisation des organes, il avait rompu avec la « mauvaise herbe » – à cette référence, il avait cru bon d'incliner cérémonieusement la tête vers moi, digne représentante des sociétés de l'hémisphère occidental qui les premières avaient cultivé le fléau – mais il n'avait pas encore rompu avec le besoin de tenir quelque chose de dur entre ses dents.

Je le regardai ouvrir le dossier du dessus. Il aspira de l'air par petites succions parfaitement audibles à travers les cavités vides de sa pipe en écume sculptée ; décidément, ma Winston en plastique brisée me manquait. Lorsqu'il eut fini de lire la feuille, il la retourna en quête d'éléments supplémentaires, puis souffla une bouffée imaginaire de fumée à travers le fourneau. Quelque chose le gênait. Il leva les yeux au-dessus de ses lunettes demi-lune, considéra le premier candidat – professeur d'études cinématographiques qui souhaitait assister à une conférence dans l'Iowa – et lut la requête à haute voix.

– Reprenez-moi si je me trompe. – Feignant la confusion, Biologie Humaine s'adressait au jeune homme à l'allure artiste en blouson d'aviateur et sabots de bois. – Mais, durant cette année universitaire, vous avez déjà assisté à une conférence en dehors de la ville.

– Oui, mais..., commença le spécialiste de l'éclairage dans les comédies musicales de Busby Berkeley.

– Si nous approuvons cette subvention, dont nous ne doutons pas du bien-fondé, roucoula la titulaire de la chaire de belles-lettres Abraham Stein, nous ouvrons la porte à tous les abus.

En signe de détresse, elle se tordit doucement les mains, comme si elle se mettait de la crème. Bien que la plus âgée du corps enseignant féminin, elle avait la coupe sévère d'une petite fille à sa première visite chez le coiffeur. Le mépris de la mode était une des caractéristiques de Belles-Lettres, et je n'attendais d'elle, lorsque viendrait mon tour, aucune assistance fraternelle. Je m'étais mise sur mon trente et un : tailleur en lin bleu à jupe étroite et courte. Je la tirai sur mes cuisses et cachai d'un geste vif les pointes de mon foulard préféré sous les revers de la veste.

– Cette conférence est-elle si importante ? sourit le titulaire de la chaire de musique et art Lawson McGill Pike, Sr.

Son long visage triste n'était que sympathie ; il était prêt à soutenir n'importe quelle cause perdue d'avance, mais dans ses pâles yeux il n'y avait aucune promesse de victoire. Il savait ce que c'était que de perdre, que d'avoir la majorité contre soi.

– C'est *crucial*, insista le professeur. C'est l'occasion de rencontrer des spécialistes de l'éclairage du monde entier. Il va y avoir un festival spécial des chutes de Minnelli. Mes étudiants tireront un énorme avantage de ce que je leur rapporterai.

Terrifié d'avoir prononcé le mot magique, « étudiant », cause officielle, première, de tout ce qui se passait, le jeune homme baissa les yeux.

– Cela ne fait pas de doute, acquiesça Biologie Humaine. Il lissa ses cheveux, peignés comme un rideau à franges sur son front bombé. Mais nous ne pouvons pas créer un précédent en acceptant deux rencontres en une seule année académique.

– Je suis désolé, intervint Musique et Art.

– Peut-être publieront-ils un compte rendu, suggéra Belles-Lettres, qui avait dirigé le journal d'une Association de la langue moderne.

Déçu, le professeur, enfila ses gants noirs, remonta, d'un geste lent, théâtral, la fermeture Eclair de son blouson, et poussa un profond soupir, mais l'attention de la commission était passée à un autre sujet. Musique et Art résumait déjà la requête suivante, présentée celle-là par Roger lui-même, qui, par discrétion, avait préféré ne pas être présent. Nous n'avions pas pu éviter de présenter nos demandes à la même session, mais Roger s'était montré philosophe.

– La tienne concerne l'avenir, et la mienne le passé, avait-il dit, avant d'ajouter : Pommes et oranges.

Musique et Art traînait toujours sur une syllabe au moins du mot clé de chaque phrase, comme si cette seule pratique donnait un poids intellectuel à ses propos.

– Ce que nous avons ici est une simple affaire de rem*bourse*ment.

A son ton, il était clair qu'il s'apprêtait à émettre un jugement mal fondé.

– Le professeur Williams... dans le noble esprit d'une pédagogie éclairée... a reçu sa classe de « Fleurs chez Donne » chez lui, et servi un repas cueilli dans ses lectures des poètes méta*phys*iques. La facture s'élève à quarante-huit dollars et douze *cents,* et il voudrait que nous en assumions les *frais*.

Cette idée ne plaisait guère à Biologie Humaine – il en remua d'un air entendu sur son siège – mais Belles-Lettres descendit la première dans l'arène.

– Combien d'élèves comporte ce cours ? demanda-t-elle.

Musique et Art jeta un coup d'œil sur la feuille :

– C'est un séminaire de six *deux*ième année, avoua-t-il

– Mais ça fait plus de huit dollars par tête! calcula Belles-Lettres, la calculatrice humaine. Que leur a-t-il donné, du homard Thermidor ?

– Des côtes premières ? fit Biologie Humaine outragé.

– Non, *non,* protesta Musique et Art. Voyons, c'était du cerf de *la ven*aison.

– Venaison ! s'exclamèrent exceptionnellement en chœur Belles-Lettres et Biologie Humaine.

– *Vin,* poursuivit Musique et Art.

– Du vin ! répétèrent ses collègues.

Musique et Art, vaincu, posa la feuille, mais fit un dernier effort. On buvait du vin à la Renais*sance,* dit-il avec l'air supérieur de celui qui, grâce à son champ d'étude, était au courant de cela et en connaissait la prononciation française.

– S'agit-il d'une race particulière d'élèves de vingt et un ans ? demanda Biologie Humaine. Ou bien nous demande-t-on de subventionner le renversement des lois de l'État du New Hampshire ?

– J'aimerais bien avoir des repas à huit dollars, frémit Belles-Lettres, qui semblait prête à avouer un régime au pain et à l'eau.

Le remboursement ayant été vertueusement repoussé, ils se tournèrent vers moi avec le sourire du juste.

– A nous, professeur Twostar, dit Belles-Lettres. Je vous croyais en congé. Je pensais qu'on vous avait accordé une bourse pour vos recherches.

J'abandonnai la tactique que j'avais prévu d'adopter. Si je leur disais que je voulais aller aux Antilles pour étudier une piste improbable, ils se seraient évanouis. Ils resteraient, eux, en Nouvelle-Angleterre, dans le froid et la neige, pendant que moi, leur subalterne... Non, ça ne marcherait jamais. Je m'y pris donc autrement.

– Techniquement, ce n'est pas entièrement pour moi, dis-je. C'est une longue histoire, dont les grandes lignes sont indiquées dans les documents que je vous ai soumis. Mais pour être brève, un ancien élève extrêmement riche s'est mis en relation avec moi à propos d'une importante donation à l'université. Il veut tout d'abord voir quelques documents qu'il est indispensable d'authentifier. D'où l'argent : pour des preuves.

Je ne leur laissai pas le temps de réagir.

– Il a évoqué la possibilité d'un bâtiment. Peut-être que...

Je laissai leurs imaginations enfler dans le silence, et lorsqu'à leurs expressions il fut clair que ce don hypothétique avait été dépensé par chacun individuellement, je poursuivis.

– Je crois qu'il serait sensible à une visite personnelle.

Je ne précisai pas où il habitait.

– Vous désirez discuter avec lui de cette affaire ? explicita Biologie Humaine.

Je hochai affirmativement la tête.

– Il paye pratiquement tous les frais du voyage. Il m'a envoyé mille dollars.

Voilà qui retint leur attention.

– Pour une simple *visite* ?

Avec Musique et Art c'était dans la poche.

– Je pense que nous pourrions envisager la chose comme une espèce d'investissement. Pour l'université, réfléchit Belles-Lettres.

– Je suis disposé, décida Biologie Humaine, à oublier la nature peu orthodoxe de cette requête.

Levons l'ancre.

Pour calmer mon excitation, je fis une liste. D'abord le plus facile : les vêtements à emporter, les extraits de naissance de Nash et de Violet, mon passeport.

Cobb avait écrit une lettre donnant le numéro de téléphone de son club – il refusait d'en avoir un chez lui – ainsi que la date et l'heure où je pourrais le joindre pour des instructions de dernière minute ou des demandes particulières. Lorsqu'il fut appelé du bar par le directeur, son ton était enjôleur, sa technique au point ; il avait la sincérité appuyée d'un représentant de commerce, une voix basse, distinguée, légèrement rocailleuse.

– Apportez tout ce que vous avez trouvé, répéta-t-il deux fois. En toute honnêteté, je ne sais même pas ce que je cherche. Je veux simplement clore ce chapitre.

Celui de la dernière chance, pensai-je, comme dans le commerce illégal et les obligations bidons. Roger avait pris sur son temps de travail pour réunir un important dossier de presse sur les irrégularités des affaires Cobb. Des histoires remontant à 1986 citaient des obligations à haut rendement, peut-être indexées. Prises de contrôle. Sociétés troubles et « canards boiteux ». Jusque-là, Cobb, qui se gardait bien de franchir les frontières, n'avait fait l'objet d'aucune inculpation. *Mené, Teqél, Péreç.* Voyait-il l'inscription sur le mur ?

– Je n'ai pas l'intention de voter pour lui aux présidentielles, avais-je prévenu Roger. Pourquoi tiens-tu tellement à me monter contre lui ? D'abord, il ne représente rien pour moi, sinon des vacances à l'œil et, s'il a de la chance, une note en bas de page dans la revue des anciens. Et puis, s'il a d'autres pages comme celles qu'il a trouvées ?

– Tout à fait improbable, avait reniflé Roger.

Depuis la nuit où je lui avais montré les photocopies, il s'était repris. Le matin, il était sceptique, à midi, plein de moquerie, et le lendemain soir, comme s'il ne supportait pas que quelque chose fût dévoilé dont il ne fût responsable, il niait purement et simplement qu'il pût exister des documents inconnus de la main de Christophe Colomb. Il ne pouvait pas comprendre ce que la découverte de ces documents signifierait pour le monde indien. Pour lui, ils n'étaient qu'un élément historique de plus, que j'aurais déjà dû rapporter à la bibliothèque. Je n'essayai pas d'expliquer. Nos recherches divergeaient, et je restai imperturbable.

– Je veux simplement que tu ne sois pas prise au dépourvu, avait dit Roger. Je connais ce genre de type. On ne donne pas de billets pour rien.

– C'est donnant donnant. Il obtient ce qu'il veut et j'obtiens ce que je veux. Où est le problème ?

– Tu sais seulement ce qu'il prétend vouloir. Tu ne sais pas ce qu'il veut vraiment.

– Je sais ce qu'il va obtenir, et ce n'est pas un iota de plus que ce que je veux donner. Je ne vais même pas emporter les pages originales, seulement des copies de la traduction de mémé, que nous avons corrigée. Je vais négocier au pifomètre. Qui sait ? peut-être Cobb a-t-il vraiment davantage. Je ne veux pas l'effaroucher en rendant publique cette découverte avant de savoir.

Roger sous-estimait ma capacité à percer les gens, à me gouverner. On n'arrive pas, Indienne, à quarante ans, sans un sixième sens pour les craques. En outre, c'était mon nouveau moi qui s'exprimait, qui décidait de son destin.

Tout en bavardant avec Henry Cobb, je l'écoutais décrire la vue extraordinaire qu'on avait du bar du club, et éludais ses questions sur la documentation Cobb que j'avais déterrée. J'étais confiante.

Je l'interrompis.

– Je compte bien apporter un petit quelque chose de personnel. Je déteste arriver quelque part, les mains vides, surtout quand je suis invitée.

Il y eut un silence – était-ce réflexion ou contrariété, me trouvait-il naïve ou aussi retorse que lui ? – puis il mordit à l'hameçon.

– Vous n'aurez sûrement pas les mains vides. Mais oui, peut-être un *Wall Street Journal,* suggéra-t-il. Même au club il arrive avec un jour de retard.

L'anthropologie m'avait appris une loi universelle des contacts humains : obligation de bienséance, une fois acceptées l'hospitalité ou l'obligeance. Le tout était d'être le premier à sortir de cet échange. L'indice Dow Jones n'était pas cher payer pour accéder à ce bel usage. Il l'aurait son journal. Il en aurait même deux exemplaires.

Au tour de Hilda et de Racine. Avec eux, ce fut du gâteau. Débordée, je réussis à convaincre Racine d'apporter à Boston pour datation les feuilles originales. A le regarder debout à côté de ma table de cuisine, on voyait que le seul contact du vieux papier l'enchantait, il caressait des yeux ces lignes si anciennes.

– Et puis il y a ça, dis-je en poussant vers lui le Tupperware bourré de coton qui contenait les coquilles d'huître. Tu auras peut-être une idée. Tu pourras peut-être les replacer dans leur contexte médiéval.

Il prit une des coquilles, la retourna, enleva ses lunettes pour la voir de plus près.

– Tu as raison, dit-il enfin en hochant la tête. Ces lignes de nacre ne sont pas là par hasard. Elles se ressemblent beaucoup trop d'une coquille à l'autre.

– J'ai mon idée là-dessus, dis-je assez fière de moi.

Je racontai à Racine le passionnant après-midi que j'avais passé avec la documentaliste de la bibliothèque à compiler des ouvrages de conchyliologie et de malacologie. J'y avais découvert la possibilité de tracer des dessins dans les coquilles d'huître en stimulant la surface intérieure – on pouvait y parvenir en appliquant des grains de sable à l'aide d'une aiguille, à la façon de tatouages, ou bien selon une méthode mise au point par les Chinois au XIIIe siècle. Ils cultivaient des perles dans des moules d'eau douce en introduisant des petits bouddhas métalliques entre le noyau et le manteau. Les moules étaient immergées pendant un an dans des cages de bambou, après quoi on en sortait de minuscules bouddhas de nacre. Marco Polo avait très bien pu rapporter cette technique. Et peut-être avait-elle été appliquée aux feuilles d'or – seul métal connu des Lucayens. Un message avait parfaitement pu être confié à des huîtres... Si tel avait été le cas, sa langue, codée ou non, m'échappait.

– L'idée est fascinante. – Racine poursuivit son examen, puis leva soudain la tête. – Je peux avoir un bout de papier ?

– Tu penses qu'il peut s'agir d'écriture ? Si c'est le cas, ce n'est certainement pas de l'espagnol abrégé ni aucune langue que je connaisse.

Je le regardai recopier les signes d'une coquille.

– Pour moi, c'est du grec, avançai-je.

– Pas du grec, dit-il. Mais peut-être de l'hébreu.

– Tu plaisantes. Comment cela pourrait-il être de l'hébreu ?

Comment en effet. Roger appartenait à l'école qui soutenait que Christophe Colomb avait des racines séfarades. Je regardai les inscriptions sibyllines, transcrites au Bic bleu sur une feuille de papier des Etudes de l'Amérique indigène. Une pensée me traversa alors. Peut-être était-ce l'œuvre du traducteur officiel du premier voyage, Luis de Torres. Il connaissait l'araméen, ainsi que l'hébreu, et fut de ceux qui restèrent à La Navidad en 1492, pendant que Christophe Colomb retournait en Espagne. Je songeai à la couronne sur laquelle avait peiné mémé et – je l'admets – des visions de trésor perdu envahirent mon imagination. S'agirait-il d'indications quelconques ? Etait-ce ce que tous les Cobb réclamaient à cor et à cri ?

Du calme, me dis-je. Si c'étaient des mots, ce n'étaient probablement que des noms ou des signes cabalistiques ou l'équivalent de « Bonne journée » au XVe siècle.

– Je vais les apporter à Naomi, proposa Racine. Elle étudie le Talmud. On verra ce qu'elle en tirera.

Il s'apprêtait à se lever, mais je lui touchai le bras.

– Une chose, dis-je, décidée à jouer franc-jeu. Que cela reste pour le moment entre nous. Si tu trouves quelque chose, laisse-moi en parler moi-même à Roger.

Racine eut l'air étonné. « Pourquoi ? » semblait-il demander.

– Je ne veux pas lui donner de faux espoirs et le voir ensuite déçu, poursuivis-je, offrant une explication pour laquelle Racine, l'homme le plus attentionné de la terre, ne pouvait que me féliciter. On n'était jamais assez récompensé de sa prudence.

Hilda et Racine étaient si séduits par l'idée de notre voyage qu'ils décidèrent de nous retrouver à Eleuthera pour les vacances.

– C'est presque une partie carrée, fit Hilda, enchantée à cette idée. On en est.

Pas plus difficile que cela. Racine et elle connaissaient Eleuthera pour y avoir séjourné, quelques années auparavant. Ils ne savaient justement pas quoi faire durant ces vacances. Leurs enfants, Mark et Rachel, s'étaient donné le mot pour fuir l'alliance du matérialisme et de l'iconographie d'une religion qui n'était pas la leur, et s'étaient organisés de leur côté. Lui avait trouvé un boulot de cuisinier dans une expédition de repérage de baleines en Basse Californie, et elle avait accepté d'aller passer deux semaines à New York chez ses grands-parents.

– Quel bonheur que de partir en voyage avec des amis ! s'était exclamé Racine, une fois le programme arrêté. Sinon nous aurions été seuls.

Sachant ce qu'il voulait dire, je m'abstins de rire. Hilda et lui étaient si bien assortis qu'ils semblaient parfois regarder le monde avec quatre yeux, de sorte que rien ne leur échappait. Il était tacitement admis au campus qu'ils ne pouvaient pas faire partie de la même commission – leurs votes s'annulaient invariablement, et, à eux deux, ils en savaient en général trop.

Avec un peu de chance, d'ici à ce qu'ils s'envolent pour les Bahamas, quelques jours après nous, Racine aurait eu confirmation de l'ancienneté des feuilles. Il essayerait également d'apporter la traduction des coquilles.

– Les originaux restent ici, lui rappelai-je. Le climat serait mauvais pour le papier. Dès ton retour de Boston, remets-les dans le Tupperware et place le tout dans le congélateur.

Je pensais que Nash ne serait pas d'accord pour aller à Eleuthera – il ne sautait plus guère sur les idées venant de moi –, aussi décidai-je de lui tendre un piège dans lequel j'espérais bien le voir tomber. Je lui annonçai qu'il ne pouvait pas venir.

– Pourquoi pas ? demanda-t-il sur le ton de celui qui se sent injustement lésé.

Il était rentré tard pour dîner – son groupe écolo anti-fourrure était engagé dans un débat philosophique sur le pour et le contre de la dissection des grenouilles à l'école secondaire, ce qui exigeait de longues réunions et d'interminables coups de téléphone nocturnes.

– C'est du *travail*, Nash, pas de la rigolade . Si j'emmène Violet, c'est uniquement parce que je n'ai pas le choix. Roger et moi y allons pour voir si cet Henry Cobb a d'autres vieux écrits, comme ceux que j'ai trouvés à la bibliothèque. Tu t'ennuierais à mourir.

Il essaya d'adopter le masque de la gravité, de l'abnégation. Nous faisions tous les deux semblant d'ignorer qu'Eleuthera était un lieu de vacances tropical, couvert de palmiers et de plages de sable, où il faisait chaud en décembre.

– Je pourrais t'aider, m'man, proposa-t-il généreusement. Je pourrais observer Cobb pour toi. J'ai lu quelque chose sur lui dans le *Valley News* – il ratiboise des forêts de vieux séquoias en Californie pour payer ses dettes. Un vrai sac de merde.

Je n'avais pas l'air convaincue, de sorte que Nash perdit toute pudeur.

– Je pourrais garder le bébé, alors, pendant que vous autres aurez vos réunions.

– Ce ne serait pas juste pour toi, protestai-je. J'ai du mal à croire que tu veuilles passer tes vacances à t'occuper de Violet. Mais c'est gentil à toi de le proposer.

Il hésita, commença une phrase, puis s'arrêta. Je crus un moment avoir été trop loin dans ma réticence, et qu'il allait accepter de rester à la maison. Ce qui créerait un problème – c'était trop de responsabilité pour mémé.

– OK, m'man. Arrête ton char. J'arrête le mien. – Nash s'assit sur le canapé. – Tu n'es pas la seule Indienne au monde. Tu peux tout de même me faire un peu confiance. Moi aussi, j'ai envie de découvrir la vérité sur Christophe Colomb. J'entends Roger et toi discuter du Journal, vous disputer sur ce que ça peut cacher – couronnes ou secrets ou autre. Bon, s'il y a quelque chose de nouveau ou d'intéressant, c'est super, mais même si ce n'est pas le cas, juste le trouver, ce sera comme jeter un pont vers le passé. Découvrir des trucs oubliés, les faire connaître. Je ne veux pas rater ça.

Je regardai attentivement mon fils, j'essayai de déterminer dans quelle mesure ses paroles correspondaient à ses sentiments, mais il était impénétrable. Il formulait si bien mes sentiments inexprimés que je dus réprimer l'envie de lui saisir la main et de les lui avouer, de lui ouvrir mon cœur. Mais je me retins, décidée pour une fois à ne pas l'accabler par une réaction émotionnelle embarrassante. C'était, je le sentais, le début d'une conversation très longue et très importante, aussi étais-je décidée à prendre mon temps.

– Tu m'étonnes, dis-je. Je ne savais pas que tu t'intéressais à ce point à l'histoire. – Puis je changeai de sujet. – Dis-moi la vérité. Qu'est-ce qui te pousse encore à vouloir partir ?

Il répondit par une question.

– Bon. Tu vas te marier avec Roger, ou quoi ? Je me demandais seulement.

– Tu seras le premier au courant, dès que j'aurai pris un parti. Qu'est-ce que tu votes ?

– Je ne savais pas que j'avais mon mot à dire.

– Vas-y.

Nash secoua la tête, se leva et se dirigea vers l'escalier.

– Hé, là, c'est ta vie, dit-il. – Il s'éloignait déjà. – Ce n'est pas comme s'il allait être mon père. Je demande ça, parce que si Roger reste dans les parages... eh bien, ce voyage serait une occasion pour moi de le connaître mieux. C'est pour ça que je veux y aller.

– Et je suis supposée te croire ? Tu n'as pas à te demander qui est ton père. Tu es Purvis Twostar jusqu'au bout des ongles – filou à 99,99 pour 100.

– Ça veut dire que j'y vais, hein ? sourit-il.

– Je t'ai déjà pris ton billet. Et la bonne nouvelle, c'est que, d'après les réservations, tu vas voyager avec Roger ! Songe à toutes les occasions de dialogue constructif que vous allez avoir.

Il ne restait plus que mémé sur ma liste, et elle ne serait pas facile à rayer. D'abord, elle trouvait que mon projet était une perte de temps ; en outre elle le jugeait immoral.

– Laisse-les donc étudier leur passé, avait-elle tout de suite dit.

– Ce n'est pas comme si Christophe Colomb n'avait rien à faire avec nous, fis-je remarquer. Qui peut dire ce que je trouverai ? En plus, quand un document aussi explosif me tombe dessus, je ne vais tout de même pas l'ignorer. On ne crache pas sur une telle occasion.

Je décidai de faire appel à ce sens de la prédestination dont elle aimait tant emplir la tête de Nash – si son petit-fils ne bouleversait pas encore le monde, ce n'était, expliquait-elle, qu'une question de temps.

– J'étais peut-être *destinée* à trouver ces pages, mémé. Peut-être y a-t-il un dessein que nous ne pouvons pas encore déchiffrer.

– Ha !

Imbécile que j'étais. Elle avait bien sûr envisagé cette possibilité, et en avait tiré ses propres conclusions. Elle ne perdit pas de temps à me mettre au parfum.

– C'est moi qui ai traduit ces pages, dit-elle d'un air entendu.

– Et alors ?

Toute ma vie, j'avais entendu parler des religieuses mexicaines de son école, qui l'avaient obligée à apprendre le castillan. Je n'avais jamais prononcé un mot de cette langue devant elle sans être reprise, je ne lui avais jamais montré un de mes manuels d'espagnol sans qu'elle le déclare nul. N'avais-je pas droit à quelque compensation ?

– Eh bien, l'une n'est qu'une recette. Comment préparer des huîtres. Leur âge. Que Christophe Colomb les aimait tellement qu'il en gardait même les coquilles. Et le reste de cette lettre n'est que meurtres, crimes abominables. Tu vas partir deux semaines, tu vas courir le monde, tout ça pour des prunes.

– Allons, dis-je. Sois juste. Et la couronne ? Et tu sais qu'il ne cherchait pas uniquement des épices. C'était de l'or. Ou des âmes. De la marchandise de premier plan. Et le signe de croix dont il est question sur la feuille du Journal ?

– Nous n'avons rien à faire de nouveaux missionnaires.

Et voilà pour mon éventuelle découverte. Mais ce n'était pas tout : elle refusait catégoriquement de prendre l'avion.

– Je suis attachée à la terre, aimait-elle à répéter – ce qui écartait toute idée de lui extorquer un billet.

Dieu merci. Roger se sentait suffisamment encombré par Nash. Si mémé se joignait à nous, il partirait pour le Mexique avec Mark.

Mais il fallait bien que je demande. Sa fulgurante réponse m'étonna comme toujours : elle n'en était jamais à court.

– J'ai fait un rêve, entonna-t-elle. Nous ne pouvons pas y aller.

Nous. Chapeau !

– Je suis sûre que tu vas tout me raconter, dis-je.

Une fois la digue ouverte, impossible d'arrêter le flot.

– Un oiseau, annonça-t-elle sur un ton grave, est tombé du ciel.

– Par opposition à tomber du sol.

Elle ignora ma saillie.

– C'était un Oiseau Aquatique.

Il s'agissait d'un symbole indien, aussi devait-il être question de nous. Elle attendait que j'aie l'écume aux lèvres, que je la remercie de nous avoir, grâce à sa prescience, arrachés à notre destin.

– Je dois y aller, dis-je. C'est important pour moi.

– Alors, laisse au moins le garçon. Il est si jeune.

Je ne la blâmais pas de ne pas vouloir passer Noël seule. En fait, j'en avais mauvaise conscience, et j'étais assez tentée de me passer de Nash pendant deux semaines. Mais, à la vérité, elle ne pouvait pas s'en débrouiller seule. L'affection lui voilait la vue, lui faussait le jugement. Après l'épisode de la drogue de l'été dernier, je serais inquiète.

Mais inutile de faire appel à sa compassion – ce n'était pas son point fort. A part une capitulation pure et simple, il ne restait que l'approche de front.

– Je ne peux pas faire ça, dis-je. Il y a trop de tentations pour lui ici. En outre, il a les mêmes raisons que moi de vouloir y aller.

Elle se tenait parfaitement immobile, approuvant ni ne désapprouvant. Elle ne niait pas ce que je disais, mais en l'approuvant, elle aurait entériné sa défaite. C'était un de ces moments terribles où la vérité de nos relations – celles de mémé et de moi – faisait surface. Son pouvoir sur moi venait de ce que je l'acceptais – à la fois par habitude et par gratitude. C'était un marché que nous avions passé, longtemps auparavant et qui donnait satisfaction. Mais le passage du temps provoque des changements, même dans le roc. Chaque génération doit saisir sa chance ou la perdre. Mon tour viendrait – Nash et même Violet suivraient leurs propres routes, et cela ne me plairait pas. Mais cela me déplairait d'autant plus que je ne l'aurais pas fait moi-même.

Mémé m'observait ; elle prit la parole la première.

– Eh bien vas-y. Ce sera agréable d'avoir, pour une fois, la maison à moi, de ne pas être dérangée.

Je hochai la tête, acceptant de la croire. Si je la laissais me mettre à la porte, je ne partais pas complètement. Je ne pouvais revenir que si elle m'ordonnait de partir.

Elle comprenait, mais ne pouvait pas s'en empêcher.

– C'est une idée de ce Roger.

– Ce n'est pas « ce » Roger, c'est Roger, et tu n'es pas sur la bonne piste. C'est moi qui dois y aller. Grâce aux caprices de la réservation, Roger et moi ne prenons pas le même avion. Je pars avec Violet, et Nash et Roger prennent un autre vol. Il n'y avait qu'*un* oiseau aquatique qui mordait la poussière, n'est-ce pas ? demandai-je en manière de plaisanterie.

Ses yeux lancèrent des éclairs.

– Plaisante donc, fit-elle. Il ne viendra probablement même pas. S'il t'aimait, pourquoi te laisserait-il partir seule ? Les gens qui aiment ne s'en vont pas.

Ses paroles imprudemment prononcées tombèrent autour de nous comme des flocons de neige. Nous avions pénétré dans une pièce secrète dont nous interdisions presque toujours l'accès par une chaîne d'acier. Il y avait eu beaucoup de départs, beaucoup de non-retours, dans nos vies respectives. Elle détourna les yeux.

– Je ne suis pas ma mère, dis-je doucement. Roger n'est pas Purvis.

– En quoi ce voyage est-il si important ? demanda-t-elle, le menton pointé, sans presque remuer les lèvres.

Je réfléchis avant de parler, puis écoutai ma réponse. Pour connaître sa propre pensée, il faut parfois être ébranlée par une question clef.

– On n'a pas autant de chances qu'on le pense, dis-je. Quand on est jeune on croit le contraire, mais en fait, on en rencontre une ou deux au plus. Je veux dire des chances qui changent vraiment quelque chose.

Elle était d'accord avec moi. Je le savais, puisqu'elle ne me contredit, ni ne me rabroua.

– Je sais que tu penses que cette histoire de Colomb est une perte de temps, que je ne devrais pas m'en mêler. Tu as peut-être raison. Mais si j'arrive à le cerner, à lui donner un visage... peut-être alors pourrai-je l'oublier lui et tout ce qu'il représente. Je veux faire sauter son masque, juste avant son anniversaire. Je veux avoir mon mot à dire.

– Tu penses beaucoup à toi, dit-elle doucement, singulièrement, comme si le sens en était moins mordant que les mots.

– J'essaye, répondis-je. Ce n'est pas facile. J'avais un père que je ne me rappelle pas avoir jamais vu, un mari qui m'a quittée pour une Betsy, un fils qui...

– Et Roger ?

– Je sais que tu ne comprends pas. Tu l'estimes prétentieux, tu trouves qu'il parle trop. Mais je vais te dire quelque chose sur Roger Williams dont il ne semble pas avoir conscience. Il a beaucoup de cœur, mémé, mais il ne sait pas s'en servir. En ce qui concerne Roger, le vote est encore ouvert.

– Ne t'apitoie pas sur ton sort, insista-t-elle, opérant un de ses fameux virages à cent quatre-vingts degrés. Tu arriveras à comprendre. Et sinon...

– Si j'y arrive, je pourrai peut-être démasquer *Christophe Colomb*, mémé. Ce serait une belle revanche, non ? Ce sera peut-être un attrape-nigaud, mais ce serait peut-être encore ce qui peut arriver de mieux. Sans le mythe, c'est un homme comme un autre. Non plus le père du Clair Destin. Non plus la main du sort. Non plus la force inéluctable. Non plus un représentant de Dieu. Juste un homme dont la chance a été notre malheur. Quelqu'un de connu. Quelqu'un que nous pouvons manœuvrer.

Elle m'honora d'un rapide coup d'œil, mais le voile était levé. Elle ne croyait pas une seconde que je ferais ce que je disais, et ne pouvait pourtant pas me reprocher d'essayer. Elle me souhaitait même bonne chance, je le jure.

10

Roger

J'avais une idée fixe : la viande.

– Des provisions, m'avait recommandé mon frère, Bart, quand je l'avais appelé chez lui à Del Mar pour lui faire part de mon projet de séjour à Eleuthera. Aucune de ces îles écartées n'a de bœuf mangeable. Il faut l'importer, Roger. Si tu veux de la qualité, il faut en emporter avec toi.

Par une fin d'après-midi, où nous prenions un café au club des professeurs, je transmis ce conseil à Vivian qui en fit des gorges chaudes. Ma vaste famille était pour elle une inépuisable source d'amusement, une espèce de diorama de la vie quotidienne des bonnes familles protestantes. Elle se plaisait à décrire les tenues dans lesquelles elle imaginait certains membres de ma famille dans leurs diverses professions et activités.

– Bart, c'est celui qui est en Californie ? demanda-t-elle.

J'en convins.

– D'accord. Je le vois. Pantalon rose, chemise vert pomme. Un putter dans une main, un téléphone cellulaire dans l'autre.

– Bart mène deux affaires de front, lui rappelai-je. Je crois que tu peux l'autoriser à avoir un téléphone, même si ton Mr Cobb refuse cet instrument.

– Un télécopieur dans sa voiture, poursuivit-elle. Des chaussures à glands. Short avec minuscules clubs de golf imprimés en bleu.

– Est-ce indispensable ? Est-ce que je me moque de tes origines, dès que j'en ai l'occasion ? Est-ce que je pare de plumes ceux que tu aimes ?

Je parcourus du regard le bar presque désert. Un professeur de biologie avec lequel j'étais à couteaux tirés bourrait sa pipe en corrigeant des copies d'examen – ce qui était formellement interdit – tandis que dans la pièce voisine les garçons dressaient les tables pour le premier service du dîner.

– Je suis désolée, dit-elle.

Je ne demandais qu'à la croire, mais je voyais bien que sa bouche était pleine de rire et que son esprit bondissait vers quelque nouvelle saillie. Il est vrai qu'il y a beaucoup à dire sur moi, sur tout le clan Williams, qui supporterait de se dégonfler un peu, et Vivian peut viser impitoyablement dans le mille. Mais aujourd'hui j'étais nerveux. Ce n'était pas un jeu. J'avais décidé de l'accompagner, en partie, je dois l'admettre, parce que je trouvais que cette affaire ne sentait pas bon.

Je ne pouvais évidemment pas l'expliquer à Vivian. Je ne pouvais pas lui sortir quelque chose d'aussi injurieux – mais évident – que ceci : si Henry Cobb détenait vraiment d'autres extraits du Journal de Christophe Colomb, il souhaiterait présenter son affaire à un vrai érudit, à quelqu'un qui aurait fait des années de recherche sur le sujet. Quelqu'un comme moi, pensai-je en toute sincérité, pas une dilettante comme Vivian. L'homme comptait bien évidemment davantage sur son ignorance que sur ses connaissances. Sans doute avait-elle le titre de professeur et le crédit qui s'y attache, mais aucune profondeur. Nous verrions, à Eleuthera, si l'homme oserait me laisser examiner tout ce dont il prétendait avoir hérité.

De toute façon, nous ne devons pas être trop tributaires de lui et arriver sans être préparés. J'avais accepté de conduire Nash dans l'île, et je rappelai à Vivian mon geste de bonne volonté. Son visage s'assombrit.

– Écoute, si ça pose un problème, n'en parlons plus. Nash n'a qu'à serrer les dents et venir avec moi. Tu n'as qu'à prendre Violet. Je suis sûre qu'elle peut survivre six heures avec un seul biberon. En plus, Nash a des doutes sur ton itinéraire. Mémé l'a prévenu que son oiseau d'argent s'écraserait et il y croit à moitié. C'est la présomption de la jeunesse. Le monde se réduit à lui-même. S'il est dans un avion, il tombe. Oublie qu'il t'emmène avec lui. Oublie les destins contradictoires de tous les autres passagers. Il est le seul qui compte. Je suis maintenant supposée lui savoir gré d'épargner, par son acte généreux, ma vie et celle de Violet.

– Il ne dit pas qu'il tombe, rectifiai-je.

– Excuse-moi. Il « disparaît ». Autre mystérieuse statistique. Le nom de Nash est dans le *Livre des records*. Sa vie s'arrête avant d'avoir commencé. Pourquoi se plier à ses caprices ? Des vacances tous frais payés, ce n'est pas un coup du destin suffisant ?

Nous nous écartions du sujet.

– Je ne cherche pas à changer les plans, dis-je. Violet et toi, partez de Boston pour Nassau et Rock Sound, comme convenu ; Nash et moi partirons de Hartford et arriverons à Governor's Harbour via Fort Lauderdale. Nous vous retrouverons trois heures plus tard. Rien d'exceptionnel à ce qu'une famille voyage séparément.

Vivian me regarda étonnée. Ses lèvres restèrent entrouvertes, mais elle renonça à formuler ce qu'elle était sur le point de dire, puis, dans un de ces gestes spontanés qui avaient le don de me désarmer, elle se pencha et me baisa le front.

Je jetai un regard vers la gauche. Le biologiste n'en perdait pas une miette, savourant d'avance le plaisir qu'il aurait à alerter ses collègues, à confirmer la *liaison* dangereuse entre deux professeurs de rangs différents qui faisait l'objet de moult spéculations. Bon, et alors ? Inclinant la tête et levant ma tasse de café vide, je portai un toast à sa pipe fumante ; et il détourna le regard, momentanément confondu. Mais Vivian ne me lâchait pas des yeux.

– Nous sommes donc une famille, maintenant, dit-elle.

– Tu sais ce que je veux dire.

– Je commence, mais je ne vais pas le croire complètement.

Je cherchai à discerner dans son ton une pointe d'accusation. Etait-ce le prélude d'un blâme pour mon absence lors de la naissance de Violet, pour mes hésitations, pour ce qu'elle imaginait être mon attachement trop insistant à la vie solitaire ? Mais je n'entendis rien de tout cela, rien qui me fût adressé. Vivian se protégeait simplement, et je respectai sa prudence. Les espérances précises sont réservées à la jeunesse ou à la vieillesse. Entre les deux, on juge l'expérience comme l'histoire, de manière rétrospective. Je décidai de taper cette pensée dans mon journal, à la première occasion, pour ne pas l'oublier.

Je m'équipai dans Main Street. On était à la mi-décembre, mais les magasins semblaient particulièrement accordés aux besoins de prétendus ramasseurs d'épaves. J'achetai un maillot de bain en madras, deux shorts, deux chemises en coton égyptien, une lavande et l'autre rose, et une paire de sandales un peu compliquées – des tongs décorées d'une série de boucles et de crochets. À la pharmacie, je trouvai les types d'écrans solaires recommandés par *le guide des consommateurs* et en achetai de forces progressives, en commençant par un indice de protection 15 pour terminer à 4. Dans un accès d'inspiration j'ajoutai une minuscule ampoule de produit anti-moustique à base d'herbes et une bouteille de comprimés de sel. On n'est jamais trop prévoyant.

L'achat qui me donna le plus de satisfaction fut une boîte pliante futuriste que je trouvai à la coopérative de Dartmouth. Le vendeur m'avait garanti que les parois argentées du fourre-tout – faites dans le Thinsulate que les astronautes utilisent pour protéger leurs denrées périssables des températures extrêmes de l'espace intersidéral – conserveraient des produits congelés pendant au moins vingt-quatre heures, même sous les tropiques, à condition de ne pas y laisser de vide et que le sceau de Velcro n'ait pas été brisé. Je regardai attentivement sa démonstration, puis l'exécutai devant lui pour être sûr d'avoir bien compris les instructions.

Il ne me restait que le supermarché. Je fus méticuleux, combinant poids, esthétique et valeur nutritionnelle. J'élaborai dans ma tête des menus entiers, abandonnant la fourniture de certains produits de base – sel et poivre, farine, lait en poudre, produit vaisselle – aux magasins de l'île. Nous devions passer neuf nuits à Eleuthera et j'estimai que notre hôte nous inviterait à dîner au moins deux fois. Nous trouverions sûrement un restaurant pour un soir. Restaient six repas pour lesquels je prévis deux plats originaux dont les restes serviraient à préparer les autres. Bart avait vivement conseillé un gigot d'agneau, prétendant que, même servi froid, il constituerait un savoureux plat principal. Mais, une fois ajoutés la gelée de menthe, le pot de romarin, et leurs accompagnements, le gigot me parut exagéré. En outre, je n'imaginais que trop la réaction moqueuse de Vivian.

J'optai donc pour la simplicité. Un beau rôti dans le rumsteck, dense et persillé. Un rôti allait avec n'importe quoi, me consolai-je en passant devant le gigot, et je trouverais sûrement sur place des pommes de terre, une ou deux carottes et peut-être même un oignon. Pour le deuxième repas, j'imaginais une espèce de ragoût avec des ingrédients locaux agrémentés de restes de bœuf. Les essais ne me faisaient pas peur. Après tout, je n'étais pas Bart – quoi qu'en puisse penser Vivian.

Pour les deux repas suivants, j'optai pour un blanc de dinde; j'en trouvai un qui avait la forme d'un gros cœur. Il était lourd, pauvre en cholestérol, et permettrait, le lendemain, la confection de sandwiches ou même de hachis. Je pouvais le napper d'une sauce toute faite, avec deux boîtes de petits pois congelés, et assez de pain pour faire une bonne farce – je ne doutais pas d'en trouver –, il ferait parfaitement l'affaire.

Vivian déposa Nash à ma porte le soir précédant notre départ. Elle partirait ensuite avec Violet pour Boston et devait passer la nuit au Logan Hilton, tandis que son fils et moi nous lèverions avant l'aube pour gagner Bradley Field et attraper le vol de 10 heures pour la Floride.

– Sois ferme, me chuchota Vivian en m'embrassant.

Elle était emmitouflée dans un épais manteau de laine noire, et ses cheveux ondoyants, à moitié retenus en arrière, crépitaient d'électricité dans le vent froid. J'en pris une mèche entre mes doigts.

– Aloha, dis-je. J'espère que tu nous attendras en jupe hawaiienne, un collier de fleurs autour du cou.

– Tu te trompes d'île, sourit-elle. D'océan, de direction.

– Avec un punch planteur garni d'un parasol, poursuivis-je.

– Tu te trompes de fille.

– Je ne me trompe pas de fille.

– Pitié! gémit Nash qui n'aimait pas les épanchements entre adultes.

Il se tenait debout sur le palier, à côté d'un sac marin bosselé auquel il décocha distraitement un coup de pied, tout en jetant un regard circulaire autour de mon salon, prenant bien soin d'éviter mon bureau. Il était plus mal à l'aise que d'habitude dans cette pièce.

– Il y a une télévision dans ta chambre là-haut, proposai-je.

Sans un mot, il nous quitta d'un pas pesant, inégal, comme si les muscles neufs de ses mollets étaient si compacts et développés qu'il ne pouvait pas faire un pas sans oublier leur contraction et leur extension. Pour s'asseoir, il écartait invariablement les cuisses, comme si seule cette position inconfortable assurait l'aisance de ses organes génitaux. Je me rappelais avoir rencontré des garçons comme lui au collège, je me rappelais combien m'intimidait leur virilité agressive. Leur seule présence excluait tout sujet de conversation autre que le sport ou la taille des soutiens-gorge. Lorsque j'intégrai enfin l'université de Chicago, où je rencontrai d'autres étudiants avec qui discuter de livres, d'idées et de sujets plus vastes, je chassai de mon esprit ces garçons et leur brutale assurance. Et voilà que j'étais le beau-père putatif, l'Œdipe à domicile, l'ennemi naturel.

– Pourquoi « Nash » ? avais-je précédemment demandé à Vivian, faisant allusion au prénom qu'elle avait choisi.

– Comme dans Crosby, Stills, Nash and Young, avait-elle répondu. Epelle-le g-n-a-s-h si tu préfères.

C'est vrai qu'il me faisait grincer des dents.

Je passai le voir avant d'aller me coucher.

– Tu as besoin de quelque chose ? proposai-je aimablement.

J'évitai soigneusement le sujet qui, j'en étais certain, nous occupait à tous deux l'esprit : le viol inavoué de mon journal. Je refusai de l'évoquer. Il pouvait toujours croire que je n'étais pas au courant, ou, mieux, que je m'en fichais.

– Un verre de lait ?

Ma stupidité lui arracha une grimace, mais il ne crut pas bon de détacher son regard d'une rediffusion de *Star Trek*. Il était étalé sur ma couverture préférée et n'avait pas même enlevé ses chaussures.

– Excité par le voyage ? demandai-je.

– C'est ça, ouais, dit-il sur un ton sarcastique, comme si ma naïveté passait les bornes.

– Ça ne te fait pas peur de prendre l'avion ? demandai-je innocemment.

Sa gêne fut visible et il exhala un soupir dégoûté, mais je n'allais pas lui faire grâce en lui demandant son favori dans le Super Bowl. Je réservais ce banal bouche-trou masculin pour une occasion plus prometteuse.

– Alors quoi ? insistai-je. Quelque chose te préoccupe.

J'étais curieux de savoir dans quelle mesure il était impressionné par le rêve d'Angeline.

Nash resta un moment allongé sans bouger, regardant des étrangers se dématérialiser. Finalement il pivota et me lança un regard furieux.

– Le Triangle des Bermudes, OK ?

– Pardon ?

– J'ai étudié la route. Sais-tu que cet avion passe tout près du Triangle des Bermudes ? Où les gens disparaissent ?

Je secouai la tête.

– J'ai entendu parler de ce... triangle, mais je crains de ne pas en savoir beaucoup plus.

Il s'assit sur le bord du lit et me regarda fixement, comme pour mesurer la sincérité de mon intérêt. Je dressai la tête pour l'encourager.

– Tu sais, commença-t-il. Il y a une région de l'océan où il se passe des choses étranges. Les gens y disparaissent. Ou bien ils reviennent dans une autre dimension, une autre époque.

– Des cas *prouvés* ? demandai-je sur un ton intéressé.

– Il y a eu cet avion militaire de la Seconde Guerre mondiale qui a réapparu il y a deux ans. Il avait décollé en 1942 et il a atterri en 1988, et aucun des membres d'équipage n'avait vieilli.

– Pourquoi n'ai-je rien lu là-dessus ? fis-je, stupéfait.

– Le gouvernement a imposé le silence, avoua Nash. Tous ces types ont été enfermés dans la prison de haute sécurité du Nevada. On ne veut pas que ça se sache.

– Mais il y a tous les jours des gens qui vont à Eleuthera en avion, protestai-je. Je ne crois pas qu'il y ait lieu de s'inquiéter. Ce triangle doit être ailleurs.

Nash n'était pas convaincu.

– On ne sait pas exactement où il est. Il se déplace peut-être.

– Je pense néanmoins que statistiquement nous avons notre chance, dis-je.

Il n'y avait dans ma voix aucune trace de raillerie, rien que pût me reprocher Nash. Il avait abandonné sa méfiance, il s'était rendu vulnérable en confessant sa peur. Même moi qui ne prétendais pas comprendre les enfants, je devais reconnaître que c'était là un pas décisif, peut-être un tournant dans nos relations. En tout cas, il n'avait plus l'avantage. Chacun de nous connaissait maintenant un pan des secrets de l'autre.

Je le regardai soupeser mon avis, l'accepter avec hésitation, parce qu'après tout j'étais un adulte, et que cela comptait encore, et finalement acquiescer. Lorsqu'il se tourna de nouveau vers la télévision, ses épaules s'étaient, semblait-il, détendues. Je quittai la pièce, soulagé. Je n'étais pas en train de revivre l'époque du collège où j'étais toujours paumé. Hélas, Nash était aussi idiot que je l'avais craint, mais je n'étais pas soumis à son cruel caprice. Il l'était au mien. Aussi lui laissai-je comprendre que je savais.

– Ne te gêne pas pour emprunter n'importe quel livre de la maison, dis-je d'un air entendu, avant de fermer la porte.

La salle d'attente des compagnies de navettes du petit aéroport de Fort Lauderdale était bondée de touristes. Des familles entières s'y pressaient avec leurs bagages. Certains transportaient leurs possessions dans des sacs de paille brodés de coquillages peints, souvenirs, j'imaginais, de précédents séjours, qu'ils ressortaient pour annoncer leur destination et se mettre déjà dans le bain. Les manteaux d'hiver étaient empilés en tas, au milieu desquels dormaient de jeunes enfants épuisés. Nash se tapotait la lèvre inférieure avec l'index de la main droite, tic dont il ne s'était pas départi depuis deux heures que nous attendions. De l'autre côté des parois de verre, la tempête faisait rage, et ne manifestait aucun signe d'apaisement.

– Je vais demander à ce type ce qu'il se passe.

D'un avachissement assis, Nash passa à un avachissement vertical, et se dirigea en traînant les pieds vers un employé de la compagnie qui parlait au téléphone derrière le bureau d'enregistrement. L'homme et lui se lancèrent dans une interminable conversation, et j'avoue que je n'aurais pas cru le fils de Vivian capable de soutenir un si long échange verbal. Lorsque Nash regagna enfin son siège, il paraissait presque effrayé.

– Qu'as-tu appris ?

Il se tourna vers moi d'un air lugubre.

– Un avion privé est porté disparu, dit-il. Emporté par des vents capricieux.

Il assistait à la réalisation d'une prophétie.

– Disparu ?

Il hocha la tête.

– Là, tout près ! On a lancé des recherches, c'est pourquoi nous restons collés au sol. Par-dessus le marché, il y a une tempête. Le type pense que rien ne décollera aujourd'hui. M'man et Violet doivent déjà y être.

Si dans les nuages blancs à l'est on avait soudain pu lire l'inscription « Triangle des Bermudes », suivie d'une flèche, Nash n'aurait pas été plus sûr de son destin. J'étais sur le point de me moquer de ses craintes lorsque l'employé de la compagnie confirma dans le haut-parleur le récit de Nash. La garde côtière avait effectivement organisé des recherches et suspendu tout trafic sur notre trajet. Les prévisions météorologiques n'étaient en outre pas très encourageantes. Nous étions priés d'attendre les bulletins ultérieurs.

– Je ne décolle pas pour la quatrième dimension, annonça Nash. Pas question.

– Alors que proposes-tu ? fis-je, impatient.

Comme s'il ne suffisait pas de rester bloquer dans cette salle sans air, il me fallait supporter un lecteur du *National Enquirer*.

– Tu veux rentrer à la maison ? Dois-je te rappeler que nos billets ne sont pas remboursables. Ça veut dire perdre deux allers et retours pour Eleuthera plus le retour d'ici à Hartford.

– Il vaut mieux ça que de...

Nash avala le reste de sa phrase. Il était réellement doué pour le mélodrame.

Je me détournai, contrarié. Il me fallait inventer quelque chose, faire diversion. Je remarquai alors un homme à l'air antillais qui s'adressait à un groupe de nos copassagers. Ils l'écoutèrent jusqu'au bout avec intérêt, puis secouèrent la tête. Il attira alors mon attention et se dirigea vers moi.

– Elvis Greer, fit-il en me tendant une main que je serrai.

Il avait un léger accent, colonial mais parfaitement compréhensible, et sa poignée de main était ferme, sèche et rassurante.

– Quelle est votre destination ?

– Eleuthera, sans guère d'espoir d'y parvenir, répondis-je.

Replié sur lui-même, Nash avait adopté une posture aussi proche de la position fœtale que le permettaient le siège, ses longs membres et la présence du public.

– Ce garçon est inquiet, fit observer Elvis Greer.

Merci beaucoup, eus-je envie de dire. Il ne nous manque qu'une diseuse de bonne aventure.

– J'ai un bateau, poursuivit-il. Un bon moteur appuyé par des voiles. Le voyage dure une nuit. C'est très beau, très confortable. Ces avions sont annulés une fois sur deux, c'est pourquoi je passe toujours à l'aéroport. J'offre la traversée pour un prix modique, puisque j'y vais de toute façon. Je peux coucher six passagers.

Mon premier mouvement fut, bien sûr, de suivre l'exemple de mes voisins et d'envoyer promener ce navigateur, mais je sentais à côté de moi Nash s'éveiller. Il estimait apparemment avoir plus de chances par mer que par air d'arriver à destination dans le même siècle.

– Qu'en penses-tu ? lui demandai-je.

Ne voulant pas prendre la responsabilité d'une décision – Dieu sait que je pourrais lui en vouloir, tandis que nous essayions d'échapper à une société post-apocalyptique – il resta muet ; je pris son silence pour un assentiment. Ayant, depuis mon enfance, navigué, l'été, sur diverses embarcations Williams, je n'étais pas étranger aux bateaux, aussi posai-je des questions précises à Mr Greer : son habitude de la mer des Caraïbes, longueur, type de moteur, âge du bateau. Tout cela me paraissait satisfaisant et, à mon soulagement, son tarif n'était pas exorbitant. Je calculai le prix des repas et de l'hôtel – les compagnies de navettes ne prenant pas en charge les frais de leurs passagers –, comptai la répugnance de Nash à monter en avion et les trésors de bonne humeur qu'il me faudrait dépenser pour le convaincre. Mon regard s'arrêta sur le rectangle argenté de mon sac Thinsulate, qui, malgré l'air conditionné de l'aéroport, semblait se flétrir, exhaler un soupçon de vapeur. La perte potentielle de mon investissement en viande fit pencher la balance.

– D'accord, dis-je à Greer.

Et pour la deuxième fois en cinq minutes, je serrai sa main brune et carrée. Nous aborderions Eleuthera à l'ancienne, la méthode avait fait ses preuves, et arriverions, m'assura Greer, juste avant l'aube.

Quelques heures plus tard, Nash et moi montâmes à bord – nous étions les seuls passagers. Greer leva l'ancre, et la côte embrumée de la Floride s'éloigna de nous. Le temps était resté stable : pas beau, mais pas non plus épouvantable. Avantage inattendu de cette méthode de transport : le parallèle avec le voyage de l'Amiral, quoique nous dussions débarquer sur la rive opposée. Tout bloqué que je m'étais récemment découvert, l'explication de la quête de Christophe Colomb n'était jamais très éloignée de ma pensée. Le texte de mon poème était dans ma poche sur une disquette, mais, jusqu'à présent, je n'avais guère dépassé son arrivée aux Canaries.

Après un repas léger, Nash se prétendit fatigué et descendit chercher l'oubli, quoiqu'il répugnât sûrement à prédire dans quel temps et quel lieu il se réveillerait. J'ouvris mon ordinateur portatif et affichai mon texte. Le rebondissement des vagues battues par la tempête contre la coque, le souffle de l'air chaud et salé, la sensation d'être enfermé dans un espace sec au milieu d'un univers liquide, tout cela ne pouvait que contribuer à stimuler mon inspiration. J'attendis, doigts tendus, pour retrouver mes pensées, leur donner forme, écrire aussi spontanément que Mrs Yeats, si seulement la communication pouvait être établie. Je restai un moment assis de la sorte, mains jouant devant le clavier, yeux fermés – mais rien ne vint.

Je songeai alors à écrire une lettre, un mot à Bart pour l'informer de mon peu orthodoxe mode de voyage. Il serait un peu inquiet, exactement le genre de réaction que j'aimais à provoquer chez les membres de ma nombreuse famille. L'écran brillait sourdement. Les strophes étaient turquoise pâle, nettes, gravées en rangées régulières.

Je retournai en arrière et lus, comme si seule la force acquise permettrait d'engendrer de nouvelles pensées, comme si l'inertie du courant allait prolonger les vers. Mais, arrivé au bout, je ne trouvai qu'espace vide. J'avais quatre heures d'autonomie, aussi cédai-je à mon impulsion et laissai-je l'appareil allumé. Au-dessus de moi, les nuages avaient été chassés vers le sud et les étoiles décrivaient un arc merveilleux. Automatiquement, comme un collégien dans un planétarium, fier de ses connaissances, j'identifiai les constellations. J'avais une prédilection pour les Pléiades, et ne me rassasiai pas du scintillement de leur bouclier. Je trouvai le nord géographique, vérifiai notre marche vers l'est, et imaginai l'Afrique, dense et verte, droit devant nous. J'écoutai sauter les poissons au-dessus du fredonnement d'Elvis Greer, qui se tenait derrière la barre, indifférent à ma présence.

Traduis, commandai-je à mon cerveau. Note ceci. Que le poème prenne son essor. Tu peux toujours écrire.

Mais rien. Je fixai l'horizon noir, à la recherche d'un signe, d'une colonne de pensée originale. Colonne. Le mot renvoyait à un poème que j'avais autrefois appris – « La colonne de la renommée » d'Herrick – mais ce soir mon cerveau était bloqué. Je ne retrouvai que deux vers.

Cette colonne jamais
Ne penchera ni ne s'altérera

Je découvris l'éclat de Vénus plus bas que je ne l'aurais cru possible. Elle semblait pratiquement nager sous les vagues – ce qui convenait, me dis-je, à une planète d'eau, mais si la courbure de la terre était si accentuée, si proche le précipice au-dessus duquel je me penchai, alors le globe lui-même était insignifiant.

Une pensée. « Vénus fait signe, tapai-je. Vers Cathay et Cipango. »

– Mal de mer ?

Entendant le cliquetis de mes touches, Greer me remarqua. Adieu, inspiration.

– La nuit est trop belle pour songer à dormir, répondis-je avec une politesse forcée.

– Il y a de la Dramamine dans le placard à pharmacie sous l'évier, répondit-il sans tenir compte de mon explication. Il n'y a pas de honte à cela chez un estomac habitué à la terre ferme.

– Ce n'est pas mon premier voyage.

– Ce soir, la haute mer danse le calypso, dit Greer. Il faut être synchro avec son battement ou se laisser bercer par lui.

– J'ai l'impression que nous piquons légèrement vers le nord, fis-je remarquer, pour montrer mes connaissances en navigation céleste. Pourquoi ?

Greer montra quelque chose à l'horizon du sud-est.

– Je passe très au large de cette chose... Réfugiés peut-être, mais plutôt drogue. Avec un seul fanal vert au ras de l'eau... Ces parages grouillent de clandestins.

À peine visible, au loin, j'aperçus une lumière mobile, se dirigeant dans une direction différente de la nôtre. Elle se soulevait et plongeait sous les vagues, bouchon silencieux, dont la destination et le but étaient perdus dans l'immensité de la nuit.

« Perdus dans l'immensité », écrivis-je, avant d'effacer ces mots.

Je songeai à Vivian, à l'improbabilité de notre attraction mutuelle. Elle pouvait être toute impulsion, toute extériorisation. Ses mains, ses yeux, ses épaules rondes exprimaient sa pensée avant les mots ou les actes. Son petit corps exprimait la force, comme si chacun de ses tendons était une courroie tendue dont la contraction et la détente étaient irrésistibles. Il se dégageait de sa puissance physique quelque chose de net, de brut... Jamais je ne l'avais vue s'adonner à un exercice physique conventionnel – elle ne suivait aucun régime télévisé, ne faisait partie d'aucune équipe sportive, d'aucun gymnase, en dehors du thérapeute polonais qui enseignait le karaté – et pourtant elle semblait ne jamais rester en place. Chaque mouvement avait un but. Lorsqu'elle s'étirait, c'était pour attraper quelque chose. Lorsqu'elle se courbait, elle se redressait avec un objet dans les mains. Lorsqu'elle courait, elle avait un but. Lorsque son corps était au repos, son esprit fonctionnait.

Parfois, dans le noir, après nous être couchés dans nos positions habituelles, dos à dos, j'étais trop fatigué par le jour écoulé pour supporter ses litanies de protestations ou l'énoncé de ses projets, et je faisais semblant de dormir. Mais soudain, comme si un jet d'eau avait pénétré sa colonne vertébrale, je la sentais se raidir sous l'effet d'une idée. Eveillée et avide de conversation, elle se mettait à tester ma réceptivité par de minuscules coups et déplacements – chacun innocent en soi, et pouvant être interprété comme une quête de plus grand confort, mais pris ensemble, ces mouvements et ces changements de position évoquaient un orchestre symphonique accordant ses instruments avant d'entamer quelque ouverture wagnérienne.

Au début de notre idylle, j'avais répondu à ces injonctions par un langage homologue. Lorsqu'elle me donnait un coup de coude dans les côtes, je glissais ma jambe vers son pied. Lorsqu'elle soupirait, je m'éclaircissais la voix.

– Tu ne dors pas non plus...

J'y voyais naïvement l'annonce d'une nouvelle étreinte ou peut-être seulement le paisible roucoulement de deux pigeons après l'amour, que le sommeil même ne pouvait séparer.

Je me rappelle la première fois, lorsque, ravi qu'elle fût éveillée, je me retournai et embrassai ma bien-aimée de mon bras libre. Mes lèvres s'amollirent et cherchèrent son cou, mais au lieu de la peau accueillante et parfumée à laquelle je m'attendais, je rencontrai un bloc rigide, bandé par la colère.

– Preston me dit, annonça Vivian en hochant la tête pour s'encourager, que certains juges extérieurs de ma commission de titularisation mettent en doute mon objectivité. Tu imagines ? Le toupet de cet imbécile !

Elle se souleva sur un coude et se pencha au-dessus de moi. Cela se passa si vite que je me retrouvai embrassant le creux tiède qu'avait imprimé sa tête sur l'oreiller. Lorsque j'ouvris les yeux, ses cheveux en désordre se détachaient en couronne contre la faible lumière qui pénétrait par la fenêtre.

– *Bill* Preston ? fis-je.

– Oh, oui, *Bill* pour toi, nota Vivian d'un ton accusateur. Pour moi, Torquemada, le Grand Inquisiteur. Il s'accroche à son petit pouvoir de président, surtout vis-à-vis des femmes. « Oh, Vivian, a-t-il dit après la réunion d'hier – j'ai oublié de te le dire – pouvez-vous m'accorder un instant ? » Alors, lorsque tout le monde s'est figé pour ne pas en rater une miette, lorsqu'on aurait entendu une mouche voler dans la salle, il a lâché sa bombe. Je vais lui en donner de « l'objectivité » à ce salopard.

Aimer, nous disent les poètes, c'est donner la priorité aux besoins de l'autre, subvertir son moi, et en ces jours alcyoniens, je m'efforçais de correspondre à cet idéal.

– Mais il a sûrement dit autre chose, murmurai-je sur un ton outré, en rapport avec la gravité de la situation, telle que l'envisageait Vivian. Qui a porté cette accusation et dans quel contexte ? Travaux publiés ? Enseignement ? Service communautaire ? poursuivis-je, citant les trois épreuves auxquelles devait se soumettre un candidat à la titularisation.

– Je t'en prie, dit Vivian.

Elle s'effondra face contre l'oreiller, évitant ma tête de justesse. Elle se recroquevilla tout contre moi et bâilla, lorsqu'elle parla de nouveau, ce fut d'une voix épaisse, dans une demi-inconsience.

– Il s'agissait de... – Autre bâillement, comme si je la tenais éveillée et qu'elle ne voulait pas me contrarier. – Il s'agissait de m'affoler. De me mettre le couteau sous la gorge.

Elle me déposa un baiser sur la joue, appuya la tête sur mon épaule, et en moins de soixante secondes sa respiration s'apaisa.

Moi, par contre, inquiet et contrarié, je ruminai les mobiles de Bill jusqu'à 3 heures du matin. Y avait-il de réels problèmes dans le dossier de Vivian ? Quelles seraient les conséquences si elle n'obtenait pas sa promotion ? Partirait-elle ? Devrais-je démissionner pour l'accompagner dans un établissement moins prestigieux ? Je me voyais obligé d'enseigner trois cours de dissertation anglaise en un seul trimestre.

Lorsque la radio me réveilla, j'avais toujours des pensées noires, mais Vivian était déjà hors du lit et à la fenêtre.

– Tu n'aimes pas la pluie ! s'exclama-t-elle.

– J'ai mis des heures à m'endormir, dis-je. Que vas-tu faire de l'avertissement de Bill Preston ?

Elle parut un instant perdue. Puis elle se rappela.

– Ne lui fais pas ce plaisir, dit-elle, ça ne vaut vraiment pas la peine d'en parler.

Il me fallut un certain temps pour apprendre que, si elle était d'une façon ou d'une autre contrariée, Vivian réagissait à retardement et de façon dégressive, généralement tard dans la nuit ou juste avant l'aube, avant de revenir petit à petit à la normale. En outre, si elle aimait avoir un auditoire – moi en l'occurrence – pour ses diatribes, il ne lui était pas indispensable. Si j'ignorais les signaux envoyés par son corps étendu, si je simulais un état comateux, elle traversait seule son cycle d'indignation. Pendant quelques minutes, elle se tournait et se retournait, donnait de violents coups de poing dans son oreiller, se redressait parfois, proférait un ou deux jurons, mais – et c'était une observation importante pour la paix de mon esprit, car, si elle était vraiment ennuyée, il n'était pas question de l'abandonner – elle mettait toujours à peu près le même laps de temps à se calmer, que je me montre ou non à la hauteur de la situation.

Mais il y avait les cas où j'étais davantage que la caisse de résonance de Vivian. Il y avait les délicieux signes de reconnaissance, lorsqu'elle recherchait non pas n'importe qui, non pas un mâle à portée de la main, mais moi, Roger Vandyne Williams. Ces regards pénétrants – exigeants, impudents, vulnérables – me flattaient plus que je ne l'aurais cru possible. Etre, comment dire, l'objet du désir de Vivian, la source de son plaisir, l'arbitre principal de son bonheur... eh bien, ce n'était pas seulement troublant et nouveau, c'était, quand je permettais qu'il en fût ainsi, impressionnant.

Dès le début, elle avait défini les règles. Elle menait, je m'efforçais de suivre, d'anticiper son avancée par des feintes de mon cru. De progrès en progrès, et avant que je ne me rende compte de la direction que nous prenions, un coup agressif frappé à la porte de mon bureau m'avait enflammé. Une visite impromptue chez moi avait déclenché une passion, si bien que, même absente, Vivian envahissait sans trêve mes pensées. La révélation de l'aménorrhée, suspension du temps, s'acheva en une fille bien réelle, qui, sous certains éclairages, ressemblait à Bart, et cette descendance inconcevable, cette abstraction devenue chair m'interdisait de refermer la porte. Deux ans à peine s'étaient écoulés depuis ce premier et fatidique coup de poing contre ma porte, et j'étais maintenant pourvu d'une pseudo-belle-mère, désagréable et inflexible, fanatique de saint Augustin, drapée dans un plaid écossais, et qui ignorait royalement ma présence. Et, pour couronner le tout, dormait dans la cabine un fâcheux cynique, hargneux et superstitieux, qui se vantait de considérer d'un œil tolérant mes relations avec sa mère.

– Dois-je maintenant t'appeler « papy » ? avait demandé Nash pendant un dîner chez Vivian, où un excès de piment m'avait mis la bouche en feu.

Je dus avoir l'air horrifié, car il poursuivit :

– Monsieur Roger ? Oncle Bill ? L'*ami* de m'man ?

– Mes amis m'appellent Roger, proposai-je aussi gentiment que je le pus, avant d'avaler une autre lampée d'eau.

– Nash ! l'apostropha Vivian en me resservant.

– D'accord, RO-GER, concéda-t-il. Ravi de faire votre connaissance, RO-GER. Dites-moi, RO-GER, êtes-vous un fan des DOD-GERS ? Alors, RO-GER, si on rattrapait quelques balles ? J'espère que vous mettez des capotes.

– Nash, ça suffit ! La voix de Vivian était plus exaspérée qu'irritée. Ne fais pas attention à lui, me supplia-t-elle. C'est la première fois de ma vie que je vois ce gamin. C'est la punition infligée par un Dieu courroucé, une expiation.

Aussi peu hospitalière que le fils, la grand-mère prit enfin la parole :

– La chasteté, entonna-t-elle, comme si elle pensait tout haut. La fervente prière d'une mère.

– Je vous présente sainte Monique, dit Vivian. Bienvenue au purgatoire.

D'après Milton, le purgatoire est un état provisoire avant la béatitude céleste. Il était cependant difficile de croire que telle était ma condition actuelle. En contemplant les eaux sombres, qui avaient avalé jusqu'au fanal solitaire, j'essayai d'imaginer une scène future où Nash et moi partagerions l'affection d'un père et d'un fils. J'essayai d'évoquer une hypothétique scène familiale – aller, par exemple, admirer Violet dans le premier rôle d'une pièce, montée par son collège. Lady Macbeth ? Médée ? Une des ménades ? Ces rôles avaient en commun d'offrir à ma fille la possibilité de hurler, aussi ne doutais-je pas de son succès. Nash serait alors un adulte, un homme arrivé, aussi l'habillais-je d'un costume. Assis à côté de Vivian dans le théâtre, où le silence était complet, enfoncés côte à côte dans des fauteuil de velours rouge, je lui prenais la main. Confirmation d'une fierté conjugale partagée devant le triomphe de notre progéniture, il était répondu à ma pression. Je soupirai à cette pensée, soupirai assez fort pour m'entendre, et le bruit me ramena au présent. Avec quelque embarras, je m'aperçus que de ma main droite je m'étais serré la gauche. La nuit masquait mon geste, le rendait aussi secret qu'une pensée, qu'une vision uniquement perceptible les yeux fermés, aussi ne l'interrompis-je pas. Je ne me lâchai pas.

Lorsque le soleil se leva, j'étais adossé au bastingage, j'avais la lumière dans les yeux, et je contemplais contre l'horizon une formation de nuages qui ressemblait au contour d'une île volcanique. L'illusion était parfaite : pointes dentelées et striées, droites comme des troncs de palmiers inclinés, jaillissant dans toutes les directions de la masse centrale. La mer était calme, le moteur silencieux, et nous semblions glisser sur les flots, attirés par un aimant invisible. Il n'y avait pas de vent, aucun cri d'oiseau, aucun bruit ne sortait de la cabine. C'était le temps de l'expectative, la suspension féconde qui précède parfois la révélation.

J'essayai de traduire ce présage en mots, je cherchai la juxtaposition parfaite d'un verbe et d'un nom. Le meilleur moyen d'atteindre cette osmose, l'expression d'une conscience interne, ai-je découvert, c'est de ne penser à rien, de laisser les phrases se matérialiser sur l'écran intérieur. Il ne s'agit pas exactement de méditation, mais plutôt d'une écoute particulière. Une voix quelque part demandait à être entendue. Tout ce que j'avais à faire, en tant que poète, c'était d'ouvrir mon esprit.

– Mon Dieu !

Je tournai la tête, puis me penchai en avant, surpris par la pure clarté.

– Depuis quand es-tu derrière moi ? demandai-je à Nash.

– Tu as vu ce nuage ?

Sa main apparut sur ma droite, son index carré pointé en avant.

– En fait... commençai-je.

– On dirait des lettres. Il y a un C. Un N. Tu crois que ça veut dire quelque chose ?

Ah, retour au pays des prodiges – la main de Dieu s'adressant à Nash en particulier.

– Cable News ? proposai-je. Ted Turner a-t-il acheté la chaîne des Caraïbes ? MTV ?

– MTV est indépendante, m'informa Nash avec condescendance.

J'avais commis le péché capital de ne pas prendre une de ses déclarations au sérieux. Il nous restait plus d'une semaine à vivre ensemble, aussi fis-je amende honorable.

– Bien sûr, que je suis bête ! C'est toujours là que j'attrape Milli Vanilli.

J'étais reconnaissant à Vivian de m'avoir obligé à me familiariser avec la nouvelle musique. Elle avait lu dans un article que la vraie preuve de l'âge, c'était ne pas reconnaître les groupes du « top cinquante ». Nash m'adressa un regard étonné, impressionné. J'avais peur qu'il ne me pose des colles, qu'il ne me demande de citer une chanson de miss Vanilli. Mes connaissances n'allaient pas jusque-là, je changeai donc de sujet.

– Alors, c'est le grand jour ? Tu es impatient de fouler le sol de l'île tropicale ?

– Oh, ouais. Je ne sais pas ce que je vais faire pour commencer.

– J'ai lu qu'il y a des plages littéralement couvertes de coquillages intéressants, dis-je pour l'encourager. L'exploration sous-marine dans les Caraïbes offre, dit-on, toutes sortes de possibilités.

– Je ne sais même pas ce que je suis censé chercher.

– On le sait rarement. Mais où la chèvre est attachée il faut qu'elle broute, dis-je.

Nash semblait sur le point de proférer une remarque désagréable, mais peut-être revîmes-nous alors l'un et l'autre les pages punaisées, et il s'en abstint, se contentant de hocher lentement la tête comme pour enregistrer gravement ma déclaration. J'éprouvai soudain pour Nash un sentiment entièrement nouveau : de la gratitude, associée à une ébauche de pardon. Il aurait pu se moquer de moi, dresser un mur d'acier entre nous, mais il n'en avait rien fait. Il n'était pas celui que j'avais cru.

Nous restâmes silencieux, chacun craignant de déranger la trêve par le poids d'un seul mot de plus. Le jour était doré, le ciel au-dessus de nos têtes était encore pâle, mais d'un pastel plus vibrant, plus prégnant que je n'en avais jamais vu. C'était le gris d'un rideau éclairé par-derrière, d'un abat-jour posé sur une ampoule de deux cents watts. Son immensité répondait à celle de l'océan, et chacun à sa façon ressemblait à la surface lisse d'un mur poussé vers son vis-à-vis par une force gigantesque. Dans l'isthme, dans le canal étroit séparant leurs doubles majestés, notre bateau faisait route vers l'est. Je scrutai l'horizon. Pour quelque obscure raison, je voulais être le premier à apercevoir la terre, mais je ne regardais pas dans la bonne direction. Nash me toucha l'épaule et pointa la tête vers le sud. Et c'était là.

11

Vivian

Le ciel était calme et la mer chavirait en dessous de nous, horizon contre horizon, soie turquoise si claire que les ombres des nuages formaient des puits profonds et diaphanes où j'apercevais des silhouettes de dauphins, des ailerons et des mouvements de requins. Effets optiques, bien sûr. Appuyée contre le hublot, je contemplais le miroitement animé des vagues, les hauts-fonds et les barrières de corail. Magnétisée par le bourdonnement du moteur de notre petit avion, Violet dormait dans mes bras. Me laissant, moi aussi, emporter par la vibration qui m'emplissait d'une chaude torpeur, je flottais entre sommeil et veille, mais à la voix du pilote, je sursautai. Les îlots gardant Eleuthera au nord, Egg et Royal, étaient juste en dessous de nous, puis un ruban de terre couvert d'une épaisse végétation, puis de nouveau la mer. Si l'improbable théorie d'Arnie B. Molander concernant l'accostage était juste, nous venions de survoler l'endroit où, un demi-millénaire plus tôt, un Lucayen avait allumé une torche que Christophe Colomb décrivit du fond de ses propres ténèbres comme « une petite bougie dansant dans la nuit ».

La lune, en cette nuit, était dans son troisième quartier. De la *Pinta*, qui naviguait en tête, Christophe Colomb entendit le coup de canon annonçant la terre. Cependant, à cause de la petite lumière qu'il avait vue, Christophe Colomb revendiqua pour lui-même l'honneur de la découverte. Au lever du soleil, lui et ses commandants, le secrétaire de la flotte et le contrôleur débarquèrent en portant la bannière royale avec la croix verte et les initiales des souverains. « À l'aube, nous vîmes des gens nus », écrivit-il dans son journal, version transcrite par Las Casas.

L'image est obsédante : *aube... nudité.* Par comparaison, les actions de Christophe Colomb étaient banales, bureaucratiques, perpétrées au grand jour et tout habillé. Il prit officiellement possession de tout ce qui se trouvait devant lui en prononçant simplement quelques formules – s'assurant que le secrétaire consignait minutieusement ce qui sortait de ses lèvres et que le contrôleur en était témoin.

Notre avion toucha le sol, tressauta légèrement et s'arrêta en se cabrant à côté de l'aérogare, bâtiment bas et blanchi à la chaux. À l'intérieur, les murs étaient peints du bleu-vert des piscines. Nos visages étaient inondés de lumière, baignés de couleurs. L'air était différent, plus épais, ne sentant pas la mer mais les feuilles, l'écorce, la boue. Une tempête venait d'avoir lieu, et dès que Violet et moi fûmes déchargées sur l'asphalte scintillant du parking, je vis des feuilles de palmier déchiquetées, des pétales de fleurs pourpres éparpillés, des clôtures arrachées, une véritable litière de détritus.

Les deux autres passagers de l'avion étaient déjà installés dans un break à suspension basse – sans doute la limousine de l'aéroport. Des gens du cru discutaient à côté des voitures. Personne ne s'approchait de nous, personne ne brandissait une pancarte avec le nom TWOSTAR. Je passai Violet avec impatience sur l'autre bras. La faim la rendait furieuse, et elle n'était pas facile à calmer.

Un grand Blanc passa la tête à la porte de l'aérogare, et la retira vivement. J'eus juste le temps d'apercevoir son profil, son nez en bec d'aigle, que m'avaient rendus familiers les coupures de presse de Roger. Henry Cobb portait un polo blanc, un short de tennis bleu marine, des chaussettes de tennis et des Puma high-tech. Des plis lui encadraient la bouche – non pas des rides creusées par le rire ou la contrariété, mais de parfaites parallèles. Il avait d'épais cheveux raides et blancs et les muscles effilés d'un homme de soixante ans encore vigoureux. Je me nommai, tendis la main. Tandis que Cobb parlait, je reconnus cette précision onduleuse, cette désapprobation geignarde à la fin de chaque mot – à la Buckley. Il avait en outre la voix autoritaire – basse, modulée et électrique. Le long visage – aux joues plates et larges, légèrement chevalin – exprimait la contrariété retenue. Il se touchait l'extrémité du menton comme un talisman, en me dévisageant.

Après de brèves salutations, il en vint à la question qui l'intéressait.

– Vous l'avez apporté ? Tout ?

Je hochai affirmativement la tête. Cobb broya la main que je lui tendais. Il comprima mes bagues si violemment que je grimaçai de douleur.

– On va s'arrêter pour acheter quelques trucs pour le dîner – bien qu'on ne trouve pas grand-chose de mangeable ici.

D'un geste de la main il engloba le parking, les bâtiments au-delà.

– Ces gens ne savent pas ce que c'est que travailler. Ils sont incapables de planter ne serait-ce que quelques graines. Le seul endroit où l'on est à peu près sûr d'avoir un repas correct c'est au club, et même là les salades sont faites avec de la laitue de serre.

Il poursuivait un monologue, comme s'il n'avait parlé à personne depuis très longtemps.

– Avant d'arriver ici, j'avais complètement arrêté de boire. Mais ici, il y a deux activités. Regarder la mer et regarder la mer. Impossible sans un verre à la main. Vous avez pensé à mon journal ?

Je lui tendis le *Wall Street Journal*. Il leva les sourcils, me gratifia même d'un petit sourire pincé, puis chargea mon bagage à l'arrière d'une Jeep poussiéreuse.

– C'est ça ou marcher, dit-il en m'aidant à monter devant.

Comme il n'y avait pas de ceinture de sécurité, je pris Violet sur mes genoux.

– Qu'est-ce que c'est ? demanda Cobb en la regardant pour la première fois.

– C'est ma fille, Violet. Ne la contrariez surtout pas.

– Formidable, dit Cobb, se détendant un peu. – Nous sortions du parking. – Ma femme en a eu une dure comme celle-là, Melinda.

Violet se ramassa sur elle-même, leva les pieds, serra les poings, et plissa le visage en un masque écarlate. Elle ouvrit la bouche et son cri fut une explosion de bruit pur, dont chaque décibel emplissait la Jeep. En réponse, Cobb fit une embardée dans le chemin, mais, le temps d'atteindre la route principale, le vacarme du moteur avait produit son effet calmant.

Les banalités d'une conversation normale avaient été entièrement éclipsées. Craignant de déranger Violet, Cobb parlait doucement. Je voyais ses lèvres bouger, et hochais la tête lorsque je le jugeais opportun, mais je ne saisissais pas ce qu'il désignait ici ou là durant le parcours. De temps à autre, nous nous parlions à l'oreille, mais le procédé était lassant et nous nous résignâmes bientôt à parler tout seuls.

Nous roulions à gauche sur une étroite route pavée, bordée d'une végétation broussailleuse et clairsemée, cramponnée à un sol pauvre et salé. Le long de la côte, des bancs brunâtres de coraux morts avançaient dans la mer. Les arêtes paraissaient déchiquetées et tranchantes. Je ne voyais ni longues plages de sable, ni palmiers ou cocotiers magnifiques, ni paradis d'aucune sorte. Des constructions inachevées, creuses et squelettiques, apparaissaient de temps à autre. Les agglomérations que nous traversions consistaient en un unique magasin avec une pompe à essence, un restaurant, et en guise de maisons des blocs de ciment peints en vert pomme, rouge magenta, bleu anglais ou jaune. Personne ne se tenait sous les vérandas, fermées par des grilles en fer forgé, aucun client n'entrait ni ne sortait des magasins, et nous croisions peu de voitures. Plus loin, un homme grand, maigre et solitaire, debout dans un champ; il était là, silhouette à la Giacometti, brûlé, immobile et impassible sous le haut soleil. Nous nous regardâmes, mais il était déjà derrière nous.

– Cet endroit me fait penser à une réserve, grimaçai-je à l'adresse de Cobb.

Et c'était vrai. Sol pauvre, couleurs vives, autochtones à la peau sombre, vieilles guimbardes. Dans le bazar où nous nous arrêtâmes, il y avait de ces longs comptoirs indigènes. Macaroni, soupes, céréales et ketchup. Saucisses fumées et lait en poudre. Un congélateur rempli de cubes de bœuf gros comme le poing. Des boissons sucrées, des galettes de Noël. Je me demandai machinalement si Violet avait besoin de quelque chose, mais la moitié de mon sac était pris par les couches. Et puis j'étais à portée de main, une espèce de réfrigérateur ambulant, activé par la voix, aussi n'avais-je rien à acheter pour elle. Je parcourus avec curiosité les trois allées, notant au passage les boîtes poussiéreuses de pansements d'urgence, les paquets de toniques capillaires, les puddings à la banane, le riz au safran, les boîtes de cacahuètes vertes.

De retour dans la voiture, Henry Cobb rangea soigneusement un sac de nourriture sur le plancher derrière les sièges.

– Ce n'est pas tout à fait dans mes habitudes, me dit-il. Avant ce foutu exil je n'avais pas mis les pieds depuis des années dans une épicerie.

– Vous ne vous débrouillez pas si mal, semble-t-il, dis-je en berçant Violet contre moi.

Rien n'indiquait l'étroit lambeau de terre irrégulièrement pavé de coraux écrasés dans lequel Cobb s'engagea après avoir ralenti. L'assise en était irrégulière et pleine de nids-de-poule.

– Je ne l'entretiens pas. Ça décourage les gens du pays.

La piste s'élargissait pour contourner des ornières et des marécages remplis d'eaux stagnantes où se reflétait la teinte rosée du ciel de l'après-midi. Il nous fallut parcourir plus d'un kilomètre sur ce chemin pour que le sol admette, à contrecœur d'abord, avoir été autrefois vaguement cultivé. De part et d'autre, des bosquets de citronniers dépenaillés puis, au sommet d'un petit talus sableux, de grands cocotiers. À leur pied, les broussailles avaient été détruites, de sorte que je vis, en les traversant lentement, que le sol était couvert d'une épaisse natte brune faite de feuilles séchées, moisies et entrelacées pour former un tapis moelleux. Nous divaguâmes et tanguâmes sur une piste de coraux encore plus inégale, traversâmes un pont périlleux de carton-pâte, puis le moteur s'arrêta.

– Nous y sommes, déclara Cobb. Au cœur des ténèbres. Le temps s'écoule lentement ici, vous verrez. Je suis content d'avoir de la compagnie.

Ce que j'avais pris pour une jungle verte était en réalité un mur, un garage couvert d'un fouillis de plantes grimpantes. Dans l'ombre soudaine, je fus surprise par l'obscurité qui régnait sous le feuillage du bosquet de palmiers, bien que devant la lumière brillât bleu et ivoire à travers les troncs inclinés. Cobb se retourna pour juger de l'effet sur moi.

– Passez la première, insista-t-il.

Impossible de refuser. Au sommet du sentier les arbres s'écartèrent et le ciel s'ouvrit de tous côtés.

Et soudain, nous *y* fûmes.

Entouré de trois côtés par l'eau, le monde jaillit devant moi. Dans les creux ondoyants des vagues, des ovales de feu déferlaient vers le rivage. Le sable était rose, lavande par endroits, composé de minuscules fragments de coquillages. La couleur et le mouvement, le jeu de lumière entre le ciel et la mer étaient si impressionnants, si soyeux, apaisants et séduisants que je me figeai sur place.

Je me rappelai ce que Christophe Colomb avait écrit dans sa lettre sur le troisième voyage. Ayant exploré le golfe des Perles et le sud de l'embouchure d'un grand fleuve qu'il appelait la Bouche du Serpent, il fut convaincu d'avoir trouvé l'entrée du légendaire paradis terrestre. De mon point de vue, la plage de Cobb pouvait également faire l'affaire.

Satisfait de ma réaction, Cobb me prit par le bras et me conduisit vers la maison. Passé un muret de stuc, nous prîmes une entrée de service carrelée qui sentait le moisi et la brique friable. Deux ou trois pièces donnaient dans une immense cuisine en cuivre et Formica beige. Le rez-de-chaussée comportait d'énormes ventilateurs à pales, de hautes fenêtres, des colonnes blanches et de profonds canapés – une vaste pièce avait vue sur l'eau. Un piano à queue posé sur un simple tapis occupait une alcôve aux murs garnis de rayonnages. Il y avait une cheminée centrale en pierre et, soigneusement disposés, des tas de vieux lests de pêcheur en verre, de coquillages, d'hélices et de formations de coraux décolorés. Un escalier latéral conduisait au premier étage.

– Rénovée, il y a dix ans, pas touchée depuis, annonça Cobb. C'était ma mère, puis mon ex-femme qui s'en occupaient. – Il s'arrêta, me regarda, leva les sourcils. – N'avez pas un client ?

Je dus paraître saisie.

– Je plaisante. Nous avons eu une offre d'une princesse de la famille royale britannique. Repoussée. Non par sentiment, je vous assure, mais un de mes oncles, Harrison, a acheté cet endroit parce qu'il était persuadé que, selon la légende, la couronne mentionnée dans le Journal – à ce mot il m'adressa un regard de conspirateur – est cachée quelque part par ici. Le vieux grigou avait des millions planqués en lingots, mais lors de ses séjours ici, il habitait dans le petit bungalow que je mets à votre disposition. Il passait son temps à battre l'île. Jamais rien trouvé.

J'emmenai Violet en haut pour lui donner le sein, et fus heureuse de cette interruption. La salle de bains était tellement grande qu'il y avait un fauteuil dans un coin. Une immense baignoire grise faisait face à la mer.

– Pardonnez-moi, mais ça m'est sorti de l'esprit, cria Cobb d'en bas. J'ai eu un message de votre... mari. Votre fils et lui ont eu un contretemps. Ils arrivent demain matin.

Je n'avais aucune raison de me méfier, mais cette voix était celle d'un expert. La situation ne me plaisait pas : moi, seule ici avec Violet, Cobb pour unique contact. Je fermai la porte de la salle de bains à clé et m'assis, me sentant à la fois ridicule et soulagée. Je restai là un moment, puis décidai de faire contre mauvaise fortune bon visage. Cobb mettait la dernière main à un dîner composé de haricots en boîte, riz, pâté, pamplemousse et alcool de coco. Il leva les bras dans un geste d'excuse.

– Ce n'est pas exactement ma spécialité, dit-il. Je vous avais prévenue.

Cinq minutes plus tard, nous étions installés à un bout d'une longue table de verre. Cobb souleva sa fourchette en manière de toast et me sourit de ses dents pointues et serrées. Le changement dans l'atmosphère était presque palpable. Nous en venions aux affaires, aux faits, et lorsque Cobb prit la parole, il n'avait plus la voix traînante du patricien. Ses mots rebondissaient sur la table, sa syntaxe était devenue brutale, simple.

– Il faut être malin, sinon on n'est rien, moins que rien, dit-il.

– Qu'entendez-vous par « malin » ?

– *Malin.* Pas idiot. Vous jouez à la marge, vous prenez vos risques. Si vous êtes malin vous ne perdez pas, en tout cas pas longtemps.

– Et vous êtes malin ?

Cobb aimait parler de lui, c'était évident. Il aimait répondre aux questions le concernant.

– Avec un M majuscule. Et vous aussi – c'est pourquoi je vous ai invitée.

– Je suis désolée, je ne comprends toujours pas.

Je jouais les idiotes ; je faisais semblant d'avoir oublié la couronne.

– Qui est Christophe Colomb pour vous ? Je veux dire, je sais que c'est une tradition de famille... la réclamation des papiers que vos ancêtres ont envoyés à Dartmouth, mais je ne pense pas que vous ayez du temps à perdre avec ce genre de truc.

– Au contraire, répliqua-t-il. Ce « truc », comme vous dites, est en relation directe avec mon actuel... embarras.

Violet s'étant endormie, je la posai à côté de nous dans son siège.

– Mes ancêtres... n'étaient pas malins, poursuivit Cobb. Et vous avez raison. Je me fous de Christophe Colomb, bordel. Mais il a quelque chose qui m'appartient, et j'en ai besoin.

Plus question de civilités. Mal à l'aise, je posai ma fourchette, rapprochai le porte-bébé et cherchai du regard la sortie la plus proche.

– Ce n'est pas à un vieux singe qu'on apprend à faire la grimace, professeur Twostar. Vous n'êtes pas sotte. Combien en voulez-vous ?

Cobb étala du pâté sur un cracker et enfourna le tout dans sa bouche. Même ses manières se relâchaient soudain. Il attendit.

– J'imagine que vous parlez des papiers que j'ai découverts à la bibliothèque, dis-je.

– Les papiers, vous pouvez vous les mettre où je pense. – Cobb se sourit à lui-même et mangea un autre cracker. – Je veux savoir ce qu'ils disent. Vous pouvez les garder, ces foutus papiers. Vendez-les à un collectionneur, faites-vous un petit magot. Achetez-vous une Cadillac. Si vous ne savez pas comment utiliser ce que vous avez, moi j'ai des idées. Alors, faisons un marché.

– Minute papillon. Question numéro un : comment pouvez-vous savoir ce que disent ces papiers, puisque vous ne les avez jamais vus ? Question numéro deux : s'ils sont si importants, pourquoi n'êtes-vous pas venu me voir à Hanover ?

– Je répondrai d'abord à la deux. C'est très simple. J'ai mes raisons de rester pour le moment en dehors du pays. Des raisons personnelles.

– Juridiques ?

Cobb eut un sourire prudent, et leva les bras.

– Revenons à la numéro un : comment je sais ce que disent les papiers ? Les Cobb eux aussi tiennent des journaux. La cave de la banque de Boston en est pleine, qui remontent au XVIIIe siècle. Ce que faisaient leurs auteurs, où ils le faisaient, combien cela coûtait. Des détails, des prix, des époques, des dates. Pas un jour qui ne soit conservé pour la postérité. Tout y est. Comment Samuel Cobb vendit un bateau d'esclaves – dont la moitié était d'ailleurs malade – à un vice-roi de Saint-Domingue. En échange, il reçut deux coffres pleins d'or – le début de la fortune de la famille – plus un journal de bord supposé être de la main de Christophe Colomb, une lettre de deux pages signée de sa main, ainsi qu'un sac de coquilles vides qui, d'après cet Espagnol, seraient les déchets du dîner de Christophe Colomb. Sam a gardé le gros du Journal, mais comme un imbécile, il a envoyé la deuxième page de la lettre, une page du Journal et les vieilles coquilles à son université. Pas malin. Elles ont été perdues, ou gardées en rançon. Jusqu'à ce que vous m'écriviez, je croyais qu'elles avaient bel et bien disparu.

– Et ce Samuel Cobb n'a pas dit ce qu'il y avait dans ces pages ?

Ce marchandage commençait à m'amuser. Cobb bluffait. Il croyait manifestement que les pages révélaient plus que je ne le pensais, et, tant qu'il le pensait, c'était moi qui menais le jeu.

– Comme j'ai dit, pas malin. J'ai fait traduire une photocopie du Journal par une bourrique de Harvard. Ce salaud m'a délesté de dix mille dollars pour oublier ce qu'il avait vu. Il souhaitera, un jour, que j'oublie. Et la lettre : elle commence par des tas de glorifications du Seigneur et juste quand ça devient intéressant, quand il y est dit qu'il ne pouvait pas récupérer la couronne où ils l'avaient cachée, mais recommande au lecteur de suivre ces instructions pour la découvrir, le texte s'arrête. Pour continuer sur la page deux – qui se trouve bêtement dans le New Hampshire. Alors, où ne peut-il pas la récupérer, Mrs Twostar ? Je suis sûr qu'elle est ici, dans cette île.

– Dans le fragment que j'ai trouvé, dis-je, il est fait mention d'une couronne. – Ses yeux froids se fixèrent sur moi. – Et ma page contient de vagues instructions.

Qu'il se pose donc des questions. Cobb connaissait-il la signification des coquilles ? Il ne les avait mentionnées qu'une fois. Je me demandais si Racine avait pu les faire déchiffrer.

– Mais qu'est-ce qui vous fait croire qu'une... couronne soit restée intacte après tant de temps ?

– *Votre* page.

Levant légèrement la tête, comme pour jauger la valeur du pronom possessif et la faire entrer dans ses calculs, il reconnut que la mise devait être révisée à la hausse.

– Si cette couronne avait été découverte, on le saurait. Vous ne l'ignorez pas.

Malgré sa fausse flatterie, Cobb n'avait pas prévu que je pouvais être « maligne », et cette découverte ne lui plaisait qu'à moitié.

Mutuellement bloqués sur nos positions, nous nous dévisageâmes. Finalement, il tourna son attention vers Violet, toujours endormie dans son siège de bébé.

– Elle aura besoin de beaucoup, dit-il. Combien un professeur assistant ramène-t-il de nos jours ? Quarante mille ? Quarante-cinq mille dollars par an ? Ça ne suffira pas. Que faudrait-il à votre avis ?

Le souffle me manqua. C'était la première fois qu'on m'offrait un pot-de-vin.

– Mr Cobb, même si ces pages contiennent ce que vous cherchez, elles appartiennent au collège, ou au pays. Elles font partie de l'histoire, et il n'est pas en mon pouvoir de les garder ou de les donner.

– Comme c'est noble de votre part, fit-il presque amusé. Si vous en étiez convaincue, vous les auriez déjà rendues. – Je restai sans réponse. – D'ici à ce qu'elle aille à l'université, poursuivit Cobb sur un ton plus amène, les frais auront augmenté de, quoi, deux cent mille ? Trois cent mille ?

Il était sérieux. Il était prêt à me donner trois cent mille dollars pour savoir le peu que je savais. Ce qui me surprit presque davantage que la somme, ce fut de me sentir tentée. Ce serait si facile, si indolore, de céder. Ni vu ni connu. Quelle différence cela faisait-il ? Comparé à Violet, je me moquais de Christophe Colomb. Cobb m'observait attentivement ; il me vit vaciller. Il fit alors quelque chose de pas « malin » : il sourit, et son visage prit le masque du marchand retors qui vend à un Indien une couverture contaminée par la petite vérole.

– Elle aura des bourses, dis-je, me reprenant. Elle a hérité l'intelligence de ses parents.

Sa bouche se figea et ses yeux se rétrécirent. Je ne détournai pas le regard.

– N'allez pas trop vite. Prenons un verre. Que puis-je vous préparer ?

– Je fais l'impasse sur l'eau-de-feu, dis-je. Les mères qui allaitent et les marchands de chevaux ne boivent pas. Mais c'est moi qui régale. Prenez une double ration de quelque chose de fort.

Je lui répondis par un sourire forcé. Reprenez vos vingt-quatre dollars de perles et de pacotilles, homme blanc, et bouffez-les. Cette fois je garderai Manhattan.

– Professeur, vous me décevez. – Sa voix était de nouveau tout velours. – Je vous ai surestimée.

– C'est une façon de voir les choses.

Je me levai et sortis sous la véranda, pour essayer d'étouffer ma colère – il me fallait avoir la tête froide – mais la vue qui m'accueillit m'offrit l'occasion d'un changement de sujet. Quelques heures plus tôt à peine, je pataugeais dans la neige et craignais de voir mon vol annulé par une tempête de neige. Boston était noyé dans une atmosphère humide et glacée. Et maintenant : des bougainvilliers en fleur, du sable si fin qui reflétait la lumière. Le vent était un peigne embaumé. Je pourrais vivre ici. Je troquerais bien quelque chose contre cette maison dont il était si pressé de se débarrasser.

Cobb s'approcha de moi.

– Si j'avais épargné un seul dollar à chaque fois que cette vue m'avait comblé, je serais riche, dit-il. Une chaîne de stations estivales m'a offert un paquet pour cette propriété, mais je les ai envoyés sur les roses. Ils gâcheraient tout.

Peut-être n'était-il pas si mauvais, après tout.

– Ce serait merveilleux de garder cet endroit tel quel, acquiesçai-je.

Il me regarda de façon étrange, comme si j'étais bête à bouffer du foin, puis il glapit, s'étouffant de rire :

– Vous n'y êtes pas du tout. Il y a quelque part par ici une couronne qui est ce que l'Europe du XVe siècle avait de plus précieux. Elle vaut bien dix stations balnéaires. Je ne me séparerai pas d'un mètre carré de cette propriété avant de l'avoir trouvée, assurée et placée sur l'estrade de Sotheby.

Je m'étais trompée : il était pire que je ne pensais.

– Dix stations, répétai-je. Ça alors. Et pour la trouver, vous êtes prêt à me payer trois cent mille dollars. Quelle générosité !

Il jeta un regard en coin, puis, d'un ton doux :

– D'accord. Ne m'en voulez pas d'avoir essayé, mais ne soyez pas trop gourmande. Si ce que vous avez est authentique, je partagerai quatre-vingts/vingt. Bruts. J'ai investi ici pendant des années. Bordel – ses traits se durcirent de nouveau –, je pourrais vous traduire en justice. Ces pages appartenaient à mon arrière-arrière-grand-père. Vous n'avez aucun titre. Ou je pourrais vous faire jeter hors de cette île. Le chef de la police est mon obligé.

– Mr Cobb, je viens d'arriver. Sur votre invitation. Et voilà que vous me renvoyez, pages manquantes et tout ?

Il parut réfléchir.

– Où sont-elles ?

Comme son regard glissait vers la porte, je lus sa pensée : mes bagages étaient dans son coffre.

– Disons que j'ai appris par cœur certains passages essentiels, dis-je, regrettant d'avoir apporté les photocopies rangées dans une enveloppe au fond du sac de couches de Violet.

Cobb ne me croyait qu'à moitié, mais qu'est-ce qui lui prouvait le contraire ? Simulant la capitulation, il leva les mains.

– Cet après-midi, les choses ne se sont pas du tout passées comme je l'espérais, admit-il. Vous enseignez quoi à Dartmouth, déjà ?

Je souris, prête à me montrer conciliante. J'imaginais la tête de Roger si je lui annonçais que nous rentrions immédiatement à la maison.

– Il est impossible qu'il ne s'agisse que d'argent, insistai-je. Vous n'avez pas l'air dans le besoin.

D'un geste j'embrassai la maison, les jardins, la vue, mais c'est alors que je remarquai ce qui, au premier abord, m'avait échappé. Les plis des rideaux étaient marqués par la crasse. Il manquait quelques carreaux dans l'entrée. Le sol était taché et n'avait pas été balayé depuis longtemps, le tapis de paille s'effilochait. Des taches d'humidité apparaissaient sur le mur. Faute d'avoir été scotchée, une vitre fêlée vibrait.

– J'ai été lessivé il y a deux ans par le krach d'octobre, avoua Cobb. Et disons que l'argent que j'ai perdu n'était pas uniquement à moi. Depuis j'ai fait de mauvais placements : immobilier à Houston, épargne et emprunts. J'ai acheté trop de yens et pas assez de marks. J'ai vendu mes actions d'armement juste avant le Koweït. Qui aurait pu prévoir tout ce qui est arrivé ?

J'ai toujours été désarmée par l'honnêteté, probablement parce que je viens d'une famille qui ne croit pas à l'euphémisme. Mémé m'a appris à prendre la vie de front et à me préparer au pire. Je n'aimais pas Cobb, mais il m'intéressait.

– Si nous retournions quelque deux cents ans en arrière et que vous m'expliquiez de nouveau comment les Cobb ont été en contact avec le Journal de Christophe Colomb. Je croyais que personne n'avait vu l'original depuis la mort d'Isabelle en 1500.

– 1504, corrigea-t-il. – Il remarqua ma surprise. – Vous découvrirez que je suis assez versé en histoire. Depuis plusieurs générations, c'est une vocation de famille. Mais soit, je vais vous le dire. Je n'en certifie pas l'authenticité, mais c'est une bonne histoire.

Il me ramena à l'intérieur de la maison, où nous nous assîmes face à la mer. Je m'installai dans un fauteuil en rotin, inclinant le menton pour attraper la chaleur du soleil couchant à travers la vitre. Cobb croisa les doigts et commença.

– Pour dater le Journal, les érudits ne disposent que d'une traduction partielle de la copie de l'original. Isabelle avait chargé un scribe d'exécuter cette copie juste après que Christophe Colomb fut rentré de son premier voyage – la version de Barcelone. Perdue depuis. Et l'original a également été perdu.

– J'ai lu quelque part que le document olographe a servi, ainsi que le reste de la bibliothèque de Salamanque, à tapisser les écuries des chevaux de Napoléon, lorsqu'il a envahi l'Espagne.

– Vous allez trop vite, dit Cobb. Il faut bien comprendre quel genre d'homme était Christophe Colomb : un ingénieux opportuniste. Ce n'est même pas lui, vous savez, qui a le premier aperçu la terre – mais une prime, une rente, avait été promise au premier, aussi la réclama-t-il pour lui, en tant que capitaine.

Cobb approuvait manifestement cette prérogative.

– Le premier escroc de l'Amérique coloniale.

– Vous l'avez reconnu, me rappela Cobb, l'argent est rarement le seul but.

– Quels sont les autres ?

– L'autorité. Les profits annexes. Le pouvoir. Notamment celui de changer à sa guise les règles du jeu. La volonté de rester capitaine du bateau.

– Même quand on ne sait pas où on est ?

– Surtout quand on ne sait pas où on est. Plus que jamais.

– D'accord, dis-je. Christophe Colomb tient donc un journal et le rapporte de son premier voyage à la reine.

– Christophe Colomb tenait deux journaux, corrigea Cobb. L'un à l'usage de son équipage, pour le convaincre qu'ils n'étaient pas aussi loin qu'ils le pensaient, de manière à leur enlever l'envie de rentrer. Et une version expurgée pour lui-même et pour le roi et la reine.

– Laquelle avez-vous ?

– Vous voulez dire, quel original ? Je ne sais pas. Et cela n'a pas d'importance.

– Comment, cela n'a pas d'importance ? Seule la seconde version était la bonne.

– Le document en ma possession est le seul qui ait survécu. Ce qui suffit à en faire le bon.

Cobb était foncièrement cynique.

– Selon la tradition, Las Casas plagia des passages entiers de l'exemplaire de Barcelone, probablement emprunté au fils de Christophe Colomb, Diego, poursuivit Cobb. Il l'utilisa pour appuyer sa thèse généreuse sur les droits des Indiens, laissant de côté tout ce qui n'entrait pas dans ses vues. Mais peut-être était-il en possession du bon Journal, et ne le rendit-il pas à la cour. Lorsqu'il en eut fini avec les journaux peut-être les déposa-t-il au monastère franciscain de La Rabida pour les mettre en sûreté... ou les protéger des regards concurrents.

– Je n'ai jamais lu ça, dis-je en fronçant les sourcils.

– Evidemment. Nous sommes actuellement dans l'authentique apocryphe Cobb, qui est fondé sur les traditions orales plutôt décousues des pirates auxquels Samuel Cobb a vendu sa cargaison d'esclaves.

– Je suis perdue.

– Comme les prêtres l'ont perdu. Quelqu'un a eu la brillante idée d'apporter l'original, plus la lettre, en Nouvelle-Espagne – probablement l'un des copains bien-pensants de Las Casas qui voulait y mettre son nez de conquistador. Mais toute l'entreprise missionnaire a alors capoté et ses biens ont été confisqués par le gouverneur d'Hispaniola, dont...

– Le Journal.

– Dont le Journal. Sauf que personne ne savait si c'était ou non le bon. Dans les années qui ont suivi, des tas de faux ordres du roi ont apparemment circulé : le Mexique appartient à José, le Pérou à Juan – ce genre de choses. Le Journal a donc été placé dans une bibliothèque privée de Saint-Domingue avec d'autres papiers de Christophe Colomb qui avaient été confisqués au début des années 1500, et personne n'y a été voir au cours des deux siècles suivants, jusqu'au jour où il y eut trop de canne à sucre.

– Que vient faire la canne à sucre là-dedans ?

– Elle est directement liée aux esclaves. Regardez les gens de cette île. Comment sont venus leurs ancêtres, à votre avis ? Ils sont arrivés d'Afrique, en aller simple, dont beaucoup sur les bateaux Cobb.

– Comment pouvez-vous dire une chose pareille ?

– Professeur Twostar, ça se passait bien avant ma naissance. Qu'y puis-je ? Ce qui est fait est fait. L'histoire, c'est que le chef espagnol avait de légers problèmes de liquidité. Il avait besoin de beaucoup d'esclaves, et, en réponse à ses prières, un bateau est entré dans le port, mais il n'avait pas assez d'or pour acheter sa cargaison. Aussi songea-t-il à un troc et se rappela-t-il le livre mangé aux vers et la légende qui s'y attachait. Il le proposa au vieux Sam Cobb, en complément de la transaction. La chance d'une vie. Une proposition unique, digne de la Bible de Gutenberg. Par chance, Sam était diplômé de l'université de Dartmouth, il avait la tête pleine de livres. Comment pouvait-il refuser ?

– Incroyable.

– C'est ce qu'a dit le père de Sam. Il compara, dit-on, ce marché à l'échange d'une vache contre un haricot magique. Sam ne parvint jamais à convaincre sa famille qu'il n'avait pas été bel et bien roulé, et par un métèque de surcroît. En proie au sarcasme général, il lui vint à l'idée d'expédier deux pages échantillons au recteur de sa vieille université pour authentification. Et pour comble de malchance, Dartmouth prétendit avoir perdu ce maudit document. Pendant deux siècles. S'il est une chose que déteste un Cobb, plus même que d'être lésé, c'est de ne pas être pris au sérieux. La famille enragea de dépit. Enrage toujours. Oh, ils croyaient à la tradition. Ils continuèrent d'envoyer leurs fils faire leurs études à Hanover. Ils voulaient aussi récupérer leur bien. Au cours des ans, ils ont mis, j'en suis sûr, le campus sens dessus dessous. Les Cobb ne renoncent pas facilement, et nous avons apparemment eu raison. Vous êtes ici. Mais dites-moi : comment avez-vous réussi à trouver ces documents, alors que tant de gens ont échoué ?

Je n'allais pas me laisser séduire comme ça.

– Vous oubliez quelque chose, dis-je. Où intervenez-vous ?

– Je vous l'ai dit. J'ai eu des revers de fortune, et comme ce pirate de Saint-Domingue, je me suis demandé : de quoi puis-je disposer qui ait de la valeur ? J'ai été voir dans notre coffre, dans l'espoir de découvrir quelque portefeuille d'actions oublié – AT & T ou Boeing n'auraient pas été mal – et j'ai commencé à feuilleter les vieux papiers. Les journaux étaient pleins de doléances sur les pages manquantes et sur Dartmouth qui n'avait pas répondu à leur dernière lettre. J'ai finalement déniché le vieux livre, enveloppé dans de la soie et rangé dans un coffret d'acajou. Après avoir fait faire une nouvelle traduction, j'en ai conclu que seuls deux bouts de papier m'empêchaient de rétablir ma situation financière. Rectification. Le seul obstacle, apparemment, c'est vous.

Je souhaitai de toutes mes forces que Violet se mette à crier, attire l'attention sur elle, mais la télépathie ne marchait pas : elle dormait tranquillement. Finalement, feignant l'avoir entendue, je la pris. J'avais besoin de réfléchir, de revoir ma stratégie. Cobb voulait seulement une couronne. Moi, je voulais récupérer l'Amérique.

La pierre angulaire de la philosophie de mémé était : n'invente pas, ne complique pas, colle le plus possible aux faits. Mais ne t'embarque pas sans biscuits.

– Autant être franc avec vous, dis-je.

Je lui parlai du bloc de chêne sans marque qui m'avait alertée, de la vengeance de l'étudiant mohawk, de la découverte des pages, mais je passai sous silence les coquilles, et Cobb parut les avoir oubliées. Il écouta avec attention le tableau étrange mais plausible que je fis de moi-même – tableau inspiré, j'en pris conscience, de Roger Williams. Christophe Colomb m'avait été imposé, me plaignis-je, mais, perdue dans des récits de sa vie, plus convaincants les uns que les autres, avec leurs précisions propres, j'en vins à me faire de l'homme une idée personnelle, synthèse de tout ce que j'avais lu. J'en vins aussi à prendre ombrage des opinions divergentes. *Je* savais, moi, ce qu'il fallait savoir. Je m'étais approprié l'homme, je le revendiquais. C'est pourquoi j'avais besoin de tout le Journal, du reste de l'histoire, des pierres manquantes. J'avais chaque jour relu les pages retrouvées. J'en avais ruminé chaque mot, je les avais apprises par cœur, en avais envisagé toutes les significations. Du fait que j'avais fait du Journal mon talisman, mon propre avenir, Cobb ne pouvait en aucun cas m'opposer un refus. Mon obsession à savoir égalait celle de Cobb à posséder.

Tout en parlant, détachée de moi-même, j'entendais mes paroles couler entre nous, et soudain je m'éveillai. Je touchais au but. Mon langage était d'un autre temps, d'un autre lieu. C'était le vocabulaire du colonisateur : découverte, possession. Mais à quel point étais-je différente de cette fabrication ? Le but de Cobb était clair, prévisible, la conclusion logique de l'homme. Mais le mien ou celui de Roger étaient-ils plus purs ?

– Voyez-vous, conclus-je, éludant mes propres pensées, c'est le vrai Christophe Colomb qui est si important pour moi. Si vous avez des preuves, dites-le. Si vous n'avez pas réellement le reste du Journal, cessez de me tourmenter.

Ne sachant plus que penser, Cobb m'observait de tout son être. Etais-je plus bête qu'il ne l'avait cru, ou plus maligne ? Incertains, adversaires ou alliés, nous étions tapis dans nos sièges, nous surveillant l'un l'autre. J'osais à peine bouger.

– Le reste du Journal, dis-je d'un ton enjôleur. Il est ici. Avouez-le.

Le regard perdu au loin, Cobb aspira. Puis il prit la parole, sur un ton presque irrité, où perçait la même convoitise que j'avais surprise chez moi, le même besoin désespéré d'arriver à ses fins.

– Si vous avez ce que je crois, alors nous avons toute la foutue histoire.

Les papiers que Cobb plaça devant moi sur la table du bureau étaient aussi fragiles et desséchés que des feuilles après un hiver sous la neige, suivi d'un printemps sur le sol des bois – brunis, mangés, piqués, les bords roussis. Mais, durant ces derniers mois, j'avais passé tant de temps à suivre chaque courbe et chaque volute, chaque point et chaque rature de l'écriture si particulière de Christophe

Colomb que je reconnus tout de suite les larges boucles, les majuscules arrogantes et harmonieuses, la précision et la régularité de l'écriture.

Quel bonheur que des religieuses mexicaines aient enseigné l'espagnol ancien à mémé, et qu'elle me l'ait à son tour appris! Bien qu'avec beaucoup de difficulté, je pouvais le lire.

Tournant le dos à Cobb, je fouillai au fond du sac de couches et sortis deux feuilles de l'enveloppe : la copie de la page du Journal, et la traduction de mémé – la liste des cadeaux. Cobb les prit dans ses mains, et les regarda en fronçant les sourcils. Ce n'était que la moitié de ce qu'il espérait, mais c'était un début, une preuve que les mots existaient et qu'ils n'étaient pas uniquement dans ma mémoire. Il haussa les épaules et me fit signe que je pouvais examiner ce qu'il m'offrait en échange.

Il tira une chaise et attendit ma réaction. Il avait sorti ses notes à lui, et je reconnus dans son écriture certaines des bizarreries de celle de Christophe Colomb. *Nous en venons à ressembler à ceux que nous aimons,* disait Bernard de Clairvaux. Peut-être nous mettons-nous aussi à ressembler à ce que nous convoitons. Dans ce cas, dans cette minuscule pièce climatisée aux placards remplis de produits chimiques et aux étagères chargées d'informations sur la conservation du papier, j'avais devant moi l'homme vivant qui ressemblait le plus à Christophe Colomb. Comme l'avait été l'Amiral, Henry Cobb était autoritaire. Ses taches de rousseur décolorées par l'âge, ses bras puissants aux veines saillantes, ses jambes minces et raides, les sillons qui lui descendaient des ailes du nez à la mâchoire, le grand nez busqué, le menton et le front, tout chez lui me rappelait une rêverie familière. Son visage ressemblait au portrait de Christophe Colomb par Sebastiano Del Piombo – le regard voilé bien que direct, la bouche aux lèvres minces et le menton légèrement affaissé. Aucun portrait réalisé du vivant de Christophe Colomb n'avait survécu. Chaque biographe avait une prédilection pour le portrait correspondant le mieux au fruit de son imagination. Pour moi, le Piombo était le meilleur fac-similé.

Et maintenant, devant le texte ancien, j'avais la certitude d'avoir affaire aux propres mots de Christophe Colomb, à sa propre rédaction, écrite à chaud, alors que tout était encore clair dans son esprit.

Satisfait, Cobb enleva le livre de la table, le rangea soigneusement dans un coffret qu'il enferma dans un coffre-fort mural. Il posa ensuite devant moi une traduction tapée à la machine.

– Prenez votre temps, dit-il. Je vais courir au club pour faxer votre page à Boston. Vous ne tiendrez pas pour une injure que je fasse faire ma propre traduction. Elle a été payée d'avance, et bien payée.

Contente de le voir partir, j'approuvai de la tête. J'embrassai des yeux les mots qui s'étalaient devant moi.

Comme il pleuvait et que le ciel était nuageux, lus-je, *nous ne quittâmes pas l'île mais restâmes dans ce port et nous enfonçâmes vers le nord-est en quête d'un autre village, mais nous ne trouvâmes que des maisons désertées. Sur un étroit sentier nous vîmes un vieillard trop faible pour courir et j'envoyai un homme se saisir de lui et ordonnai qu'on lui donnât un morceau de tissu, quelques perles et des clochettes de faucon en cuivre, que je lui accrochai autour des oreilles pour qu'il se calmât et fût content. Nous ne trouvâmes pas les grandes villes que promettait cette terre glorieuse, mais dans une maison nous tombâmes sur un pain de cire, qui était si doré et pur au toucher que nous pouvions presque voir au travers. Je le pris pour le donner aux Souverains, car là où il y a de la cire, il devrait y avoir mille autres bonnes choses.*

Je comparai ce que je lisais aux récits provenant d'autres sources dont je me souvenais. Le 29 novembre, Christophe Colomb avait été retenu à Cuba, dans un port maintenant appelé Barocoa. Les vents étaient défavorables, et il ne mit pas les voiles avant quatre jours, durant lesquels il explora d'autres maisons vides, effraya quatre hommes qui creusaient dans leurs jardins, trouva une pirogue creusée dans un seul tronc d'arbre, et pouvant contenir cent cinquante personnes. À l'entrée de ce port, Christophe Colomb et ses hommes dressèrent une grande croix.

Dans cette version du Journal, tout y était. Tout coïncidait si parfaitement que les deux phrases suivantes me foudroyèrent. La première faisait allusion au trésor : *Je m'agenouillai avec la Couronne et me vouai une nouvelle fois, Très Sérénissime Princesse, à la découverte de l'or qui financerait la mission de l'Espagne.*

Je savais de quelle mission parlait Christophe Colomb – la croisade qu'envisageait la moitié du monde chrétien pour reconquérir Jérusalem – mais cette histoire de couronne n'était pas mentionnée par Las Casas : nulle part, dans aucune biographie, ni aucune lettre, il n'était question de couronne. Uniquement dans mes pages.

Je poursuivis ma lecture. Le 3 décembre, les vents étant toujours contraires, Christophe Colomb et quelques hommes armés décidèrent d'explorer l'embouchure d'un fleuve profond qui, dit-il – nouvelle exagération – pouvait contenir autant de bateaux qu'il y en avait dans toute l'Espagne. Remontant le long du fleuve, il rencontra des Indiens, distribua le lot habituel de perles de pacotille et s'installa dans sa chaloupe tandis que quelques hommes gravissaient une colline pour examiner ce qu'ils croyaient être une grande ruche. Christophe Colomb attendait pendant ce temps d'avoir réuni un auditoire suffisant.

Ils commencèrent à se rassembler, et se répartirent en groupes autour des chaloupes où j'avais recommandé à mes hommes de rester. S'enfonçant jusqu'à la taille dans l'eau du fleuve, l'un d'entre eux s'approcha de la poupe de la chaloupe et se mit à parler dans leur langue que je ne comprenais pas. De temps à autre la foule tendait les mains en l'air et faisait entendre un grand bruit, ce qui me fit croire qu'ils étaient contents de me voir. Mais je vis alors le visage de l'Indien qui était avec nous dans le bateau devenir jaune comme cire, et il semblait être vraiment malade. Il tremblait et nous disait par signes que nous devions partir parce que ceux qui étaient sur le rivage se préparaient à nous tuer. Soit pour sa propre préservation ou la nôtre, je ne saurais le dire, mais cet Indien s'approcha d'un de nos hommes, qui portait une arbalète, et la montra aux autres sur le rivage. Sans doute les avisa-t-il de son pouvoir, les prévenant qu'elle pouvait tuer d'une grande distance, puis il tira une épée du fourreau de l'un de nos hommes, la brandit et prononça quelques mots relatifs à son pouvoir de mort, en tout cas c'est ce que j'en conclus en voyant toute l'assemblée s'évanouir comme fumée et il ne resta là plus personne. L'Indien qui était avec nous s'écroula alors au fond du bateau et refusa d'en bouger, mais je décidai de suivre ceux qui avaient disparu.

Christophe Colomb devait être fou. Il suivit un groupe d'hommes qui se peignaient entièrement en rouge en guise de vêtements, s'enduisaient les cheveux de boue et les décoraient de panaches et de plumes légères. Ici, le traducteur anonyme de Cobb signalait que l'écriture était si hachée et estompée que certains mots du texte lui avaient échappé. Las Casas avait reproduit la scène, aussi savais-je que Christophe Colomb avait troqué les javelots effilés des Indiens qu'il suivait contre des morceaux d'écaille de tortue grands comme l'ongle.

Ils donnent tout de suite ce qu'ils possèdent en échange de n'importe quoi, sans jamais dire que c'est trop peu; et je pense qu'ils feraient de même avec des épices et de l'or s'ils en avaient.

L'Amiral était résolument optimiste. Selon ses propres termes, il avait jusque-là trouvé « mille choses bonnes », mais il n'avait pas trouvé trace de la seule bonne chose, remède à sa fièvre, clé de Jérusalem, gage de sa renommée. Il n'avait pas trouvé d'or.

Je passai à une autre page. Le jour de la Saint-Nicolas, Christophe Colomb pénétra dans un port qui surpassait tous les autres en beauté. Comme un homme que son langage commence à trahir, ses descriptions étaient redondantes et outrancières. Cramponné à ses cartes imaginaires, il s'obstinait à y faire entrer tout ce qu'il voyait. Mais il commençait à se douter que ce qui s'ouvrait devant lui n'était pas Cipango.

Leur roi de vingt et un ans seulement reçut mes présents avec une courtoisie solennelle et délibéra dans cette langue avec ses conseillers, qui lui transmirent notre intention de découvrir la route de l'île de Baneque, où il y avait beaucoup d'or. Le jeune roi, dans leur langue de cacique, montra la route à mon intendant et confirma qu'il y avait beaucoup d'or sur l'île. Il fit savoir à mes hommes qu'il nous donnerait tout ce qu'il pourrait nous donner provenant de son île. Ce roi et tous les autres autour de lui, même les femmes, allaient aussi nus que dans le ventre de leurs mères, sans la moindre trace de honte, et nous vîmes que c'étaient les gens les plus beaux que nous ayons rencontrés sur ces îles, et qu'ils étaient très blancs. S'ils portaient des vêtements et se protégeaient du soleil, je suis persuadé qu'ils seraient aussi blancs que n'importe qui en Espagne.

Et il y avait là une deuxième variation importante par rapport à toutes les versions existantes du Journal, et exactement ce que j'avais espéré trouver. *C'est manifestement un roi,* avait écrit Christophe Colomb, *un souverain au même titre que celui de France ou du Portugal, Seigneur de ses possessions.*

Hourra ! Je fermai les yeux, bénis le franc-parler de Christophe Colomb. En une seule phrase il avait par extension reconnu toutes les tribus et nations indigènes. Attendez que je porte cette affaire devant la Cour suprême. Le premier chroniqueur européen, représentant officiel des souverains d'Espagne, avait reconnu de sa main que les peuples indigènes avaient pleinement le droit de gouverner leur propre territoire – et, dans toutes les revendications territoriales indigènes, ainsi que dans l'affaire du rapatriement de Long Island à Hawaii, c'était l'élément manquant.

Penchée dans le fauteuil du capitaine, presque immobile et respirant à peine, je lisais depuis une heure. Lorsque Cobb revint, un justificatif de fax à la main, je levai la tête en sursautant. J'avais le cou raide et la tête me tournait.

Cobb m'observait de son regard attentif.

– Je vais me coucher, dit-il.

J'acquiesçai vaguement et me penchai de nouveau vers le manuscrit. Cobb couvrit de sa main la page dactylographiée.

– Vous êtes exténuée. – Il avait la voix presque douce. – Ce texte a attendu assez longtemps. Il sera encore là demain matin, comme la vue.

– Je ne sais pas. Vous pourriez changer d'avis. Vous sauver avec le truc.

– Ou vous, avec le trésor.

Je dus froncer les sourcils, loucher, faire quelque geste négatif, car Cobb rit. C'était un bruit discordant, métallique et perçant.

– Allons. Jouons cartes sur table. L'un et l'autre. Trêve de timidité.

Je secouai la tête pour en chasser les brumes. J'étais toujours sous l'emprise du Journal que j'avais si souvent lu, sans jamais être sûre d'entendre la voix originale de l'Amiral. Agacée par Cobb, je montrai le fax du doigt.

– Vous savez ce que dit mon passage du manuscrit. Vous l'avez devant les yeux. Alors qui est timide ? Que voulez-vous encore de moi ?

– C'est une page, dit Cobb. Vous en avez une autre. Mon traducteur du Massachusetts attend. – Son visage était d'une gravité mortelle. – J'ai horreur de la comédie. Dois-je croire que la fin de la lettre ne contient rien qui m'intéresse ?

– À votre guise.

Tant qu'il ne me prouvait pas que mon as était un deux, c'était moi qui menais le jeu.

De nouveau, nous nous confrontâmes, prêts à attaquer. Fatiguée, je m'enfonçai dans mon siège et m'appuyai sur les accoudoirs.

– Je ne sais pas de quel jeu il s'agit, mais les règles sont faussées. Vous m'avez fait venir ici, vous m'avez mise en appétit, vous m'avez démontré l'authenticité du document que vous avez, et vous m'en refusez le libre accès. Ne m'accusez pas d'être timide. Le trésor, c'est le manuscrit, et il ne vous en manque aucune page.

– Vous me décevez.

– Quoi ? Vous prenez vraiment au sérieux cette histoire de couronne ? Chaque mot de ce Journal est hyperbolique.

Il rit :

– Le Journal est la cerise sur le gâteau. Lorsque j'aurai trouvé la couronne, le livre atterrira aussi sur l'estrade, page par page, peut-être mot par mot s'il y a suffisamment de riches collectionneurs. Sans parler des nombreuses sociétés allemandes, japonaises, peut-être même américaines, qui paieraient pour avoir un souvenir du Journal de bord dans le coffre de leur siège social. Qui verra jamais *Le Moulin de la Galette* de Renoir ? Où est la différence ?

Je fermai les yeux. C'était une des idées les plus aberrantes que j'aie jamais entendues. Dépecer le Journal. En rompre l'unité. En perdre définitivement le propos. Je devais empêcher ça.

– Vous n'avez pas le droit. Cela fait partie du patrimoine de l'humanité.

– En matière de meubles, possession vaut titre. Et vous êtes sournoise, volontairement obtuse. Regardez la page que vous apportez. Ici. – Il montra un mot sur la copie de l'original que je lui avais donnée. – *Couronne.*

– Oui, *Couronne,* avec un *C* majuscule. Cela se rapporte probablement à Isabelle.

– Je vous en prie. Ne me faites pas insulte.

– Même s'il y a eu une véritable couronne, c'était alors. Vous voulez des informations précises.

À mes propres oreilles ma voix me semblait naïve, geignarde, et peu convaincante. Je pensai très fort. Autrefois, j'étais toujours la dernière à me représenter ce qui se passait devant mes yeux, celle qui interprétait de travers ou refusait l'évidence. Cette fois, ce n'était pas le cas. J'étais différente. Je me tenais coite.

– Je vous ai offert quatre-vingts/vingt, dit Cobb. Bruts.

Il voulait me baiser, ça ne faisait pas de doute, mais je lui damerais le pion.

– D'accord. Vous avez gagné. La deuxième page de la lettre peut conduire à la couronne – je ne peux pas le dire sans voir l'ensemble du document. Mais elle vous appartient – en échange de cela, *intact.*

Je montrai le cadran de son coffre-fort.

Il me considéra et perdit son expression impassible. Je vis le soulagement, l'avidité, la fièvre. Même s'il l'ignorait encore, je le tenais. Je pouvais remplacer la page manquante par n'importe quoi, lui monter n'importe quel bateau, et le temps qu'il s'en aperçoive, je serais déjà loin. Et si cela ne marchait pas, j'avais encore les coquilles en réserve. Il les trouverait irrésistibles.

Avec prudence, méfiance, nous échangeâmes nos offrandes : il me rendit ma copie de l'unique page et moi le manuscrit dactylographié de tout le reste. Je pris Violet, encore K-O après son voyage, et Cobb me conduisit par un étroit sentier fait de marches de ciment jusqu'à un petit bungalow sur la plage, équipé d'un vrai berceau et d'un lit qui m'apparut le paradis sur terre.

C'était un de ces plongeons dans le sommeil qui régénèrent complètement. Quatre heures plus tard, je me retrouvai presque surnaturellement éveillée, et expérimentai ce que mon professeur de philosophie appelait une réaction « Ha ha ! ». Dans une sorte d'étrange et tournoyante lumière noire, comme si j'en avais rêvé les parties manquantes et qu'elles s'assemblaient maintenant devant moi, gravées dans le souffle d'air dense et obscur qui s'engouffrait par ma fenêtre, je voyais l'histoire se composer, prendre sens, s'ordonner à partir de la couronne, bien sûr. Là était la clé. L'histoire était liée à Guacanagari, le chef indigène qui avait traité avec Christophe Colomb. Il avait pénétré dans mon inconscient.

Des nuages dorés descendaient, embrasés, dans le ciel, et j'avais conscience d'une mission : d'avoir quelque chose à faire, quelque chose à dire. Un instant, tout s'éclaira, puis la vision s'estompa, s'évanouit, disparut. Et la rumeur de l'océan dont les vagues taraudaient la plage reprit possession du monde.

12

Vivian

C'était l'eau et le feu, Roger et son contraire. Au premier regard échangé, Roger vit confirmés tous les soupçons qu'il nourrissait à l'encontre de Cobb, et celui-ci, se sentant jugé, réagit de façon également antagonique. L'antipathie fut immédiate, réciproque et si forte que je craignis de voir Roger gâcher par mégarde ma stratégie. Chacun tendit la main à contrecœur et serra celle de l'autre un peu trop longtemps, un peu trop fort. Agacé par la durée de leur étreinte, Nash roula des yeux pour montrer qu'il était au-dessus de rivalités aussi débiles.

– Bon, salut, dit-il à Cobb, qui ne l'avait même pas regardé. Content aussi de faire votre connaissance.

Renonçant à la lutte, Roger et Cobb lâchèrent prise, et lorsque Cobb se tourna vers Nash, je signifiai à Roger d'un mouvement des lèvres :

– Sois gentil.

Les coins de sa bouche s'abaissèrent et il avança le menton.

– C'est donc votre fils, me dit Cobb, tout hypocrisie. L'autre personne à charge. – Il sourit à Roger. – À moins que votre ami soit aussi du nombre ?

– Allons. – Je pris la main de Roger, qui se crispa de fureur. – Tu vas adorer la maison des invités.

– Une seconde.

Le visage de Roger se ferma.

– Oh, je plaisante. Ne vous vexez pas. – Cobb balaya son affront d'un geste de la main. – J'en sais un bout sur vous, professeur Williams – abandon de l'affaire familiale, poète rentier, tout un tas de petites expériences qui ont découragé votre père et votre frère. Je suis, bien sûr, assez lié avec Bart. J'ai fait pas mal d'affaires avec lui, au cours de ces dernières années. Pardonnez-moi si je vous ai blessé.

– Roger, regarde.

Embrassant d'un mouvement du bras la magnifique vue, j'entraînai Roger dans le sentier, afin de l'arracher aux sarcasmes de Cobb. Les palmiers bruissaient dans la brise légère et un minuscule lézard zébra le bronze desséché du sous-bois.

– C'est le paradis, Roger. *Ne le gâche pas,* dis-je en soulignant les mots.

Il descendit le sentier avec moi, mais il avait les muscles de la mâchoire contractés et le visage empourpré par la colère. Même Nash, qui nous suivait, eut la finesse de s'abstenir de tout commentaire ; il bifurqua vers la plage.

Une fois dans la maison, Roger s'accroupit à côté du petit réfrigérateur et s'empressa d'y transférer le contenu de son sac argenté. Lorsqu'il eut fini, il s'essuya les mains et se piqua avec raideur à côté de moi sur l'étroit canapé.

– Alors, dit-il. De quoi dispose ce vieux couillon et qu'en veut-il ?

De la part de Roger, voilà qui était étonnamment direct, cynique et bien visé. Sa perspicacité changeait tout : pour faire croire à Cobb que son offre m'intéressait, il me faudrait écarter Roger. L'inimitié déclarée n'avait pas sa place ici ; je devrais les tenir à distance l'un de l'autre. J'éloignerais Roger, au besoin je lui mentirais. Il n'approuverait pas les démarches que je m'apprêtais à faire, mais je ne voulais pas discuter. Il me pardonnerait.

– Ne sois pas si méfiant. – Je lui ébouriffai les cheveux et rajustai son col. – Le style Cobb, on connaît, il n'est pas si mauvais que ça. – Du bout des doigts je pétris ses épaules raides. – Il est comme tout le monde, il a son programme.

– Tu ne sais pas à qui tu as affaire, Vivian.

Comme je lui malaxais plus énergiquement le cuir chevelu, il bondit, se gratta la tête.

– Ne te fâche pas. Si je ne peux même pas te mettre en garde contre...

– Tout est en vitrine. Je n'ai pas besoin de ta condescendante protection, merci beaucoup.

Il se pencha en arrière d'un air las et me regarda.

– Tu sais bien que si.

– Cobb a l'ensemble du Journal, dis-je, ignorant sa remarque.

Je suis sûre que c'est l'original. Absolument sûre, Roger. Je l'ai eu entre les mains. Regarde. Tu n'as encore jamais vu ça.

Je lui tendis un bout de papier sur lequel j'avais écrit la phrase de la traduction de Cobb qui m'avait le plus frappée. « *Je m'agenouillai avec la Couronne et me vouai une nouvelle fois, Très Sérénissime Princesse, à la découverte de l'or qui financerait la mission de l'Espagne.* »

Tandis qu'il lisait, je m'approchai du berceau et me mis à bercer Violet, qui geignait. Comme je la secouai un peu trop fort, elle ouvrit les yeux, étonnée.

– Suis-je censé croire à tout ça ? Une vraie couronne, peut-être ? demanda Roger d'un ton caustique de pédagogue. Vivian, si tant est que ce charlatan n'a pas tout simplement fabriqué cette phrase, tu sais parfaitement que chaque section du rosaire était appelée couronne. Il est clair qu'il récite une dizaine de chapelet. Tout simplement. Il le faisait souvent, tu sais.

Je laissai tomber. Peut-être Roger avait-il raison. Il y avait trop d'allusions, trop de circonstances où il était question de couronne. Mais d'un autre côté, pourquoi Las Casas aurait-il si scrupuleusement retranché toute mention du rosaire ? De toute façon, peu m'importait. L'important, c'était que Cobb y croyait et s'en trouvait vulnérable. Ce que moi je voulais – le Journal lui-même – était à portée de main. Je berçai Violet plus doucement, laissai Roger explorer le minuscule bungalow, et sortis pour me remettre les idées en place. La mer au moins, transparente et vert doré, tenait ses promesses. Elle avait apaisé mon fils, qui, de l'eau jusqu'à la taille, accompagnait chaque gonflement de la houle soyeuse.

L'obscurité était veloutée et pleine de bruits. La nuit nous avait rapidement enveloppés, nous jetant si brusquement les uns sur les autres que Nash avait accepté l'invitation de Cobb à dormir dans une de ses chambres d'invités. Il préférait, disait-il, avoir la paix, mais j'espérais qu'il ne profiterait pas de cette offre pour fouiner dans la maison de Cobb. Depuis Hanover, il n'avait plus reparlé de cette idée, et j'espérais qu'il saurait maîtriser son intérêt pour Christophe Colomb. Un excès de curiosité et Nash se retrouverait à dormir sur la plage.

Roger était exténué – il avait passé la plus grande partie de la nuit assis dans le bateau – et je dormis profondément jusqu'au premier petit cri de Violet. Avant qu'elle ne fît sauter Roger au plafond, je me glissai hors du lit et revins, quelques instants après, Violet blottie contre ma poitrine. Une fois rassasiée, elle se rendormit, et je restai éveillée, consciente du moindre de ses mouvements. Son corps petit et merveilleux était un réconfort, la concentration de nos potentiels génétiques. Mais elle était surtout elle-même, virtualité inconnue au-delà de cette énigme opiniâtre, de ce poids calme et exquis. Je sentis une piqûre, me frottai le cou au moment précis où Roger frappait l'air.

– Pardon, murmura-t-il. J'ai été *piqué*.

– Moi aussi.

– Les tropiques.

Soudain adouci, il se tourna vers moi en s'éclaircissant la gorge. Sa main rencontra Violet.

– Occupé.

Il se retourna avec un grognement. Je le voyais dans la lumière argentée, silhouette zébrée examinant une situation peu orthodoxe.

– Encore un ! fit-il agacé, en se grattant la cheville.

Il se mit tout à coup à fourrager dans son sac, posé à côté du lit. J'entendis la pompe d'un atomiseur, sentis une puissante et irritante odeur de plantes.

– Ne te gêne pas. Je laisse la bouteille à côté du lit.

– Quelle ignoble odeur !

– C'est trop gentil à toi, Vivian, de le dire maintenant que j'en suis couvert. – Il resta un long moment silencieux, avant de poursuivre. – Le vent est tombé, complètement tombé. C'est maintenant que les insectes sortent. Je n'ai aucunement l'intention de me réveiller demain matin couvert de piqûres, après avoir servi de festin à la faune locale.

– Dors.

Je sentis quelque chose sur mon bras. Des pattes minuscules ? Peut-être n'était-ce que fabulation, mais je m'inquiétais pour Violet, petite, succulente et sans défense. Devrais-je la recouvrir de produits toxiques pour prévenir la malaria ? La malaria sévissait-elle par ici ? Ce n'était pas l'heure de se poser la question.

– Je me demande dans combien de temps apparaîtra cette foutue aube aux doigts de rose, murmura Roger. – Il appuya sur le bouton d'éclairage de sa montre. – 1 h 30 ! Nous avons à peine dormi plus de deux heures.

Il se tut un certain temps, mais restait agité, tout en reproches. J'essayai de lui changer les idées.

– La lune vient de se lever. Regarde.

Par la fenêtre, on voyait le ciel, émanation de l'océan. La lumière étincelait comme de l'argenterie ancienne.

– « *Mais, comme emprisonnés dans notre île, nous...* », déclama le spécialiste de John Donne qui avait un vers adapté à chaque circonstance.

– Veux-tu parler ?

– Pourquoi pas ?

– Ne te crois pas obligé, Roger. Cela pourrait nous distraire de – ces trucs...

– Les mouches. Seigneur. L'insecticide ne fait pas d'effet.

Il y avait dans la voix de Roger une pointe d'hystérie. Un Américain trahi par le produit auquel il faisait confiance.

– Je sais que tu ne prends pas au sérieux cette histoire de couronne, mais j'ai besoin de ton opinion.

– Sur l'homme ? Cobb est dangereux... pas idiot.

Roger abandonnait la partie.

– Ecoute simplement, d'accord ?

J'attendais qu'il acquiesce, mais j'entendis sa respiration s'affirmer et sentis son corps se détendre à côté de moi. N'osant pas déranger Violet, ni réveiller Roger, je la gardai avec moi. J'avais besoin de réfléchir, d'examiner avec plus d'objectivité le tourbillon de mes idées. Aussi laissai-je images, coïncidences et idées envahir l'obscurité.

Nous disposions d'un puzzle composé de trois éléments : la lettre, les coquilles, le Journal original. Chacun contenait des indices pour comprendre les deux autres. Ils constituaient une espèce de tout, mais je ne savais pas comment ils s'imbriquaient.

Je commençai par le Journal. Lorsqu'il avait transcrit la copie de Barcelone, Las Casas avait omis toute référence à la couronne, ce qui laissait penser que l'objet lui-même était quelque peu controversé. Mais de quoi s'agissait-il ? Plusieurs possibilités s'offraient à moi : un, c'était la couronne d'Isabelle, provenant de Castille. Peut-être la version, longtemps considérée comme pure invention par les érudits, selon laquelle elle aurait mis ses bijoux en gage pour financer le premier voyage de Christophe Colomb, était-elle fondée, après tout. Sauf que cette couronne n'était pas engagée – elle était arrivée jusque-là. Bon, deuxième trouvaille : l'histoire de cette couronne ne sentait pas très bon. Volée, peut-être, lors du sac de Grenade. Peut-être n'était-ce pas elle qui l'avait envoyée. Mais pourquoi l'avait-elle été ? Ce qui conduisait à la troisième idée : c'était une couronne d'apparat, présent d'ambassade confié à Christophe Colomb. Selon une rumeur médiévale, le prêtre Jean, roi chrétien plein de fric, rôdaillait quelque part dans le sud de l'Europe, loin des sentiers battus. Au cas où il arriverait, peut-être la couronne devait-elle avoir une part dans un échange avantageux.

Ou bien devait-elle être donnée en tribut au Grand Khan.

Ou bien...

La lettre. Et les huîtres. Christophe Colomb avait soupé avec le cacique Guacanagari, cela je le savais. Disons qu'à la fin du repas les coquilles vides encombraient son assiette. Il mentionnait dans sa lettre les signes étranges visibles dans la nacre. Lorsque Racine arriverait, deux jours plus tard, je saurais si oui ou non ces entailles mystérieuses avaient un sens ; et s'il y avait une traduction possible, là serait peut-être la clé de l'énigme, le lien entre le Journal et la couronne. J'en sentais de manière presque palpable la logique, aussi inventai-je une histoire plausible – le truc magique de mémé, la fameuse tradition orale. Créer un pont entre des faits qui d'une façon ou d'une autre doivent être liés. La nuit devient le jour, jour après jour : expliquez ce phénomène en vingt-cinq mots au plus.

Bon, quelle nouvelle information avais-je obtenue du trésor de Cobb ? Une scène, en particulier, ressortait, et Henry avait tout fait pour que je la remarque. La Navidad. Nuit de Noël 1492. La *Santa Maria* est échouée et démembrée sur la côte d'Hispaniola. Christophe Colomb compte sur le cacique local pour décharger les bateaux, l'héberger, le réconforter, et protéger ensuite les trente-neuf hommes qu'il est obligé d'abandonner – parce qu'il n'y a pas de place pour eux sur la *Niña* qui est une petite caravelle, et que Pinzon a déserté avec le troisième navire.

Pas de gâchis, pas de manque. Christophe Colomb décide de construire un fort avec les restes de la *Santa Maria.* Il fait tirer quelques coups de canon pour effrayer les indigènes et donne à Guacanagari une paire de gants et d'autres présents – je le savais grâce à la page que j'avais trouvée. Ce n'est pas tout. Restait l'information, révélée nulle part ailleurs : Christophe Colomb donna au cacique quelque chose de beaucoup plus précieux, quelque chose destiné à lui assurer soumission et loyauté. Dans mon imagination nocturne je voyais Guacanagari examiner une couronne – la dernière mode de Paris.

Que se passa-t-il ensuite ? Il me fallait inventer cet épisode, mais certaines scènes semblent parfois si vraies, si adaptées aux circonstances qu'elles se parent des couleurs de la vérité. C'était le cas. Je pouvais presque la voir se dérouler devant mes yeux.

Lorsqu'un an plus tard, lors de son second voyage, Christophe Colomb revint dans l'île, les couronnes faisaient peut-être fureur. Chacun en avait une, faite de feuilles de palmier ou de coquillages. Toujours pas d'or. Mais ce n'est pas le pire. Tous les hommes qu'il avait laissés sont morts – bien qu'il y ait maintenant plus d'un bébé café au lait. La couronne originale a également disparu. La langue était une barrière – Christophe Colomb n'avait pas la preuve de ce qui s'était passé, mais ses soupçons suffirent à détruire en lui une certaine foi et un certain idéalisme.

Selon la lettre, un des marins avait réussi à laisser un dernier message pour Christophe Colomb, et Guacanagari – sciemment ou non – le transmit. Il s'agissait, je l'espérais, d'indications gravées sur des coquilles d'huître. Les indications pour retrouver la couronne.

Alors quoi ?

Violet se réveilla et se mit à crier.

Le soleil entrait par les immenses portes vitrées. À côté de moi sur le lit, impatient et nerveux, Roger attendait que mes yeux s'ouvrent. Il avait réfléchi lui aussi.

– Donne-moi une minute, dis-je.

J'étais sonnée. J'avais mal à la tête.

– Je suis inquiet, Vivian. Cela ne peut pas attendre.

– Je t'en supplie. Caféine avant tout.

– *J'ai* écouté, moi.

Je lui lançai un regard que j'espérais foudroyant, puis m'enfouis sous les oreillers. De son berceau, Violet, alertée par nos voix, laissa échapper un hurlement. Je ne me rappelais pas l'y avoir transportée, mais j'avais dû le faire après sa dernière tétée, celle de 4 heures.

– Je t'entends, lui criai-je. On se calme.

Vexé de se voir ignoré au profit de Violet, Roger commença à s'affairer ; il défit sa valise, sortit son maillot de bain et ses lotions solaires, ainsi que tout le saint-frusquin qu'il avait si scrupuleusement apporté.

– Je vais à la plage, annonça-t-il enfin d'une voix pleine de reproches. À mon retour, j'espère que tu me feras la grâce de m'écouter jusqu'au bout.

Il s'en alla d'un pas pesant et je m'habillai prestement pour m'occuper de Violet. Puis je m'assis sous la véranda et bus ma première tasse de thé, pendant qu'il était encore chaud.

– Le paradis, fis-je à l'adresse de Violet. Voilà ce que c'est.

J'avais les chevilles dévorées et mon dos me démangeait à des endroits inaccessibles, mais la vue de la mer, ce matin-là, me fit oublier mes petites misères. Les vagues irisées se chevauchaient en bandes lilas qui viraient au platine lorsqu'elles captaient le soleil en arcs étincelants. À côté de la maison, peignes végétaux, les branches des palmiers crissaient et s'effilaient les unes contre les autres. Un énorme oiseau-mouche noir vrombissait à l'entrée d'une fleur exotique.

– Hibiscus, dit derrière moi Henry Cobb, qui suivait manifestement la direction de mon regard.

Je lui offris le café que j'avais préparé pour Roger. Il l'accepta, s'assit à côté de moi, posant sa tasse sur un de ses genoux osseux.

– Alors ? Quelles conclusions ? demanda-t-il. Vous avez eu un jour et deux nuits pour réfléchir. Je vous ai laissée tranquille.

– Ce n'est pas simple, dis-je avec un haussement d'épaules.

Il attendit.

Je regardai Roger, qui nageait à une dizaine de mètres du rivage, ses bras effectuant avant de plonger des demi-cercles réguliers. J'espérais que l'eau salée serait pour ses boursouflures un baume provisoire – la puante mixture de plantes, maintenant épuisée, avait été pour les insectes locaux un parfum exquis.

– J'espère que Nash ne vous a pas gêné.

– Je ne l'ai pratiquement pas vu. Je l'ai entendu rôder en pleine nuit dans la maison, mais il n'a rien dérangé. Il avait probablement du mal à s'endormir dans un lieu inconnu. Il est parti tôt ce matin avec Elvis Greer. Pour faire de l'exploration sous-marine, je crois.

Nash Twostar, détective privé. Et merci d'avoir demandé la permission pour la plongée. Je pouvais maintenant m'inquiéter toute la journée.

Sa baignade terminée, Roger traversa la plage en se grattant les épaules d'un air chagrin. Le ciel était couvert et les vagues charriaient du sable. L'une d'elles, plus grosse que les autres, s'avança plus avant sur la plage.

Roger gravit les marches de ciment, nous dévisagea, puis se posa sur un siège de rebut en plastique rouge. Il avait les cheveux lissés en arrière et la peau du visage rougeoyante. Son peignoir, de fin coton soyeux, était soigneusement noué à la taille et des sandales de corde compliquées chaussaient ses pieds minces et tuméfiés.

– Bon bain ? demanda Henry d'une voix neutre, empreinte d'une amabilité ambiguë.

– Merveilleux, dit Roger. Mais il faut que je vous prévienne que votre bungalow est infesté de puces.

– Vraiment ? fit Henry sèchement. C'est trop bête. Il faudra que je fasse quelque chose.

Je dirigeai vers Roger un regard compatissant, lui montrai la cafetière d'un signe de tête encourageant, mais ayant remarqué la tasse dans la main de Cobb, il rejeta dédaigneusement mon offre.

– L'hôte que vous êtes, il me semble, devrait au moins fournir un calmant. Un insecticide efficace.

Henry balança son siège en arrière.

– Ces « pas-vus » piquants, quelle poisse ! ricana-t-il. Surtout, poursuivit-il après avoir bu une gorgée de café, quand il n'y a pas beaucoup de vent, comme la nuit dernière. En fait, ils ont donné son nom à la maison d'invités. Ce coin couvert de palétuviers peut être redoutable. La lumière les attire. Si vous allumez, le soir, assurez-vous que les fenêtres sont bien fermées. Ici, les insectes sont si petits qu'ils passent à travers les moustiquaires. Ils sont portés par l'air – ils ont des ailes rudimentaires. En fait, ils ne sont que bouches.

– C'est gentil à vous de nous avoir prévenus hier.

Roger me lança un regard de reproche. Nous avions parlé et lu pendant plusieurs heures après la tombée de la nuit, fenêtres et portes largement ouvertes pour essayer de capter le moindre soupçon de brise de mer. Pour un insecte, nous devions avoir l'attrait d'un McDonald un vendredi soir.

– Eteindre les lumières au coucher du soleil, annonça Cobb. La première règle du camping. Je pensais que vous vous la rappeliez de votre jeunesse, Williams.

– Excusez-moi, mais je ne savais pas que nous allions vivre à la dure. – Roger se tourna pour observer Violet. – Quel est *son* secret ?

La peau veloutée de Violet était exempte de toute piqûre.

– Apparemment, répondit Roger pour lui-même, elle n'est pas appétissante.

Je pris une profonde respiration.

– Pour des insectes, tu veux dire.

J'avais rarement vu Roger comme ça. Il était en proie à toutes sortes de rancœurs, qui découlaient de cette première nuit passée tous les trois – notre petite famille pseudo-nucléaire – dans la même pièce. Jusque-là, je lui avais laissé ignorer combien de fois un bébé devait être nourri. Entre Violet et les moucherons, pour la deuxième nuit consécutive, Roger n'avait pratiquement pas dormi, et il était manifestement irrité de ce que, aguerrie par des mois d'entraînement et bercée par le fracas du ressac, j'avais réussi à mieux me reposer que lui.

Nash approchait. À plus d'un kilomètre je voyais sa petite silhouette noire se détacher sur la plage, se jeter de temps à autre en arrière, tel un point d'interrogation, lorsqu'il lançait des morceaux de corail aussi loin et haut que possible dans le ressac. Je pris Violet sur mes genoux, adoptant distraitement un rythme monotone qui l'occupa et la calma.

Roger se résigna finalement à se verser une tasse de café ; il y ajouta une cuillerée de sucre et, de l'air de celui qui va s'immoler, y versa quelques gouttes de lait en boîte.

Cobb fit un geste de réconciliation.

– Nous sommes partis sur un mauvais pied hier, Williams. C'est ma faute, j'en suis sûr.

Il sourit – banda les muscles de son visage – et se croisa les mains derrière la tête. Son regard allait de Roger à moi ; maintenant qu'il nous avait tous les deux sous son microscope, il prenait notre mesure. Que voyait-il ? Pocahontas et John Smith vont à Hawaii ? Etais-je le Sancho Pança de Don Quichotte, le serviteur, le copain, la squaw ? Si Roger et lui se méprisaient mutuellement, c'était l'antagonisme des égaux. Allais-je être délaissée pour Roger Williams, bien que ce fût moi qui eusse découvert les pages ?

– Je suis sûr que vous aimeriez voir le Journal, dit Cobb à Roger. Vivian me dit que vous n'êtes pas convaincu. Mais vous comprenez, j'en suis sûr, que je ne peux pas le montrer à tout le monde. Le papier est trop fragile. Vivian est évidemment libre d'en discuter – et vos remarques seront, j'en suis persuadé, d'un grand intérêt pour nous deux.

Appelez ça comme vous voudrez, mais je tirai mon chapeau à Cobb. Il savait comment s'y prendre avec Roger, et il avait perçu, avant même que je n'en prenne conscience, ce que j'avais envie d'entendre.

– En fait, lâcha Roger avec humeur, votre canular, vous pouvez vous le garder. Je suis très content de rester en dehors de cette misérable affaire. Cette récente découverte du Journal perdu n'est-elle pas un peu trop commode ? Le cinquième centenaire ? Et n'oublions surtout pas l'inestimable couronne, envoi express de Christophe Colomb à votre compte en banque. Quelle aubaine ! Bart, votre associé privilégié, m'a parlé d'un problème de lutte d'influence dans plusieurs de vos affaires, je suppose donc que l'article du *New York Times* n'exagérait pas.

Roger posa sa tasse vide et passa ses deux mains dans ses cheveux mouillés. Il effectua ce geste à plusieurs reprises, en fronçant les sourcils, comme s'il essayait de mettre ses pensées au diapason du mouvement de ses doigts, puis il se leva et serra la ceinture de son peignoir.

– Vivian, fit-il avec un regard appuyé, mais d'une voix contenue, de façon à ne pas attirer l'attention de Violet, tu es intelligente. Comment peux-tu manquer à ce point de discernement ? As-tu oublié l'hystérie autour de la « découverte » du journal d'Hitler ? Oh, ton ami ici présent est malin, je le lui accorde. Je suis sûr qu'il s'est procuré de l'encre ancienne, du papier d'époque, et qu'il a fait appel à un expert en écriture. Ce document trompera les amateurs. Mais ajouter par-dessus le marché un trésor ! Ça sent vraiment trop le cliché.

Cobb souriait, mais j'observai une prudente réserve. Roger avait manifestement répété ce discours au cours de sa nuit d'insomnie, et il n'y avait plus moyen de l'arrêter.

– Cette affaire, poursuivit-il, est pour lui un moyen rapide de gagner beaucoup d'argent, de satisfaire ses créanciers avant qu'ils ne lui fassent de gros ennuis. Ce faisant, il est tout à fait prêt à sacrifier l'histoire – c'est ce que je ne peux pas pardonner. Pour lui, la vérité n'est qu'une aventure de quatre sous, bonne à exploiter. Christophe Colomb comme Long John Silver.

– Ecoutez, fit Cobb s'adressant à Roger. Ce que l'homme écrivait dans son carnet, quelle différence cela peut-il bien faire ? C'était il y a cinq cents ans, nom de Dieu ! L'important maintenant...

Roger lui coupa la parole.

– Il importe que le *Découvreur* du continent américain ait été juif. Il était le fils de parents convertis de force, un homme qui malgré sa célébrité n'aurait pas pu obtenir le terrible document exigé par les autorités espagnoles, le *limpiezas de sangre,* certifiant la pureté du sang chrétien jusqu'à la septième génération. Un homme qui aujourd'hui n'aurait pas été admis dans la moitié des clubs dont vous êtes membre.

– Vous êtes sans aucun doute à la hauteur de votre réputation. – Cobb se pinça le nez avec dégoût. – Je me fous pas mal qu'il soit martien. J'ai quelque chose à vendre et pas de temps à perdre.

Roger eut une moue d'amertume qui me fit presque rougir. Dominant de toute sa taille Cobb toujours assis, il prit la parole, comme s'il ne l'avait pas entendu.

– Issu d'une famille de tisserands sans instruction, Christophe Colomb est rejeté sur les rivages du Portugal, accroché à un espar. Quelques années passent et ce même Christophe Colomb est un homme instruit qui lit Plutarque, Sénèque, Ptolémée, Albert le Grand, Ailly, et cite Aristote, Pline ainsi que des passages des Apocryphes, afin de se justifier. Cela vous paraît-il le moins du monde plausible ?

– Bon, bon. Christophe Colomb était un youpin féru de classiques. On peut continuer ?

Roger pointa son doigt vers moi, et je m'écartai légèrement pour en éviter la trajectoire.

– Dis-lui, m'ordonna-t-il avant de le faire lui-même. Christophe signait parfois par une série de points et de courbes qui ressemblaient aux deux caractères hébreux *beth* et *hei, baruch hashem,* « Célébrez le Seigneur ». J'aimerais bien voir si c'est dans votre faux Journal !

– C.L.S., épelai-je. Le Jim Bakker de l'époque.

Je m'efforçai de détendre l'atmosphère, mais ne reçus en retour qu'un regard déconcerté de Roger. Il était ignare en culture populaire, et ne savait pas très bien quel cas je faisais de sa position. Cobb, quant à lui, approuvait ma plaisanterie.

Ce qui n'échappa pas à Roger. Adoptant la froideur d'un clinicien, il joignit le bout des doigts, appuya les mains contre sa poitrine et commença son cours.

– Christophe Colomb était un renard, à la limite de la paranoïa. S'il voulait survivre en ces temps perfides, il ne pouvait pas faire autrement. Il connaissait le Zohar, *Le Livre de la splendeur* de la cabale de Grenade. Il connaissait la Aggada, ce qui expliquait sa vénération pour les noms, les symboles, les lettres. Il croyait que lorsque Dieu fut sur le point de créer le monde par Sa *parole*, Sa parole, notez bien, les vingt-trois lettres de l'alphabet tombèrent de la terrible couronne de Dieu où elles étaient gravées avec une plume de feu. Les lettres se tenaient aux pieds de Dieu et l'une après l'autre elles supplièrent : *Crée le monde par moi* !

– Il a bien dit la *couronne* de Dieu ? fit Cobb en m'adressant un regard pétillant.

– Christophe Colomb supplia lui aussi, poursuivit Roger. Quoi qu'il ait pu être avant de devenir celui que nous connaissons sous le nom de Colón, avant qu'il ne prenne le nom d'un découvreur et d'un chrétien, il lui fallut se recréer.

Arrivé au bout de son discours, Roger rassembla ses forces – pour l'exorde. Violet était magnétisée par le bruit de la harangue de son père, mais la paix ne durerait pas.

– Il se convertit donc, changea de nom, de Schwartz en Black, et alors ? fit Cobb, condescendant, mais une idée lui passa par la tête qui le fit rire. Mais *Christòbal Colòn* ! – Il me regarda pour confirmation, et j'acquiesçai. – Le *porteur du Christ.* Vous ne trouvez pas que c'est un peu trop ?

Cobb rejeta la tête en arrière, ouvrit sa bouche aux lèvres minces et laissa échapper une série de glapissements qui auraient pu remplir une bulle de dessin animé. Il leva une main, paume ouverte, pour signifier à Roger d'arrêter.

– Vous vous époumonez pour rien, Williams. Je ne vous montrerai pas le truc. Tout ça, c'est de la foutaise pour moi. Ce que je veux, c'est le fric. Vous pouvez bien empiler dix calottes sur le crâne de Colomb, pour ce que j'en ai à foutre.

– Ne prête pas à cet imbécile la crédibilité de ta position, Vivian, supplia Roger. Tu vaux mieux que ça.

– Merci de le reconnaître.

– Je suis désolé. Mais s'il y avait une couronne, pourquoi Las Casas n'en parle-t-il même pas dans sa version développée ? Tu peux te le demander.

– Parce que Colomb l'a perdue, l'ayant cachée sans dévoiler où, proposa Cobb.

– Absurde. Il n'y a aucune explication satisfaisante.

– Si. Tu n'as pas écouté hier soir.

Je ressortis mes spéculations de la nuit, omettant évidemment toute mention des coquilles – il était peu probable que Roger les mît sur le tapis. Lorsque j'eus terminé, il secoua la tête.

– Bravo, Vivian, je ne m'attendais pas à ça, lança-t-il sarcastique. Tu as raté ta vocation. Tu pourrais être la reine du drame historique.

– Je n'ai pas dit mon dernier mot. Mais en attendant, Roger, tu n'as pas vu le Journal. Ne sois pas si catégorique. Tu pourrais être surpris.

Roger s'assit sur le bras d'un fauteuil métallique, porta les deux index sur ses tempes et les tourna lentement.

– Vivian, dit-il enfin. Ne le prends pas mal, mais il faut bien qu'il y ait quelqu'un d'honnête ici. Tu n'es pas spécialiste en la matière. Tu n'y connais rien en incunables ni en analyse d'écriture. Tu pourrais te laisser aisément berner. Ce document ne peut pas être authentique. S'il l'était, Cobb n'aurait pas peur de me le montrer.

– Pardon ? fis-je exaspérée. Tu as toujours toutes les réponses. Je ne peux pas croire que ma grand-mère et toi ne vous reconnaissiez pas l'un l'autre. Vous ne vous lassez jamais d'avoir raison. J'aurais aussi bien pu parler à un yucca.

Henry leva la tête et adressa à Roger quelque chose qui ressemblait à un sourire.

– Vous savez que vous n'êtes pas le premier à songer à cette ruse. Il y a eu un grand émoi dans l'Angleterre du XVIIIe siècle, lorsqu'on a soi-disant découvert un Journal original de Christophe Colomb. Ecrit en anglais, bien sûr.

Son expression satisfaite m'était proprement insupportable.

– Oh, tais-toi, Roger, me laissai-je aller à dire.

C'était au tour de Cobb. Il se leva.

– Je vais peut-être vous laisser discuter de cela en amoureux. – Puis, se tournant vers moi : – Il nous reste plusieurs jours pour nous mettre d'accord.

Incapable, quoi qu'il arrive, de se départir de sa bonne éducation, Roger se leva pour dire au revoir, mais, le saisissant par les épaules, avant qu'il ne soit tout à fait debout, Cobb le repoussa littéralement dans son siège.

– Ne vous donnez pas la peine.

– Vous m'avez poussé !

Roger, abasourdi, ne savait comment réagir. Etait-ce une véritable provocation ? Nécessitant des représailles physiques ? Je voyais les questions tourner dans sa tête. De ses lèvres n'échappa cependant qu'une question affable :

– Pourquoi ?

– Les choses n'ont guère changé à Dartmouth, n'est-ce pas ? – Henry était plein de mépris. – Les pontifes continuent à pontifier, les professeurs à professer. C'est la première fois depuis que je ne suis plus étudiant que j'assiste à un tel étalage de vanité verbale.

– Faites-nous grâce de vos allitérations.

Toujours penché en avant, Roger refusait de renoncer à la maîtrise du langage.

– Je suppose que vous avez quelque subtile théorie du profit, dont vous aimeriez nous entretenir, Henry. Nous sommes *tout* ouïe.

– Je suis ravi d'avoir votre attention, professeur, mais il se trouve que je ne tiens pas à vous retenir par des théories. Voyez-vous, mes idées sont des faits. Voici une traduction d'un des passages où il est question de la couronne. J'imagine que vous l'avez lu, Vivian ? Tirez-en le maximum. Ne demandez pas à en voir davantage. Vous n'aurez qu'à lire les journaux.

Glissant la main dans la poche de sa chemise, il en tira une feuille de papier pliée qu'il fourra dans celle de Roger, puis il quitta la véranda à grands pas déliés et se dirigea vers la plage. Ayant aperçu Nash qui arrivait en musardant, il alla à sa rencontre. Ils s'arrêtèrent à une trentaine de mètres de la maison, penchèrent d'un même angle la tête en avant, et discutèrent quelques instants, puis, s'étant, semble-t-il, mis d'accord, ils partirent ensemble.

Violet ayant besoin d'être changée, j'entrai dans le bungalow, lui donnai le sein, la nettoyai et la remis dans le berceau. Une petite brise de terre agitait les feuilles, mais la chaleur montante rendait déjà l'air lourd et épais. Je me remplis un bol de Rice Krispies et essayai de les manger avant que le bruit de leur craquement et de leur grésillement n'arrache Roger à sa concentration. Car il m'avait évidemment suivie et s'attaquait déjà aux mots de la traduction d'Henry. Je les lus par-dessus son épaule ; non seulement ils correspondaient à mon souvenir, mais ils entraient en outre dans le scénario que j'avais imaginé.

... mains, je déposai ce suprême trésor de la chrétienté entre les bras de Guacanagari. Je lui expliquai sa sainte histoire et il fit sur sa poitrine le signe de la croix. De nouveau, avec une lente insistance je lui répétai l'histoire de la Couronne, et il me comprit, j'en suis certain, car, sans y être invité, il refit le signe de la croix. Et la main tremblante, Je joignis alors mon geste au sien, tandis qu'embrassant le petit cercle du regard, je voyais s'opérer un changement merveilleux, des feuilles brillantes. Mes hommes ont juré le secret. Très Sérénissime Princesse, qui peut dire...

– Quel charabia !

Comme s'il voulait en décrocher des araignées, Roger agita la feuille d'Henry jusqu'à ce que le papier crisse.

– Je ne peux pas croire que nous soyons venus jusqu'ici pour tomber dans un piège aussi grossier. Si tu veux mon avis, cet homme est cinglé.

J'arrachai le papier de la main de Roger avant qu'il n'ait perdu tout contrôle de soi et ne le déchiquette avec ses dents.

– Parle-moi donc de cinglés.

Encouragée par une ébauche de sourire, une pointe de bonne humeur dans sa voix, je m'appuyai sur lui.

– Quel souvenir as-tu gardé de la nuit dernière ?

– Je me rappelle surtout ce qui ne s'est pas passé.

Il prit une profonde respiration, puis ses yeux s'adoucirent et il me toucha la joue.

– J'ai dû me laisser entraîner. Est-ce qu'elle dort maintenant ? Pouvons-nous reprendre où nous en étions restés ?

Mais juste comme je franchissais ce qui me paraissait être une très grande distance et abandonnais mon corps contre celui de Roger, Violet laissa échapper un vagissement. Un seul. Il lui arrivait de protester de la sorte, comme pour alerter le monde en général. Puis une accalmie. Nous retînmes notre souffle, mais non, un cri puis un autre jaillirent et elle atteignit un diapason qui semblait ne jamais devoir finir.

– Je suis désolée, dis-je, comme si elle était une extension de moi-même, et que j'étais seule responsable de son existence.

Roger s'efforça de rire, mais il riait jaune.

– Elle a une espèce de... radar, non ? Elle croit peut-être que nous allons procréer une rivale. Ne peux-tu pas la raisonner ? Montre-lui ta méthode de contraception, quelque chose !

– Pourquoi ne vas-tu pas faire un tour sur la plage ? Ça a l'air délicieux.

– Oh, ce pourrait l'être. Ce pourrait être le paradis. Sans ce qu'on a perdu.

– Je sais, dis-je de ma voix la plus suave, en installant Violet contre moi. Eve est occupée.

Roger contempla un moment la scène d'un air morose.

– Je sais que je devrais faire preuve de plus de maturité, jouer mon rôle. Si j'étais biologiquement équipé...

Il parut soudain si seul, debout là, si empêtré dans sa virilité, si indivisible, que j'eus pitié de lui. Son corps était ferme et entier, incapable de donner la vie, de la porter, sans parler de la nourrir, tandis que j'étais toute nourriture. Je me sentais riche, me prolongeant de façon merveilleuse dans cet être minuscule. J'étais, en fait, davantage que Vivian. J'étais une déesse ! et ce pauvre Roger n'était qu'un simple mortel.

C'était, cependant, un mortel libre d'aller se promener s'il le souhaitait, et il ne tarda pas à sortir de la maison pour se diriger vers l'endroit où nous avions aperçu Nash pour la dernière fois. Je me dis avec irritation que si je voulais aller me promener, il me faudrait emmener la demi-déesse endormie. Grâce à mes pouvoirs stupéfiants, ce n'était pas un poids plume. Mais après avoir mis en balance les désagréments d'un éventuel mal au dos et le charme romantique d'une vaste étendue de plage déserte, je décidai que l'effort en valait la peine.

Une demi-heure plus tard, je, ou plutôt nous commençâmes notre promenade, mais dans la direction opposée à celle que les hommes avaient prise. J'avais acheté un maillot de bain astucieusement muni de panneaux gaufrés qui me faisaient la silhouette d'Aphrodite. Violet était heureuse. Collée contre mon cœur, enveloppée par le fracas de la mer, elle était bercée dans son rêve. Toute proche qu'elle était encore de l'oubli originel qu'elle réclamait toujours, la vie n'était que palpitement blanc et eau écumante. Je trouvai un endroit où m'asseoir pour contempler la mer, un bourrelet de sable laissé par la marée. De la poche de mon coupe-vent, je tirai la page de Cobb qu'avait laissée Roger.

Un paragraphe en était l'apogée. On y lisait qu'à bord du vaisseau amiral *Santa Maria*, Christophe Colomb transportait un présent si fabuleux, si précieux et unique qu'il le définissait comme « le suprême trésor de la chrétienté ».

Cobb n'avait pas chômé. À la page traduite était agrafée une photocopie d'un article de l'encyclopédie répertoriant certains bijoux célèbres, perdus à la fin du XVe siècle. Les spécimens les plus prometteurs, uniquement connus grâce à une aquarelle, étaient quatre magnifiques parures données en 1468 par Édouard IV d'Angleterre à Charles le Téméraire, duc de Bourgogne, à l'occasion du mariage du duc avec la sœur d'Édouard, Marguerite. Ces inestimables joyaux seraient passés entre des mains espagnoles lorsque la Bourgogne voulut conclure un pacte secret avec Ferdinand et Isabelle. La reine n'avait pas son pareil pour faire disparaître des objets : d'abord le Journal et maintenant le butin. On ne revit plus jamais ces bijoux, prétendument réunis pour fabriquer une énorme, écrasante, fabuleusement précieuse couronne royale.

Rien d'étonnant si Cobb salivait à l'idée de la découvrir.

Je remis la page dans ma poche, me levai péniblement, berçai Violet et poursuivis ma promenade. Entre Roger et Cobb, j'étais à la fois perdue et mal à l'aise. Prise dans une sorte de dilemme à la Delly-sous-les-tropiques, il ne me restait qu'à jouer la comédie. À quarante ans, j'étais l'éclaireuse à qui manquait la moitié des badges. Dans un sens, tout cela n'était que vantardise étrangère à cette île luxuriante mais désolée, et affreusement pauvre, où les indigènes vivaient dans des cabanes nues et tiraient leur eau d'un unique puits, tandis que des riches touristes, comme Roger et moi, se plaignaient de morsures d'insecte. Nous apparûmes soudain comme des prédateurs, des parasites – Cobb surtout –, mais chacun de nous désirait quelque chose. Nous étions venus à Eleuthera pour en emporter un peu de fantastique. Roger y cherchait la couleur locale, l'inspiration. J'espérais y trouver une justification. Et Cobb... était décidé à y dénicher de l'or. Que nous importait le rythme de vie de l'endroit ? Nos allées et venues, si importantes, si bouleversantes fussent-elles, ne causaient probablement qu'une ride à la surface des choses.

De retour au bungalow, je trouvai Roger se débattant avec le nouvel ordinateur portable que Bart lui avait conseillé d'acheter, à l'automne dernier. Il n'arrivait pas à se décider pour la meilleure inclinaison de l'écran, et s'était débrouillé pour perdre son fichier. Le regard rageur fixé sur les ions, il manœuvrait les touches et tripotait les piles, puis, indifférent à ma présence, il commença, tout en continuant à tempêter devant son écran violacé.

– Qu'écris-tu ? demandai-je.

– Je travaille au programme de mon cours d'hiver, répondit-il. « Le suicide en littérature. »

Étendue là, à caresser Violet, occupée à ces riens que l'on est censé faire en vacances sur une île : écouter le bruit de la marée, regarder le mouvement du ventilateur électrique fixé à la charpente blanche, j'y reconnus le cliché charmant de la vie de famille – notre avenir, si nous choisissions de l'accepter : la petite femme d'intérieur, l'homme devant sa machine, se débattant avec son travail.

Pas question. Je commençai à être irritée par le crépitement des touches, les inspirations de Roger, dès qu'un mot avait trouvé sa place, et surtout, le fait que je ne détournais pas le moins du monde son attention. Au cri de Violet, exigeant qu'on l'amuse, il s'était contenté d'arrondir le dos. La mère et l'enfant étaient entièrement exclues.

Prenant un coussin de la pile, je le lançai à la tête de Roger.

– Pouf !

Le projectile en caoutchouc mousse le frappa à la base du cou et ses mains s'affaissèrent sur le clavier.

– Qu'est-ce que c'était ? J'ai effacé une semaine.

C'était la deuxième fois dans la journée que Roger était physiquement agressé. Je n'améliorai pas son humeur en riant, et Violet n'arrangea rien non plus en se mettant à hurler.

– Sortons d'ici, allons quelque part. Il lui faut du mouvement pour qu'elle se rendorme et que je puisse songer à faire autre chose.

Roger était atterré.

– Tu es folle ? Je suis en plein travail.

– Ce sont nos vacances, Roger. Nous sommes censés nous amuser. On ne nous demande pas notre avis.

– S'amuser ? S'amuser ?

Il se leva, dos raide, en faisant craquer ses articulations. Il portait une superbe chemise drapée dans un tissu souple et brun imprimé de minuscules palmiers, et un pantalon noir coulissé à la taille. Il avait les cheveux soigneusement peignés et la peau parfaitement rasée. Je crus d'abord que c'était pour moi qu'il avait fait toilette, mais je me trompais. Roger s'était habillé pour se plaire à lui-même.

– J'ai perdu le fil de mes pensées, mon rythme. J'en étais presque au printemps.

Dans sa voix irritée perçait la dénonciation de mon égoïsme et son regard triste me condamnait.

Me levant aussi, je berçai *notre* bébé jusqu'à ce qu'il retrouve une paix aléatoire.

Il s'approcha du canapé.

– Assieds-toi, proposa-t-il.

Je m'exécutai. Son ton était grave, cérémonieux. Je m'attendais à une déclaration, mais en ignorais la teneur.

– Si nous devons demeurer sous le même toit, Vivian, il nous faut parvenir à une entente.

J'attendis. Il me tenait sous le magnétisme de son irritation contenue.

– Quand je suis sur mon clavier, dit-il, je ne dois pas être interrompu.

– Redis-moi ça.

Il me parlait comme si j'étais une élève dissipée et lui le directeur du collège.

– Aucune interruption, poursuivit-il. C'est une manie que j'ai, mais lorsque j'écris, j'exige un silence absolu et complet, et la certitude de ne pas être dérangé, sous quelque prétexte que ce soit. C'est le seul moyen de suivre le fil tortueux de mes pensées, le seul...

Je bouillais. Me penchant pour effacer le faible espace qui nous séparait, je cédai à une envie soudaine, sans prendre le temps d'en analyser la raison. Au lieu de me lancer dans un discours outragé, je lui tordis le nez. Violemment. Je ne savais pas exactement ce qu'était une torsion de nez – je ne l'avais encore jamais essayée sur quiconque. Mais une fois accompli, mon geste me parut justifié.

Il porta la main à l'endroit où mes doigts avaient opéré. Un homme qui se tient le bout du nez ne peut prétendre à une grande dignité.

– Maintenant, c'est *toi* qui vas écouter, dis-je. C'est moi qui ne supporte pas les interruptions, tu te rappelles ? C'est comme ça que nous avons fait connaissance. Mais permets-moi de te le dire : dorénavant il y aura *plein* d'interruptions. Il y aura des cris de faim et de soif. On exigera d'être distraite. Lorsque Violet sera plus grande, il y aura des questions, des tas de questions, et tu y répondras. Si tu es assis devant ton ordinateur, tu ôteras tes mains du clavier. Si tu écris avec ton beau stylo – si d'ici là elle ne te l'a pas flanqué dans les cabinets – tu revisseras le bouchon et tu le poseras. Si tu as une idée, tu la mettras en réserve ou tu l'oublieras. Tu es père, Roger. Il faut t'y habituer.

Il se frotta le nez une dernière fois, mais ne croisa pas mon regard.

– Roger ?

Il soupira. Il ne me regardait toujours pas, puis il fit volte-face et, se dirigeant vers l'écran allumé de l'ordinateur, il s'assit et se mit à taper. Son dos en disait assez long.

Je sortis. S'il voulait, il pouvait me suivre, mais il n'en fit rien. La plage s'étendait sur des kilomètres et des kilomètres ; elle était magnifique, mais pour le moment je n'étais pas d'humeur à apprécier une beauté de carte postale. J'étais plutôt d'humeur à oublier l'existence du géniteur de ma cadette. Il n'avait pas été facile de guérir de Purvis, mais j'y étais arrivée. J'y arriverais aussi avec celui-ci. Lorsque je reconnus au loin mon fils et Henry Cobb, je chassai Roger Williams de mon esprit et me dirigeai vers eux en agitant les bras.

Après seulement quelques jours loin de Hanover, Nash me paraissait plus ouvert, moins morose et plus mûr. Les lunettes noires qu'il portait généralement, même par les journées les plus sombres, étaient remontées dans ses cheveux. Il avait oublié son respect humain, et parlait en faisant des gestes avec les mains. Lorsque j'arrivai à leur hauteur, il me dit que Cobb avait proposé de l'emmener faire de la plongée près du récif.

– Juste là, montra Nash.

À quelque trente mètres dans l'Atlantique, un petit banc de corail brunâtre affleurait au milieu des vagues.

– Simplement un peu d'exploration, dis-je. Oui ?

– Bien sûr.

Cobb était enthousiaste. Jamais je ne l'avais vu si à l'aise.

– Tant que nous évitons les forts courants à l'extrémité de la plage, il n'y a pas de danger. J'ai souvent plongé par ici, et il y a beaucoup de choses à voir. Anges de mer, perroquets de mer. Raies. J'ai tiré plusieurs gros barracudas.

– Ce sont ceux avec les dents ?

La sonnette d'alarme s'était déclenchée.

Faisant fi de mes craintes et de mes émois, Nash et Cobb, manifestement de connivence, continuèrent de discuter des avantages des divers types d'équipement. Henry admit que les requins étaient communs de ce côté de l'île, mais qu'ils n'étaient dangereux qu'en fin d'après-midi. Ils se nourrissaient au crépuscule. J'en pris mentalement note, et m'abstins d'évoquer les en-cas.

– Ce ne sont que des bébés requins, ajouta Cobb en voyant mon expression. Ils font des cercles, par curiosité, mais ce ne sont pas des mangeurs d'homme. Toutefois, histoire de rassurer votre mère, nous pouvons emporter un fusil.

– Un fusil ?

Je ne maîtrisais pas bien la situation. Nash était mon fils, oui, mais c'était aussi un homme, enfin presque. J'avais plus d'une fois décidé de respecter ses décisions. Son conseiller au collège était parfaitement d'accord. Avant d'assumer ses propres actions, m'avait-on dit, Nash devrait se faire les jambes. Mais si quelques poissons affamés se faisaient les dents dessus ?

– Il n'en est pas question. Tu n'as aucune expérience de ce genre de chose.

Me drapant dans ma dignité maternelle, je lui lançai un regard de défi.

– M'man !

À son crédit, Nash s'abstint de geindre.

– Il serait évidemment sage, dit Henry en montrant l'oreille de Nash, de retirer tout appât brillant. Les barracudas sont attirés par tout ce qui brille.

Nash s'empressa d'enlever la minuscule pierre écarlate, puis défit le fermoir de la chaîne plate qu'il avait autour du cou et dont les mauvais augures avaient coûté à mémé un mois de rosaire. Sans histoire, il laissa tomber les bijoux dans la paume de ma main.

– Je veux y aller, dit-il.

C'est alors que de ses lèvres s'échappa le mot magique.

Peut-être était-ce le choc. Cela faisait si longtemps que je n'avais pas entendu « s'il te plaît », des années, semblait-il, que je ne compris pas tout d'abord qu'il avait été prononcé. « S'il te plaît » impliquait obligation réciproque, gratitude éventuelle, reconnaissait le droit au refus.

Je rassemblai mon courage, surmontai l'envie de me laisser séduire par cette soudaine démonstration de charme, cette habileté inédite, cette attitude tout à fait inhabituelle, cette... gentillesse. Mais ce fut impossible.

– D'accord, fis-je d'une petite voix abasourdie. D'accord, chéri. Fais attention.

Je passai donc le reste de l'après-midi sous la superbe véranda, le cœur battant follement à chaque fois que je voyais mon fils plonger du petit bateau en caoutchouc jaune d'Henry Cobb tête la première dans les profondeurs bleu marine qui cachaient tant de dangers. De l'intérieur du bungalow me parvenait le piaillement énervant du curseur de Roger, et de soudaines explosions de frappe. Mon côté vindicatif espérait une saute de courant, quelque chose envoyé par les dieux pour effacer les mots qu'il me préférait. J'avais eu tort d'envisager l'avenir, d'attendre quelque chose, de faire des concessions pour plaire à Roger et, pis que tout, tort de tomber de nouveau amoureuse.

Déprimés par le fossé qui nous séparait, espérant éviter les puces de sable, les moucherons et autres insectes qui s'étaient régalés de nous la nuit passée, nous éteignîmes les lumières tout de suite après le dîner et nous couchâmes de bonne heure. Roger avait bu – un peu trop, à mon sens – du rhum d'ananas local, mélangé à un breuvage sucré d'un rouge suspect appelé Goombay Punch. Mes sentiments blessés avaient fait place à une vague tristesse, et j'étais prête à oublier. Pas Roger. Il voulait, je le sentais, partager avec moi le fruit de ses travaux, sa dernière grande pensée que j'avais failli lui faire échapper.

– Il y a ce merveilleux passage de Pline, dit-il, qui a, j'en suis sûr, retenu l'attention de Christophe Colomb. On sent ce qu'il pouvait aimer, apprendre par cœur peut-être, quelles idées pouvaient l'attirer.

– Oh, vraiment ?

Ignorant ma froideur et espérant sans doute que nous parviendrions à retrouver notre équilibre sans évoquer les circonstances qui en avaient causé la perte, Roger faisait celui qui ne comprenait pas. Je ne demandais pas mieux. Je ne me battais que lorsque l'enjeu en valait la peine, or j'étais découragée par les conclusions que j'avais tirées pour notre avenir. J'avais décidé de concentrer, dès le lendemain, tous mes efforts sur l'affaire qui m'avait conduite ici, d'amener d'une façon ou d'une autre Cobb à donner le Journal, et de rentrer chez moi avec l'objet en question. Une fois là-bas, je trouverais la force de laisser tomber Roger – pour de bon cette fois.

Je me mis à étudier sa forme sombre, y cherchant des arguments pour appuyer cette décision, et je ne fus pas déçue. Etendu là, draps au vent, dos contre le mur, il braillait comme s'il avait à ses pieds un auditoire captivé. Il avait apporté au lit une énorme ration de Goombay Punch et en avait renversé sur sa nouvelle chemise.

– Dans son chapitre sur la mort soudaine, Pline évoque le pauvre Diodore, professeur de logique qui a expérimenté une mort intéressante.

Roger attendit une réaction, mais je ne lui donnai pas cette satisfaction.

– Le pauvre professeur a succombé à l'humiliation. Il n'avait pas été capable de répondre immédiatement à une question qui lui avait été posée sous forme de plaisanterie.

– Et ça l'a tué, dis-je d'une voix délibérément endormie.

– Absolument, approuva Roger. Une espèce de suicide, ne crois-tu pas ?

– C'est à *moi* que tu le demandes ?

Je me tournai de l'autre côté et me mis à respirer profondément et régulièrement.

– Sommeil et fatigue, déclama Roger, ont affaibli la colère mortelle de la mère serpent.

Croyant avoir capté mon attention avec cette référence maternelle, il poursuivit :

– Il y a eu aussi Emilius Lepidus. En partant de chez lui, il s'est cogné l'orteil contre le seuil et il est mort. Torquatus. Mort à table en se servant de gâteau.

– Williams, dis-je. Passe la main, tu veux ?

– Où ça ?

– Nulle part, marmonnai-je. Tu es aussi chiant quand tu es sobre.

– Si tu veux savoir, dit Roger, je fais une expérience destinée à dissuader les insectes. J'espère que mon alcoolémie découragera les insectes.

– En tout cas elle me décourage moi, mais les insectes convieront probablement leurs amis à la fête. Pour l'instant, tu as tout d'une jatte de punch corsé.

Roger se tut, s'administra une ou deux claques, puis reprit la parole.

– Tu me trouveras peut-être morbide mais, ce soir, je n'arrive pas à arracher mes pensées de la mort. *Biathanatos* de Donne. Tu te rappelles ? Ces listes de suicidés – Démosthène, avec du poison qu'il transportait dans une plume. Térence se noya, parce qu'il avait perdu ses cent huit comédies traduites. Et il y a la fille de Caton, Portia, qui avala des charbons ardents.

Roger frissonna à côté de moi.

Il essaya alors une citation qui devait, à n'en pas douter, obtenir une réponse.

– Donne cite aussi les Indiens. Savais-tu, Vivian, que pour échapper à l'esclavage espagnol, les Indiens se sont tués en masse ? Ils ne se sont arrêtés que lorsque les Espagnols les ont menacés de se tuer à leur tour, pour les suivre dans l'autre vie.

– Oui, je le savais. Réserve ça à tes étudiants, Roger. Et maintenant, dors.

Je me retournai une fois de plus, me concentrai sur la pétillante confusion qui alternait avec chaque jaillissement du ressac, et me jurai de consacrer le reste de la semaine à m'éloigner de Roger Williams – de toutes les manières possibles.

13

Roger

Je parlais tout seul et j'étais saoul.

Mais qu'ils dorment donc, Seigneur, et me laissent à ma tranquillité perdue.

Vivian m'avait abandonné, elle avait échappé par le sommeil à mon stupide bavardage sur Pline. Elle se fichait de mon poème. Elle ne s'intéressait pas davantage au Christophe Colomb historique, objet de mon étude depuis plus de cinq ans. Pas une seconde elle ne se reprochait de nous avoir traînés, moi mais surtout ses enfants, dans ce misérable ersatz d'île, où nous allions être dévorés vivants, pendant qu'elle jouait au détective avec ce grossier personnage de Cobb. Elle acceptait d'être manipulée, d'être un pion dans un jeu géant et grotesque. Elle optait toujours pour la facilité, le chemin le plus court. « J'aime penser sur mes pieds », m'a-t-elle dit un jour, comme si l'improvisation, la foi en son inspiration étaient un substitut à l'approfondissement et au sérieux du travail. Sa naïveté jouait en faveur de Cobb. Je le voyais. J'avais tout de suite compris qui était Cobb. Ma famille est farcie de ces individus, dont le vernis de politesse est censé cacher qu'ils n'ont qu'une chose en tête. Qu'attendait-il de Christophe Colomb ? Renommée ? Fortune ? La « vérité », si elle se révélait, n'était qu'un sous-produit disponible de l'exploitation.

Oh oui, je me reconnaissais, tel que j'aurais pu être, dans les Henry Cobb que je rencontrais : un rejeton pourri du capitalisme. Il était tout ce à quoi j'avais échappé, et lorsque je voyais Vivian – dont je respectais l'instinct et la capacité à percer la frivolité qui nous entourait – tomber dans ses filets, j'en étais malade.

Mon cerveau pesait le poids d'un âne mort. J'étais un non-être, un étranger dont l'étrangeté n'avait rien d'intéressant. Après des années de recherches, après avoir voué une importante partie de ma vie professionnelle à l'étude de la mission de Christophe Colomb, j'étais devenu dans les cercles érudits l'expert auquel étaient adressées les questions complexes. Je me tenais peut-être actuellement là où l'Amiral lui-même s'était tenu. Je projetais d'écrire des vers dans et sur ce lieu, et il se pouvait que, de Madrid à Mexico, mon nom et celui de cette île se trouvent dorénavant liés dans les controverses des érudits. Ici, j'étais pourtant anonyme, pas même un contrebandier, pas même un ennemi. J'étais un touriste blanc entre deux âges parmi des milliers d'autres, aussitôt oublié.

J'étais appuyé contre un oreiller en mousse, qui abritait probablement plusieurs colonies de fourmis rouges, et tout autour de moi, cette engeance de Twostar activait ses poumons, chaque aspiration et expiration, une marque sur le cadran d'une montre. Tenu éveillé par l'ivresse, j'étais l'aiguille qui passait, le veilleur de nuit.

Je me levai, me dirigeai pieds nus vers les inefficaces portes à moustiquaire et sortis. Dans les îles septentrionales que je connaissais bien, on sentait toujours le goût du sel dans l'air vif, mais ici c'était différent. Les lourdes exhalaisons de plantes en putréfaction flottaient comme un brouillard. Grâce à la lune dans son deuxième quartier il n'était pas nécessaire de se munir d'une torche, et je suivis le sentier jusqu'à la plage. La marée était basse, laissant une large plaine entre les frondaisons et l'eau. Je me promenai à la lumière des étoiles. À mesure que mes yeux accommodaient, je distinguais certains détails : des débris abandonnés par les flots. Quelqu'un avait marché ici avant moi, car il y avait des traces de pieds. Je les suivis pendant moins de quatre cents mètres avant d'en découvrir la source. Nash dormait pelotonné dans un drap dont la lune exaltait la blancheur. Il avait la bouche ouverte, un bras rejeté sur le côté. Je ne voyais pas très bien pourquoi il avait choisi de dormir à cet endroit, mais je comprenais son intention. Au moins, ici, il n'était pas enfermé dans un espace clos avec un essaim de centipèdes voraces. Ici, il y avait au moins l'espoir d'une brise, d'un certain apaisement. Je le regardai bouger, se concentrer dans son sommeil. Il n'y avait rien à craindre ici – à Eleuthera pas de grands prédateurs, de serpents venimeux, ni de bandits. Je saluai sa liberté, son mépris des conventions. Il perdrait tout cela avec l'âge et la prudence. Je résistai à l'envie de lui toucher les cheveux ou de m'asseoir à côté de lui, de le réveiller et de le rendormir avec mes pensées avinées, comme cela s'était passé avec sa mère.

Rêvait-elle d'Henry Cobb et de son faux Christophe Colomb, du diable qu'elle allait faire jaillir d'une boîte ? Comme il était facile d'oublier le contexte et d'inventer un personnage de carton-pâte, une rétrospective dont chaque détail s'accrochait miraculeusement à quelque événement ultérieur. Problème, solution, un, deux, trois. Pourquoi Christophe Colomb a-t-il traversé l'océan ? Pour aller de l'autre côté. Comme c'est *sympa* de sa part d'avoir caché un trésor : film à 23 heures. Comme c'est *parfait* de sa part d'avoir laissé des indices provocateurs, comme c'est *bien* de ma part d'avoir tort. Comme cette version venait à point pour donner plus de force aux opinions politiques de Vivian ! Et comme les dates coïncidaient à merveille : cinq cents ans pratiquement jour pour jour. Le millénarisme marche aussi par moitié. L'ordre ancien s'achève, l'ordre nouveau commence, et Vivian Twostar, iconoclaste indigène, allume le flambeau. *Reductio ad absurdum.*

Je marchais vite, courant presque, et soudain je m'arrêtai, aspirai, secouai la tête. Pourquoi cette colère ? Etait-ce parce que je me voyais comme le rival de ce braillard de Cobb ? Etais-je aussi attaché à mon Christophe Colomb que lui à sa contrefaçon de pacotille – et qui avait désigné Vivian comme arbitre final, comme juge de la vérité ultime ? La complexité était mon affaire, j'avais fondé dessus ma vie et mon travail, mais si j'étais dans l'erreur ? Si l'enchevêtrement n'était pas fait de brins noués, mais d'un unique fil, qui, une fois déroulé, pendillait tout droit ?

J'avais dévié vers la gauche, une vague me toucha la cheville. Au conctact de sa fraîcheur, j'eus un fourmillement dans la jambe et mon cerveau s'éclaircit. Levant la tête, je vis au-dessus de moi la Voie lactée. Des savants ont imaginé une formule algébrique pour prédire le nombre total de civilisations intelligentes dans l'univers. En faisions-nous partie ? Et dans chaque civilisation, combien de différents centres de conscience, combien de points de vue concurrents ? Je trouvais mes vérités dans une chaîne d'événements en marche, mais je ne pouvais pas nier la possibilité d'une direction opposée. Le présent n'était qu'un point flottant, arbitraire, un curseur mouvant, et le rouleau se déplaçait dans les deux sens. Christophe Colomb, l'idée sinon l'homme, était devant nous et derrière nous et à côté de nous. Il était Nash endormi et la fabrication familiale de Cobb. Il était mon explorateur et la Némésis de Vivian. Il était la capitale de l'Ohio, et il était un pays terrorisé par les cartels de la drogue. Il était le prétexte de centaines de comités fédéraux pour le cinquième centenaire d'où n'étaient exclus ni les Indiens ni les Hispaniques ni les Italiens, et il était celui d'une expédition de plus organisée par des représentants officieux de la National Geographic Society. Qui était-il *vraiment* ? La question était à la fois hors de propos et cruciale, une énigme qui, si elle était régulièrement résolue, ne disparaîtrait pourtant jamais. Il est un point d'interrogation de l'histoire, le détour obligé, le joker en tête du paquet de cartes. Il est le Rosebud de *Citizen Kane*. Il est le Morse d'*Alice au pays des merveilles*. Il est la vitre transparente.

Cette intuition, inspirée par la nuit, l'alcool et la solitude, me laissa étrangement faible, comme si j'avais porté un fardeau sans m'apercevoir de sa charge avant de l'avoir posé. Je voûtai les épaules, goûtai la sécheresse de mes lèvres et fis demi-tour. Je n'étais pas allé si loin que ça. Avant de formuler une nouvelle pensée, avant de m'en rendre compte, j'étais devant la maison. Et j'entendis ma fille pleurer.

Les mots de Pline sur les nouveau-nés : « Voici l'animal, emmailloté et pleurant, destiné à diriger tous les autres. » Il s'agissait certainement de l'Ancien, d'un père présent lorsque son enfant faisait une dent – sauf que je m'interrogeais sur la traduction. « Pleurer » était trop faible pour la rage furieuse qui s'échappait de la bouche de Violet. « Pleurer » suggérait une certaine impuissance, une supplication peut-être, mais les bruits que répercutaient les murs du bungalow étaient d'une autre amplitude. Conscients et indignés, ils étaient d'instinct gradués pour produire l'effet maximal et suivaient un rythme bien défini. Pa-pa-pa-POUM, pa-pa-pa-POUM. Rythme qui m'était étrangement familier et que je finis pas reconnaître : la *Cinquième Symphonie* de Beethoven, indubitablement. Telle une grande diva miniature, Violet se lança, a cappella, en solo, dans le deuxième mouvement – une série de grands plongeons avec échos en mineur.

Je fis glisser la moustiquaire et entrai. Les yeux aussi perçants que ceux d'un chat, je contournai avec agilité la barricade, faite de valises ouvertes, de sac de couches et des énormes chaussures de Nash, pour me retrouver à côté du berceau. Ma fille et moi étions perpendiculaires l'un à l'autre – elle, horizontale ; moi, vertical ; elle, latitude ; moi, longitude –, nos êtres ne se rejoignant que par nos yeux. Contrepoint à sa protestation, son regard était mesuré, curieux même. Etait-ce une ombre, ou ses minuscules sourcils étaient-ils levés, interrogateurs ? Prenait-elle la mesure de la prise qu'avait touchée son filet vocal ? Ce n'était pas moi qu'elle attendait – mon exégèse sur la mort avait fait l'effet d'un puissant soporifique sur Vivian, et contre toute attente elle dormait toujours. Tout en maintenant au même diapason les quatre premières mesures, Violet semblait hésiter entre l'escalade et le compromis. Puis, comme par télépathie, je compris ce qu'elle avait décidé. Je n'étais pas un substitut acceptable. Elle s'arrêta, prit deux aspirations successives pour augmenter le volume, mais, sans lui laisser le temps de redémarrer, de passer à Tchaïkovski, à « 1812 » et ses canons, je contre-attaquai. Dans l'anneau sombre de sa bouche froncée, je fourrai le bout de mon auriculaire.

Elle battit des paupières, envisagea de poursuivre ses représentations, mais la tentation d'explorer avec sa langue cette étrange intrusion l'emporta. Elle y appliqua une succion expérimentale – et miracle des miracles, elle la trouva à son goût. Une nouvelle saveur, un peu sèche peut-être, mais amusante, à l'arôme discret mais chaud. Enhardi par mon succès, et sans retirer mon doigt, je me penchai en avant et, passant mon bras libre sous son corps, je l'enlevai vers moi avec draps et tout. Lorsque je me levai, elle se leva avec moi, bercée, absorbée à essayer de trouver le bouton qui libérerait le flot.

Ayant senti un siège contre le dos de mes jambes, je m'y laissai doucement tomber. Violet leva une main, en plia les doigts. Elle respirait bruyamment par le nez, tout en enregistrant chaque détail de mon visage. Voyait-elle en moi l'incarnation nocturne de Vivian ? Existait-il un sens originel qui reconnaîtrait le genre ou la paternité ? S'agissait-il pour elle d'un moment, dont elle ne garderait pas le souvenir conscient, où son monde se dilatait, se multipliait par deux, devenait mystérieux ?

Pour moi, c'était cela et plus. Jamais auparavant je ne m'étais trouvé seul avec un bébé, moins encore avec le mien. Vivian rôdait toujours dans les parages, pour surveiller, venir éventuellement à la rescousse, prodiguer ses conseils éprouvés. Lorsque je tenais Violet, Vivian faisait souvent de petites rectifications, tenait lieu de filet, mais cette fois, j'étais seul, ce qui entraînait des différences sensibles. D'abord, il y avait mon bras gauche plié, coude au-dessus de ma tête pour assurer à mon doigt un bon angle de pénétration dans les lèvres de Violet. Il y avait ensuite le mouvement inhabituel auquel je m'astreignais, comme si l'immobilité m'était interdite. Je faisais du trot enlevé sur mon siège ; le chevauchant comme une monture, je me soulevais sur la pointe des pieds, dans des étriers imaginaires, puis me laissais retomber dans ma selle. Je ne sais pas d'où me venait ce savoir, mais il remplit son objectif, calma Violet, répondit à quelque aspiration innée. Où avais-je appris à m'y prendre de la sorte ? S'agissait-il de connaissance collective, d'une illustration de Jung ?

Je ne sais combien de temps nous restâmes ainsi à tressauter et nous regarder dans les yeux, mais il se passa suffisamment de temps pour que le poids de Violet, insignifiant au début, devînt un fardeau. Mes deux bras – l'un soutien, l'autre nourriture – devinrent gourds. À force de bouger continuellement les hanches, j'attrapai une crampe. J'étais frappé par l'absence de conclusion naturelle générée par cette opération, par le fait que, du point de vue de Violet, cela pouvait durer indéfiniment, des jours, des années. Nos espérances étaient différentes, et chacun notre tour, nous ne pouvions que nous décevoir l'un l'autre. C'était inévitable. Nous donnerions ce que nous pourrions, mais tout compromis, si généreux fût-il, était voué à l'échec. Nous étions là, deux générations unies dans notre incapacité à répondre aux attentes de l'autre, à donner la paix tout en comblant nos propres attentes.

Je souhaitais désespérément consigner ces pensées, sinon pour la postérité en général, en tout cas pour Violet en particulier, mais je ne disposais pas de main libre pour écrire. J'aurais voulu avoir mon ordinateur, ses mégabytes de capacité non utilisée. Je n'aurais bientôt plus trace d'alcool dans le corps, et une journée de conversation mondaine étoufferait toute lucidité. J'avais un secret à transmettre, mais aucun moyen de le faire. J'avais découvert des vérités que j'oublierais. J'étais l'arbre tombant au milieu de la forêt, sans témoins, sans tradition orale pour conserver une pensée durement acquise. Je pouvais m'adresser à Violet, lui murmurer mes pensées, peut-être les conserverait-elle dans son subconscient, mais ce n'était pas suffisant. J'avais besoin de Vivian. J'avais besoin de sa mémoire.

Je m'éclaircis la voix et attendis. Rien. Je toussai, et sentis Violet arrêter son entreprise de succion. Elle était maintenant parfaitement éveillée, sur le qui-vive. Mais Vivian était toujours inerte sous son drap, impénétrable. Réveille-toi, prononçai-je *in petto*. Je reculai mon siège et les pieds grincèrent sur le sol. Pour toute réponse, un soupir sortit du lit.

Qu'en était-il de notre union mystique ? Avait-elle du coton dans les oreilles ? N'était-elle pas importunée par les mêmes morsures que moi ?

Elle m'a d'abord sucé, et c'est à ton tour maintenant,
Et que dans cette puce soient mêlés nos deux sangs;

En réponse, un moustique se posa sur ma main.

Arrête, en une seule puce épargne trois vies,
En qui nous sommes presque, que dis-je mieux que mariés.
Cette puce est toi et moi, et ceci
Notre lit conjugal de notre hymen est le temple

Je n'avais plus d'autre choix que de lancer Violet, de mettre en mouvement ces forces que j'avais retenues quelques instants seulement auparavant, de prouver mes idées en la frustrant de son bonheur. Je retirai mon doigt, m'immobilisai et observai.

Elle était offusquée. Indignée. Trahie. Juste alors qu'elle commençait à se mettre en confiance... ÇA ALORS! Sa rage ne connut pas de bornes. Son torse tremblait de fureur, se dilatait pour devenir clairon. Elle ne pleurait pas, elle soufflait – ou bêlait? – dans la corne de bélier de Jéricho. Et Vivian s'écroula.

La mère m'arracha sa fille des bras. Je restai pétrifié, muet, dans la crainte de perdre ma pensée, mais dès que je fus libre, je me précipitai vers mon portable. Je répondis impatiemment à ses questions d'ouverture : non, je ne voulais pas changer l'heure ni la date. Quel logiciel? Que WORD soit fait chair. J'ouvris un nouveau fichier. Son titre? Mes touches tapèrent LA CONDITION HUMAINE. L'écran bleu apparut, vierge et réceptif, et je m'efforçai de reproduire en sténo le squelette de mes pensées. « L'utopie, tapai-je, se produit lorsque le désir de l'un épouse celui d'un autre, lorsque l'appel et la réponse sont les mêmes, sans en être l'écho. Il n'y a aucun espoir. Il n'y a aucun espoir. Il n'y a aucun espoir. La subjectivité est tout, la règle directrice. »

Je m'arrêtai, mes doigts fléchirent comme des serres devant l'écran. Ce soir tout paraissait profond, plein de sens, même les options de mon Toshiba. Souhaitais-je changer l'heure ou la date? Et si je répondais oui? N'y avait-il donc pas de constante? Je pouvais sortir de ce fichier, retourner au point de départ, et entrer 11 octobre 1492. Je pouvais baptiser cette année-ci 0001, ou devenir chinois et marquer 4688. Ce pourrait être tous les jours mon anniversaire. Je pouvais régner sur l'avenir, le mêler au passé. 2000 A.D. (*anno Domini*) ou 200 avant J.-C. Je pouvais inventer des impossibilités : 31 février, 99 décembre. Je pouvais revivre une bonne journée, en sauter une mauvaise. L'invariabilité de nos calendriers tenait à une convention pure et simple. Un technicien de Kobe avait établi une norme, mais ces chiffres n'étaient pas une loi de nature.

Je fermai LA CONDITION HUMAINE. Souhaitais-je le sauvegarder, oui ou non ? Non, je souhaitais sortir rapidement pour revenir à la première option. Souhaitais-je changer la date ? Les chiffres clignotaient de manière engageante. Il suffisait d'une pression. L'intention même était discutable – si la machine tombait par terre, si un oiseau se posait sur la rangée supérieure du clavier, le temps pouvait changer. Je pouvais aussi fermer les yeux, tâtonner et accepter la fatalité qui en découlerait. Souhaitais-je changer la date ?

Je regardai mes mains, lumineuses à la lumière artificielle de l'ordinateur, et vit un stigmate, puis un autre et un autre encore. Partout ma peau était labourée et boursouflée ; des zébrures larges comme des cicatrices décoraient mon bras. J'étouffai une envie de crier, de m'abandonner à la panique. Je reconnaissais là les marques d'êtres assoiffés de mon sang. Une fois conscient de ces lésions, il m'était impossible de les oublier. Mon dos me brûlait, j'avais les lobes des oreilles enflés. Les ganglions lymphatiques à la base du crâne étaient gonflés, des légions de globules blancs luttant pour ma vie.

J'étais victime de la peste, de la peste bubonique. J'avais besoin de consolation, mais ne sentais chez Vivian aucune sympathie. Elle avait nourri Violet, et, allongée sur notre lit, elle m'observait. Elle me toisait d'un regard désapprobateur. Mais pourquoi ? M'étais-je trop précipité pour consigner mes pensées ? Je ne pouvais pas faire appel au repentir, pas tout de suite. C'était moi qui méritais réparation, pitié. Un goût d'ananas me remonta dans la gorge, sucré et étouffant, de la bile tropicale. Je ne boirai plus jamais. Je n'accepterai que du Perrier avec un peu de citron. Je donnerai la priorité aux goûts de Vivian, je les placerai même avant la créativité. Je supporterai ce misérable Cobb, feindrai de m'intéresser à son leurre. Je ferai de la mise en forme, du jogging sur la plage, je changerai le bébé, lirai Hawthorne, cesserai de dénigrer les articles publiés par mes collègues. Je ferai davantage d'efforts avec Nash et subirai une vasectomie. Je ferai repeindre mes boiseries écaillées et me familiariserai avec la musique pop. Tout, n'importe quoi, mais pas ce soir.

Je me noyai dans le champ bleu opaque de mon ordinateur, maintenant vide de questions ou de messages. J'en étais le maître, mais je ne savais quels ordres donner. À titre d'essai, dans un dernier sursaut, j'appuyai sur une touche au hasard.

« Mauvais caractère » fut la réponse.

Je repoussai mon siège, traversai la pièce en titubant et m'effondrai la face dans le matelas.

– Vivian, dis-je. J'ai besoin de toi.

Je ne sais pas du tout ce qu'elle en pensa, mais elle se montra miséricordieuse. Elle appliqua sur mes membres enfiévrés un emplâtre adoucissant, fit taire mes scrupules, m'enveloppa dans un linceul de coton. J'ouvris les yeux, et dans la lumière vaporeuse qui entrait par les fenêtres en figures géométriques – trapèzes et parallélogrammes – je me vis aussi blanc que si les moustiques-vampires m'avaient asséché toutes les veines. Je n'émis aucune protestation. J'acceptai la paix, l'accueillis avec bonheur, laissai Vivian me fermer les paupières de deux baisers frais comme des pièces de monnaie. Je dis adieu à mes importantes pensées et devins comme Violet : réceptacle de tout, dépositaire de rien. Hamac de soie. Feuille détachée dans la brise du soir.

14

Vivian

Roger m'avait arrachée à un profond sommeil en faisant grincer son siège. Il était toujours ivre, et Violet vagissait. Ils étaient tous les deux assis dans un confident en rotin. C'était un homme d'ombre. Agrippé à Violet, il semblait en état de choc. Il avait le visage indéchiffrable, évidé.

– Tu vas bien ?

Il ne dit rien.

Je sortis du lit. Il souleva Violet vers moi, mais ne prononça pas une parole. Lorsque j'eus pris le bébé, il se leva et chercha la table à tâtons. En gémissant, il alluma l'ordinateur, qui se mit à bourdonner. Il s'assit devant, mais ne posa pas immédiatement les mains sur le clavier. Je restai quelques instants debout derrière lui, prête à arrêter sa chute s'il perdait conscience, mais il resta immobile, sévère réceptacle de quelque éclair de lumière intérieure. Lorsque ses doigts commencèrent à taper, l'effet fut fantastique. Un zombie transcrivant des messages codés de l'au-delà, un Artaud dévoré par les puces, relié par ordinateur au surnaturel. Bien que la quiétude granitique du reste de son corps me mît mal à l'aise, je ne pouvais m'empêcher de le regarder.

Je me mis à écrire des scènes dans ma tête, les paragraphes de notre future biographie littéraire : il avait une résistance extraordinaire. *On pourrait, je suppose, l'appeler l'Homme de Fer de la Poésie, considérée comme une sorte de triathlon. Je me rappelle avec précision une nuit aux Bahamas où Roger avait avalé une quantité énorme de rhum et de Goombay Punch, et avait tenu à passer la nuit sur une chaise pour que ne lui échappent pas les vers à venir du « Journal d'un Homme perdu », qui lui parvinrent aux heures fraîches de l'aube. Il se mit alors à écrire avec fureur, ignorant tout le reste...*

Je me glissai dans notre lit avec Violet, et y regardai le ciel s'éclairer. De l'autre bout de la pièce me parvenaient de furieux accès de frappe, entrecoupés de jurons étouffés. Malgré l'agacement que m'avait causé Roger la veille, l'énergie avec laquelle il attaqua son poème m'intrigua et m'impressionna. Ne devrais-je pas me laisser fléchir, aller dans le sens du courant, pardonner à un homme habité par une vie intérieure si intense ? Je commençai à me poser ces questions, lorsqu'il s'arrêta et se leva.

– Vivian. – La voix de Roger était déchirante et rauque. – Vivian, j'ai besoin de toi.

Il se retourna et se dirigea péniblement vers moi. Son corps semblait faible et épuisé. Une fois au lit, il se recroquevilla sur les draps et resta entièrement immobile.

– Cette nuit a surpassé toutes les autres. C'était indicible. Ça fait des jours que je n'ai pas dormi.

Je ressentis, il me faut l'admettre, quelque chose qui ressemblait à de la terreur. Jamais je n'avais assisté à une telle explosion d'inspiration. Jusque-là, je n'avais pas bien compris ce que ce poème coûtait à Roger, d'un point de vue purement physique, combien l'épuisait le processus de l'écriture. Pour le réconforter, ma voix se fit assourdie.

– Était-ce important ? Était-ce le passage que tu cherchais depuis si longtemps ?

Roger rayonnait de douleur. Il ferma les yeux sous mes mains caressantes, puis balaya l'air devant sa figure, comme s'il en était asphyxié. Il chercha les mots pour décrire son travail, et trouva la force de se soulever sur un coude et de répondre d'une voix entrecoupée.

– Vivian, tu étais étendue là, paisible, oublieuse, pendant que moi... c'était terrible. *Terre, ah ! Terre, quelle est cette angoisse qui s'insinue dans ma poitrine !*

La voix de Roger était basse, grinçante, choquée. Je le regardai attentivement. Il y avait maintenant assez de lumière pour voir qu'il était couvert de protubérances rouges. Un de ses yeux était gonflé, presque fermé.

– J'ai été dévoré vivant. J'ai souffert seul. Tourmenté par les Furies, Oreste n'a pas enduré pires maux.

– Il avait tué sa mère. Il le méritait.

– Non, chérie. Pense à la justice contextuelle.

– Tu n'es pas en mesure de discuter.

Je blottis Violet contre lui, me levai et me dirigeai vers la petite cuisine. Le cataplasme de bicarbonate de soude était le remède utilisé par mémé pour presque toutes les affections de la peau. J'en mélangeai une poignée dans un bol avec un peu d'eau, de façon à former une pâte, et retournai vers le lit avec ma mixture.

– Reste étendu sans bouger.

J'enduisis les bras et les jambes de Roger, m'arrêtant avec un soin particulier aux régions lésées. J'éprouvai, ce faisant, une telle sympathie brute que j'en avais les yeux brûlants de larmes. Mais je me ressaisis aussitôt et tentai quelques plaisanteries. Je n'allais pas commettre l'erreur de lui pardonner sans une confrontation. Erreur liée à sa condition, la femme a tendance à se montrer trop compatissante. Si je voulais élever une fille qui ne devienne pas une de ces femmes aimant trop les hommes, il me fallait commencer par mettre un frein à mes propres sentiments. Je réprimai l'envie de chanter pour endormir Roger, de lui masser les pieds, de gratter ses piqûres.

– Essaye de dormir, ordonnai-je en remontant le drap sur sa poitrine. Avec une fermeté d'infirmière, j'ignorai son regard angoissé, suppliant. Je l'empêchai de prononcer les mots qui lui brûlaient la langue – sans doute voulait-il s'excuser pour son comportement de l'après-midi, puis me lire ses vers, et je n'avais pas envie de l'écouter. J'avais peur de capituler et de dire la vérité : que c'était bon.

– Je vais emmener Violet, pour que tu aies la paix.

– Où vas-tu ?

Je haussai les épaules.

– J'imagine que je vais rester un moment sous la véranda, ou bien j'irai réveiller Cobb et voir comment va Nash, et puis je prendrai mon petit déjeuner.

Roger me saisit la main avec une force étonnante, me malaxa les doigts en me dévisageant tristement. Il me suppliait d'oublier Cobb, de renoncer à son document, de n'y voir que mensonge. Mais ce n'était pas un mensonge. Je gardai la main molle, froide et neutre, ne répondant pas à son étreinte comme je l'aurais fait en temps normal, ne maîtrisant pas le mouvement de ses doigts par la force des miens. Je ne jouais à aucun jeu, mais par pitié je ne rejetai pas explicitement la demande de Roger. Nous ne parlerions plus du Journal. Il baissa enfin les yeux, puis, lentement, desserra son étreinte. Il caressa le dos de ma main et me lâcha.

Cobb était sorti et Nash était probablement avec lui. À mon retour au bungalow, je trouvai Roger, les yeux rouges, titubant, essayant de se raser. Il s'efforçait de se voir dans un miroir voilé, suspendu à une hauteur particulièrement incommode.

– Sortons d'ici, dis-je. Allons reconnaître les environs. Nous avons plusieurs heures avant l'arrivée d'Hilda et de Racine.

Roger accepta. Il paraissait déprimé, gêné par la nuit passée, et j'en profitai pour le tenir éloigné de Cobb. À voir Roger se débattre avec un sac de plage en toile, je ne pus m'empêcher de m'adoucir un peu. Avec ses cheveux qui se dressaient sur sa tête, son épi de petit garçon, il avait vraiment l'air de sortir tout droit de son lit.

Tout en attachant Violet dans le siège de bébé de notre voiture de location, je m'exhortai à la détente; en chemin, nous parlâmes donc de choses et d'autres. Il était étonnamment simple de garder pour moi mes plaintes restées sans réponse, de laisser le courant de la conversation masquer mes déceptions.

Cobb m'avait expliqué comment se rendre sur une plage peu fréquentée. C'était une merveille. La baie entourée de récifs était parfaitement claire, et on pouvait s'y enfoncer sur plusieurs centaines de mètres, tant l'eau était peu profonde.

– Ici au moins, nous n'avons pas de chaperon, dit Roger. Enfin.

Violet tomba dans un profond sommeil à l'ombre flottante d'un acacia, et, se tournant vers moi, Roger me prit le menton et me guida vers un baiser.

Personne d'autre en vue. Derrière nous, une brousse infranchissable. De part et d'autre, du sable vierge et, devant, des kilomètres d'eau déserte. J'étais presque choquée de découvrir qu'en ce moment de brouille maximale, Roger et moi étions capables de faire l'amour. Et pas juste capables. Je ne sais pas comment nous décrire – c'était *Tant qu'il y aura des hommes* sans carré blanc. Nous étions des nageurs synchrones. Nous étions parfaits. Je m'abandonnai d'abord un peu, puis je m'abandonnai tout à fait, puis après un long moment je commençai à revenir au monde, à retrouver le vert tendre des feuilles de palmier, les troncs imprécis à l'écorce emmaillotée de jute, la calme profondeur du ciel. Je roulai sur le côté. À l'exception du clapotis des petites vagues, la mer était un miroir de paix.

Je me tournai vers Roger. Il avait du sable collé aux épaules comme du sucre en poudre. Ses yeux étaient limpides. Je posai la tête sur sa poitrine. Je sentais son cœur, puissant comme un moteur suédois, palpiter contre ma tempe. Je suivais les muscles du nageur, longs et tendus, le long de ses bras.

– C'est vraiment merveilleux, dis-je. Ensemble comme ça.

– Je sais.

– Au même moment.

Roger aspira une bouffée d'air, laissa échapper un long soupir paresseux et prononça avec un sourire dans la voix :

– Ce n'est pourtant jamais exactement au *même* moment.

– Ah non ? fis-je en lui tapotant doucement les côtes. Alors comment le définirais-tu ?

Il laissa échapper un rire bref.

Le rire. Je ne peux pas le décrire de façon précise, car il était changeant. Mi-jovial, mi-entendu – on y décelait aussi quelque chose de différent, un noyau minuscule *qui ne me prenait pas au sérieux*. J'en connaissais suffisamment l'inflexion pour ne pas insister, mais je le fis tout de même. Je ne pouvais pas m'en empêcher.

– Qu'est-ce qui est si drôle ?

– Rien.

– Si. Tu as ri.

– Ce n'était rien. Honnêtement. Je suis désolé.

– Roger...

– Est-ce que je ne décèlerai pas là une pointe de menace ?

Je me dressai et, penchée sur lui, le regardai droit dans les yeux. Je voyais le rire. Il était là, filtrant.

– Je veux seulement savoir ce que tu trouvais si drôle.

– Ne puis-je donc pas rire tout seul.

– Pas en un tel moment. Tu as rompu le charme de l'intimité.

– Ecoute, Vivian, tu ne vas pas m'accuser de rompre le charme de l'intimité, c'est toi qui demandes pourquoi j'ai ri.

Il rit de nouveau.

– Roger ! C'était ça ! Le même ricanement.

– Pardon.

Il me regarda, mais ne semblait pas du tout désolé.

– Allez, Roger.

– D'accord. C'est juste que... – Son visage était l'expression même de l'innocence. – C'est juste que... si merveilleux que ça ait été, tu sais, ce n'était pas simultané. *Rien* n'est simultané.

– Je ne voulais, évidemment, pas dire que, dans un univers mesuré en picosecondes, nous ayons eu en même temps des orgasmes d'une durée identique. Je disais simplement, ou plutôt je me félicitais de ce que nous ayons pour une fois expérimenté la même chose.

– Euh, la *même* chose ?

Il laissa échapper un gémissement dubitatif.

– Oh, quoi encore ? La conjoncture égocentrique ? L'incapacité de l'esprit à transcender sa propre expérience ? OK. Tu as eu le tien, et moi le mien, mais tu ne peux pas nier que ça s'est en gros passé en même temps.

Il considéra la concession que je lui faisais.

– « En gros. » Qu'entends-tu par « en gros » ? Et par « ça » ? Je veux simplement dire, Vivian, qu'étant donné qu'il n'existe pas de mots pour décrire ce que nous ressentons en de tels moments, et que toute syntaxe dénature la réalité de nos sensations respectives, mieux vaut se taire.

– Voilà ! Voilà ! – Je lui jetai du sable avec le bout du pied. – Maintenant tu m'accuses clairement de rompre le charme !

Il chassa le sable avec ses deux mains.

– Je dis simplement...

Je me mis à crier :

– Tu dis que le sexe ne devrait pas relever du langage. Que l'expérience directe ne devrait pas être déflorée par des mots, surtout mes mots, parce que je ne les utilise pas avec la précision que tu demandes.

– Tu élèves la voix, fit remarquer Roger.

– Je crie. Voilà le mot.

Nous nous mesurâmes du regard.

– Je sais que les mots sont impurs, Roger, pleins de connotations, de souvenirs et de vieux désirs. Je sais qu'aucun mot n'a la même signification pour deux personnes. Je sais qu'il est impossible de décrire parfaitement ce qui vient de nous arriver, mais renoncer au langage, renoncer à ce que nous avons, si décevant soit-il, c'est de la lâcheté. J'aime la langue, je lui pardonne ses défauts, ses vieilleries, ses défaillances. J'aime les mots dans ma bouche. J'aime les déverser et je ne cherche pas à ce que chacun soit parfaitement adapté. J'aime la fluidité et la plénitude des paroles, leur légèreté, leur capacité à s'évanouir dans l'air ténu, j'aime la phrase qui ploie sous le poids du sens, chargée comme un morceau de pain sec trempé dans la soupe.

Je m'arrêtai, gênée par l'outrance de mon image.

– Pain, soupe. – Roger sourit, mais il paraissait aussi affamé, prêt à continuer. Bisque de fruits de mer, gombo, bouillabaisse épicée. – Et un pain croustillant, français ou italien, même rassis.

– Quelle coïncidence, Roger. Nous avons faim exactement au même moment.

Je pris mes sandales de plage, et nouai ma serviette autour de la taille.

– Il y a un minuscule café, où nous pourrions nous arrêter sur le chemin du retour.

Il paraissait revigoré, ragaillardi par notre discussion. Sans cérémonie ni embarras, il se saisit de Violet. Pour une fois, elle ne se réveilla pas complètement, se contentant de se blottir contre lui. Le perfectionnisme sémantique de Roger me mettait en fureur, peut-être parce qu'il témoignait d'un respect pour la vérité, d'une honnêteté que j'admirais habituellement – mais pas aujourd'hui. Aujourd'hui je jouais un double jeu, et ça ne me plaisait pas.

Nous nous rendîmes à l'aéroport. La porte s'ouvrit et Hilda, puis Racine descendirent la passerelle et traversèrent la piste. Le foulard rose d'Hilda était tissé de fil d'or, son visage brillait de curiosité. Racine avançait plus lentement, avec circonspection, comme effrayé par la chaleur et l'éclat de la lumière, mais à mesure qu'il approchait de la grille son pas se fit plus léger. Il était prêt à se laisser séduire et, rejetant la grisaille de l'hiver septentrional, il grimaça avec délectation dans le soleil.

Je regardai Roger. Des lunettes noires cachaient ses paupières gonflées; il avait les bras couverts jusqu'aux poignets par des manches longues. Il ne se grattait ni ne se contorsionnait. Il avait l'air bien, mais je savais qu'il n'en était rien, pourtant il était si retenu et résigné que j'éprouvai pour lui un de ces soudains mouvements d'affection, de tendresse irrationnelle. Je ne voulais pas renoncer à mon irritation, mais ce n'était que sable mouvant comparé à l'assise de mes sentiments.

– Alors, comment ça se passe ? voulut savoir Hilda, après qu'ils eurent franchi la douane et que nous eûmes échangé les étreintes et les compliments d'usage. Comment est le brasseur d'affaires ? Comment est le paradis ?

– Gardé par des démons, dit Roger d'une voix plate.

15

Roger

Je déteste les embrayages qui patinent. Un véhicule est une extension de soi, le visage à quatre roues que l'on présente au monde, le squelette externe grâce auquel on attire les autres, ou qui vous en protège, si nécessaire. Une voiture annonce ses occupants. Elle est en soi un message, le moyen qui justifie la fin. Lorsqu'un voyage aérien me prive de ma Saab de collection – élégante, sûre –, je ne compte pas l'argent dépensé à louer une voiture de qualité. Rien de voyant, bien sûr, pas de décapotable, rien non plus dans lequel il faille entrer à quatre pattes. Je demande une taille moyenne et j'espère tomber sur la gamme au-dessus. J'aime la location, la variété, j'aime découvrir les gadgets de chaque nouveau modèle : limiteur de vitesse, vitres électriques, sélection automatique sur la radio.

Lorsque Sydney Clock avait annoncé le tarif – élevé – des voitures de son parc « Évasion insulaire », je n'avais pas bronché. N'importe quoi plutôt que l'immobilité, n'importe quoi pour un refuge climatisé avec une porte qui ferme. C'est ce que je croyais, mais je ne comptais pas sur le pouvoir corrosif de l'air marin, ni sur les conséquences de la négligence, ni sur l'influence des vents du changement – pots catalytiques, économie d'énergie... – qui, soufflant sur l'Amérique du Nord, avaient propulsé dans les îles une nuée d'énormes vieux clous fabriqués à Detroit.

En fin d'après-midi, le jour de notre arrivée, Clock m'avait présenté, en échange d'un chèque substantiel, la sœur jumelle de la voiture dans laquelle je m'étais autrefois rendu au bal du collège de ma petite amie. Ça ressemblait vaguement à une Chevrolet, havane et large, avec des pneus aussi lisses et rebondis que des chambres à air.

La garniture de la banquette avant – curieux comme l'ancienne phraséologie attend à l'affût au fond de l'esprit – évoquait le mélodrame et la passion de passagers transportant des objets tranchants dans leur poche revolver et de conducteurs ignorant le cendrier. La boîte à gants était fermée par un cintre tordu, et le compteur indiquait la vitesse improbable de cent soixante kilomètres-heure.

– Une chose. – Sydney tenait à le signaler. – On ne peut pas ouvrir en même temps le coffre et le capot. Il leur faut à chacun une cale.

Il exhiba un morceau de bois, lequel, démontra-t-il, empêchait efficacement les ouvertures avant et arrière de se refermer.

– Le pneu de rechange est au magasin, regrettait-il encore. Si vous tombez en panne, n'hésitez pas à m'appeler.

Avant que je ne tourne la clé, avant que je n'entende le ronflement du pot d'échappement criblé de trous, que je n'entreprenne de mettre la voiture en mouvement, avant qu'elle ne s'installe définitivement, avec une infinie lenteur et moult grincements, en une vitesse étiquetée numéro « 2 », il fut enlevé sur le scooter d'un ami.

Ce 2, devais-je bientôt découvrir, n'était pas adapté au terrain ordinaire – il était prévu pour l'ascension des montagnes ou les fortes descentes. Pour les terres plates d'Eleuthera, le régime du 2 était trop bas, de sorte que le moteur était sans cesse au bord de l'hystérie. Il gémissait et sifflait, laissait échapper des soupirs d'exaspération, et se faisait remarquer, même au repos. Le vacarme semblait en tout cas hypnotiser Violet.

Après avoir quitté l'aéroport, nous traversâmes plusieurs petits villages, tel un orgue en folie. Le brouhaha m'empêchait de participer à la conversation animée de mes amis. J'étais laissé à mes pensées. Ce qui, dans la circonstance, était une bénédiction. J'espérais personnellement que la présence d'Hilda et surtout celle de Racine apporterait comme un levain à l'amalgame que nous formions. Pour jouer notre comédie domestique, il nous fallait un auditoire plus attentif que Nash, et certainement que Cobb, ce semeur de discorde, qui faisait surgir ce qu'il y avait de pire en nous.

Il ne m'avait pas fallu longtemps pour me fatiguer des plaisanteries sadiques de Vivian sur les insectes, et il ne lui en avait pas fallu davantage pour s'agacer de mes considérations sur l'hypocrisie de notre hôte. Il existe peu d'anthologies de l'humour carcéral – l'incarcération sans possiblité d'échange verbal n'est pas drôle – et nous étions condamnés à rester dix jours pleins dans cet Alcatraz. À mesure que nous prenions conscience de la dureté de nos conditions de vie, il nous était apparu de plus en plus difficile de prendre à la légère une situation qui ne cessait de se détériorer. Du sarcasme on passa à l'accusation, laquelle provoqua des reproches défensifs. Se plaindre, c'était dénoncer, et le moindre aveu d'insatisfaction de ma part suffisait à transformer Vivian en promotrice des délices de l'île. La côtoyer dans cet état d'esprit, c'était dîner avec le patronat d'une petite ville industrielle en crise : tous les maux sont dits bienfaits, tous les soucis, espérances. Le problème, si problème il y avait, venait du snobisme de mon interprétation, de mon incapacité à m'adapter, de ma goujaterie puritaine et de mon refus d'accepter les machinations de Cobb. « Détends-toi, Roger, avait-elle osé me dire la nuit dernière. Fais contre mauvaise fortune bon cœur. »

Comment faire « bon cœur » de ma peau enflammée ? Devrais-je défier Cobb en une amicale partie de palets, dont l'enjeu serait la conclusion de notre histoire ? Vivian ne me laissait même pas travailler en paix : on l'eût dite jalouse de mon poème, menacée par l'absence même de ma muse. J'avais essayé patiemment d'expliquer mes habitudes, mes retraites occasionnelles et sacrées au centre de moi-même. Et quelle fut sa réponse ? Sympathie ? Compassion ? Respect ? Pas du tout. Elle m'avait quasiment déclaré que son obsession des concessions tapageuses l'emporterait toujours sur mon désir de solitude. Elle m'avait alors regardé, cette femme que j'aimais, qui avait porté mon enfant, comme le plus diabolique des geôliers, de ceux qui raclent, en pleine nuit, les barreaux de votre cellule avec une matraque dans le seul but d'interrompre le flot de vos rêves.

J'exagérais, je le savais. J'étais exaspéré par le manque de sommeil et le supplice des petites piqûres. Je détestais tout et tout le monde pareillement ; tous les avenirs – avec Vivian, sans Vivian – m'étaient également insupportables. Je vomissais l'éclatant soleil, la chaleur, l'oppressante verdure ; j'avais les oreilles cassées par les incessantes versions en reggae des chants traditionnels de Noël, déversées par une radio qu'on ne pouvait ni éteindre ni baisser, car il manquait le bouton *ad hoc*. « Petit papa Noël » n'aimait pas le limbo. Rythmé sur des tambours d'acier, le « beau sapin, roi des forêts » sonnait plutôt faux. Le chœur qui interprétait « Jingle Bells » – une bande de chanteurs de jazz venus du carnaval de Rio – semblait échappé d'une maison de fous. Entre deux chants le disc-jockey annonça qu'un groupe de concurrents à la réunion du « Junkanoo » local – je ne savais pas au monde de quoi il s'agissait – étaient les Prostituées de Babylone.

Heureusement, c'était le 23 décembre. Je n'avais plus que deux jours à supporter ce vacarme. Je refusais de danser le cha-cha-cha au son de « Il est né le divin enfant ». Vivian, elle, marquait la musique avec son pied. C'était là toute la différence. Qu'y faire ?

Comme si Eleuthera ne nous avait pas réservé assez de mauvaises surprises, l'aménagement de la cuisine du bungalow se révéla plus que primitif. Le réfrigérateur ne cessait de débiter un pot-pourri d'exaspérantes mélodies – de la rumba lente lorsque la porte était fermée depuis longtemps à la polka allegro lorsque son fréon se rechargeait. On ne peut pas dire qu'elle « refroidissait », cette machine hyperactive : elle congelait tout en un seul bloc qu'il fallait débiter au ciseau au moins deux heures avant utilisation.

Le fourneau à gaz était inutilisable. Les brûleurs ne s'allumaient pas et le four était une boîte tiédasse. Le premier soir, j'avais imaginé un moyen simple d'en allumer la veilleuse : couché par terre, j'en avais examiné les mécanismes internes. Je reniflai prudemment avant de gratter une allumette, afin de détecter l'odeur de gaz, mais l'air ne révélait rien. Je n'en entrepris pas moins ma tâche avec le fatalisme d'un démineur. Rien ne s'enflamma, et il me fallut la preuve que constituait le tas d'allumettes carbonisées pour me convaincre que si mon nez ne décelait pas de gaz, c'était, tout simplement, qu'il n'y en avait pas.

– Qu'allons-nous faire ? avais-je demandé à Vivian, qui se tenait au-dessus de moi, mains sur les hanches – en chef d'équipe. Qu'allons-nous faire de la viande ?

J'avais transféré la plus grande partie de notre réserve continentale dans les profondeurs arctiques du réfrigérateur – où la température constamment maintenue en dessous de zéro la conserverait indéfiniment, telle la carcasse d'un mammouth sibérien. Mais il y avait le problème du dîner, pour lequel j'avais mis de côté le petit aloyau, persillé à souhait. Il était trop tard pour le recongeler sans risquer l'intoxication.

Se penchant par-dessus moi, Vivian déplaça un des sacs d'épicerie que nous avions achetés dans le magasin de Savannah Sound et brancha quelque chose.

– Dieu merci, dit-elle. Ça, au moins, ça marche.

J'allongeai le cou pour voir.

– Mais c'est un grille-pain, fis-je remarquer. Pour griller des tranches de pain.

– Et alors ? C'est mieux que rien. Improvise, Roger. Où est ton esprit d'aventure ? Si nous avions voulu du high-tech nous serions allés en Floride.

Ou dans le New Hampshire, aurais-je pu ajouter, mais je ne le fis pas. Ou à Boston, à faire les bouquinistes de Cambridge et prendre un brunch au Ritz, le dimanche. Vivian m'ébouriffa machinalement les cheveux, à mon grand étonnement me gratta derrière l'oreille, puis alla calmer les gémissements ininterrompus de Violet, avant que je n'aie eu le temps de lui lécher la main. Ou de la mordre. Je me levai pour affronter le rôti, maintenant à température ambiante. C'était d'évidence à moi qu'il revenait de résoudre la question du dîner. Qu'était-il advenu de la répartition des tâches ? Dans les sociétés traditionnelles l'homme apportait la carcasse et la femme la faisait tourner sur une broche – arrangement parfaitement complémentaire. Il suffit à la femelle moderne de lever les bras et de dire : « Oh, pour ça, tu es bien meilleur que moi ! » et la voilà déchargée des problèmes de subsistance. J'examinai le bouton du seul appareil en ordre de marche. La position la plus haute indiquait avec optimisme : « gâteau », je n'avais pas le choix. Tandis que l'unique résistance passait du noir au rouge incandescent, je coupai le rôti en huit tranches épaisses. Pendant les trois interminables heures qui suivirent, je les grillai deux par deux.

De l'instant où ils étaient entrés dans la voiture, Hilda et Racine n'avaient pas arrêté de parler, bien que le sens de leurs paroles se perdît dans le vacarme. Lorsqu'ils étaient ensemble, ils créaient une sorte de champ magnétique imperméable à toute influence externe. À l'intérieur de la dynamique de leur couple, ils restaient immuables. Tombés du ciel dans la Cabane de Rahita-Spécialités indigènes, débarrassés des chandails et des manteaux dans lesquels ils avaient entamé leur voyage, ils étaient installés en face de moi à une table recouverte de linoléum et paraissaient parfaitement à l'aise. La somme de leur expérience collective, des années où chacun d'eux avait été un réfugié, un paria, un immigrant, les avait immunisés contre tout choc culturel. Leur foyer était devenu l'autre. Impressionnante était l'inconscience avec laquelle ils voyageaient, parcourant la planète comme certains changent leurs meubles de place ou repeignent leur salon. Européens expatriés en Amérique, agressivement américains en Europe, Hilda et Racine étaient étrangers partout et contents de même. Ils étaient citoyens de leur mariage, leur couple était leur patrie et, par contraste, j'éprouvais, comme d'habitude, un mélange de respect et de privation. Ils avaient même tendance à parler à la première personne du pluriel.

– Nous *pensions* que vous nous nourririez, dit Hilda en souriant. Nous avons pris un sandwich dans l'avion, mais rien depuis. Que conseillez-vous ?

Rahita en personne se tenait derrière le comptoir, devant une bassine d'huile bouillonnante prête à servir. « Frit » était l'adjectif précédant tous les plats du menu : poulet, conque, steak, et mérou. En cette fin d'après-midi, nous étions les seuls clients.

– Croyez-moi si vous le voulez, confia Vivian d'une voix forte, perfide, c'est la première fois que nous dînons dehors. Roger a apporté assez de viande pour nourrir une armée de carnivores et on en grignote un peu tous les jours. Nash refuse d'y toucher évidemment !

– Vous conseillez le mérou ? demandai-je à Rahita. Il est frais ?

La femme battit des paupières avant de répondre :

– D'hier.

– Alors je vais essayer les conques, décidai-je. Avec une petite salade verte.

– Nous prendrons la même chose, dit Racine.

Rahita plongea le bras dans une bassine d'eau de mer et en sortit une poignée de conques de taille moyenne, qu'elle plaça sur un billot de boucher. À l'aide d'un poinçon affilé, elle fit un trou dans chaque coquillage et en retira son occupant solitaire, qu'elle frappa avec le rebord d'une assiette. Lorsqu'elle prit un marteau en caoutchouc, je dus détourner les yeux. On aurait pu croire que, venu d'une région où les langoustes sont jetées vivantes dans l'eau bouillante et où on avale les palourdes à peine sorties des flots, je n'aurais guère éprouvé de compassion pour les crustacés, mais ma sympathie pour le roi des coquillages fut immédiate, et je me reprochai mon choix.

– Roger, que t'est-il arrivé ? demanda Hilda.

Je pensais qu'elle faisait allusion à mon air hagard, aux marques rouges qui me couvraient les bras et les mains.

– Tu l'as remarqué aussi ? demanda Racine à sa femme. Vivian, tu es un vrai tonique pour cet homme. Je ne l'ai jamais vu aussi en forme, d'aussi bonne mine.

– La bonne mine que vous constatez n'est rien d'autre qu'un empoisonnement du sang, répondis-je. Vous verrez ce soir. Vous allez avoir une affreuse surprise.

J'étais contrarié – comment osaient-ils ignorer ma détresse ! – mais à la perspective de la découverte qui les attendait j'eus un pincement de plaisir.

– Les insectes sont terribles, dut admettre Vivian. J'espère que vous avez apporté une bombe. Au coucher du soleil, impossible de les tenir éloignés.

– Mais notre hôtel est climatisé, dit Hilda. Nous dormirons en paix.

– Climatisé ? – Le mot était presque trop douloureux à prononcer. Je lançai à Vivian un regard furieux. – Je ne savais pas qu'il existait de tels aménagements dans ce trou à rats.

– La vie est trop courte, dit Hilda avec un haussement d'épaules. Nous avons besoin d'une touche de luxe maintenant. Oui, nous aurions aimé dormir bercés par le bruit des vagues, mais... on ne peut pas tout avoir. Nous sommes des vieux de la vieille sans goût pour l'aventure. Avec un amour neuf, c'est différent.

– Absolument pas, insistai-je. Pensez-vous qu'il leur resterait une chambre libre, dans votre hôtel ?

Racine secoua la tête d'un air dubitatif.

– L'agence de voyages a eu un mal de chien à nous en trouver une la semaine dernière. Elles sont réservées ferme pour le temps des vacances.

– En tout cas, pour le prix nous sommes imbattables, dit Vivian. Elle était à nouveau trop gaie, signe qu'elle lisait ma pensée.

– Je ne sais pas ce que tu fais, Roger, mais il est évident que ça te convient, lança Hilda. Racine a raison. Tu es resplendissant. Toi, aussi, Vivian. Et Nash ? Où est-il ?

– Nash est dans son élément, dit Vivian. Il s'est lié avec des gens d'ici, il fait de l'exploration sous-marine, et tout le tremblement. Il avait sans doute besoin d'un changement de décor.

– Et ma petite Violet ?

Racine adressa un sourire au bébé dans son couffin, posé sur la chaise à côté de lui.

– *Ça va, ma petite ?* dit-il en français.

– Elle est épuisée, dis-je. La pauvre enfant ne s'est pas couchée de la nuit.

– Ah, c'est une fêtarde ! approuva Hilda en me faisant un clin d'œil. Tout comme son père.

– Roger s'est transformé en un vrai mordu de plage, dit Vivian sans trace d'ironie. Au fond, c'est un surfeur-né.

Elle me serra l'avant-bras, ce qui eut pour effet de réveiller mes plaies. Je détestais qu'on parlât de moi à la troisième personne.

– La mer ne m'est pas complètement inconnue, expliquai-je à

Hilda et Racine, qui, en réponse au sérieux de mon ton, se regardèrent en roulant des yeux.

– À propos, dit Hilda, quoi de neuf avec Colomb ? Ce Cobb est un original ?

– Un vrai produit de *La Jungle,* murmurai-je.

– Il est fascinant, ajouta Vivian. Obsédé, bien sûr, mais très cultivé.

Un regard passa entre les deux femmes, un signal de Vivian à Hilda, aussi visible que l'éclair d'un phare : l'heure des confidences avait sonné. Elles repoussèrent leur chaise et, sans explication, se dirigèrent vers les toilettes. Je me retournai pour faire face à Racine qui, le visage ouvert et l'expression optimiste, me souriait.

– Pourquoi partent-elles toutes les deux ? demandai-je, contrarié. Ce ne sont tout de même pas des vessies conditionnées par les phases de la lune ?

– Conversations de femmes. – Il haussa les épaules. – Elles ne se sont pas vues depuis une semaine. Il faut bien qu'elles se rattrapent.

Nous restâmes silencieux. Pas de « conversation d'hommes », pas de confidences à échanger. Racine et moi, que ne rapprochaient ni le sport ni la politique locale, comptions sur Hilda pour alimenter la conversation. Notre amitié était celle de la plupart des mâles qui se connaissent par le travail : toute en mutisme et en bourrades. Ayant rarement été livrés à nous-mêmes, nous étions en quelque sorte gênés par cette intimité forcée. Nous demeurions dans cette grisaille spécifiquement masculine – liés depuis trop longtemps pour en rester au papotage, nous n'étions pourtant jamais passés aux confidences. Ma liaison avec Vivian avait facilité les choses. Je n'étais plus une espèce de sauvage solitaire, un prédateur ou un rival, un célibataire inexpliqué, un homme qui ne pouvait pas ou ne voulait pas s'entendre avec une femme.

Regardant Racine, je vis avec consternation qu'il me considérait avec sollicitude et même affection. Je l'avais entendu proclamer dans différents cercles de professeurs que les hommes devaient apprendre à se parler, ne devaient pas refuser le contact physique, et je craignais qu'il ne mette sa théorie en pratique. Une femelle vint heureusement à mon secours. Éveillée par la chaleur et le manque de mouvement, Violet chercha Vivian du regard.

Cela faisait longtemps que Racine n'avait pas tenu un bébé, mais il était connu pour sa sensibilité, pour s'activer dans les séminaires de critique littéraire féministe bon teint. Je m'amusai de sa consternation, du dilemme que constituait pour lui ma fille prêt d'exploser. S'il la prenait et qu'elle n'était pas satisfaite, sa réputation était coulée, mais s'il ne répondait pas à sa demande son masque tombait. Je laissai l'agitation s'installer quelques secondes encore, puis, simulant l'aisance et l'expérience d'un professionnel – je pouvais au moins m'appuyer sur la nuit passée, – j'enlevai Violet à son couffin et la soulevai à hauteur de mon visage.

– Du calme, dis-je fermement. Tu n'as pas à t'inquiéter. Tu es avec des amis.

Au son de ma voix, Violet cligna des yeux. C'était l'heure de vérité. Allait-elle ou n'allait-elle pas m'accepter comme remplaçant ? C'est alors que je sentis ses muscles se relâcher dans le creux de mes mains qui soutenaient son dos minuscule. Elle gigota avec enjouement, coquetterie même. Elle tira la langue et fit un petit bruit de gorge. Surpris et fier – Racine en ferait à la première occasion part à Hilda, qui, à son tour le dirait à Vivian –, je lui répondis de même. Violet répliqua. Nous parlions. Nous étions engagés dans notre première conversation, et personne d'autre ne pouvait comprendre. Violet finit par s'endormir sur mon bras, sursautant de temps en temps pour me regarder fixement avant de s'assoupir à nouveau.

– Tu es devenu très calé, approuva Racine avec soulagement. Je suis impressionné.

– C'est très simple, répondis-je modestement. Un bébé a autant besoin que n'importe qui de réconfort, d'un environnement stable.

– C'est ce que Vivian et toi avez créé ? C'est merveilleux ! L'attraction des contraires fait partie de ces adages qui se vérifient souvent, même dans les cas les plus improbables. Je dois tirer mon chapeau à Hilda. Elle l'avait prévu.

Hilda, je le pressentais à mesure que les minutes passaient, devait en ce moment même avoir les oreilles rebattues de nos divergences. Le temps que les femmes pouvaient passer dans les toilettes m'étonnerait toujours. C'était, semblait-il, un trait universel. Lorsque, enfant, je voyageais avec ma mère, je passais mon temps à attendre devant les toilettes des aéroports et des gares. Depuis, ça n'avait pas cessé – avec des petites amies et des relations, au théâtre, au restaurant, dans les stations d'essence des autoroutes. Était-ce biologique, s'agissait-il d'un de ces mystères féminins, ou d'un comportement acquis ? Chez ceux qui vivaient de la chasse et de la cueillette, me demandais-je, les mères, les grands-mères et les petites filles disparaissaient-elles derrière un buisson pour réapparaître des heures plus tard sans s'excuser, longtemps après que le gibier s'était enfui ? Vivian se situait au bas de l'échelle, rendons-lui cette justice. Un jour, elle m'avait même attendu, et le néophyte que j'étais s'était senti tenu de donner des explications.

– Roger, je t'en prie, avait-elle dit. Épargne-moi les détails. Tes ablutions ne regardent que toi.

Mais laissez-la se repoudrer avec une autre femme, Hilda en particulier, elle devient pire que les autres. Quelles que fussent les affaires traitées, elles le furent sans hâte. La partie d'échecs se joua sans montre.

– Que peuvent-elles bien faire ? finis-je par demander à Racine.

Rahita avait apporté nos plats, et ma faim était telle que je savais ne pas pouvoir supporter une longue attente. Les conques, dorées et croustillantes, avaient l'air délicieuses. Il s'en dégageait un arôme de beurre salé, et même la salade, du chou cru mayonnaise, était appétissante.

– Maintenant, si vous êtes prêtes, chères huîtres, nous pouvons commencer, dis-je m'adressant à mon assiette.

De ma main libre je trempai une conque dans de la sauce tartare et en mordis une bouchée. C'était chaud et ferme, résistant même. Mes mâchoires supérieure et inférieure semblaient se décrocher à chaque mastication, comme si je mâchais une chaussure de tennis. J'entaillais la masse plus que je ne la mastiquais, et lorsque je l'avalais, je pouvais en suivre tout le parcours.

– Coriace, commentai-je.

Racine approuva de la tête.

– Tout en muscle. Il le faut, pour actionner ces grosses coquilles.

Chaque morceau de conque exigeait plusieurs minutes de mâchonnement, imposant ainsi le silence autour de la table. Muets et stupides, Racine et moi ruminions comme du bétail au pré. Violet nous regardait ravie.

Hilda et Vivian étaient toujours enfermées, mais un éclat de rire s'échappa des toilettes. J'étais, à n'en pas douter, le principal sujet du rapport. Je n'étais pas à la hauteur, de cela au moins j'étais sûr. Vivian devait me dépeindre comme rigide, geignard, alcoolique, elle devait raconter que j'avais été grossier avec Cobb, déplorer mes relations avec Nash et m'accuser d'attacher plus d'importance à mon travail qu'à elle-même. Je fermai les yeux : irait-elle jusqu'à me reprocher d'avoir constaté la discordance de nos orgasmes ? Les liaisons modernes excluent toute discrétion, exposent votre jardin secret à la curiosité publique. Le fils commence par placarder mon journal intime, puis la mère fait rire de mes prétendues insuffisances.

Si les hommes pouvaient se parler librement, que dirais-je à Racine ? Je décevais manifestement Vivian, mais me décevait-elle aussi ? Ses distractions étaient souvent exaspérantes, et elle bousculait sans discernement l'ordre établi de mon existence. Il n'y avait pas de zone de ma vie ou de mes pensées que sa famille et elle n'envahissent pour tenter de la dominer. Elle avait des opinions sur tout ce qui me concernait, et s'attendait à ce que je me remodèle en fonction de ses exigences. Elle n'avait absolument aucune considération pour moi. Ne parlons pas de mes réalisations professionnelles – pour Vivian Two-star j'étais seulement l'homme dans sa vie, l'objet qu'elle cherchait à modeler, le père putatif de sa fille, l'inconnu gênant qui avait le pas sur son avenir. En fin de compte, elle se fichait comme d'une guigne de ma famille, de mon travail, de mes goûts, de mes biens. Ce qu'elle voyait en moi était un élément qui n'apparaissait pas dans mon curriculum vitae, un facteur auquel personne d'autre n'avait jamais prêté attention ou accordé crédit. Les critères qui lui importaient étaient fondamentaux et primitifs : à ses yeux, je réussissais ou échouais dans la mesure où j'étais désirable, où j'étais capable d'amour partagé.

À l'autre bout de la pièce, la porte des toilettes s'ouvrit. Recoiffées, sûres de leur apparence, Hilda et Vivian se dirigèrent vers notre table. Ayant jeté un regard sur le siège vide du bébé, Vivian fronça les sourcils. Puis elle vit Violet, endormie dans mes bras. Elle effleura l'épaule de Hilda, me montra du doigt et sourit.

Il y avait dans ce regard une qualité qui transforma instantanément en positifs – sans en changer le moindre détail – tous les sentiments négatifs que j'avais pu éprouver à son égard. Ce qui avait été mauvais devenait bien, ce qui avait été oppression devenait grâce, ce qui avait été plainte devenait jubilation. Repoussant ma chaise, je me levai pour aller à la rencontre de Vivian. Je tenais Violet légèrement de côté, et des doigts de mon autre main je touchai le bras de Vivian. Son sourire s'épanouit.

– Tes oreilles ont dû siffler, dit-elle.

– Et la grande nouvelle ? demanda Hilda, une fois que nous eûmes tous rongé nos conques. Elle brûle la poche de Racine.

– Gardons les détails pour plus tard, répliqua un peu vite Vivian, avant de regarder Racine.

– Je n'ai pas tout bien saisi, dit-il à dessein, mais je peux dire que la lettre est apparemment authentique. J'ai fait dater l'encre au carbone, et elle est sans aucun doute du XVe, XVIe siècle. Un graphologue a confirmé que l'écriture pourrait être celle de Colomb, bien qu'il y ait quelques différences.

– Probablement dues au mouvement des vagues de l'océan, qui balançaient la *Pinta* à la limite de la terre plate.

Je ne pouvais résister. Pourquoi ne pas valider tout le conte de fées ?

D'un coup d'œil, Vivian m'imposa silence.

– Cet Henry Cobb a-t-il d'autres bouts de papier ? demanda Racine. As-tu avancé tes affaires ?

– C'est une question délicate, répondit Vivian. Mais oui, beaucoup plus que des bouts de papier ; cependant il a son programme, et cache son jeu. Je suis censée montrer d'abord le mien, il décidera ensuite de ce qu'il peut me divulguer.

De la cuisine, Rahita demanda si nous voulions des bananes frites pour le dessert. Nous en voulions. Le crépitement maintenant familier de l'huile bouillante nous parvint alors de derrière le comptoir.

– Vivian, tu ne fais pas partie de son équipe, dis-je. Rien à voir avec un petit poker de rien sur la table de la cuisine. Il joue pour gagner.

– Roger est jaloux, tu imagines ?

Vivian adressa un sourire à Racine et à Hilda, puis me regarda comme si j'étais un adolescent amoureux. Son expression condescendante agit sur moi à la manière d'un bouton électrique, ramenant mes sentiments du positif au négatif. De qui s'imaginait-elle parler ?

– Cet homme est un imbécile, dis-je à Racine, en comptant sur notre solidarité masculine naissante pour produire une réaction loyale. Il opère en marge de la loi. Et il mène Vivian en bateau.

– Il ne veut pas montrer le Journal à Roger, expliqua Vivian. Et Roger est mécontent de notre logement. Il y a évidemment certains désagréments.

Elle parut soucieuse, ce qui causa mon indignation.

– C'est impropre à servir d'habitation, déclarai-je sur un ton catégorique. Nous pourrions aussi bien dormir sur le sable, et cuire nos repas sur un feu de bois.

– Il nous a tout de même grillé un rôti, révéla Vivian. Mon homme des cavernes. Mon héros.

Hilda et Racine me regardèrent avec une curiosité non dissimulée ; je n'avais plus qu'à expliquer.

– Je me suis servi du seul appareil disponible.

– *Delicioso!* prononça Vivian, soulignant le mot d'un baiser sur le bout de ses doigts. Roger est expert... en cuisine.

Racine, le cuisinier gastronome, se montra intéressé.

– Il ne s'est pas desséché ?

– Oublions le rôti, dis-je. Oublions les insectes et les installations sanitaires qui ne fonctionnent pas et l'eau saumâtre. Nous sommes sur cette île à la merci d'un homme poursuivi par la justice, et tout ce que Vivian sait faire, c'est papilloter devant lui.

Ce n'était pas tout à fait juste, mais elle s'était montrée injuste envers moi.

– Vous devriez les voir tous les deux ensemble, prêts à brader l'histoire établie pour servir leurs desseins. Tout est bon. Faisons de Christophe Colomb ceci, ou cela. Renonçons à tout contexte, oh oui. « Le premier homme moderne », contradictoire et existentialiste. Pourquoi ne pas en faire un Noir ? Ou un homosexuel ? Peut-être était-il en fait une femme ? Et ai-je parlé du trésor enfoui ? Des bijoux égarés de Bourgogne, ou est-ce de Babylone ?

Ma harangue plongea la table dans un profond silence. Debout à côté de moi, Rahita, je m'en rendis compte, attendait depuis un moment pour poser devant moi une assiette de tranches de banane croustillantes. Je m'excusai d'un regard. Je vis qu'elle avait les sourcils froncés.

– Christophe Colomb était gay lui aussi ? – Elle se posait la question à elle-même plutôt qu'à moi. Sa bouche se fendit alors en un large sourire. – Attendez que je le dise à mon frère de Miami. Il dit toujours qu'Alexandre le Grand, que Michel-Ange, les acteurs de cinéma... Il va être drôlement content d'entendre ça.

Lorsque la femme fut retournée à la cuisine, toujours souriante, Hilda se pencha vers moi :

– Jamais je ne t'ai vu aussi animé, Roger. Qu'y a-t-il ?

Vivian, bien sûr, répondit pour moi, proposant son analyse psychiatrique.

– Roger ne supporte pas qu'on sache quelque chose sur Colomb qui ne corresponde pas à sa recherche. Ça pourrait bousiller la métrique de son poème épique.

Je lui lançai un regard furieux, mais elle poursuivit :

– Je ne dis pas que Cobb n'est pas difficile. Il adore mettre Roger en boule et m'appâter. Mais j'en ai rencontré des centaines comme lui, et nous avons un grand avantage. Il a besoin de ce qu'il croit que nous avons.

– Je n'y tiens plus, dit Racine. Regarde ça. Il n'est peut-être pas complètement cinglé. – Il tendit à Vivian une enveloppe blanche. – Naomi a réussi à traduire ces inscriptions. J'avais raison, c'était de l'hébreu, mais aucun de nous deux n'en a compris le sens.

– Quelles inscriptions ? demandai-je.

– Elles signifient vraiment quelque chose ? demanda Vivian, la voix étonnée. Ce sont vraiment des mots ? Tu es sûr ?

– De quoi parlez-vous ? insistai-je.

Elle secoua la tête :

– Plus tard.

Dans un accès d'exaspération, je serrai si fortement mes mâchoires surmenées sur un morceau de banane que j'en eus mal aux dents. En voilà assez de cet exercice puéril. Secrets, messages cachés, journaux perdus. À quand la fontaine de Jouvence ? Nous avons une connaissance suffisante du passé pour le reconstruire correctement. Il existe des lignes directes reliant le passé au présent, un enchaînement de conséquences logiques, ne faisant pas appel pour leur interprétation à la science-fiction. Nous étions ici dans le domaine de l'historien en chambre, du dilettante jugeant inutile de se plonger dans des documents déprimants et poussiéreux – inventaires, procès-verbaux, recensements. La véritable histoire est une science, pas un labyrinthe ; la description de faits survenus un jour et demeurant à propos le lendemain. Ce n'est que rétrospectivement qu'on peut donner de l'importance aux événements et aux idées. Colomb, comme tout autre personnage, était essentiellement l'accumulation de ses causes et, plus important, de ses effets dans le temps. Il était ce qu'il est devenu. Le narrateur de mon poème, que Vivian semblait considérer avec un tel dédain, était un homme en harmonie avec sa vie, non quelque spectre sans rapport avec elle. Mon Christophe Colomb témoin avait tenu le coup cinq siècles et, appuyé par mon travail approfondi et par celui d'autres comme moi, il serait à l'avenir encore plus lui-même.

Je gardai ces pensées pour moi, m'en consolai, tandis qu'Hilda et Racine dévoraient leurs bananes, que Violet rêvait en paix, que Vivian, inconsciente de l'insulte qu'elle m'avait infligée, ouvrait à l'aide d'un couteau à beurre l'enveloppe blanche de Racine et qu'elle lisait tout bas – une fois, deux fois, trois fois – les colonnes de lignes tapées à la machine qui occupaient le recto d'une feuille dépliée.

16

Vivian

Dans son exemplaire de la *Geographie* de Ptolémée, Colomb écrivit : « Merveilleuses sont les forces tumultueuses de la mer. Merveilleux est Dieu dans les profondeurs. » Avant de quitter Hanover, j'avais recopié cette exaltante observation sur une page de mon bloc de vélin épais pour convaincre Nash que Colomb n'était pas sans qualités. Je l'emportai à Eleuthera, mais je finis par le garder. Lorsque je voulais me torturer sur la signification des coquilles et du reste du Journal, je retirais ce bout de papier enfermé dans un sachet en plastique de la poche du fourre-tout contenant les couches de Violet, et relisais indéfiniment ces lignes. Mots-talismans. Dans les meilleurs moments, ils montraient Colomb capable de véritable poésie. Dans les moins bons, je me sentais trompée par leur innocence, par la ferveur de l'homme, par la cruauté de son dessein et de son ignorance. Cinq cents ans plus tard, je tenais à tirer le meilleur de lui, et c'était comme si avec les inscriptions il m'avait donné un outil.

Excepté que je ne savais pas l'utiliser : où placer les phrases des huîtres, ce qu'elles signifiaient.

La première chose que je fis, après que Racine m'eut donné la traduction de l'hébreu, fut de l'apprendre par cœur. Elle était maintenant dans ma tête, invisible et en sûreté. Dans un accès de paranoïa, j'avais brûlé l'enveloppe et le papier et effrité les cendres dans le sable à côté de la véranda, où couraient de timides lézards et sautillaient de minuscules oiseaux, qui picoraient des graines. Ils picorèrent également les cendres et les éparpillèrent. Les lézards les suivirent de leurs pattes rapides. Plus aucun indice. J'étais contente que Racine n'en ait pas apporté de copie, je l'étais aussi de n'avoir rien dit à Roger de cette découverte. Cobb m'avait à l'œil, et j'étais persuadée qu'il avait profité de notre absence de la veille pour fouiller le bungalow. Il avait veillé à tout bien remettre en place, et je ne l'aurais pas remarqué si ne lui avait pas échappé une de mes petites manies, de celles dont on ne se défait jamais une fois contractées.

Comme Roger, comme tout universitaire, j'ai ma manière à moi de ranger les papiers; je classe par ordre alphabétique même les articles récoltés par hasard. Aussi, lorsque j'examinai le matériel que j'avais apporté et que je remarquai que le numéro spécial du *National Geographic* sur Colomb était passé devant des photocopies de Morison, que l'intéressante étude de Molander sur Eleuthera était mélangée avec l'article ethnohistorique de Rose sur les Lucayens, je compris qu'ils avaient été chahutés. C'est sur des particularités de cet ordre que trébuchent les espions négligents. J'aurais dû en être scandalisée, mais je n'en fus même pas surprise. J'aperçus alors d'autres petites anomalies dans le chaos de ma valise. Ils me révélèrent quelque chose d'important.

Si Cobb allait jusqu'à fouiller dans mes affaires personnelles, c'est qu'il était encore plus aux abois qu'il voulait bien le dire, et moins scrupuleux que je ne l'avais cru. L'information était intéressante, mais il était sur une fausse piste. Il convoitait la deuxième page de la lettre de Colomb – croyant, comme je l'espérais, qu'elle lui éviterait la ruine – mais je savais que la mention sibylline de la couronne ne ferait qu'accroître son insatisfaction. Ce qu'il cherchait était conservé dans la nacre, les énigmatiques indications confiées à ce que je supposais être la langue de l'époque. L'unique traduction était enfouie dans les circuits de mon cerveau. Si Cobb acceptait de me laisser prendre le Journal, peut-être lui dirais-je ce qu'il voulait savoir. Ou peut-être pas.

Pendant ce temps, les coquilles étaient chez moi dans mon congélateur. J'en répétais inlassablement les mots tout bas – parfois même tout haut, lorsque j'étais seule. À ma façon, j'étais devenue aussi impatiente que Cobb de trouver le trésor, mais c'était, prétendais-je, pour des raisons humanitaires et politiques que je voulais la couronne – pour prouver que la souveraineté indigène a toujours été reconnue, pour susciter une prise de conscience, exhiber une preuve irrécusable qui rendrait aux découverts une fraction au moins de la découverte annoncée à grand battage.

Tout cela était vrai. Mais en mon for intérieur je savais qu'il y avait une autre raison – vieille comme le monde, peu glorieuse. Je n'y pouvais rien. Des paillettes étincelaient dans ma tête, les facettes de pierres précieuses; l'or brillait des feux de la cupidité. Je voulais cette couronne. Pas pour la garder, bien entendu, juste pour la *trouver*. Parfois, mon imagination s'enflammait. La couronne reposait sur un autel, flamboyante, magnifique. Je m'en approchais, ou la déterrais, ou donnais un coup de pied dans le bon rocher, et je la voyais scintiller.

Je ruminais les mots gravés dans les coquilles – les retournant dans un sens, puis dans l'autre – mais je n'arrivais nulle part, en tout cas, je n'avançais pas d'un pouce. Je supposais être sur la bonne île. Selon Cobb, j'étais probablement sur la bonne plage. J'avais les indications, mais pas leur signification. J'étais comme une perceuse de coffre-fort devant une porte massive, et partout autour de moi – dans le mouvement des feuilles, la poussée de la brise et de la marée, la course du soleil – la combinaison me narguait.

Je répétais les phrases hébraïques comme une incantation. Je m'efforçais de les ordonner logiquement, mais comment être sûre ? Étaient-elles censées guider ou embrouiller ?

Quand le soleil est la couronne de la terre.

Manifestement midi.

Sur le sable comme du vieux verre.

Les fameuses plages rose lavande d'Eleuthera. Pour avoir ramassé des bouteilles dans le désert, je connaissais la couleur que le verre soufflé pouvait prendre avec le temps. Rose lavande n'était pas loin de la vérité. Jusque-là, pas de problème, enfin, peut-être. Mais après, c'était la colle.

Entrelacez un ruban dans une mer de nuages.

Là, j'étais perdue. J'interprétais la mer de nuages comme une brume et le ruban comme le sillage d'un voilier, mais cela ne m'avançait guère. Les brumes ne sont pas immobiles et le passage d'un bateau est instantanément effacé. Je m'essayais aux associations d'images, mais n'aboutissais à rien. S'agissait-il d'un vrai ruban ? Une bande de tissu utilisée comme repère, un guide pour traverser un labyrinthe ? Je finissais toujours par laisser cette ligne pour plus tard et passais à la suivante.

Vers la pointe creuse d'un rocher palpitant.

Là, j'avais plus de matière. J'imaginais une sorte de temple, érigé en pierres, un repère. Ou peut-être un autel construit par les indigènes. Pointu, certainement, et creux, de façon à contenir la couronne. Pour l'aspect « palpitant », il y avait presque trop d'explications. Le corail est une roche vivante – mais Colomb le savait-il ? Pas sûr. Les rochers pouvaient aussi avoir été incrustés de balanes, de moules ou d'escargots. Ou leurs flancs recouverts d'une espèce d'herbe drue, une forme de lichen.

Entrez le bout dans le canal intérieur.

Autre énigme, qui n'évoquait pour moi que les polycopiés que Nash avait un jour rapportés à la maison, et sur lesquels figuraient des schémas du système de reproduction masculin. Malgré tous mes efforts, je ne voyais rien d'autre, bien que « canal » veuille probablement dire que la couronne reposait près de la mer, peut-être à l'extrémité d'un cours d'eau, s'il en existait sur cette île étroite.

Elle repose dans une flaque de lumière.

À mes moments perdus, je revenais sur cette litanie de phrases, m'arrêtant à cette dernière, dans l'espoir qu'elle libérerait une nouvelle pensée qui réconcilierait les autres fragments. Mais rien ne se passait, rien ne bougeait, aucune crevasse ne s'ouvrait, pas un fil ne se cassait. Tout comme Cobb, j'étais dans une impasse. Peut-être le Journal faisait-il plus ample mention de la couronne, mais si, grâce à sa source, Cobb avait une notion plus claire de ce que nous cherchions, seule la mienne, semblait-il, permettrait de le localiser. Il avait besoin d'en savoir plus, j'avais besoin d'en savoir plus, mais nous ne nous faisions pas suffisamment confiance pour abattre nos dernières cartes. Nous nous observions dans un cercle étroit comme deux lutteurs cherchant une ouverture. Il devait y avoir une percée, un moyen, mais aucun de nous n'osait se lancer.

C'est en tout cas ce que je croyais. Mais Henry Cobb me prit par surprise. Ses coups avaient été jusque-là si évidents que lorsqu'il fit un mouvement latéral, je vis en lui le modèle de l'habileté.

Le cinquième jour de notre séjour, en fin de matinée, il frappa discrètement sur le châssis de la porte-moustiquaire, avant de pénétrer dans le bungalow. Depuis une heure, j'étais assise devant la fenêtre dans un fauteuil d'osier à regarder déferler les nuages et les vagues se briser contre le récif. Blottie sur mes genoux, Violet dormait à grandes respirations voluptueuses. J'alternais les phrases des coquilles sur une bande magnétique mentale, dans l'espoir d'une inspiration.

– Une tomate, annonça Henry Cobb, exhibant une sphère rouge. Elles sont plus rares sur cette île que les valeurs vedettes. Introuvables sur le marché. Mais j'ai mes entrées dans un jardin.

– Ça ne m'étonne pas.

Roger leva le nez de son ordinateur, soupira et éjecta sa disquette. Comme d'habitude – c'était un être d'habitude – il la glissa dans la poche de son pantalon.

Sans tenir compte de lui Henry s'adressa à moi.

– J'ose à peine vous proposer de monter partager une salade.

– Je décline, répondit Roger.

– Mais je vous verrai plus tard ? demanda Henry.

Roger hocha la tête en signe d'acquiescement. Voilà qui était nouveau, mais que m'importait ? Peut-être régleraient-ils leurs différends en privé. Très bien. Je n'en espérais pas moins que Cobb s'en tiendrait à son refus de montrer le Journal. Le scepticisme de Roger me facilitait la tâche. Tant qu'il ne croyait pas le document authentique, il ne prendrait pas mon action au sérieux, mais une fois qu'il aurait constaté le contenu du coffre de Cobb, Roger ne me perdrait plus de vue et essayerait de me doubler.

L'invitation de Cobb m'offrait l'occasion de lui parler seul à seule. Je décidai de le prendre au mot.

– Déjeuner me va parfaitement, dis-je. Une salade serait fabuleuse.

Je me levai avec précaution, Violet endormie contre moi. La journée était légèrement couverte, mais la pluie de la nuit s'était transformée en brume. Je suivis Cobb dans le sentier menant à la grande maison. Au-dessus des nuages, je sentais chauffer le soleil qui dissiperait l'humidité. Cet après-midi, l'air deviendrait plus léger, la brise soufflerait, le ciel deviendrait brillant et bleu.

– Le chef a fait ce qu'il a pu. C'est sans garantie.

Il avait manifestement fait un effort. Le saladier devant moi contenait un mélange de laitue et de poulet froid, de légumes divers et de bacon croustillant. Pour la première fois depuis mon arrivée, Cobb m'interrogea sur moi, et je découvris avec étonnement qu'il était capable d'écouter. À son tour, il me parla de lui – un mariage raté, des enfants lointains et peu communicatifs –, il semblait si sincère que je me félicitais de l'avoir fait sortir de sa réserve. Nous aboutissions, j'en étais sûre. Il s'agissait seulement d'entretenir l'échange de confidences, de prolonger ces rapports confiants.

– C'est un crime, dit-il, après le déjeuner, de visiter cette île sans la voir sous son meilleur angle.

– Qui est ?

– Découverte de la mer, elle se dresse comme un joyau vert. J'ai mon après-midi libre, et votre fils a approuvé le moteur de mon petit croiseur.

Je réfléchis. Au large, Roger ne pouvait pas venir se mêler de notre conversation, qui se déroulait si bien. Je voulais en finir, régler cette affaire. J'avais le sentiment que nous étions dans la dernière ligne droite. Je ne pouvais pas refuser.

Cobb porta les assiettes dans l'évier.

– Je vous retrouve dans une heure, proposa-t-il en me reconduisant à l'entrée du sentier.

Nash était rentré de plongée avec Elvis Greer. Je l'entendis parler à Roger, mais je ne signalai pas ma présence. Cette fois, ils discutaient du destin de la terre.

– Le biota, commença Nash sur un ton supérieur, professoral. Tu n'as pas la moindre idée de ce que c'est, Roger, et pourtant tu devrais, parce que si on continue à se défoncer au pétrole, à s'intoxiquer, on détraquera tout le climat. On s'empoisonnera, comme si on s'asphyxiait avec notre propre respiration.

– Et quel rapport avec ce *biota* ?

La réponse de Roger trahissait un mélange de patience et d'ennui contenu. Je m'assis à l'entrée. Ils poursuivirent, encouragés par l'auditoire.

– Le biota est l'unité de biomasse. La vie totale. C'est de là qu'on tire le pétrole. Le carburant. Tu vois, Roger, si on transformait nos véhicules pour qu'ils marchent à l'huile végétale, on en aurait plus qu'assez ; on aurait une source d'énergie renouvelable et non polluante.

– Tu veux dire – Roger faisait son possible pour le prendre au sérieux – qu'un jour, ma Saab roulera à l'huile d'olive extra-vierge ?

Nash était pris par son sujet, ce qui était toujours le cas lorsqu'il parlait apocalypse et salut. Je savais, bien sûr, que la plante sur laquelle Nash faisait reposer l'avenir de toute la planète n'était autre que cette cochonnerie avec laquelle il s'était défoncé le soir de mon dernier cours. J'étais curieuse de voir comment réagirait Roger lorsque Nash commencerait à lui décliner les nombreuses propriétés spécifiques de la marijuana.

– La réponse, révéla Nash, c'est le chanvre. Est-il vraiment nécessaire de couper à blanc notre forêt primitive, le bassin amazonien, pour en faire des madriers et du papier pour imprimante ? On ferait mieux de planter du chanvre. Ça peut atteindre six mètres en un an, et ça fait du meilleur papier que la pulpe de bois. On peut même en tirer des couches jetables pour bébés.

– Où planterait-on ce chanvre ?

– N'importe où. Pense aux fermiers qu'on paie pour laisser des millions d'hectares en friche. On pourrait récolter des tonnes de chanvre sur ces terres.

– Le chanvre n'est-il pas... ?

– Oui, c'est de la marijuana, et alors ? Les sociétés de spiritueux et de tabac en bloquent l'utilisation. Tout est là. Deux des drogues les plus dangereuses de notre société sont tout à fait légales, mais pas le chanvre. Pourquoi ? Parce que n'importe qui peut en faire pousser et l'utiliser. Mauvais pour le bilan.

– Je vois ce que tu veux dire.

Nash en resta interloqué. Il avait perdu tout espoir de convaincre un plus de vingt ans – quel que soit le sujet, d'ailleurs. Du coup, dans l'air raréfié de ce colloque, il voulut pousser son avantage.

– Alors que penses-tu vraiment de cette histoire de Journal ? demanda-t-il à Roger. Je veux dire, ce qui me chiffonne c'est tout ce qu'on ne sait pas – qu'on n'est pas autorisé à savoir. Beaucoup de choses restent inexpliquées. Par exemple, comment ces Indiens voyaient-ils les Espagnols ? Comme des riches ou des pauvres ? Des humains ou des extra-terrestres ? Ne se sont-ils pas demandé pourquoi il n'y avait pas de femmes sur le bateau ? Pas d'enfants ? Pas de bébés ?

Comme interpellée par le mot, Violet se mit à s'agiter, et je bondis. L'interruption permit, cependant, à Nash de reprendre ses esprits : il avait un instant baissé sa garde devant des adultes, s'était exprimé sur un mode qui n'était ni détourné ni condescendant, avait posé une question sincère; il n'en revenait pas lui-même.

– Tu ne sembles pas croire que tout est connaissable. – Roger n'avait pas compris que Nash s'était de nouveau mué en un adolescent n'admettant pas la moindre croyance. – Que si nous disposions de tous les faits, il s'en dégagerait une sorte de vérité absolue. C'est une attitude optimiste. Personnellement, je crois que le tout est plus grand que la somme de ses parties.

Nash ne répondant pas, je m'empressai d'intervenir.

– Une minute, dis-je. C'est toi qui refuses les faits nouveaux. Tu ne veux même pas envisager l'authenticité du Journal de Cobb, de peur de faire voler en éclats – ou même de modifier – ta belle construction bien ordonnée du passé.

– Pas si ordonnée que ça, répondit Roger.

Il reprenait lui aussi son rôle officiel : le professeur en titre, indiscuté. L'autorité. C'était l'aspect le moins séduisant du personnage. L'unique pièce de la maison nous parut soudain à tous très petite. Roger regarda sa montre.

– Je file, annonça-t-il. Je vais déjeuner au club. C'est climatisé.

À la porte, il demanda pour la forme si Nash voulait venir avec lui.

– Je ne peux pas, dit Nash. J'ai quelque chose à faire.

– Parfait, fit Roger, manifestement soulagé, avant de disparaître.

Il ne pouvait pas aller voir Cobb. C'est moi qui avais rendez-vous avec lui.

– Comment savais-tu que j'avais besoin de toi pour garder le bébé, pendant deux petites heures ? demandai-je à Nash, une fois que nous fûmes seuls.

J'essayai de formuler ma demande sur le mode badin, mais le stratagème ne marcha pas. Tout plein des projets qu'il lui faudrait annuler, Nash prit un visage sombre.

– Ne commence pas, dis-je. Je ne t'ai rien demandé de tout le séjour, et c'est important.

– D'accord, grommela-t-il. Rien de ce que je fais n'est important.

– Je suis ravie que nous soyons d'accord. Tu as de la chance, ajoutai-je en lui passant mon bras autour des épaules. Violet est de bonne humeur. Pourtant elle n'a pas dormi de la nuit, tandis que tu te prélassais sur le divan de Cobb.

Nash me regarda, prêt à me contredire, mais il se contenta de hausser les épaules.

– J'en ai pour deux heures au plus.

De la porte je lui fis un petit signe de la main.

Dehors, le monde s'était tu. Les bruits du ressac s'étaient brutalement calmés, comme si la mer retenait son souffle. Tout semblait flotter hors du temps. Je m'arrêtai, singulièrement heureuse, et regardai Nash et Violet à travers la moustiquaire. Je m'en souviens, parce que, me dis-je par la suite, si j'avais été plus réceptive, si j'avais percé le silence, déchiffré l'air, j'aurais immédiatement fait demi-tour, j'aurais mis mes enfants dans la voiture et piqué droit sur l'aéroport.

Mais j'étais aveugle.

Pour moi, un bateau est un bateau. Tout ce que je lui demande, c'est de flotter. Un des aspects pénibles de mes recherches sur Christophe Colomb, c'est l'ennui mortel qui m'accable dès que j'ai à traiter de bateaux. Navires, caravelles, ketchs, yachts, rafiots, allez-y, faites votre choix ! J'en aurais pleuré, quand Cobb commença à faire son baratin de marin à un pas de la passerelle du *Cobbler*. Lâchez-moi les baskets. Il – j'ignore ce que c'était – était long et assez spacieux, disposait d'une cabine, d'un mât, d'une voile. Il avait un moteur de secours, une roue de gouvernail.

Il gardait son engin ancré dans un lagon infesté de palétuviers, à un kilomètre et demi de la route menant aux maisons. Un chenal artificiel conduisait en pleine mer. Nous suivîmes ce canal, puis virâmes brusquement plein est. Le ciel était serein et la promenade agréable, bien que du rivage la surface de la mer m'ait semblé plus plate. Dès que la terre ferme fut loin de nous, je me sentis mal à l'aise. Inquiète. Autre chose encore : je regrettai la salade.

– Bon, c'est superbe, dis-je, embrassant l'île d'un regard rapide. Maintenant, faites demi-tour.

J'en avais assez. Plus qu'assez. Nous pouvions aussi bien discuter à terre.

Ignorant ma requête, Cobb descendit la voile, bricola quelques cordes. Il défit un petit nœud qui laissa échapper un gémissement, puis libéra une longueur de chaîne à laquelle devait être attachée une ancre.

– Maintenant, nous ne serons pas dérangés, dit-il. Venons-en au fait.

– Revenons-y. À la terre ferme.

Il déplia un fauteuil bas.

– Autant vous mettre à votre aise. Nous restons jusqu'à ce que nous ayons réglé cette affaire à mon entière satisfaction.

J'étais tombée dans le panneau.

– Vous ne jouez pas franc-jeu, dis-je, essayant de faire de l'humour.

– Je laisse ça aux amateurs.

Cobb se fit soudain dur, différent, dépouillé de tout faux-semblant. C'était de nouveau l'homme du premier soir, le marchand de tapis. Il me jeta une canette de ginger ale extraite d'une petite glacière, s'ouvrit une bière et but.

Je me pris la tête dans les mains.

– Nous pouvons rentrer, dès que vous le voudrez, dit-il. Dès que vous m'aurez donné la seconde page de la lettre. Trêve de plaisanterie. Nous ne sommes pas en cours, professeur Twostar, et nous n'avons plus dix-huit ans.

Reprenant mon sang-froid, je l'étudiai du coin de l'œil.

Le visage de Cobb était rouge d'excitation, et il m'observait en buvant sa bière. Il portait un panama qui lui abritait les yeux, de sorte que je ne pouvais pas véritablement lire leur expression, mais qu'importait ? La façon dont il croisait ses jambes osseuses, la façon dont il s'était carré dans son siège, prêt à attendre, en disait assez long.

Nous restâmes une bonne dizaine de minutes silencieux. Dès

que nous fûmes ancrés, la mer parut plus forte. J'avais de plus en plus mal au cœur.

Cela n'échappa pas à Cobb.

– Le chemin du cœur d'une femme, dit-on, passe par son estomac.

– D'ici deux minutes, vous vous en apercevrez.

Je me sentais vide. Des points jaunes dansaient devant mes yeux. Je tentai un faible coup de bluff.

– Alors, Mr Cobb, vous ne seriez donc pas de ceux pour qui trouvaille vaut possession ?

– Au contraire. Je suis un *trouveur.* Et au gagnant le gros lot, ai-je toujours pensé.

Il regarda dans le trou de sa canette, puis la lança par-dessus bord.

– Et vous, poursuivit-il. Que pensez-vous des perdants pleurnichards ?

– Si j'avais la page avec moi, réussis-je à dire, vous l'auriez certainement trouvée. Vous avez consciencieusement fouillé mes affaires.

Il ne feignit même pas l'embarras. J'essayai autre chose.

– Je vous l'ai dit : la page est dans ma mémoire. Vous ne l'aurez que si je décide de vous la dire. Et on ne me force pas facilement. Ce n'est pas par la psychologie que vous obtiendrez ce que vous voulez.

– Très bien.

Il se leva et se dirigea vers l'arrière du bateau en sautillant à croupetons. J'étais trop ancrée dans mes certitudes sur le possible et l'impossible pour me retourner et suivre ses mouvements, aussi ne m'attendais-je pas à me retrouver les bras tordus en arrière. Il m'immobilisa, m'entoura les poignets d'un morceau de fine corde qu'il passa également dans le tissage du fauteuil. Lorsque je fus ligotée, il bascula le fauteuil avec moi sur le pont. Puis il se pencha jusqu'à toucher mon visage.

– Ça va mieux ?

Je retrouvai mon équilibre. Ma vision s'éclaircit et mon estomac se dénoua. Miracle : j'étais guérie.

17

Roger

Je me hâtai vers le bungalow, tout à fait conscient de ma mission. Pendant les quelques heures de mon absence, les plantes bordant le chemin semblaient avoir grandi, s'être épaissies, si bien qu'il fallait les écarter. La luxuriance de ce lieu était oppressante. Le parfum qui flottait dans l'air était un mélange palpitant de pourriture et d'efflorescence qui grisait autant qu'il enchantait. Une profusion d'énormes fleurs rouges bâillaient dans un buisson; cela faisait penser à la neige, propre et neutre, housse hivernale de la terre où j'avais grandi. Tandis que j'avais les yeux assaillis de verts profonds, de roses et de jaunes, je me disais combien je préférais les rouilles assourdis, les ors et les bruns poudreux des fins d'automne en Nouvelle-Angleterre. La nature se déclarait brièvement en se couvrant de feuillage puis se retirait, laissant l'homme à la contemplation, sinon au regret. Visible quelques semaines seulement, la palette entière était plus précieuse que cette orgie tropicale. Tous les décorateurs modernes sont d'accord : un intérieur blanc met en valeur la qualité d'un meuble ou d'une œuvre d'art. On ne met pas de papiers criards dans les musées. De même qu'en matière de mode, trop de bijoux diminuent l'effet d'ensemble.

Si je voulais faire plaisir à Vivian et feindre une certaine entente avec Cobb, voilà un terrain sur lequel nous pouvions tomber d'accord. Même maintenu à constante ébullition comme dans ces latitudes, le sang yankee ne mentirait pas. Ce n'était pas pour rien que des générations d'ancêtres de l'individu en question étaient restées dans le Nord pour y acquérir instruction et culture, et Cobb lui-même, le teint clair après un an d'exil à Eleuthera, témoignait de l'immuabilité de la race. Bien que je ne fusse pas disposé à l'admettre, nous avions l'un et l'autre la même origine, aussi pouvions-nous nous comprendre et nous apprécier. Bien qu'hostiles et rivaux, les coups d'œil que nous échangions au-dessus de la tête brune de Vivian étaient complices. Nous étions sur la même fréquence géographique, aussi étais-je convaincu que nous parviendrions à une entente – si je l'estimais de mon intérêt.

Son mot, apporté par un serveur du club en même temps que ma note de déjeuner déjà payée, était concis : « Changement de programme. C'est moi qui régale. Retrouvez-moi à 3 heures sur mon yacht. Prenez le radeau en caoutchouc ; je serai ancré au large. Nous avons à parler seul à seul. Cobb. »

Rien d'étonnant à ce que Vivian fût exclue – en raison de son sexe et de ses origines, elle constituait un code secret entre Cobb et moi, une pomme de discorde très éloignée de nos désaccords intellectuels. Vivian refusait d'en convenir, ce qui était typique de sa naïveté. Elle avait tendance à croire ce qu'elle estimait vrai, comme si les variantes de sexe et de classe pouvaient être chassées du seul fait que dans certains secteurs elles ne devraient pas compter. Au cours des disputes et des conversations des derniers jours, elle s'était comportée comme si, dans un débat publié dans *Harper's,* nous étions tous membres d'une tribune, identifiés par nos seules initiales. Cobb et moi, dans une moindre mesure, adhérions à la même fiction, mais nous ne nous laissions pas tromper par le formalisme. Ce n'était pas le cas de Vivian. Sa fidélité à la théorie libérale, son insistance sur la coïncidence entre forme et substance me charmaient ou m'irritaient tour à tour. Elle serait furieuse d'apprendre que Cobb et moi avions tenu une réunion à huis clos, mais peut-être n'aurait-elle jamais à le savoir.

Je ne savais toujours pas dans quelle proportion l'homme s'était endetté à Wall Street. Une fois écartée notre joute autour du problème de Vivian, je pourrais facilement, subrepticement, l'amener à mon point de vue. Cobb et moi, estimais-je, espérions sortir indemnes, idéalement fortifiés, de nos discussions. Il réclamait un Colomb lucratif et je me cramponnais à l'héroïque, mais peut-être pouvaient-ils s'accorder. Pourquoi pas ? Toute personnalité est complexe, même au XVe siècle, et l'histoire européenne est assez vaste pour accepter un paradoxe ou deux. C'était le Colomb de Vivian, l'élément déstabilisant. Elle cherchait un scélérat, un pillard imbécile, un repoussoir à sa dérisoire fierté. Son Christophe Colomb était personnel, alors que, malgré nos désaccords, le mien et celui de Cobb étaient abstraits.

Un cri dérangea mes pensées, plutôt un hurlement, où se mêlaient alarme, détresse et ennui. Pas de doute : la voix de ma fille s'échappait aussi aisément des moustiquaires du bungalow que les moucherons nocturnes les traversaient. Je m'arrêtai sur le chemin pour mesurer son ton – j'étais assez fier de ma capacité à distinguer les cris de faim de ceux signalant qu'elle était mouillée, mais ceux-ci n'annonçaient ni l'un ni l'autre. Il y avait une note plaintive que je n'avais jamais entendue qui exprimait l'abandon outragé. « Je suis ici, semblait dire Violet. Venez me chercher. »

Qui la gardait ? Ce devait être Nash, car Vivian ne l'aurait jamais laissée s'énerver de la sorte, mais le bébé était seul. Elle était couchée dans son berceau, le visage empourpré par l'effort, les yeux plissés d'indignation, le corps raidi par la colère.

– Qu'y a-t-il ? Qu'y a-t-il ? dis-je sur un ton apaisant en la prenant. Où est ton frère ? Qui s'occupe de toi ?

En réponse, Violet hurla de plus belle. Encouragée par le moindre signe de sympathie, elle m'implora des yeux jusqu'à ce que je l'apaise de ce bercement sautillant qui m'avait déjà réussi. Pour lui rappeler que c'était ma présence et non quelque séisme sans visage qui lui était venue en aide, je n'arrêtais pas de lui parler.

– Affreux, dis-je. Comment un bébé peut-il être aussi malheureux ? Je ne te blâme pas, tu sais. J'ai plus d'une fois vécu la même chose. Non, non, ne te retiens pas. Il faudra seulement que tu l'expliques dans vingt ans à ton analyste. C'est ça, défoule-toi.

Mon autorisation sans condition finit par attirer son attention, et, comme à son habitude, elle risqua un œil. C'était gagné.

– Mais oui, tu es sauvée. Le prince a volé à ton secours.

Il y avait tout de même un problème ; dans le monde de Violet, il n'y avait toujours que deux habitants : Vivian et non-Vivian, et j'étais non-Vivian. À ma vue, elle hurla sa préférence.

– Sois raisonnable, l'exhortai-je. Je ne suis pas rien. Je ne suis pas pire que rien. Tu m'aimais bien hier. Transige, que diable.

Ce mot me ramena à mes pensées antérieures. Je proposerais la même chose à Cobb – un modus vivendi qui prendrait notre situation en compte. Je lui ferais voir combien toute cette affaire pourrait être préjudiciable à la fragile carrière de Vivian. S'il avait vraiment autre chose, ce devrait être à moi de l'examiner. Ma réputation était intacte. Elle pourrait supporter contradiction, enquête, s'il y avait vraiment quelque chose de nouveau à publier. J'étais encouragé de ce que même Violet réponde à la logique de ma suggestion. Visiblement, elle se calmait, ralentissant pour s'arrêter tel un pendule à la verticale.

– Qui souhaites-tu que soit Colomb ? demandai-je. Après tout, tu es l'ultime contrat entre ta mère et moi, l'épissure de nos ADN, alors qui ?

Enfin intéressée, Violet cligna des paupières.

– En tant que jeune femme moderne, commençai-je, m'adressant à elle, cela t'importe-t-il tant que ça ? Ses intentions présentent-elles un intérêt ? Enfin, certainement oui, dans une certaine mesure. Tu es le produit de l'histoire, après tout, plus totalement que n'importe quelle Virginia Dare. Peut-être tout cela menait-il à toi, peut-être es-tu le nœud de l'affaire.

Ma fille bâilla. Ces chagrins sont exténuants, disaient son regard. Une telle disposition ne pouvait se maintenir longtemps. J'avais compris que nous avions fait une découverte sensationnelle. Violet et moi y mettions un sous-titre différent. Pour elle, ce serait : « Un autre qu'Elle est acceptable », et pour moi : « Un père calme son bébé. » Comme elle remuait dans mes bras à la recherche d'une position plus confortable, j'expérimentai une émotion proprement bouleversante. Je me sentais grisé, père, et je cherchais un mot pour décrire cette sensation. Ayant feuilleté des tas de bouquins sur « la première année de Bébé », la bonne définition me vint immédiatement à l'esprit. Un rapprochement fondamental se produisait, compris-je soudain, nous entrions en phase.

Dès que Violet fut occupée à autre chose – en l'occurrence l'étude approfondie de ses doigts – et que je me fus remis du choc de la révélation de la paternité, je songeai à m'irriter de ce que le bébé avait été laissé seul. Ce devait être Nash, mais il y avait là une irresponsabilité dont je ne l'aurais tout de même pas cru capable. Il était allé se promener sur la plage, s'était convaincu d'être à portée de voix de la maison, et avait tout bonnement oublié sa sœur. Son pouvoir d'autojustification était illimité et m'étonnerait toujours : il n'existait pas de situation où sa culpabilité excédât l'injustice dont il se croyait victime, mais cette fois il était allé trop loin. La désertion est un crime évident en soi et, à moins d'avoir été kidnappé ou d'être inconscient, il était sans conteste coupable. Son absence était impardonnable et, fulminai-je, insupportablement fâcheuse.

Je devais retrouver Cobb dans moins de vingt minutes, et son yacht que je pouvais voir par la fenêtre était déjà posté derrière le récif. Je regardai de tous côtés dans l'espoir d'apercevoir Nash, mais le rivage était vide. Je ne pouvais pas crier de peur que Violet ne redémarre, et il y avait ce rendez-vous que je ne voulais pas rater. L'occasion d'un rapprochement secret ne se représenterait peut-être plus de sitôt, et j'étais sûr que Cobb prendrait mal l'excuse d'un bébé à garder.

La marée montait, mais la mer était encore assez loin pour permettre d'atteindre facilement le yacht. Une idée me vint à l'esprit, inspirée par mes jeunes collègues de Dartmouth, que je voyais depuis des années arriver aux réunions de professeurs avec leurs rejetons endormis attachés sur le ventre ou le dos. Ils semblaient défier quiconque de protester, ces fiers gardes d'enfants modernes qui se gonflaient de leurs responsabilités partagées, de leur dextérité à manier les tétines, de leur habileté à combiner carrière et paternité.

Pourquoi pas ? Tout doucement, pour ne pas la troubler, j'enveloppai Violet dans son gilet de sauvetage pour bébé, lui collai un chapeau de soleil sur la tête, tirai sa couverture du berceau, et me dirigeai vers la porte. Songeant que Vivian n'allait jamais nulle part avec le bébé sans emporter l'infernal sac de couches, je me passai au bras ce monstrueux objet, traitreusement lourd.

Le radeau de caoutchouc ayant été amarré à la laisse de haute mer, je le traînai derrière moi jusqu'à ce que l'eau soit assez profonde pour qu'il flotte. C'était un petit bateau aux bords bien rebondis, facile à manœuvrer avec l'unique rame posée au fond. Je remarquai avec amusement qu'une âme aventureuse avait fixé un fusil à harpon contre son flanc. L'arme était attachée à un rouleau de fil de nylon, au cas où la prise dût être ramenée à bord. Il y avait un petit seau en plastique pour écoper ainsi qu'un assortiment d'accessoires de plage éparpillés dans le fond. Je les poussai pour faire un nid à Violet. Elle remua juste un peu, au moment où je la posai, et c'est fier d'elle, fier de moi et satisfait des concessions que j'étais prêt à faire, que j'enfonçai la pagaie dans le sable mouillé et lançai le radeau.

Dans le Maine j'étais habitué à l'Atlantique et, par contraste, ces mers du Sud me paraissaient étonnamment calmes. Qu'ils dépassent de l'eau ou soient immergés, les rochers étaient visibles et, au cas où le bateau se retournerait, il n'y avait pas de danger d'hypothermie. Par contre, en ramant vers le yacht de Cobb, je rencontrai de forts courants, qui semblaient tout à fait indépendants du mouvement général de l'océan. On les repérait à l'œil nu, car ils formaient des voies lisses sur une surface par ailleurs ondulée. Pour les traverser, je devais les couper perpendiculairement avec ma rame, utilisée à la fois comme gouvernail et moteur, et je perdais invariablement du terrain.

Mais ce n'était pas insurmontable, et le soleil de l'après-midi semait de tous côtés des sequins de lumière. D'après la météo, le beau temps devait se maintenir jusqu'à la fin de notre séjour – moins d'une semaine encore. Une bonne brise purifiante le soir, et c'eût été parfait. Je m'étais servi d'un coin de la couverture pour disposer une tente au-dessus de la tête de Violet, qui se prélassait, insouciante et confiante, tandis que j'approchai de Cobb.

Il nous observait à travers des jumelles. Je discernai le sommet de son crâne dans la lumière éclatante qui embrasait tout; avec les deux lentilles braquées sur le radeau, il avait tout d'un insecte. Je saluai de la main, mais il resta immobile, perché à l'avant et semblant nous attirer par la seule intensité de son regard. Qu'il jubile donc à son aise. Toute ascension est relative et temporaire, et son yacht n'est pas plus grand que celui de Bart, ni qu'aucun de ceux que j'aurais pu avoir, si j'avais suivi la tradition familiale et étais entré dans la finance ou les affaires. Toi et moi naviguons dans les mêmes eaux. Ne te flatte pas d'être le requérant. Ce qui comptera, c'est la conversation, et là je tiendrai ma place. Lorsque je fus à portée de voix, Cobb salua d'un « Salut! ».

Je manœuvrai pour m'approcher du yacht.

– J'aurai besoin d'un coup de main, dis-je, montrant Violet. Elle est de bonne humeur. Vous ne vous apercevrez même pas de sa présence.

– Vous avez apporté son sac de couches? demanda Cobb, qui m'étonna par sa connaissance des problèmes domestiques.

Je l'avais assimilé à la génération de mon père, époque où les hommes ne savaient pratiquement rien du fonctionnement de leurs enfants. La sollicitude que manifestait Cobb l'humanisait singulièrement à mes yeux, me rendait ses mobiles moins suspects. Peut-être allions-nous échanger des propos badins sur la précocité et le biberon de la nuit, créant ainsi un climat qui faciliterait la rencontre des esprits sur d'autres sujets.

– Ici, criai-je, soulevant la sacoche pour qu'il la voie. Je ne m'en sépare jamais!

Cobb approuva d'un sourire.

– Passez-la en premier, ordonna-t-il. Accrochez-la au bout de votre rame, que je puisse l'attraper.

– Bonne idée.

Je fis comme il l'avait suggéré, et je m'étirai le plus possible pour approcher l'objet ballant des mains tendues de l'homme. Il saisit l'extrémité de la rame pour assurer la liaison, puis retira le sac.

– Je l'ai, annonça-t-il, pour lui-même autant que pour moi.

– Lâchez, criai-je en tirant doucement sur mon extrémité de la pagaie. Amenez l'échelle.

Au lieu de quoi, Cobb tira de son côté avec une telle violence, que j'en perdis l'équilibre et lâchai tout pour stabiliser le radeau. C'était une mauvaise plaisanterie qui aurait pu mettre le bébé en danger. Les bonnes dispositions où j'étais à l'égard de ce vieux salaud disparurent instantanément; je lui lançai un regard mauvais. Mais il avait disparu derrière le bastingage.

L'ancre fut levée dans un gémissement. Le moteur du yacht se mit à ronfler, et avant que je n'aie eu le temps de comprendre ce qui se passait, le bateau s'éloigna, suivi d'un tourbillon qui faillit faire chavirer mon embarcation.

Dominant le vacarme de mes hurlements, j'exigeai une explication, mais la distance qui nous séparait augmentait rapidement, et les contours du bateau s'estompaient déjà. Les voiles ferlées semblaient se dissoudre dans les nuages, et la coque argentée s'obscurcissait petit à petit pour se perdre dans la ligne d'horizon. Il ne me restait qu'à regagner le rivage en ramant dur avec mes mains. La mer m'est étrangère, et, bien que tous les Williams aient été formés à l'art de la navigation, j'ai toujours été un piètre marin. Dans le moment, je la détestai de toutes mes fibres. La mer clapotait à rendre malade. Pas facile de gouverner; le dinghy se balançait d'un bord sur l'autre. L'équilibre exigeait un jeu d'épaules qui mina mon énergie, avant même d'avoir commencé.

– Nous rentrons, dis-je à Violet, qui parut modérément intéressée. Tiens-toi.

Elle avait réussi à enfiler trois doigts dans sa bouche, et les suçait avec intérêt. J'eus un sursaut de fierté. Elle n'avait pas les deux pieds dans le même sabot! Elle avait inventé une forme de confort, un plaisir de substitution. On progressait.

– C'est bien, ma fille!

Elle me contempla, et je m'attelai à la tâche de nous ramener à la maison. Le fusil-à-harpon, arrimé sur un côté, déséquilibrait le radeau, de sorte qu'il me fallait compenser. Ce fragile bateau était tellement insuffisant que je me promis, une fois à sec, de le bourrer de coups de pied. Mais pour l'instant nous avions d'importantes affaires à régler, et nous n'avancions guère. J'avais mal aux bras à force de pagayer. Les choses ne pouvaient guère empirer, pensai-je. En fait, les « choses » ne faisaient que commencer.

Avant d'attaquer son dîner, un requin décrit des cercles autour de sa proie. C'est une manœuvre d'évaluation, une formalité, une sorte de valse-hésitation, que l'on peut comparer à la lecture d'un menu dans un restaurant. Je l'aperçus dans l'eau, grand, lisse et gris, et un frisson d'excitation, mêlé, bien sûr, de peur, me parcourut. L'aileron supérieur surgit alors à tribord et il plongea sous le bateau. Je me rappelai – comme si cette vue avait ouvert un fichier « requin » – tous les renseignements sur lesquels j'avais pu tomber.

Le requin attaque rarement l'homme, et il est exceptionnel qu'il tue sa victime. Les hommes sont plus souvent attaqués que les femmes. J'en étais sûr. Les requins n'aiment pas le goût de la chair humaine, ou bien au contraire la préfèrent-ils à toute autre chose ? Je ne me rappelai pas bien.

Toute fatigue oubliée, chacun de mes muscles noyé sous un flot d'adrénaline, j'actionnai mes mains avec détermination, produisant mes propres vagues. J'étais certain que les éclaboussures, l'effort que je déployais effaroucheraient le requin. Ce sont des bêtes timides, n'est-ce pas ? Ou est-ce le contraire ? Nous sommes timides – ils sont audacieux. Mais il tournait, plongeait presque gaiement sous le fond fragile du radeau, et fonçait comme une torpille vers le large. Puis retour. J'oubliais tout. Son ombre – sa vitesse – était affilée, funeste, un instrument mortel. Il me regardait avec avidité, l'avidité incarnée, la concupiscence et le désir. La terre était encore hors d'atteinte et le courant contrariait mes efforts.

Nous n'avions assurément rien d'une proie. Il allait nous laisser tranquilles. Mais non, le requin recommençait. Fendant l'eau en roulant, l'animal fonçait sur nous. J'avais juste le temps de voir son nez épaté, ses rangées de dents hideuses, sa bouche triangulaire, puis il replongeait sous nous.

C'était la guerre ! Mes bras, mes jambes, se vidèrent de leur sang, et, comme dans un rêve, mes doigts s'attaquèrent aux liens du fusil-harpon, mais si faiblement que j'eus toutes les peines du monde à le retirer de l'étui fixé sur le côté du radeau. Dès que je l'eus en main, l'objet lisse et meurtrier me communiqua une force viscérale. Violet était calme, apparemment saisie par cette atmosphère étrange. Je fis ce que, enfant, j'avais toujours fait, lorsque, affronté à une brute, à une bagarre, ou à un difficile rite de passage, je jouais la scène en me mettant dans la peau d'un acteur. Je me donnai l'illusion d'agir en homme digne de ce nom. J'attendis l'attaque suivante en respirant longuement et lentement pour me calmer. Je reculai le bras.

Je tirai, mais j'avais oublié de détacher la corde de sécurité. Au lieu d'aller dans un chuintement chercher le petit cœur noir du requin, le dardillon traversa, sous mes yeux incrédules, le bord renflé du bateau, laissant un trou irrégulier d'où l'air sortit en sifflant.

Plus question de faire semblant. Nulle part où se cacher. Mon cerveau s'activa. Violet était si légère que la pression pourrait s'équilibrer à un certain point, ou peut-être y avait-il une paroi double, un cloisonnement intérieur qui permettrait de maintenir le radeau à flot. Mais avec mon poids à bord, nos chances étaient gravement réduites. Si je ne bougeais pas, le bateau se dégonflerait complètement et coulerait.

Je me jetai donc par-dessus bord.

J'aperçus en plongeant l'arc que je décrivis, et, en touchant l'eau, l'ombre sous moi. Puis je fus un avec l'ombre, seul avec la faim.

L'eau était comme des larmes sur ma langue. Ce sel chaud, je ne l'avais plus goûté depuis l'enfance, mais il me revint, essentiel et puissant. La cause maintenant perdue, je fus submergé et envahi de tristesse, et me laissai flotter, flasque et souple. L'offrande. Abraham prend la place d'Isaac. Tous mes sens étaient en alerte : c'était à qui crierait le plus fort. Où l'animal frapperait-il en premier ? Serait-ce très douloureux ? Je voulais que l'attaque soit fatale, instantanée, qu'elle soit une délivrance. J'espérais qu'il n'aurait rien mangé depuis des jours, qu'il verrait en moi à la fois un amuse-gueule et une entrée, et non un casse-croûte à faire durer. Toutes mes articulations se relâchèrent, tandis que mes muscles se crispaient. Je m'imaginais vu d'en dessous, ma silhouette sombre souillant le bleu, mon torse éclipsant le soleil de l'après-midi. Tache ne demandant qu'à être éliminée, je devais être aussi agaçant qu'appétissant. J'avais les yeux fermés. Seul signe du temps qui passait, le mouvement des vagues contre ma peau.

La tête humaine est lourde, c'est la partie du corps la plus lourde, mais mes poumons faisaient office de bouées. Dans l'océan, la position naturelle de l'homme est verticale. Passif et résigné, j'adoptai donc cette attitude, fruit mûr suspendu à un arbre, dans l'attente d'être cueilli, mais l'instinct de survie ne disparut pas complètement. Imperceptiblement, mes bras et mes jambes se mirent à bouger, à argumenter avec l'eau. Je me sentis absurdement scrupuleux, comme si rester frais et en vie était le meilleur assaisonnement pour un steak tartare. Pourquoi était-ce donc si long ? Je pédalais avec impatience, pompant littéralement dans l'obscurité ; mes dents grinçaient, mais laissaient encore l'air entrer et sortir en même temps que les plaintes et les cris que j'identifiais comme venant de moi.

Je le sentis me brouter les doigts de pied, doux comme de la soie, puis de nouveau, il s'éloigna. Il jouait, et je me le figurai, immobile en dessous de moi, gueule grande ouverte, attendant que d'épuisement je lui tombe dedans. Il me dévorerait comme une banane, par tranches, et la pesanteur me serait une corde de pendu. D'ailleurs, d'une accumulation d'agacements – faire la queue chez le blanchisseur, guetter le courrier dans l'attente d'une réponse d'éditeur, écouter un raseur, être bloqué en pleine circulation, tomber sur un répondeur téléphonique, poiroter devant la porte de la salle de bains pendant que Nash examinait son teint – de toute cette inaction surgit une émotion irrésistible que j'eus peine à reconnaître. Je refusai d'attendre un instant de plus ma propre mort et, tel un altérophile se préparant à battre son record, je plaçai mes bras le long du corps, pour les jeter en l'air avec une telle violence que mon corps se transforma en un véritable harpon.

La secousse fut brusque et absolue, la douleur à l'orteil, atroce. Après le continuel bercement de la mer, je me retrouvai soudain inerte, échoué sur des hauts-fonds, la tête dépassant juste de la surface de l'eau. Je glissai un pied aussi loin que possible pour découvrir une pente douce, puis m'équilibrai et fis un pas. Un autre. J'avais de l'air autour du visage, de la poitrine, de la taille. J'ouvris enfin les yeux. Du point où j'étais sorti, l'eau, par endroits bleu foncé, par endroits verte, s'étendait jusqu'au rivage. Pas trace de requin, pas de nageoire révélatrice parmi les vagues uniformes, uniquement un vent en rafales, si violent que son souffle couvrait tous les autres bruits.

Je me tournai de droite et de gauche, en quête du radeau, pour le voir disparaître, emporté par le courant, derrière une péninsule.

Mon premier mouvement fut de nager à sa suite, mais à quoi bon. Il était hors de portée, et allait trop vite, dans le sillage du destin de ma fille. Au moins il était toujours à flot. Dans mon abandon, il m'était au moins donné cette certitude, de quoi justifier un plan de sauvetage. Si je pouvais trouver un poste émetteur-récepteur, un téléphone, il serait possible d'alerter les autorités, d'envoyer des patrouilleurs, de faire venir des hélicoptères.

Je ne pouvais pas rester longtemps immobile – car le sol s'effondrait en remous autour de mes pieds. Cependant, je semblais enraciné là, sur mon île salvatrice. Sauter du radeau était une chose – impulsive et spontanée – mais quitter cet ensablement providentiel était un choix plus délicat. Je calculai simultanément dans ma tête : les chances que j'avais d'atteindre le rivage sans être dévoré, contre celles qu'avait Violet d'être remarquée, sans que je dusse sonner l'alarme ; le risque que nous mourions tous les deux, si je tentais de nager, contre l'incertitude qui me rongerait, si je restais. La balance oscilla, incontrôlable : moi ou elle, ou ni l'un ni l'autre, ou les deux. Le requin nageait d'un plateau à l'autre, rendant l'équilibre impossible. Nombres et pourcentages envahissaient mes pensées – 50 pour 100, 20, 33 – tous dénués de sens et pourtant pris au sérieux. C'était comme si Gallup faisait un sondage d'opinions et que je prisse en compte ses résultats. Je voulais agir intelligemment. Je ne voulais pas me tromper. Je voulais. Je voulais. Je voulais. Je voulais... Violet, et je pris ma respiration, et plongeai en direction du rivage le plus proche. Mon corps fut emporté dans ce flux multiple animé d'un mouvement de va-et-vient par l'attraction de la lune, par l'algèbre occulte de la magie et du magnétisme.

J'étais plus fort que je ne l'aurais cru, que je n'avais le droit de l'être. Pendant un long moment, je piquai résolument vers la terre ferme, maintenant un rythme d'oxygénation régulier et lançant mes bras l'un après l'autre vers mon but. Je suivais les instructions que m'avait autrefois données mon moniteur de la Croix-Rouge : mettre mes mains en coupe et battre des pieds. Je m'appliquais à faire un mouvement après l'autre, sans penser au suivant. Je résistais à l'envie de me précipiter – « Lenteur et régularité sont les conditions de la victoire », m'avait-on rabâché au cours de ces nombreuses séances d'entraînement dans la piscine de Harvard, où je me mesurais avec Bart qui se démenait dans le couloir voisin. Et je comptais jusqu'à cent avant de m'arrêter pour constater mon avance.

Le résultat était plus que décevant. J'avais considérablement dérivé sur la droite, et semblais m'être encore éloigné du rivage. C'était comme si je suivais le sillage de ma fille, accroché à la traîne de satin de sa robe qui ondulait au loin. J'approchai en fait du promontoire de corail derrière lequel son radeau avait disparu, et plutôt que d'essayer de rattraper le terrain perdu, je déviai de mon cap, et, la tête hors de l'eau, j'avançai à la brasse dans cette direction. Cette fois, le courant était avec moi, me soutenait. J'oubliai le requin, et me laissai porter par une forte levée de lame. Je ménageais mes forces en perspective de la terre ferme; et avec la complicité de l'océan, chaque mouvement de mes bras me projetait en avant.

À l'approche du rocher escarpé, j'appris soudain une chose à laquelle je n'avais encore jamais pensé : qu'il est impossible de dompter la pression de l'eau. Aucune résistance de front n'est comparable à l'inertie d'une poussée en avant. J'étais propulsé vers le rivage avec une trop grande vélocité pour trouver une parade, et tout mon corps se raidissait à la perspective du rocher déchiqueté. Mais, laissant tomber les jambes à la verticale pour neutraliser ma trajectoire, je sentis qu'une force nouvelle et beaucoup plus puissante entrait en jeu. Des profondeurs, une succion me saisit les chevilles, m'étreignit les genoux. Le rivage tranchant me parut à cet instant le havre le plus accueillant, l'objet de tout mon désir; cependant, comme tant de mes récents changements d'idée, celui-ci survint trop tard. J'étais trop fatigué et l'aspiration trop forte. Avec une dernière bouffée d'air pour tout bagage, je fus attiré sous terre aussi sûrement et rapidement que si j'étais tombé dans un précipice.

Il y a des inconvénients inattendus à être un mordu de cinéma. Dans les moments les plus intimes et les plus critiques, les images et les sons imaginés par d'autres envahissent vos pensées, et c'est précisément ce qui m'arriva, quand je fus aspiré par le courant sous-marin. Je me voyais clairement à travers l'œil de la caméra : ma peau était blanche. Mes cheveux, hérissés, formaient un halo autour de ma tête. Des bulles s'échappaient de mes lèvres et filaient vers la surface. Mes membres se mouvaient lentement. Des faisceaux de lumière irradiaient les profondeurs marines, et d'un lointain haut-parleur sortait la musique lancinante des *Dents de la mer*. Je m'attendais à voir ma vie se dérouler devant mes yeux, mais je n'eus droit qu'à une double représentation du *Lagon bleu* et de *Bateau*. Insulte gratuite – le dernier morceau du puzzle – que d'avoir ainsi la révélation de ma futilité. Je suppliai que me vienne un mot de circonstance, une épitaphe que je puisse apposer à quarante-quatre ans d'ambition, mais lorsque j'ouvris mon esprit, une seule pensée me vint : Violet, à la dérive et sans protection. Le rideau tombait sur un échec.

Par instinct, je retins ma respiration aussi longtemps que possible. Je me sentais être entraîné à travers l'océan environnant avec une accélération croissante. Je heurtai un rocher, mes ongles de pied étaient pleins de sable, l'eau me battait le visage et m'entrait dans les narines. Un mur escarpé se dressa devant moi ; je pensai m'y fracasser, viande attendrie pour mon requin. Mais je fus poussé sous un surplomb qui masquait ce qui restait de lumière dans une caverne longue et étroite, un œsophage aux parois tourmentées qui ajoutait à ma folie la claustrophobie – comme si j'avais besoin de ça. À l'intérieur de ce boyau, la force d'attraction qui m'avait happé augmenta, bloquant presque la dilatation de mes poumons. Elle m'introduisit dans l'entonnoir jusqu'à ce que je m'arrête enfin, coincé à hauteur des hanches. Je savais ce qui m'attendait : ma poitrine éclaterait et je servirais de bouchon à ce tunnel resserré.

Au lieu de quoi, dégageant l'embouchure, je me trouvai propulsé par la pression au fond d'un bassin, dont je gagnai la surface en battant instinctivement des bras.

« Il a lutté jusqu'à la fin. » Cette phrase me vint à l'esprit comme une bénédiction. Tout prosaïque que ce fût, c'était pour cela que j'avais tenu bon. J'ouvris la bouche à l'eau et respirai.

18

Vivian

La honte aggravait la situation. Hypnotisée par ma belle assurance, j'avais cru que les choses se passeraient à mon idée, parce que telle était ma volonté. La volonté est aveugle. À la vérité, impuissante et stupide, je me trouvais ligotée par ma propre myopie.

Mais un autre facteur me dépassait.

C'est ça, fulminai-je, tandis que Roger approchait du bateau, que je l'entendais héler Cobb, *nous ne sommes pas sur la même longueur d'onde. C'est fini entre nous.* Cobb m'avait cachée à l'extrémité de la cabine inférieure. Dès qu'il eut aperçu Roger, il m'attacha également un bandana rouge autour de la bouche. Au cours des dix dernières minutes, je n'avais cessé d'envoyer une pluie de signaux de détresse extra-sensoriels. J'étais furieuse que Roger n'en ait reçu aucun. *Appelle la police,* hurlaient mes neurones. *Rentre!* Mais il approchait toujours, et son avance m'était commentée par Cobb, affairé à ajuster les voiles et à ranger le bateau, comme pour le recevoir.

Il se pencha pour me parler, colla son nez contre le mien.

– J'ai toujours au moins un plan de secours, c'est pourquoi j'ai invité votre petit ami. Je ne pense pas qu'il soit aussi obstiné que vous. Vous ne voulez pas reconsidérer la question ? Nous sommes assez loin du rivage. Si je le fais chavirer, Roger aura une longue distance à parcourir à la nage.

Pauvre Roger. Je ne lui causais que des ennuis. Pour la deuxième fois, il n'était pas dans le coup, dépassé par les événements.

Lorsque Cobb détacha le bandana, je hurlai. Il me colla sa main sur ma bouche, puis la retira lentement.

– Ne mêlez pas Roger à cette affaire, dis-je. Il ne croit même pas que vous avez le Journal. En outre, la terre est en vue, et c'est un très bon nageur.

Cobb resserra mon bâillon et retourna à son poste. Quelques secondes plus tard, il réapparut.

– Roger est peut-être Mark Spitz, déclara Cobb, jubilant. Mais la petite ?

Refusai-je l'horreur par réflexe de protection ? Au début, je n'enregistrai tout simplement pas ce qu'il disait. Je laissai les mots me traverser sans les stocker.

Cobb s'accroupit à côté de moi, mains sur les genoux, le visage empreint d'une expression solennelle.

– Maintenant, professeur Twostar, dites-moi. Où est la page ? Ou récitez-la, si vous préférez.

Ses yeux lui sortaient de la tête, menaçants. Il se pencha pour défaire le nœud du bâillon, et son souffle sur ma joue était chaud et chargé de bière. D'abord, Violet ne pouvait pas être dans le bateau. Quoi que fît Roger, il serait seul. Ensuite...

– Vous bluffez, dis-je. Dites-moi comment elle est habillée.

J'avais changé Violet juste avant de quitter le bungalow, et Cobb ne pouvait pas savoir ce qu'elle avait sur elle, à moins de l'avoir sous les yeux.

Cobb passa la tête par-dessus le bastingage.

– Des rayures bleues et jaunes.

Je m'effondrai. Le ciel tournoya. Nulle part où me poser, pas d'endroit stable. Je me balançai si violemment d'avant en arrière que le petit fauteuil d'aluminium se plia sous moi. Cobb revint d'un bond, me renversa et m'immobilisa.

– Laissez-les partir.

– J'écoute, dit-il. Mais je brûle maintenant. C'est soit sur l'un de vous, soit dans le sac dont vous ne vous séparez jamais. C'est là que vous aviez la page du Journal. Et je vous le donne en mille, votre petit ami l'a même apporté avec lui.

Il était malin, cela ne faisait aucun doute. Je ne savais plus comment brouiller les pistes.

– Gagné. Elle est dans le sac. Vous n'avez besoin de rien d'autre.

Il ne me restait qu'un atout, et j'avais besoin de toute ma faculté de marchandage. Je me rappelais qu'il ne savait pas lire l'ancien espagnol. La traduction qu'il voulait désespérément ne contenait pas ce qu'il cherchait, mais je lui monterais un bateau, prétendrais avoir omis la partie la plus intéressante en le transcrivant en anglais. Je fermai les yeux. Il ne marcherait pas. Je me faisais des illusions. Il serait furieux de se retrouver dans un cul-de-sac. Et puis songeai-je encore, au point où il en était, il ne me lâcherait pas.

– Laissez-les tranquilles, dis-je. Quand nous serons tous sains et saufs, je vous parlerai des coquilles d'huître. En réalité, ce sont elles que vous cherchez.

Il inclina la tête de côté, sourit, mais ne me crut pas.

– Nous verrons.

Il renoua le bandana derrière mes oreilles, si fort que le seul son qui s'échappa de mes lèvres fut une maigre plainte. J'entendis de nouveau Cobb à l'autre bout du bateau crier quelque chose à Roger. La voix de Roger s'éleva, claire et confiante. Je tendis l'oreille pour entendre pleurer Violet, mais... rien.

J'essayai de remuer les poignets à l'intérieur des cordes, mais il n'y avait aucun jeu. Je tambourinai sur le pont avec mes pieds, mais le battement des vagues couvrait ma tentative pour prévenir Roger. De quelque côté que je bouge, je restai fermement attachée à ce siège. J'avais une position étrange, les hanches plus hautes que les épaules, de sorte qu'il m'était impossible de me mettre sur mes pieds. J'essayai de déchirer le bandana avec mes dents, mais le tissu était raide et neuf. J'entrepris de traverser le pont centimètre par centimètre comme un jouet mécanique, mais Cobb me décocha un féroce coup de pied.

Le coup m'atteignit dans le ventre. Je n'avais pas éprouvé de douleur physique depuis l'accouchement, et tout me revint. Mais différemment. La dernière fois, la douleur avait apporté la vie. Cette fois, c'était manifestement le contraire.

Roger cria. Je l'entendis distinctement.

– Arrêtez de faire l'imbécile et donnez-moi la pagaie!

C'était un ordre, simple et sérieux, venant d'un homme habitué à se faire obéir de ses étudiants.

– Donnez-la-moi! insista de nouveau Roger.

À l'arrière du bateau de Cobb, le moteur s'emballa. Les planches glissantes vibrèrent sous moi et nous nous mîmes à virer.

– COBB! LANCEZ-LA!

La voix rageuse de Roger rivalisait avec le bruit du moteur, mais on devinait à son timbre qu'il s'attendait encore à un geste raisonnable. Puis les syllabes se perdirent dans la mer.

Cobb ouvrit les gaz et le bateau fusa sur la mer houleuse, dans un jaillissement d'embruns. J'étais ballottée par le tangage et le roulis. Ma tête heurta violemment la cabine et du fond de mon être monta un nuage noir et confortable, un coussin. Un coin où se reposer. Oubli. C'était très proche, très tentant, et je fermai les yeux.

Je regardai un tableau noir. Une pensée s'y inscrivit à la craie.

Suis le Chemin de la Main Vide.

Je fus, sur le moment, troublée par l'intrusion dans mon esprit de la devise *do-zen* du cours de karaté. Mais j'en compris vite le sens. C'était ma voix intérieure de survie. J'étais dans une situation de vie ou de mort. En laissant Roger et Violet regagner seuls le rivage, Cobb avait montré combien il était sérieux, son violent coup de pied le prouvait assez. L'assassin civilisé est le plus effroyable de tous. L'être capable de préméditer, de tramer un plan qui tient compte de la peur ou de la douleur de sa victime est inexcusable. Nos lois prennent acte de la fureur des passions qui peuvent conduire à la violence, à une perte de contrôle passagère, mais le coupable d'un assassinat réfléchi, voire courtois, ne peut espérer ni pardon ni compréhension d'un observateur naïf. Même ligotée et bâillonnée, il m'était impossible de comprendre que Cobb me veuille vraiment du mal. Cela exigeait un effort, l'abandon du doute – jusqu'à ce que Cobb coupe le moteur.

Attention à l'eau. Pour affronter Cobb, il me fallait me libérer des haines qui pouvaient altérer la surface de l'esprit, tout comme les rides à la surface d'un lac agité empêchent d'en voir le fond. Écarter pour le moment colère, vengeance, peur ou avidité. Ouvrir l'œil. Veiller. Il était juste sur ma gauche.

Puis Cobb disparut de ma vue. Une coupure au-dessus de l'œil me cuisait et je la sentais saigner. Bon. S'il me croyait sans recours, je pouvais en appeler à l'esprit de *sen*, l'anticipation. Je pouvais prendre Cobb par surprise. Le problème, c'était que, allongée, j'étais impuissante. Comment me lever par mes propres moyens et trouver la sixième composante essentielle de mes actions ? L'équilibre. Ligotée dans le dos, il me faudrait localiser rapidement mon centre, et le maintenir. Je me concentrai sur le point où résidait, d'après Grotz, la source de ma force et même de ma psyché. Ce n'était pas difficile : j'avais toujours horriblement mal au ventre. Mais je refusai cette douleur, inspirai à partir de la source, inspirai de nulle part, tandis que j'entendais Cobb revenir.

Il était au-dessus de moi, ombre froide, sombre négation. Je cherchais désespérément la lune. *Attention à la lune.* Je me représentai la sphère, absorbant et reflétant la lumière bleue de son regard et l'indifférence de son sourire posé sur moi comme une grille. Si Cobb avait vraiment l'intention de commettre un meurtre, il devrait me jeter par-dessus bord, mais pour simuler un accident, il devrait d'abord me détacher les poignets.

J'étais d'un calme profond, essentiel. Je fis semblant d'être évanouie, il me tâta le pouls. Trop rapide ? Trop irrégulier ? Ses doigts étaient chauds et secs sur ma gorge et j'essayai de ne pas avaler. J'essayai de ralentir les soubresauts de mon cœur. Lorsqu'il s'accroupit à côté de moi, j'entendis ses genoux craquer, puis je sentis qu'il s'affairait sur la chaise. Il me détachait, semblait-il, mais il ne desserra pas les cordes autour de mes poignets. Il allait le faire – j'y comptais bien. Il laissa tomber quelque chose de lourd derrière moi, le manœuvra sur le pont, tout en tirant sur le sanglage de la chaise. Puis il était de nouveau debout devant moi, me soulevant contre sa poitrine. Je sentais sa forte sueur, la chaleur du soleil sur le coton, l'aïl de la salade. Il trébucha sous mon poids mort, et je laissai rouler ma tête sur son épaule. Je compris, lorsqu'il se mit à me tirer vers lui que nous traînions quelque chose.

Traîner quelque chose ! Je n'avais pas imaginé le bon scénario, mais quel était celui-ci ? Il s'arrêta, tira un objet derrière nous. La panique me fourmilla le long des bras et des jambes, me laissant tout affaiblie. Il avait attaché quelque chose de lourd à la chaise. Il n'avait pas l'intention de simuler une noyade accidentelle. Lorsqu'il me jetterait par-dessus bord – et il allait le faire, de cela il n'y avait aucun doute – je n'aurais pas la moindre chance de regagner le rivage à la nage. Avec mes bras attachés à la chaise, je coulerais immédiatement et resterais ancrée au fond. La mer me recouvrirait. La mer ne laisserait aucun indice.

Il était temps d'agir. Pas de peur. Pas d'hésitation. *Sen.*

Levant la tête, je le regardai dans les yeux. Je le fixai. Hurlai.

Dans le pays où j'ai grandi, on raconte comment la victime pénètre dans l'ennemi, prend possession de son âme, et, par ce cri lancé de mon centre, plus fort et plus déterminé que tous ceux que j'avais pu jusque-là pousser, j'entrai dans Cobb. Lorsqu'il recula, surpris, je faisais déjà partie de lui. Le bleu ardoise de ses yeux contenait ma réflexion. Terrible intimité. Grotz ne m'avait pas préparée à ça.

Cobb trébucha, perdit l'équilibre, me lâcha, et je me retrouvai sur mes pieds.

Centre. Position. Coup de pied.

Profitant de l'effet de surprise, je lui décochai un latéral dans l'aine. Illégal, oui, en compétition, et à juste titre. Cobb se plia si violemment en deux que je crus la lutte terminée. Il battit en retraite, heurta le pont en haletant. Son chapeau bascula et roula sur le bois verni. Avant qu'il ne risque un œil dans ma direction et ne se lève en titubant, j'eus le temps de me mettre en garde, de me planter face à lui, jambes légèrement écartées. Sans un mot, bras ouverts, il se dirigea vers moi d'un pas balancé. Je parvins à le détourner en le frappant à la gorge avec le bras du fauteuil. Il trébucha, tomba violemment en se prenant la cheville dans la corde qui m'attachait à...

J'étais attachée à un seau fermé hermétiquement qui devait être plein de sable.

Je perdis mon sang-froid, mon rythme. La terreur me les arracha, scellant mes poumons comme des sacs de plastique. C'était un orange flamboyant, l'orange mortel des signaux d'alarme. Pendant un instant, je ne pus penser à rien d'autre qu'à ce seau de sable. Il était en métal, avec un couvercle fixé par une grosse attache, et il était tellement lourd. Cobb tournait autour de moi, doigts écartés; il essayait de m'attraper par-derrière pour me neutraliser. Je chassai le seau de mon esprit, le remplaçai par un seul mot. Concentration. Regardant droit dans les yeux de Cobb, je me mis aussi à tourner, de façon à toujours l'avoir devant moi, enjambant la corde à chaque fois que je pivotais autour de mon nouveau centre de gravité, le point qui déterminait dorénavant mon existence. Je devais à la fois protéger le seau des atteintes de Cobb et l'utiliser à mon avantage. S'il réussissait à s'en saisir, à le soulever et à le jeter par-dessus bord, je me retrouverais complètement immobilisée par son poids.

Et c'est alors que l'idée me vint : utiliser mes deux centres, ma vision et mon poids. Nous ne pouvions pas continuer à nous tourner autour, Cobb finirait par trouver une ouverture. Chaque passage de la houle me faisait légèrement descendre par rapport à lui et le seau se retrouvait un peu plus haut. J'allais tirer parti de ma position. La corde, le seau, censés m'ancrer au néant, seraient un autre aspect du *sen*. Au tour suivant, je n'enjambai pas la corde. Je la laissai s'enrouler au-dessus de mes genoux. Cela n'échappa pas à Cobb. Ses yeux s'étrécirent, et il en tira la conclusion – désirée – que j'étais fatiguée. Il poursuivit sa rotation. Un deuxième tour m'enserra les genoux. J'étais à un peu plus d'un mètre du seau. Je pirouettai prestement. La corde s'enroula deux fois encore et Cobb fit ce que j'attendais, il fonça pour en finir.

Je pivotai des hanches et la corde se tendit. Il fallait faire décoller le seau et, pivotant le plus vite possible, le maintenir en l'air au bout de la corde par la force centrifuge, tandis que je prendrais l'offensive.

Dieu merci, petite fille, j'avais pratiqué le hoola-hoop. Pivotant avec un élan convulsif, désespéré, je réussis à m'immobiliser au moment où le seau décollait et se déroulait en une parabole foudroyante. Ç'aurait pu marcher. Ç'aurait dû marcher. Si Cobb n'avait pas sauté. Le seau le manqua, poursuivit sa trajectoire et m'entraîna avec une telle force que je battis l'air de mes jambes. Pour atterrir, debout, le dos à la cabine, Cobb devant moi.

Il ne me restait qu'une arme : le coup de pied.

J'allais maintenant pouvoir vérifier, comme l'affirmait toujours Sensei Grotz, que dans la Voie de la Main Vide ce n'est pas le nombre des techniques apprises qui compte, mais la perfection atteinte dans une seule. L'unique mouvement de kata que j'avais pratiqué était le coup de pied. J'avais donné des centaines, des milliers peut-être de coups de pied, dont pas un n'avait trouvé grâce aux yeux de Grotz. Nash avait appris à se tenir sur un pied comme une grue et à se servir du billot, moi je n'avais jamais dépassé le sac de sciure. Autour de moi, les autres tourbillonnaient et cognaient. Les autres faisaient des culbutes. Moi, je donnais des coups de pied.

J'avais des tennis antidérapantes. Des Keds. Elles amortissaient un peu les coups. Pourtant, quand Cobb prit mon talon dans la poitrine, il toussa. J'avais fait des dégâts. J'avançais, genoux pliés, pour garder l'équilibre, repris ma position et frappai de nouveau. Le coup toucha le plexus solaire, centre de l'air et de la lumière. La bouche de Cobb s'ouvrit toute grande. Il essaya de respirer. En vain. Il s'effondra. Hagard, il parvint à se remettre sur ses pieds. Je tirai le seau en avant, tombai en garde. Frappai et dégageai lorsqu'il fonça. J'entendis craquer une côte. Cobb rebondit contre le bastingage et resta un moment sans remuer. Puis quelque chose passa sur son visage, un regard éperdu, décidé. M'esquivant, il alla fourrager dans le sac de couches de Violet.

Je ne devais pas penser à l'issue du combat. *Attention à l'eau.* Je ne devais pas me laisser aller à la haine. Consciencieusement, je me figurais Violet saine et sauve sur le rivage avec Roger. Ils étaient en pleine forme. Je devais maintenant m'occuper de Cobb. Il déchira la poche latérale de la sacoche, et, laissant de côté l'enveloppe contenant la photocopie de sa précieuse page, il fit le mauvais choix. Il retira hâtivement le petit sachet en plastique avec l'exhortation de Colomb dont les mots me donnaient du courage. Puis il se dirigea en titubant vers le bastingage du bateau.

– Si vous approchez, je la laisse tomber, dit-il.

J'avançai d'un pas, d'un autre. Son visage se fit résigné. J'étais à portée, mais il me fallait garder mon calme. Un coup dans le ventre et dans la poitrine. Un autre, lorsqu'il se tourna, et je le fis passer par-dessus bord. Il bascula en arrière, sans lâcher sa prise.

Lorsque j'entendis le floc, je me traînai en crabe jusqu'au seau dont je fis sauter la fermeture d'un coup de pied. Il se renversa, et je m'assurai que le sable s'en échappait. Lorsque je revins sur mes pas pour essayer de mettre le moteur en marche, l'objet fit un bruit de casserole. Impossible. Il fallait que je libère mes bras. Et ce fut, bien sûr, Violet qui vint à mon secours. Je m'assis à côté du sac de couches, fouillai dans le fond avec mes mains liées et en ressortis sa lotion de bébé.

En dessous, j'entendais la voix de Cobb. Comme Roger tout à l'heure, il tenait à dédramatiser la situation. Cette attitude faisait-elle partie de leur éducation patricienne ?

– Vivian, je sais que vous m'entendez. Soyez raisonnable. Vous n'allez pas faire ça. Le soleil baisse. Je ne suis pas sûr d'atteindre le rivage.

Je dévissai le bouchon de la bouteille, laissai couler l'huile parfumée sur mes poignets afin de les rendre souples et glissants. Ce serait long, mais ça marcherait. Voulant me persuader qu'il savait ce que j'allais faire, Cobb n'arrêtait pas de parler, de parlementer ; puis les vagues l'éloignèrent du bateau ; ou peut-être décida-t-il de gagner la terre à la nage. De toute façon, lorsque le crépuscule s'épaissit, nous étions seuls tous les deux avec la nuit devant nous, séparés par la volonté de la mer.

19

Roger

L'air s'engouffra comme un feu dans les alvéoles de mes poumons. Suffoquant et toussant, je me concentrai sur leurs pulsations. L'oxygène inonda mon cerveau, envahit chaque cellule. Léger et pur comme une bulle, étourdi par des irradiations de plaisir physique, je me dilatais et flottais au-dessus de moi-même. L'air était riche, volumineux ; respirer était un acte sensuel. S'agissait-il d'une illusion, d'un baume psychologique inattendu censé adoucir l'instant de la mort ? Et même si c'était le cas ?

J'ouvris les yeux, rien.

Je portais les mains à mon visage. J'avais bien les yeux ouverts. Je sentais mes paupières bouger. Soit mon cerveau avait coupé tous les systèmes auxiliaires, dont la vue, et j'étais aveugle, soit je me trouvais dans une obscurité nouvelle. Dans celles que j'avais jusque-là connues, il y avait des variations de densité, des reflets, une certaine texture. Celle-ci était radicalement vide.

Je me trouvais, semblait-il, dans une cuvette de dimensions vagues, que je décidai d'explorer. Au bout de quelques brasses j'atteignis une plate-forme sèche et raboteuse, qui était au moins large d'un bras. Avec ce qui me restait de force, je m'y hissai et, encore incertain de pouvoir respirer, je m'allongeai sur le dos et essayai de me rappeler où en était la marée. Si elle remplissait cette salle, mon refuge pourrait être de courte durée. La voûte était-elle suffisamment haute ? Basse, j'étais parti à marée basse, et la marée montait. Il me fallait atteindre une position plus élevée.

Désorienté, j'agitai lentement les bras au-dessus de ma tête, puis sur les côtés. Espace. L'obscurité m'oppressait de toutes parts, m'enveloppant comme l'eau enveloppe le plongeur. J'étais sur du sable. J'en sentais les grains bouger sous mes hanches. Sans référence visuelle, mon corps semblait énorme, puis petit. L'espace qui m'entourait était d'abord gigantesque, puis minuscule, comme dans les rêves enfiévrés d'un enfant.

J'eus soudain conscience de suffoquer. Ma gorge semblait se nouer et ma langue me brûlait, comme si elle était imbibée d'ammoniaque. Des larmes me coulaient le long du nez. Elles me dégoulinaient sur le menton, la gorge. Je découvris que je pouvais me mettre debout, ce que je fis, lentement. À mesure que cette sensation s'atténuait, je compris que j'étais en présence d'une affreuse puanteur. Je ne savais pas à quel point une mauvaise odeur peut affecter le corps ou l'esprit. J'essayai de retenir mon souffle, mais ça ne dura guère. Je respirai, déglutis une âcre bouffée de musc. Avec un arrière-goût évoquant la vieille charogne, les vieilles chaussettes en putréfaction dans un placard fermé. Il y avait un soupçon d'acétylène, un violent irritant qui me mettait la langue à vif.

Enfin, j'étais debout, j'étais en vie, non ? J'ouvris la bouche.

– Violet, appelai-je.

Son nom me rappela tout, et d'abord l'insupportable image du fragile bateau.

J'obtins une réponse. Les murs vibraient. *Vio-let-et-et*. La grotte était énorme. Dans le silence retrouvé, je répétai son nom, juste pour l'entendre. J'appelai Vivian. Je prononçai tous les noms auxquels je pouvais penser. J'appelai ma mère, j'appelai mon père, j'appelai Bart, je maudis Cobb. Et les échos les renvoyaient tous, rassemblés dans un susurrement, comme si, à l'appel de leurs noms, les fantômes de ceux que j'aimais ou haïssais se disputaient dans l'espace. Je m'assis, écoutai s'éteindre les derniers murmures, puis je commençai à me frictionner pour me réchauffer.

C'est alors que j'entendis un autre son, subtil, comme le bruissement des feuilles d'érable en automne.

« Ressaisis-toi. Ressaisis-toi », dis-je tout haut.

Mon exhortation ricocha. Je savais que le pire serait de perdre le contrôle de soi. En cédant au besoin d'appeler au secours, j'avais presque perdu ma force morale. Je n'étais pas l'unique auditeur. L'effrayant pandémonium que j'avais suscité avait à son tour éveillé autour de moi quelque chose de vivant et de vaste. J'avais animé la grotte. J'avais réveillé les chauves-souris.

Elles étaient la source du bruit, la cause de l'odeur. J'étais assis sur une île de fiente de chauves-souris.

La plupart d'entre nous ont la phobie de quelque créature – serpents, souris, et araignées sont les objets de nos peurs les plus communs. Vivian détestait les rats. Bart avait une peur mortelle des têtards. Dans mon enfance, au cours d'un camp, j'avais rencontré ma propre Némésis : la chauve-souris. Elles étaient nombreuses, et nichaient dans les cheminées des vieilles cabanes de bois. Au-dessus du cercle du grand feu de camp autour duquel nous tenions nos veillées, elles tournoyaient et plongeaient au milieu des étincelles. Durant deux étés, elles me retinrent en otage sous une casquette de base-ball des Red Sox, jusqu'à ce que je compose avec elles, comme je dus m'accommoder de nombreuses autres terreurs – la peur de la mort, la futilité de l'expérience – en en faisant des objets d'étude. Je ne me vois pas tout à fait débarrassé de cette frayeur enfantine, mais j'ai réussi, en démystifiant les chauves-souris, à apprécier leur magie.

Ce fut donc avec un mélange d'horreur atavique et d'excitation respectueuse que j'acceptai l'idée que je n'étais pas seul. « Excitation », parce que s'il y avait des chauves-souris, c'est qu'il devait y avoir une sortie. Il fallait bien qu'elles puissent entrer et sortir, non ? Ce qui signifiait que j'avais, moi aussi, une chance d'en réchapper. Je ne pouvais aider Violet que si j'alertais les autres et réunissais immédiatement une équipe de secours. Et ainsi, pendant quelques minutes, qui me parurent des heures, je fus occupé par une seule résolution. Tâtonnant dans l'obscurité, mes doigts rencontrèrent une étrange formation, une bosse lisse que je suivis jusqu'à ce que je rencontre une légère dépression, puis une autre. Je ne pus m'empêcher de penser que d'autres peut-être s'étaient trouvés dans le courant au mauvais moment et avaient été aspirés dans ce rocher. Personne, me dis-je, n'était revenu pour en faire le récit, mais je me hâtai de chasser cette pensée. J'avais toujours été différent, et je le serais encore. Je mesurerais les limites de cette prison avec plus de hardiesse et d'ingéniosité que mes précurseurs, si précurseurs il y avait eu. Même sans la moindre visibilité, je parviendrais à sortir.

Comme en réponse à ma détermination, je perçus une sorte de signe.

Je crus voir une tour blanche, irréelle, qui se dressa devant moi avec une telle soudaineté que je crus d'abord à une hallucination. J'approchai de la colonne et la traversai. C'était de la lumière, dont les particules s'élevaient d'une quinzaine de mètres dans l'obscurité.

Tout là-haut, d'un unique œil de cyclope servant probablement d'entrée et de sortie aux chauves-souris, descendait un faisceau translucide. J'étais assis dans cette colonne sur un monticule de pierre recouvert d'une épaisse couche de guano et essayais de tirer partie de cette cheminée fantomatique. D'étranges solutions me traversèrent l'esprit.

J'eus l'idée d'effilocher mon maillot de bain et de construire un harnais, tiré par des milliers de chauves-souris ; à la tombée de la nuit, au moment où elles commençaient leur migration, je me voyais hissé par de frêles ailes membraneuses. Je voyais la lumière comme un vibrant escalier à vis. Mais mon imagination ne tarda pas à s'épuiser et je restai face à des éléments infranchissables : l'eau d'où j'étais sorti, l'air que je ne pouvais pas gravir. Le feu dont j'avais besoin, car j'avais froid. La terre à laquelle je retournerais.

Quel moyen de survie avais-je ? Je vidais les poches de mon short. Trois dollars des Bahamas trempés. Un bonbon à la menthe à demi fondu. Un trombone. Un petit coquillage que j'avais trouvé pour Vivian. Mon éternelle disquette.

Je détortillai le bonbon et le mis dans ma bouche. Le goût en était sucré, rassurant. J'avais besoin de forces pour la suite. Je retournai la disquette dans ma main. Elle était probablement fichue, pourtant je l'exposai à la lumière, comme pour la sécher. Ridicule. Ce que j'avais là était inutile, une plaque inerte. Je m'étais reposé sur un carré de mémoire bleu, un petit cache en métal argenté, une technologie à l'intérieur du plastique. Pourtant je ne comprenais pas davantage comment étaient conservés mes pensées et mes mots que je ne comprenais les mécanismes de mon cerveau.

Je la pressai contre ma tête, et souhaitai avec toute la force de ma volonté que le bateau jaune de Violet dérive vers la terre, vers des pêcheurs, vers n'importe quel être humain le long de l'étroite côte de l'île. Je souhaitais si violemment ce que je voyais avec les yeux de l'esprit que je tombai de mon perchoir sur le sol raboteux. Ce fut là, entouré par une obscurité si totale qu'elle absorbait la pensée elle-même, que mon cerveau se vida lui aussi. Nettoyée par l'eau de mer, simplifiée par l'égarement, effacée par la peur, ma vie était brièvement jetée sur un bassin pétillant. C'était une petite vie, observai-je maintenant, et une mort plus petite encore. Mon cerveau était unique parmi les milliards que contenait la planète, mais ce n'était jamais qu'une unité de stockage de plus, pas plus intéressante en elle-même que le disque bleu. J'étais un photon dans le puits de lumière. Je dérivais.

Je ne m'étais jamais senti aussi vivant qu'en m'éveillant de ce somme, jamais aussi dynamisé, aussi surpris par ce dont j'étais capable. Il me semblait tout contrôler. Tous mes sens étaient acérés. La joie m'envahissait jusqu'au bout des doigts. La joie ? Pas exactement. Quelque chose de plus net. La lucidité, disons. Tous les petits tics et frémissements mentaux avaient disparu. La vérité s'imposait instantanément. Je dormis quelques instants, je dormis quelques heures. La lumière disparut, et pourtant je ne craignais pas l'obscurité. Je tremblais de froid, mais dansais pour me réchauffer. Le fait que ma température fût différente de celle de mon environnement était bon signe. Mon corps faisait le nécessaire, il tremblait pour produire de la chaleur. Sans eau, je cesserais en quelques jours de fonctionner, et je deviendrais comme la fiente d'antan. Et alors ? Chair devenue pierre, je disparaîtrais. Je serais recouvert. Mais pour l'instant, chaque inspiration était un présent. Une, puis une autre me pénétraient et m'emplissaient avant d'être expulsées. Je ne les comptais pas. Pourquoi me lamenter ?

J'avais des pensées, quelles pensées ! Mon passé débordait et s'emplissait de visages. Ma mère pelait une poire sur une table en merisier. Elle me la coupait en tranches que je mangeais l'une après l'autre. Mon père attrapait un poisson, puis me regardait intensément, retirait l'hameçon de sa gueule à l'aide de pinces, et le rejetait dans l'océan. Je savais ce que ressentait le poisson gracié. Moi aussi, j'avais été plongé dans un élément brûlant et tenu par des mains monstrueuses. Moi aussi, j'avais été relâché.

Donne s'appuya sur mon épaule.

> Car l'amour, l'amour de l'autre recrée tout,
> Et fait d'une cellule, un univers.
> Laissons les nouveaux mondes aux explorateurs,
> Les cartes à autrui sur des mondes se superposent.
> Possédons un monde unique, chacun a le sien, chacun en est un.

Contre toute attente, ici, ce n'était pas si mal. Quelques heures plus tôt, j'aurais pu mourir, être dévoré. J'aurais pu avaler de l'eau dans la galerie. Mais j'étais vivant, et le fait de savoir qu'il ne me restait peut-être que quelques jours paraissait sans importance comparé à la somptueuse rivière de secondes et de minutes dont je disposais maintenant.

Bien sûr, je n'étais pas l'unique conscience. Dix mille oreilles se dressaient dans ma direction. Cependant, malgré une perception exacerbée, je ne pouvais pas me le figurer – leur monde défini par le son. Le vide était empli de bruits si aigus que je ne pouvais les entendre. Le registre humain est étroit. De leurs têtes de gargouilles délicatement sculptées, mes compagnes lançaient des bip-bip ultrasoniques qui leur servaient à construire, modifier et observer un panorama mouvant.

Si un mot se formait sur mes lèvres, si je parlais, j'ajouterais à leur perception de sonar. Et il y avait tant de choses à ajouter. Mon cerveau était rempli de tout ce qui m'avait été donné de savoir. Sa capacité était incroyablement vaste, plus vaste que l'air autour de moi. Je me rappelais l'alphabet à l'envers, les États, leur capitale. Je me rappelais de longues conversations avec des amis ou des ennemis, les intrigues et les vedettes de vieux films, des recettes ; le tableau de Mendeleïev, et Kubilay Khan, Emerson, les œuvres complètes de John Donne, des hymnes entendues à l'église, des ritournelles, des publicités, des articles lus dans la baignoire, des instructions au dos de boîtes de lessive, les petits caractères des garanties, des règles de jeu, des clauses d'assurance et des conseils de jardinage, les particularités de toutes les femmes que je n'avais pas suffisamment aimées.

Vivian.

Je la reconstruisais à partir de détails évocateurs, depuis le début jusqu'à maintenant. Chaque mot prononcé et chaque expression ayant traversé son visage, je le comprenais maintenant, avaient été captés par une bande intérieure. Je me repassais indéfiniment le précieux film. Je revivais des après-midi bleus, et le tiraillement des jours. Je lui mettais Violet dans les bras. Je la mettais là et l'y maintenais.

Impossible d'arrêter cette hémorragie de détails, des ésotériques aux plus banals. Je me rappelais des lettres que j'avais écrites. Je me rappelais des années entières. Je me rendais compte qu'il était inutile d'écrire un journal. Tout était à ma disposition, chaque expérience était détaillée et classée. En outre, au-delà du cerveau de lettré, sec et organisé, il était un autre cerveau qui fabriquait son propre monde – l'imaginait –, un cerveau de poète plein de rimes intérieures et de syllabes savoureuses.

Je ressortis de ma poche la disquette contenant mon poème. Amulette inutile, simple système mnémonique. Tout imprimée, codée et synthétisée qu'elle fût mon œuvre était maintenant noyée.

Intentionnalité contre temps. J'avais composé mon poème en fonction du contexte changeant de ma vie récente, mais son objet était demeuré manifeste. Éclairer, modeler par l'art n'avaient cessé d'être mon but, le plus honorable de mes mobiles. Mon esprit, mon imagination étaient le matériel sur lequel je comptais, et si ces heures devaient être les dernières, qu'ils soient mes compagnons. Le cerveau humain est comme une mégapuce et ses différents niveaux de ram abritent la copie de chaque synapse, le produit de chaque circuit fermé de ma pensée passée. La disquette n'était qu'un double, une sécurité; j'étais l'original. Je pouvais rappeler n'importe quoi, la moindre phrase, la moindre pensée, retrouver toutes les harmonies autrefois ressenties, me réciter les derniers vers enregistrés. Le défi, c'en était un, n'était pas impossible. Tout était là, en attente, je pouvais une dernière fois découvrir Christophe Colomb, retracer son chemin vers nulle part, qui semblait maintenant parallèle à celui de Vivian et au mien. Dans ce lieu vide je pouvais sauver une partie de moi-même en lui donnant sens. Je ne pouvais pas espérer que le bloc cédât. S'il n'était pas dans mon destin de traverser la mer avec Christophe Colomb, je pouvais au moins reconstituer son avance. « Journal d'un homme perdu. » C'était tout ce qui me restait à faire, et c'est ce que je fis.

Je ne sais pas qui je suis. Pas plus que le fil
tissé dans la trame
n'en connaît le dessin. Pas plus que la trame
l'esprit qui l'a conçue,
la main qui a lancé la navette,
ni la force qui a formé et chevillé le métier de bois.
Pas plus que le vêtement
ne connaît son objet, non plus que son faiseur,
je ne connais Christophe Colomb.
Des bribes de chanson me parviennent, des chants,
la voix de mon fils s'élève en questions. Sur La Rabida
le crépuscule d'été apaise le sang.
J'étale mes dossiers, mes arguments
et mes démonstrations sur la table.
Je ne peux pas m'en nourrir, pas plus que Diego
qui, grâce à la bonté de Juan Perez,
est recueilli et instruit.

Talavera doute car saint Augustin doute.
La Haute Cour ne fera rien tant que Grenade résiste.

Tout mon espoir gît dans les marges de cette page,
comme la nuit tombe, où nos prières sont isolées.
La mèche grandit. J'achète mes chandelles
au meilleur marché, mais je suis expert. Moucher,
épargner,
voler même des bouts de chandelle, je sais le faire.
Ainsi l'esprit de
Talavera chicane dans la flamme.
Trente ans après la ruine de la ville.
J'étais à Babylone et gisais malheureux sur mon lit
et mes pensées submergeaient mon cœur.
Ainsi disait Esdras, à qui répondirent comme à moi
les signes autour de moi. Frères,
je lis dans les fissures du mur. Le Seigneur
n'a-t-il pas commandé les épaules qui soulevèrent et
assurèrent les poutres
et la main du maçon qui a placé la pierre, mélangé ces
plâtres et mortiers ? Le Seigneur n'a-t-il pas fait
tomber les pluies
et souffler les vents et lancer les flèches du soleil
de telle sorte qu'en son temps le mur puisse se fendre
non pas au hasard, mais à l'image même
du monde ? Six parts de terre sèche, une part d'eau.
Je lis la carte contenue dans le mur.
Elle est dessinée comme par la main de mon frère
Bartolomé.
Habile, fermement attentive,
la lèvre du monde saigne blanc
au promontoire où Christophe Colomb est assis,
attentif à son lumignon, contemplant son ombre
dévorer la carte

Esdras, dit le Seigneur,
j'allumerai une lueur de compréhension
dans ton cœur qui ne s'éteindra pas
que ne s'accomplissent les choses que tu commenceras
à écrire.

20

Vivian

Roger avait laissé un mot soigneusement plié et scotché sur la porte du bungalow. *Au cas où quelqu'un s'en soucierait, j'ai Violet. Nous sommes allés rejoindre Cobb et nous serons de retour pour dîner. Remplis, s'il te plaît, le casier à glaçons et sors le lait et la dinde du congélateur/réfrigérateur. Bien à toi, etc.*

– Qu'est-ce que ça veut dire ?

Trempée et choquée, je brandis le papier sous le nez de Nash. « *Au cas où quelqu'un s'en soucierait ?* » Mais qu'est-ce qu'il raconte ?

J'étais incapable de rassembler mes esprits. Quand ce mot avait-il été écrit ? Avant ? Oui, il avait dû l'écrire avant d'aller avec Violet retrouver Cobb. Il avait dû emprunter le radeau. Cobb avait pris la rame de Roger pour le ralentir. Mais à l'heure qu'il était, Roger et Violet auraient dû avoir regagné le rivage, être ramenés par la marée montante. Ils devraient être ici, Roger, indigné, Violet, affamée, Violet, saine et sauve.

Ils devaient être là. D'un pas décidé je traversai la petite pièce et ouvris le placard pour ne découvrir qu'un tas de serviettes. Sur le pas de la porte, Nash, mal à l'aise, se passait les mains dans les cheveux.

– C'est ma faute. J'étais à la grande maison – tu sais, je cherchais le truc. Quand je suis revenu, j'ai vu Roger qui l'emmenait dans le bateau. Je suis donc descendu à la plage, j'ai rencontré deux gosses qui travaillaient à côté avec leurs parents, en train de blanchir les marches avec de la Javel. Je suis resté un moment avec eux.

Prise d'une faiblesse soudaine, je m'agenouillai par terre. Nash n'arrêtait pas de donner des explications. Je levai la main pour lui signifier d'arrêter. J'avais la tête, les oreilles qui bourdonnaient.

Puis les circuits sautèrent et je me mis à pleurer dans mes mains. Mais je m'arrêtai tout de suite. Il n'y avait pas lieu de s'inquiéter avec Roger. Même s'il avait été submergé par les vagues, il était un excellent nageur et pouvait sans difficulté porter Violet dans un bras replié. D'ailleurs, pourquoi le bateau aurait-il chaviré ? Il n'y avait aucune raison. C'était un gros canot, bien stable. Un canot de sauvetage, prévu pour affronter des vagues beaucoup plus fortes. Je m'inquiétais pour rien.

Je retirai les mains de mon visage. En ce moment même, Roger et Violet attendaient probablement chez Cobb avec la police le retour de l'homme. Je ne savais que penser de ce que j'avais fait subir à Cobb, et je n'allais pas m'en soucier. Peut-être Roger se tenait-il sous le porche. Peut-être venait-il de remarquer le bateau de Cobb ballotté contre le récif – car j'avais laissé le bateau dériver le plus près possible, puis j'avais nagé jusqu'au rivage, peut-être deux cents mètres, pas plus.

Et si Roger n'était pas là-haut... Peut-être avait-il été retardé par le bateau en perdition. Peut-être s'était-il rendu au club afin de prévenir les autorités. Il avait dû prendre la voiture. Et emmener Violet, bien sûr. J'espérais qu'il l'aurait attachée dans son siège. Il devait être inquiet. Il devait me chercher.

Je me passai les mains sur les yeux, essuyai mes larmes, pris des vêtements secs dans le placard et m'habillai dans la salle de bains.

– Allons à la grande maison voir si Roger y est avec Violet, criai-je à Nash.

Il acquiesça avec empressement.

Il faisait presque nuit. Je jetai d'abord un regard vers la mer. Les vagues, gris pâle, battaient inlassablement la plage. Pas âme qui vive. En gravissant le chemin qui conduisait à la villa de Cobb, je revis tout ce qui s'était passé. J'éprouvai le besoin presque physique de le raconter à Roger. Les mots se formaient sur ma langue, se bousculaient derrière mes lèvres.

Mais la maison était entièrement silencieuse. Les grandes fenêtres reflétaient le couchant, les ombres surgissaient déjà de sous les arbres. Dérangés par notre passage, des papillons de nuit flottaient silencieux autour de nous.

La voiture de location était dans l'allée.

J'essayai de garder mon sang-froid.

– Il faut former une équipe de recherche.

– Il y avait un téléphone là où j'ai donné un coup de main, dit Nash.

Je le suivis le long d'un sentier sombre et étroit. J'avais mal aux bras et aux épaules. Au milieu de ces épaisses broussailles, il n'y avait pas de brise. Rien ne bougeait. Puis nous entendîmes des voix.

– Oui, elle l'a trouvé. C'est ça. Comme Moïse.

Une autochtone armée d'une bouteille pleine d'un liquide jaune frottait les chambranles, tout en discutant avec un homme perché sur une échelle à côté d'elle. À notre approche l'homme descendit. Il était corpulent et souriant.

Passant à côté de lui, j'entrai dans la maison. Dehors, Nash racontait notre histoire. L'immense salle était dans l'obscurité. Un reste de lumière pénétrait par les fenêtres rectangulaires donnant sur la mer. Je repérai un téléphone sur le buffet de la cuisine ainsi qu'une liste de numéros importants collée sur un réfrigérateur bourdonnant. « Police » était le troisième. Je composai le numéro. La sonnerie retentit inlassablement. Je raccrochai et refis le numéro.

– Vous pouvez toujours appeler – l'homme se tenait dans l'embrasure de la porte, l'air soucieux – mais il n'y a sûrement personne. Ils sont allés tous les deux maintenir l'ordre au carnaval Junkanoo.

La femme secoua son chiffon et vint se placer à côté de moi.

– Vous cherchez un homme et un bébé ? demanda-t-elle. Je viens de dire à votre garçon ici qu'ils ont le bébé. On vient de trouver un bébé dans le détroit. – Elle s'arrêta, puis reprit. – Une petite fille. Une petite fille avec des cheveux filasse.

Je regardai Nash, mais fus incapable de prononcer un mot. Il me rassura tout de suite.

– Elle va bien, annonça-t-il platement. Et l'homme ? ajouta-t-il d'une voix tremblante.

La femme nous regarda l'un après l'autre.

– Y avait pas d'homme. – Voyant mon visage, elle chercha à atténuer le choc. – En tout cas, à ce que je sais, le bébé est en pleine forme. On m'a dit qu'on n'entendait qu'elle au village. Et que personne ne peut la maîtriser, même pas Eunice Clock, pourtant elle s'y connaît en bébés.

Je fermai les yeux. Nash demanda où habitait cette Eunice.

– Sa fille et elle sont à Savannah Sound. N'importe qui vous montrera le chemin. Mais elles ne doivent pas être chez elles. Ce soir, c'est la bénédiction des enfants, vous les trouverez à l'église. Cette fille Clock qui a trouvé le bébé, on dit qu'elle est la fille de Pharaon. D'écouter les écritures calmera peut-être la petite.

Au moment où je lui saisissais les bras, la femme, par réflexe, appuya sur le vaporisateur.

– Vous avez dit l'église. Où est-elle ?

– Aussi dans le détroit.

Je la lâchai, fis volte-face et regagnai en courant la maison de Cobb. Nash suivait. J'entendais la voix animée de la femme, appuyée par celle plus grave de l'homme.

– C'est votre bébé, alors ? C'est elle que vous cherchez ? Il ne lui arrivera rien, ne vous inquiétez pas, madame. Eunice Clock connaît les bébés.

Les clés étaient sur la voiture, et nous démarrâmes. Pendant les dix kilomètres qui nous séparaient de la ville, je dis à Nash d'aller chercher Hilda et Racine à l'hôtel, et de dénicher la police. Je trouverais Violet et la femme qui l'avait découverte. Attendez que je mette la main sur Roger. Comment avait-il pu l'abandonner de la sorte ?

Mais pas de Roger pour me le dire.

L'église de St. Margaret était une petite construction de stuc plantée au milieu d'une végétation luxuriante et des petites maisons de bois du village – localité pauvre, mais soignée. Le badigeonnage extérieur était frais, et, à l'intérieur, les murs étaient propres et sentaient encore un peu la chaux. Les stations du chemin de croix semblaient avoir été peintes en série.

Lorsque je m'arrêtai à l'entrée, les neuf personnes qui composaient l'assemblée me regardèrent, intriguées. Je scrutai leurs visages pour essayer d'apprendre quelque chose, mais ils étaient simplement curieux. Derrière la chaire, une femme mince coiffée d'un turban blanc fronça les sourcils au-dessus du piano.

– Eunice Clock ?

– Eunice, expliqua le prêtre au bout d'un moment, avec la voix que l'on prend pour calmer un chien furieux, a choisi d'aller faire ses dévotions ailleurs.

– Montrez-moi le chemin. Elle a mon bébé.

Mes paroles firent l'effet d'une bombe. Tout le monde se mit à parler en même temps. La femme quitta le piano et descendit la nef latérale. Elle me saisit la main. L'aventure de Violet avait manifestement fait le tour du village, et je fus soudain un morceau de choix, un élément nouveau de l'histoire, la mère indigne qui avait laissé son enfant exposé au danger.

– Ce n'est pas ma faute, leur dis-je, la voix mourante. Je vous en prie.

– Je vais vous guider. Eunice est ma cousine.

La pianiste prit les choses en main. Nous sortîmes de l'église et elle m'entraîna le long d'une route qui serpentait autour des petites habitations du village. Ses hauts talons se tordaient à chaque pas. Je la suivais, l'oreille aux aguets, prête à bondir, dès que j'entendrais un cri de bébé, mais un calme profond, la paix de Noël, couvrait toute chose. Les gens normaux étaient réunis chez eux ou à l'église. Quelques poules naines s'enfuyaient devant nous en battant des ailes, puis se regroupaient pour gratter de concert. Un chat efflanqué nous suivait en tapinois avec l'espoir de récolter quelque chose. Nous passâmes devant une ruine couverte de plantes grimpantes, affaissée sous la végétation ; une épicerie faite de blocs de ciment, à la porte fermée par un solide cadenas, était éclairée par une unique lampe. Ici un oripeau rouge pendait à un linteau, là une cloche de papier vert était collée sur une vitre. Certaines maisons n'avaient pas de fenêtres, juste des volets, à travers lesquels tremblotait la lueur de bougies. Comme nous nous enfoncions dans le village, le long de pistes creusées dans le corail, ou à peine discernables, les constructions, simples planches serties de roche pulvérisée, s'appuyaient les unes aux autres.

Avant que ne commence la brousse épaisse, un dernier lampadaire électrique, auquel était clouée une pancarte écrite à la main : MAISON DU DIEU VIVANT, grésillait faiblement. Tournant dans l'allée, nous franchîmes des ornières et des nids-de-poule, avant d'atteindre un cap surplombant la mer. Là se trouvait une chapelle – juste une grossière baraque – d'où s'échappaient lumière et musique. Le service s'achevait, et les fidèles commençaient à sortir, certains en chantant.

Je hâtai le pas. Je m'élançai. Les voix atteignirent une note aiguë, puis retombèrent, à l'exception d'une seule qui s'éleva jusqu'à une vocalise discordante. Je dépassai mon guide. J'aurais pu traverser les murs.

Nash avait réussi à ramener de l'aide. À mon retour au bungalow, je trouvai un policier sur le rivage avec une torche, une petite jeep et un porte-voix. Violet tout contre moi, j'écoutais la jeep avancer de quelques mètres, s'arrêter. Le conducteur levait son mégaphone et s'adressait à l'océan noir.

– Roger Williams ? demandait-il. Êtes-vous là ?

Il attendit un moment. La mer sifflait, prête à vous aspirer. Puis il avança encore de quelques mètres, freina, répéta son appel. À quinze cents mètres de là, au large de l'endroit où la fille avait, dit-on, trouvé Violet, un bateau équipé d'un projecteur avançait lentement. Il traverserait et retraverserait cette zone toute la nuit.

Je passai une heure avec le policier, expliquai tout ce que je pouvais. L'histoire était tellement compliquée que, de découragement, il laissa tomber le menton sur sa poitrine et leva les bras au ciel. Un peu plus tard, je m'assis sur la plage, Violet dans mes bras enveloppée dans une couverture. Animée d'étoiles et de brises, la nuit tournoyait autour de nous. Je dirigeai mon regard vers le nord géographique.

J'avais allumé toutes les lampes du bungalow, transformant l'endroit en phare grouillant d'insectes. Si Roger, entraîné au large, nageait toujours, peut-être verrait-il la lumière et se dirigerait-il dans cette direction.

Le policier revint épuisé. Un appel lui était parvenu de Governor's Harbour, un accident de voiture, et il devait y aller. Il avait vu beaucoup de gens se noyer, disait-il, mais on n'avait jamais retrouvé personne de nuit.

Hilda et Racine trouvèrent le noyé à l'aube, sauf qu'il n'était pas noyé, et que ce n'était pas Roger Williams. Henry Cobb avait été rejeté sur la plage, qu'ils patrouillaient avec Nash. D'un côté, j'étais soulagée de ne pas avoir tué Cobb, mais en même temps j'aurais échangé sa vie contre celle de Roger. Il s'était pratiquement étranglé avec le sachet en plastique qu'il m'avait volé, et le policier – encore tout plein de mon histoire – ne se montra pas tendre avec lui lorsqu'il l'arrêta pour tentative de meurtre. Une question demeurait. Où serait-il jugé : à Nassau ou au tribunal fédéral de Manhattan ?

Vers midi, je me pelotonnai sur le lit autour de Violet. Je m'assoupis même une heure ou deux. Nash arriva de la plage, s'allongea à côté de nous sur le divan et s'endormit. Je fus éveillée par ses grognements. De l'air tiède. Le soleil. Puis le souvenir m'écrasa. Je suffoquai.

L'éternité ne suffit pas à accepter une perte. Et la perte est immédiate. La deuxième nuit de la disparition de Roger, je laissai de nouveau les lumières allumées, persuadée que si Cobb avait été retrouvé, le sort ne pouvait pas se montrer assez injuste pour sauver l'agresseur et punir sa victime. Je rôdai dans la maison d'invités de l'assassin, puis me couchai avec Violet et rêvai que son père marchait au fond de l'océan et nous rapportait une grotesque parure de corail. Il avait les mains pleines d'os de mer, blancs à pleurer. Corail cérébral. Bras de calcaire. Éventails de mer semblables à des circuits veineux. Je m'éveillai. Me rendormis. Je rêvai d'années entières en quelques minutes. Une vie ordinaire passa. Un mariage. Le temps se dissolvait, le jour vint, et le monde était nu.

C'était à cause de moi qu'il était venu ici.

La troisième nuit, il pleuvait, mais j'insistai pour laisser une fois encore les lumières allumées. Hilda et Racine essayèrent de discuter, de me convaincre de sa disparition, mais ils y renoncèrent. Les lampes brûleraient. Ce soir, en tout cas, Roger ne serait pas seul.

À l'aube du troisième jour, le bateau des recherches fut envoyé ailleurs et cessa ses rondes devant mes fenêtres. La police enregistra les déclarations de toutes les personnes concernées, et Roger fut déclaré officiellement perdu.

Après cela, Hilda et Racine me traitèrent avec ménagement, mais je ne me sentais pas frappée. Pour moi, « perdu » signifiait autre chose que le pire. Le mot impliquait la possibilité d'être retrouvé, ce qui me donnait un espoir irrationnel. Le tact d'Hilda et la sollicitude de Racine commençaient à m'exaspérer.

J'avais acheté un paquet de cigarettes – juste pour les avoir. J'allumai la première tant j'étais nerveuse, mais ne pus me résoudre à la porter à mes lèvres. Devant l'air inquiet de Racine, je soufflai l'allumette et mis la pochette dans ma poche.

– Je ne suis plus enceinte, lançai-je.

Par leurs attentions, ils cherchaient à clore un chapitre. Je refusai d'être une femme dans la peine. J'étais une femme à la recherche de son homme, avec tout ce que cela impliquait d'incertitude. Je cherchais. Je ne concluais rien.

Après le petit déjeuner, je me tournai vers Hilda.

– Veux-tu avoir la gentillesse de t'occuper de Violet ? J'ai besoin d'être seule.

Elle faillit protester, mais se ravisa. Que j'accepte de me séparer du bébé lui parut bon signe et elle acquiesça d'un air compatissant. Je réprimai l'envie de claquer la porte.

Un bateau faisant route vers le sud doubla lentement le récif. Il ne cherchait pas Roger, mais sa vue ne m'en réconforta pas moins.

En marchant le long du rivage, je parlais à Roger comme s'il était à côté de moi. Je lui promettais une attention constante, de ne plus le critiquer, le lit fait tous les matins. Je promettais d'écouter du Bach. Je promettais de laisser les œufs trois minutes en utilisant un sablier, et de ne pas me mettre en colère. Je promettais un petit déjeuner de roi tous les dimanches, et d'apprendre à Violet à aimer la National Public Radio. Nash aimerait lui aussi Roger – je ferais ce qu'il faut pour ça. Et j'obligerais mémé à se plier à ma volonté. Je promettais dans le même élan de ne jamais plus embêter Roger et de ne plus le quitter.

Mais la culpabilité. La culpabilité ne lâchait pas prise.

J'interrogeai ma conscience, cataloguai mes crimes : orgueil, tromperie, encore orgueil. Dans mon empressement à changer, à prendre le contrôle de mon avenir, j'avais trop compté sur le temps, sur sa durée, persuadée que j'étais qu'il pouvait tout réparer.

« Ne demande pas ce que tu veux, tu pourrais bien l'obtenir. » Cette maxime, mémé la répétait inlassablement.

J'avais le Journal – en tout cas, maintenant, il ne serait pas perdu. Déposé dans un musée, analysé, disséqué, discuté, il provoquerait un grand émoi. Ses secrets seraient révélés et, dans la mesure de leur importance, ils viendraient enrichir le fonds commun des connaissances universellement acceptées. L'histoire changerait ; elle deviendrait plus exacte. J'avais sauvé le passé.

Et perdu un avenir.

Christophe Colomb ne valait pas Roger Williams. Debout sur ce rivage, je n'étais pas une Indienne, je n'étais pas une érudite, même pas une mère. J'étais pure solitude. Ma mère. Purvis. Maintenant Roger. Pourquoi cette fatalité ? Les vagues me faisaient signe, et l'idée me séduisait. À l'envisager. La mort est un mystère ; pour en découvrir la solution, il me suffisait d'avancer, de me laisser aller, de m'abandonner. J'attendis, tous mes sens en éveil.

Rien ne se passa. Les vagues bleues me léchaient les chevilles. La plage s'étendait sur des kilomètres. Le sable avait la couleur du vieux verre.

Sur du sable comme du vieux verre.

Vieux verre. Le refrain des messages des coquilles se présenta à mon esprit. Je me le rappelais si clairement que je ne pouvais pas l'en chasser. J'étais arrivée jusque-là, mais je pouvais faire davantage. Le soleil étincelait au-dessus de ma tête et je regardai ma montre. Il était midi, *quand le soleil est la couronne de la terre.* Devant moi, les vagues laissaient en se retirant une surface zébrée de bandes chatoyantes qui reflétaient le ciel et les nuages floconneux.

Entrelacez un ruban dans une mer de nuages. Je m'arrêtai.

J'étais la navette. L'image reflétée par le sable mouillé était exactement celle d'une mer de nuages. Regardant sur ma droite, je remarquai, au bout de cette plage, la pointe qui s'avançait dans la mer, plate, mince et conique à son extrémité. Je piquai dans cette direction. Les indices se mettaient en place dans mon esprit et j'avais le cœur qui battait. Peut-être cherchai-je à me tromper moi-même, peut-être mon cerveau usait-il de ce subterfuge pour sauver sa vie – mais il me fallait en avoir le cœur net.

Le vent se leva et les nuages galopaient au-dessus de moi. Comme je regardais la pointe de corail recouverte de plantes basses, broussailles provenant de graines apportées par la mer, je vis un panache de fumée. Le filet montait en ondulant, se dispersait, se reformait, était fouetté par le vent et disparaissait.

J'étais fascinée par ce phénomène étrange auquel j'essayais de donner une explication plausible. Un feu de pêcheur. Quelque sacrifice religieux. Une source d'eau chaude. Un volcan minuscule. Mais rien ne convenait. C'était déplacé, incorrect – un défi au bon sens. J'y fonçai, coudes au corps, trébuchant sur les rochers et les détritus laissés par la marée.

Lorsque le nuage gris reparut, je me trouvais suffisamment près pour avoir la certitude que ce n'était pas de la fumée, mais un flux vivant, composé de formes erratiques se déplaçant avec une telle rapidité qu'elles étaient absorbées dans le néant avant que je n'aie le temps de les identifier. Était-ce un vol d'oiseaux ? Des sauterelles ?

Je ralentis ma course. Je sentais ma résolution, mon intérêt, faiblir. La présence de Roger dans mes rêves ne pouvait que m'encourager à ne pas trouver un terrain d'entente avec la vérité : il n'y avait rien à trouver, rien ne changerait, je devrais rentrer.

Mais pas tout de suite. Arrivée à la base de l'affleurement, je grimpai. Je n'étais pas mue par l'espoir, mais par la curiosité. Une hypothèse, une notation encyclopédique, une incongruité s'était formée quelque part dans mes pensées : la fumée était en fait un nuage de chauves-souris. Des chauves-souris, en plein jour ? Bizarre. Les chauves-souris ne se nourrissent-elles pas uniquement la nuit ?

Les pierres étaient pointues. Je contournai des meubles déchiquetés et des débris calcaires jonchés de fragments de coquillages, des trous peu profonds, des cheminées de corail. L'air était maintenant immobile. Seul le bruit de mon ascension rompait le silence. Peut-être que si je m'asseyais je verrais de nouveau des chauves-souris émerger en plein jour. Quelque part en dessous une grotte ou une galerie leur servait certainement de repaire.

Je heurtai du pied des morceaux de verre, des brindilles, des déchets marins. Les grandes marées ou des tempêtes avaient rejeté quelques bouées et d'autres gros objets parmi les saillies rocheuses. Redressant une caisse de lait cassée, je m'assis dessus, et jouai avec le bout d'un immense filet de pêche, raide et neuf, qui avait été emporté avec sa prise et nettoyé par les crabes et les goélands. Je tirai sur un os en forme d'étoile. Il se dégagea du plastique entrelacé et resta dans ma main, étoile filante pour un vœu. Je fermai les yeux, attendis.

Vers la pointe creuse d'un rocher palpitant. J'étais assise au-dessus d'une cave souterraine, dont l'entrée laissait échapper les chauves-souris. Je ne doutais pas d'être au terme de ma quête. Quelque part au-dessous, était probablement enfoui l'objet de la convoitise de Cobb, le centre d'intérêt de générations de Cobb, « le plus grand trésor d'Europe ». Une question se posait : avais-je vraiment envie de l'exhumer ?

– Que pensez-vous que ce soit ? avais-je demandé à Cobb, deux jours plus tôt, à la prison de Governor's Harbour.

J'étais assise en face de lui à une table de bois. Il portait une tenue bleue. Il était rasé de frais, ses côtes ressortaient, mais sa séance de natation ne l'avait pas éprouvé outre mesure – toutefois il n'avait pas son énergie habituelle, cette vibration qui semblait l'éclairer de l'intérieur. Il n'avait pas de fers aux pieds, mais pour tous ceux qui l'avaient connu avant son échec, il était clair qu'il était entravé. Ses yeux s'étaient, un instant, animés.

– Il faut vous mettre à leur place, avait-il dit. Ce qui était alors considéré comme un trésor, le plus grand trésor, n'est peut-être rien aujourd'hui. Une pierre philosophale ? Mais bien sûr, le Journal lui-même serait toujours d'une inestimable valeur pour un érudit.

– Boniment que tout ça. Vous n'avez pas mis Roger dans le pétrin, et essayé de me tuer pour quelque... camelote.

– Puis-je vous rappeler, avait dit Cobb – mais le cœur n'y était pas –, que je n'ai rien fait à votre Roger. Je ne l'ai pas touché. S'il était resté dans le radeau avec votre fille, il serait toujours en vie. Je l'ai simplement délesté de sa rame. Quant à vous... oui, nous avons eu un incident malheureux. J'ai perdu mon sang-froid, ce dont je vous demande pardon.

– Vous avez essayé de me noyer.

– Et vous de même. Avec plus de succès, dirais-je. Mettons que nous avons voulu nous éliminer mutuellement. Et si on ne retrouve pas le corps de Roger... Après tout, il était plutôt instable – il a abandonné sa propre fille. Qui sait pourquoi il a sauté ? Si vous admettez mon interprétation de certains aspects non prémédités de notre différend, je vous en serais très reconnaissant. Il semble clair que je vais être, pendant un certain temps, l'invité du gouvernement fédéral. Peut-être pourriez-vous vous charger du Journal. On pourrait rédiger des papiers à cet effet.

Cobb avait soupiré, s'était détourné. L'histoire qu'il avait mise au point avec son avocat n'était pas convaincante et il lui fallait mon appui. Je n'avais approuvé ni désapprouvé. Je gardais l'espoir qu'il me révélerait quelque détail supplémentaire qui me conduirait à Roger. Mais Cobb avait été averti de ses droits – tout ce qu'il dirait pourrait être utilisé contre lui – et je n'étais pas prête à admettre que Roger était perdu. Pas alors. Pas maintenant.

Perchée sur ce rocher tranchant, seule avec mes pensées, enveloppée par les bruits et les sensations du monde naturel – vent, sel, soleil – je m'imaginai le centre d'un compas. À l'est, l'Irlande et l'Espagne. À l'ouest, équidistantes, les réserves du Nouveau-Mexique et de l'Idaho. Au nord et au sud, de l'eau. Le présent de Christophe Colomb se trouvait au croisement de ces routes, au couteau de la balance. Il y avait cinq cents ans de questions, trop pour une seule réponse, trop de tristesse et de pertes pour qu'aucune réparation ne soit possible. Si je plongeais le regard dans l'océan, sévère et flou, je voyais la même chose qu'un simple Lucayen, mille ans plus tôt, de cette même position. Au-delà du temps, au-delà de toute expression, il était immuable dans son mouvement perpétuel. Mais si je regardais vers la droite ou vers la gauche, tout avait changé : un club-house, une route, des maisons hérissées d'antennes de télévision.

– Que pensez-vous que ce soit ?

Ma question adressée une seconde fois à Cobb résonnait dans mon esprit, tandis que m'éblouissaient les éclats que reflétait l'eau agitée. Si je parvenais à ranimer sa convoitise, peut-être serait-il prêt à m'aider.

Il n'avait pas tout de suite répondu, et lorsqu'il s'était décidé, c'était d'une voix basse.

– Je croyais que ce serait mon salut, avait-il dit. Le truc qui me sortirait d'affaire. Maintenant, ça n'a plus d'importance.

Il avait raison. Ça n'avait plus d'importance. La tristesse secrète, le secret du secret : lorsqu'il serait révélé, il n'aurait plus d'importance. Il était resté trop longtemps caché. Le passé que sa présentation était supposée précéder et influencer s'était déroulé sans lui, écrasant, rendant impossible tout autre avenir, et maintenant, l'appât de ce... truc m'avait, conséquence ultime, enlevé Roger Williams. C'était un présent empoisonné, un trésor à écarter sitôt découvert. Comme tant de ce qui venait de Colomb, c'était une malédiction.

Je sentis, plutôt que je n'entendis, un mouvement dans l'air, je vis la fumée se reconstituer, former un plumet, et, comme un film déroulé à l'envers, disparaître dans un trou à moins de dix mètres d'où je me trouvais. L'armée de minuscules chauves-souris tournoya et s'enroula pour s'évanouir sans laisser de trace.

Mais je savais maintenant où elle était.

Je restais plus d'une heure sans bouger, pesant les bienfaits de l'oubli contre l'épilogue de la découverte. Non que je craigne d'être toute ma vie harcelée par un sentiment d'ignorance : j'en savais suffisamment. Si je devais trouver ce « trésor parmi les trésors » et qu'il ait vraiment de la valeur, que pourrais-je en faire ? L'utiliserais-je, en même temps que le Journal – le Journal que Cobb était maintenant disposé à troquer, une vérité contre un mensonge –, pour la justice et pour le bien commun ? Telle avait été mon intention naïve, l'histoire que j'avais racontée à mémé et à moi-même pour me justifier. Mais en aurais-je la force ? Sans Roger, en aurais-je la volonté ?

Et pourtant, pleine d'esprit de recherche, purifiée par le chagrin, dépouillée de tout espoir, il m'apparut que j'étais l'agent approprié. Le présent de l'Europe me laissait aussi désintéressée que n'importe qui – aussi détachée que Guacanagari lui-même, dans sa certitude de savoir tout ce qui était important. Le tribut qu'accepte un roi ne l'engage à rien. Il n'a pas besoin d'une couronne étrangère. J'étais semblable à lui, et j'étais son contraire. Comme Colomb cherchant tout autre chose que ce qu'il avait trouvé je n'avais pas besoin de couronne, puisque je n'avais pas de pays.

Quand j'aperçus Nash, qui suivait les traces que j'avais laissées sur la plage, ma décision était prise. Maintenant, je n'étais plus seule.

Nash détournait les yeux, de façon à ne pas être surpris en train de me regarder. Le souci qu'il se faisait pour moi – et qui, une heure plus tôt, aurait paru pesant – s'était transformé en gentillesse : chez Nash la compassion n'était pas courante, et je ne la pris pas à la légère. Il traversa la zone de varech et d'épaves, prenant garde où il mettait les pieds, s'assurant de ses prises. Afin de lui éviter d'avoir à feindre de me découvrir, je l'appelai, dès qu'il fut à portée de voix. Il leva les yeux vers moi.

Quelle coïncidence ! semblait-il dire. Fouillant dans les poches de sa veste, il en sortit des barres de chocolat et des tartelettes enveloppées dans du papier. Au pop-corn, mes préférées. Avec la viande, Nash avait publiquement juré de renoncer à tout ce qui contenait du sucre raffiné. Ses casse-croûte préférés étaient politiquement conformes, écologiquement approuvés. Cette nourriture qu'il avait apportée pour moi était donc plus que de la nourriture. C'était son bon cœur.

– Tu dois avoir faim, m'man.

– C'est pas du jeu, dis-je en souriant. Bon. Viens m'aider à trouver quelque chose, qui attend depuis longtemps.

Soulagé de ne plus entendre dans ma voix ni blâme ni accusation, il grimpa avec agilité à côté de moi. Le cercle s'était refermé. Quel que fût l'objet enterré là – diamants ou pyrite – il serait maintenant connu de Nash et de tous ceux qui viendraient après lui. Je serais la dernière à me poser des questions.

21

Roger

J'avais affolé les chauves-souris. En commençant à déclamer, je cherchais chaque mot; j'avais commencé dans un murmure, mais à mesure que je prenais de l'assurance, mon rythme s'accélérait et ma voix prenait de l'ampleur. La troisième fois, je tonitruais, annonçais mon poème au monde entier, créant des échos des échos des échos, et tout autour de moi, et au-dessus de moi, l'essaim de chauves-souris battait des ailes en débandade. Du bruit jaillissait de toutes parts, mais il n'avait pas de corps. Elles avaient mené leur vie – conditionnées par l'expérience collective de générations d'ancêtres – accordées à une gamme de règles sonores, et voici que cet ordre était bouleversé. La grotte était leur sanctuaire, maintenant transformé en chambre de cauchemar. La physique même devenait leur ennemie, leur tourmenteuse, et moi, sombre présence dans l'obscurité inférieure, toutes cordes vocales vibrantes, en étais la cause invisible. Surexcitées, déconcertées, elles ne trouvaient d'issue que dans le milieu qu'elles détestaient le plus. Car, au cours de ma performance, la planète avait une nouvelle fois tourné sur son axe et le jour était à son apogée. L'œil unique était resplendissant de lumière, et les chauves-souris s'enfuyaient dans ce milieu étranger. Avec leur départ, il cilla, se ferma et se rouvrit. Je les imaginais, aveugles et propulsées sans but, fugitives étoiles noires contre le ciel bleu des Caraïbes. Le monde était à l'envers. Le jour était devenu la nuit, et la nuit, insupportablement lumineuse. Mon poème détruisait leur tranquillité, et j'étais transporté. L'homme triomphait. Je triomphais, même si ce triomphe me laissait, en fin de compte, seul.

Lorsque les dernières eurent disparu, lorsque l'air fut immobile, la colonne de lumière redevint nette. Les vers d'Herrick me revinrent alors à l'esprit :

De la Renommée, la stèle ici dressée,
Au marbre, au bronze, au jais survivra;
Charmes et enchantements
La protègent de tout effort destructif;
Ni la fureur des mers,
Ni de l'ouragan les outrages

Ne sauraient renverser
Ce qui fut ici érigé;
Que tombent les royaumes
Ce pilier jamais ne s'effritera;
Mais de toute éternité il couronnera
Son ferme piédestal.

Ma colonne se déplaçait avec le soleil, point mouvant qui dessinait un chemin sur le sol irrégulier. Je vis le bassin d'où j'étais sorti. Je vis ma main. Juste derrière le périmètre lumineux, je vis le piédestal sur lequel je m'étais assis, tels un oracle et un prophète. Sa géométrie était frappante, car, tout encroûté de guano qu'il fût, il laissait deviner un noyau cubique trop parfait pour être naturel. Il y avait dans ses angles émoussés une perpendicularité, sur le dessus un plan euclidien qui ne laissaient pas de m'intriguer, et, faute d'autre sujet de réflexion, je m'intéressai à cette incongruité.

Le socle n'était pas assez haut pour servir d'escabeau et atteindre le sommet. Il n'avait pas plus de soixante centimètres de haut, et à peu près la même largeur. La base était masquée par des fientes pétrifiées qui dégouttaient jusqu'au sol en formant une diagonale. C'était en fait une sorte d'autel, un banc, et à mesure que le soleil décrivait un arc dans le ciel et que son glaive lumineux s'apprêtait à transpercer l'étrange objet, ma curiosité augmentait.

Mais l'opération était trop longue. Lorsque je posais un galet à deux centimètres de la lumière, il semblait ne jamais devoir s'éclairer. La progression était inexorable, mais sans objet. Un cube couvert de merde était sans rapport avec ma rédemption. Je m'enfonçai dans un repli de la grotte et passai la main sur les parois. Même un spéléologue de métier, un varappeur chevronné, équipé jusqu'aux dents, seraient fort embarrassés d'avoir à escalader la convexité qui précède une nef naturelle. J'étais vide de prière. Je frappai la surface du rocher avec une pierre, changeant de place dans l'espoir de découvrir une différence d'épaisseur. Mais au son, tout paraissait d'une densité égale, commme si le roc était un contrefort de quelque sablière encastrée, un affleurement du continent de Gondwana.

Si je ne pouvais pas monter, peut-être pourrais-je descendre, retourner par où j'étais entré.

> Oserais-tu plonger dans les mers
> et les basses-fosses de la terre ?

La surface du bassin était calme, mais je ne me laissais pas abuser. Mon corps portait encore les éraflures et les contusions que la mer m'avait infligées en me poussant dans l'étroite galerie incurvée. Je me levai, prêt à plonger, et calculai mes chances de succès. Comme le conseillent souvent les mentalistes, je visualisai l'expérience : le choc de l'eau froide, l'obscurité totale, la recherche de la fontanelle et de la pulsation de la pression, la lutte pour s'imposer au point où la mer et la terre s'affrontent. Je me servirais de mes bras comme de leviers, avancerais en m'agrippant. Mes poumons réclameraient de l'air... Et soudain, la terreur d'être pris au piège me revint. Plutôt cesser de bouger et mourir d'hypothermie, plutôt m'affamer lentement, plutôt graver un message d'adieu sur le maudit cube – sûrement la première chose que remarquerait un prochain visiteur – que devenir sac d'os coincé contre une protubérance de corail avant d'être dissous par le sel ou mangé par des poissons affamés.

Ma résolution flancha, mes jambes ployèrent sous moi, et, me reconnaissant dans une situation impossible, je fus de nouveau envahi par une émotion qui s'apparentait de très près au soulagement. L'impuissance a son charme. Nul effort, si pénible et douloureux fût-il, n'y changerait rien, aussi pouvais-je m'épargner de nouvelles angoisses. Tournant le dos à l'eau, je m'intéressai de nouveau à la lumière qui poursuivait son avance laborieuse. Elle s'était approchée de mon mystérieux cube, mon unique meuble, ma chaise longue souterraine, mon perchoir, mon nid, mon estrade. Je m'assis et attendis d'être éclairé, de capter la faible chaleur des rayons du soleil. Sans se presser ils me rattrapaient.

Vous pourriez croire que, dans une telle situation, j'aurais essayé de tirer des plans. C'est bien ce que je fis, un moment. Ne pourrais-je pas faire du feu, transformer l'eau en vapeur ? Transformer une chauve-souris en pigeon voyageur nocturne, et lui attacher un message à l'aile ? Ne pourrais-je pas établir un camp ici même, devenir un Robinson Crusoé abandonné dans un volcan ? Y avait-il des poissons mangeables dans le bassin et, si oui, comment les attraper ? J'étais connu pour mon ingéniosité, et c'était le moment où jamais de la manifester, mais rien ne me venait. J'essayai de me rappeler des statistiques : combien de temps un adulte mettait-il à mourir de faim et de soif ? Et quand avais-je mangé et bu pour la dernière fois ? Quel était le point de départ de mon épreuve ? Sans eau, des jours peut-être avant que la folie ne s'installe : une vie, en fait. Comment l'utiliser de manière profitable, comment tirer le meilleur parti de mon potentiel restant ? Mais pourquoi ? La question me traversa brièvement l'esprit, mais je ne m'y arrêtai pas.

Devenir intellectuellement dément avant d'être véritablement, biochimiquement, fou équivaudrait à prendre un fusil. Je n'étais pas vraiment croyant – j'étais techniquement chrétien, bien sûr, quoique avec retenue – mais je croyais l'existence gouvernée par une volonté cachée. Si cela était vrai – et il était trop tard pour réviser ma théorie – alors le fait que je ne sois pas mort dans le courant sous-marin signifiait qu'il y avait une raison, un plan que j'ignorais encore, un rôle qu'il me faudrait jouer dans mon propre drame.

Mais quoi ? J'avais récité mon poème, plusieurs fois, ce qui aurait dû, en toute justice, conduire à un coup de théâtre. La foudre aurait dû s'abattre, ou des sauveteurs apparaître, à l'instant où les derniers vers triomphants s'échappaient de ma bouche. Il aurait dû, au moins, y avoir des applaudissements, ou un rideau qui tombe, mais les minutes qui suivirent mes récitations furent remarquablement semblables à celles qui les avaient précédées. Mon poème, ma vie, était une parenthèse, une insertion dans le silence, et rien de plus.

Je n'avais guère perdu de temps dans la contemplation de la mort, sinon pendant ces quelques années universitaires où la moindre action me semblait avoir une signification exacerbée. J'admettais devoir mourir – pourquoi pas ? – mais pas tout de suite, pas avant de m'être accompli. Je me voyais vaguement, frêle et enveloppé dans un drap propre, bercé par une musique douce, m'esquivant sans souffrance ni regret. Je n'étais pas du genre à me complaire dans des pensées morbides, aussi n'étais-je absolument pas préparé à ce qui semblait maintenant imminent : un fou hurlant enfonçant ses ongles dans les murs d'une prison noire. Perspective si indécente que j'en rejetais l'idée. On ne meurt pas si différemment de la manière dont on a vécu, et jamais je n'avais abandonné toute retenue – sinon à certains moments, avec Vivian.

La pensée de Vivian me fut comme un coup de poing dans la poitrine. J'étais, découvris-je avec consternation, plus esseulé que terrifié. Que ferait-elle sans Violet ? Découvrirait-elle jamais la vérité ? En saurait-elle suffisamment pour m'en vouloir ? pour ne pas m'en vouloir ? Je voyais son visage déformé par la douleur, et je n'étais pas là pour la prendre dans mes bras. À son retour à Hanover, comment expliquerait-elle ma disparition ? Perdu en mer ? Balayé de la face de la Terre ? Mes collègues avanceraient leurs hypothèses : j'aurais été assassiné, kidnappé par des trafiquants de drogue. Qui imaginerait une seconde Roger Williams, universitaire connu pour sa compétence et son sérieux, à ce point charmé par le balancement délicieux des palmiers pour tout quitter et devenir un clochard de plage ? On avait eu vent d'exemples semblables – de recteurs devenus gardes forestiers, de cadres supérieurs plaquant leurs affaires pour aller à la pêche – mais qui me croirait capable d'une telle décision ? Je me devais de conclure : personne. Dans tous ces cas, il devait y avoir quelque chose, une étincelle, minuscule mais reconnaissable, d'iconoclasme ou de perversité, et je n'en avais pas trace. J'étais – et je m'en étais toujours vanté – convenable, posé. Ennuyeux, si on veut. L'ennui était un insigne que je portais avec aplomb.

Mais comment, dans le contexte présent, réussir à mourir ennuyeux ? Avec dignité, ironie même, la plus appréciée des attitudes aristocratiques ? Je méritais une mort ennuyeuse, je l'avais gagnée. J'y avais droit, c'était mon dû, qui maintenant devenait ma quête.

J'avais finalement trouvé une tâche valable, un défi qui occuperait le temps qu'il me restait. Après les aberrations de la veille – l'abandon du bateau, la quasi-noyade, les folles déclamations –, mon but serait de revenir à la normale. De me préparer à ce que me réservait l'après-vie. De mourir comme je m'étais efforcé de vivre jusqu'à l'intrusion de Vivian Twostar dans ma cellule. D'élaborer une fin ennuyeuse, même dans cette situation absurde.

Rien d'étonnant à ce que mes pensées se tournassent vers la nourriture. J'avais faim, je devais l'admettre, mais je n'en restais pas moins maître du menu. Je pensai à un rôti en cocotte, à du jambon cuit, à un dîner de Thanksgiving. Je me concentrai sur du pudding, visualisai sa surface luisante, ses différentes couches visibles à travers des coupelles spécialement conçues. Du pain bis, une marmite où mijotaient des haricots parfumés avec des morceaux de porc salé et un doigt de sirop d'érable. Du fromage blanc. Je refusais catégoriquement de penser à ces indignes préparations que Vivian aimait tant me servir : feuilles de vigne farcies, sautés indonésiens aromatisés à la noix de coco et à la cardamome, *pestos* à l'aïl et tourtes à la crème de goyave au citron. Je chassai en bloc de ma conscience les cuisines de Thaïlande, de Corée, du Yémen et du Nigeria – les livres de cuisine dans lesquels elle s'était récemment plongée avec délice. Je n'acceptai d'autre sauce que le jus de viande, d'autre chocolat qu'en copeaux, aucun aliment de plus de cinq cents calories.

Mais je butai sur son infernal chili navajo avec des galettes de maïs au piment. J'étais frappé de ce qu'il est parfois difficile de se débarrasser de l'affreuse mélodie de certaines chansons. Je voyais son riche bouillonnement marron, nuancé de rouge, contrastant avec les carrés jaunes et friables. Je le sentais, malgré l'odeur des chauves-souris. J'en avais le goût sur ma langue, je le roulais dans ma bouche, l'avalais. Illusion. Il éclipsait le navet, écartait la morue, faisait oublier la bouillabaisse. Je voulais du chili.

D'accord, oublions la nourriture. Repoussons notre assiette. Passons plutôt en revue mes succès, faisons un résumé vivant. Je fis défiler les prix remportés dans ma petite enfance, les prix de latin, les prix d'excellence – en gymnastique! Je me félicitai de mes brillants bulletins trimestriels et me pardonnai aisément mes folies de jeunesse – dans l'ensemble, je ne m'étais pas si mal débrouillé. Pas comme certains qui, malgré toute leur impudence, couraient toujours après une promotion, quelqu'un comme Vivian, par exemple, prête à tout pour découvrir des faits nouveaux et invraisemblables sur un personnage historique bien connu. Quelqu'un qui ait – Dieu, que c'était vrai – le courage de tenter sa chance, au risque du ridicule, de l'échec. Et si elle avait raison, elle s'élèverait d'un seul coup au-dessus de nous tous, et nous laisserait dans la poussière. La poussière retourne à la poussière. Poussière ignorée. Tas d'os anonymes parmi tant d'autres.

Ainsi passaient les jours, trois orbites du soleil. Pendule d'émotions importunes, je passai de la tristesse à la joie, des regrets aux congratulations, du froid à la fièvre, de la faim au rassasiement. Les chauves-souris revinrent et je trouvai l'énergie de déranger leur sommeil. Oubliés mes éclats, ou instinctivement interprétés comme un caprice de l'existence, pourquoi reprendraient-elles leur routine ? La deuxième nuit, il avait plu. Des gouttes étaient tombées par l'ouverture au-dessus de moi, formant des flaques sur le sol.

L'eau avait un goût exquis, légèrement salé. Impossible de résister. Pourtant cela ne ferait que prolonger mon épreuve. Je finis par franchir une frontière, par accéder à un état généralement réservé au grand âge, où l'anticipation de la paix finale remplace l'attrait du nouveau. Je devins serein, étudiai ma passivité avec détachement. Éveillé, je regardais le sablier de lumière traverser ma chambre, en attendant la transcendance ou l'oubli, mais lorsque je m'endormais, je rêvais toujours du chili de Vivian.

Je ne sais pas quand je perdis la notion du temps, quand je cessai d'analyser mon incarcération. Nous tendons à nous déplacer dans le temps, à la façon dont, enfant, je le fis, un jour, pour tester mes muscles, sur l'échelle horizontale d'un portique, un barreau après l'autre, comme un singe. Normalement, nous avançons par rapport à des événements marquants, l'avant et l'après se succédant avec logique, mais je semblais désormais enlisé dans un milieu sans fin, suspendu entre la somme de mes souvenirs et leur fin. Le mouvement en avant se ralentissait, une boîte à musique se dévidait, tandis que s'accélérait le délire. J'étais étourdi par le manque de nourriture, sensible à la moindre variation de température ou de visibilité. Tout avait de l'importance, parce que rien n'en avait. Je m'installai dans un état de vigilante torpeur, de dépérissement. Bizarrement, je ne protestai pas, ne gravai pas d'épitaphe.

Ma disquette non biodégradable, subsisterait des millénaires. Lorsque je m'assoupissais, je la fourrais sous mon bras; ainsi mon squelette la protégerait des futures déjections de chauve-souris. Un jour, si cette caverne était visitée par des archéologues, mon poème deviendrait une voix retrouvée, vivante, et sa protection bleue, un objet précieux aussi honoré pour ce qu'il révélait sur la technologie de l'époque que pour le récit qui y était conservé. Les potentats égyptiens étaient accompagnés dans leur long voyage d'urnes de nourriture, de sièges d'or et d'esclaves assassinés, mais ils ne pouvaient pas s'adresser à ceux qui dérangeraient leurs tombes. Je le pouvais. Détrônant la myrrhe, le silicone conférait l'immortalité.

J'étais suspendu entre le sommeil et la veille, lorsqu'une ombre passa au-dessus de moi, et presque immédiatement après, un rocher tomba du ciel et heurta le sol à moins d'un mètre cinquante de là où j'étais étendu. Puis un autre. Les chauves-souris avaient-elles décidé de me déloger de leur domaine ? La grotte allait-elle s'effondrer ?

Sortant de ma torpeur, je me blottis derrière le cube. Quelques instants plus tard, un interminable serpent hérissé de poils se mit à glisser à travers le trou du dôme. Il descendait par saccades. Long comme un serpent de mer, assez long pour relier la voûte au sol. Pris de panique, je cherchai une arme pour me défendre. Jamais je n'avais entendu parler d'une telle créature – l'existence d'un lombric de six mètres de long sur une si petite île serait impossible à cacher. Était-ce hallucination ? Avais-je atteint un nouveau stade de confusion ? Était-ce quelque prélude freudien à la folie totale ? Je me vis en Ulysse affrontant, armé d'un trombone déplié, un cobra géant, mais avant que cette vision ne se figeât et disparût, le reptile arrêta sa chute et resta suspendu, pont mouvant entre jour et nuit. L'ouverture fut de nouveau masquée, puis – je faisais effort pour percer l'obscurité – quelque chose, quelqu'un, se mit à descendre lentement le long du serpent. Une main après l'autre, jambes serrées. La salle était pleine d'une respiration rauque. Frappé d'une surprise inconnue, je ne fis rien pour annoncer ma présence. J'avais perdu toutes notions familières, tous mes repères, toutes mes capacités de prévision. Ce qui arrivait arrivait.

Des pieds touchèrent le sol, un long soupir, puis une minuscule lumière flamboya, balayant les parois de ses rayons, à mesure que le corps pivotait. Elle éclaira ma cachette et s'arrêta. J'étais exposé à sa tremblotante révélation, âme au Jugement dernier, nue et prête à être comptée.

Pliant le coude, je levai la main pour me protéger les yeux.

– Roger, cria la voix interdite de Dieu.

Cria Vivian Twostar, qui se précipita vers moi en trébuchant dans l'obscurité et enserra dans ses bras mon corps tremblant.

Qui de nous deux toucha avec plus d'insistance, plus d'incrédulité, le visage de l'autre ? Je dirais que c'était moi, celui, après tout, qui avait été retrouvé.

Passé le premier choc, nous ne parvenions pas à nous désengager ; nous parlions bouche contre bouche, la douleur des os moulus effacée par le miracle du contact humain. Impossible de nous déprendre.

– Je te croyais mort, dit Vivian.

Elle saisit le serpent, qui n'était autre qu'un filet de pêcheur.

– On cherche ton corps, mais j'ai laissé les lumières allumées, pour que tu puisses retrouver ton chemin.

– Violet, dis-je, incapable de formuler la question.

Vivian ne se troubla pas, ce qui m'en apprit suffisamment : le bébé était en vie. J'écoutai à peine la façon dont elle avait été sauvée.

– Mais que fais-tu ici ? me demanda Vivian, une fois qu'elle eut terminé.

Elle avait la voix teintée de contrariété, de colère même, comme si mon supplice n'était qu'une mauvaise plaisanterie, dont elle aurait été victime. Elle alla jusqu'à prendre un ton comminatoire. Je me raidis.

– Je pourrais te demander la même chose, répliquai-je, en quelque sorte déçu qu'elle m'ait trouvé par hasard.

Puis je me sentis ridicule. Qu'importait le mobile ? Elle *m'avait* sauvé. Me vint alors une idée :

– Comment as-tu su où chercher ?

– Les coquilles d'huître, dit-elle. J'ai fini par comprendre.

– Vivian, ressaisis-toi. Quelqu'un, là-haut, a-t-il entendu mon poème ?

– Ton poème ? fit-elle, l'air perdue. – Elle recula d'un pas. – Roger, lâche ton foutu poème pour l'instant. J'ai compris les coquilles.

– Tu as compris les coquilles, répétai-je, en l'attirant de nouveau à moi ? Oh, bon. Et sous l'une d'elles il y avait un petit pois.

– Les coquilles, Roger. Rappelle-toi. La bibliothèque. Le festin d'Hispaniola. Racine les a fait traduire. C'est trop compliqué à expliquer, mais elles m'ont amenée ici. C'est ici, Roger. *Ici.*

– Veux-tu dire... ?

Mais elle me fit d'abord le récit des derniers événements. Violet était avec Hilda et Racine. En ce moment même, Nash était à la surface, prêt à aider à nous extraire de là. Lorsque Vivian lui cria les nouvelles de ma découverte, il répondit par un ouah ! qui me parut inspiré par la joie. Il fut répercuté par chaque paroi, rebondit sur le sol et sur l'eau, dérangea une nouvelle fois les chauves-souris. Il ne demanda ni pourquoi ni comment, pas encore – bien qu'il imaginât quelque obscure explication, quelque cause fataliste avec laquelle le fait brut aurait du mal à rivaliser. Qui pourrait lui donner tort ?

Cobb, le scélérat, avait été jeté à la mer... par Vivian elle-même. Voilà une bonne nouvelle !

– Nous avons cru que c'était un meurtre, dit Vivian. Mais maintenant j'imagine que c'est juste une agression.

– *Juste !*

– Tentative de meurtre, corrigea-t-elle. Deuxième degré au moins.

– Y a-t-il des degrés d'intention ?

Mais assez parlé de lui. Je voulais en savoir plus sur Violet. Que s'était-il passé après que le canot eut dérivé ?

– C'est une longue histoire, dit Vivian. Quelque chose à raconter à tes petits-enfants.

– Mes petits-enfants !

– Tu es glacé. Tu n'as plus que la peau et les os, et tes yeux te mangent le visage.

– Je vais très bien.

De fait, j'étais étonnamment remis. L'esprit triomphe de la matière. La vie de la mort. Si tant est qu'on leur laisse la moindre chance. C'était comme si la promesse de nourriture, de chaleur, de retour, était pour l'instant suffisante. Mon sang était un ruisseau printanier alimenté par la fonte des neiges. J'avais l'énergie d'un homme rentrant d'un long voyage et décidé à visiter, avant de se reposer, tous les lieux familiers. Maintenant que je savais pouvoir quitter ma grotte, je n'étais pas disposé à le faire immédiatement. Restait une priorité.

Vivian gratta une autre allumette et en dirigea la lumière sur les murs mouchetés, le bassin, le sol. Si elle avait bien lu ses indications, quelque part dans cette grotte, ici avec nous, dans ce décor ammoniaqué, reposait la couronne de Christophe Colomb. J'étais prêt à croire n'importe quoi.

Mais où ? Approchant le poignet de son visage, Vivian regarda le cadran lumineux de sa montre.

– Il est presque 3 heures, dit-elle en secouant la montre. Vêpres. Le soleil devrait agir.

Nos yeux s'accoutumaient à l'obscurité, et la forme dorénavant familière de la colonne se concentra lentement. Elle formait un cône, un doigt pointé, et son objectif était évident. Il n'y avait qu'une chose en dehors de nous qui n'appartînt pas à ce lieu et, comme cela avait été le cas, chaque après-midi sans nuages, depuis cinq cents ans, cet objet était maintenant baigné d'une lumière satinée. Mon trône.

– Eurêka, murmura Vivian.

La fiente de chauve-souris devient blanche en séchant, ivoire en se calcifiant. Siècle après siècle, chaque centimètre carré de sol avait été recouvert de couches successives, et l'effet obtenu évoquait une toile monochrome. Un jour, dans cent mille ans, dans un million d'années, cette grotte en serait entièrement remplie et les chauves-souris devraient se trouver un autre refuge. Un jour, les calottes glaciaires fondraient et toute l'île serait submergée. Un jour, les êtres humains oublieraient les détails de leur passé, ou cesseraient tout à fait d'exister pour céder la place à des générations d'insectes ou d'amphibies. Un jour, mais pas tout de suite. Nous étions dans le temps.

Nous nous agenouillâmes devant le carré surélevé, et Vivian gratta une allumette sur sa surface. Ce qu'il contenait était depuis longtemps scellé – hermétiquement –, pourvu d'une seconde peau, imperméable aux éléments et merveilleusement camouflé par la nature. Aucune chambre secrète de pyramide, aucun cratère, aucun musée équipé de laser n'était plus sûr, plus impénétrable. Délibérément, ou plutôt par accident, le trésor de l'Europe que Colomb avait transporté aux Indes, mais n'avait pas réussi à remettre à son destinataire, était l'objet qui, de tous les voyages effectués depuis, avait le mieux survécu. S'il s'agissait vraiment d'une couronne, comme l'affirmait Cobb, si elle avait, un jour, représenté un espoir de justice et de respect entre deux mondes, si elle était censée symboliser un nouveau commencement, un royaume net des erreurs passées, alors son coffret organique était un blindage approprié.

– Ici même, depuis toujours.

Vivian avait la voix calme, singulièrement résignée.

– C'est de la dynamite qu'il nous faut, dis-je. J'imagine que tu n'en as pas apporté.

Vivian tâta ses poches et, pour tout outil, en retira le stylo en argent Cross que j'avais donné à Nash, et qu'elle avait emprunté à vie.

– Je ne m'attendais pas vraiment à me trouver devant les visages sculptés du mont Rushmore. Je croyais... Je ne sais pas ce que je croyais. J'avais abandonné toute recherche, en dehors de toi. Et si je m'imaginais trouver la couronne, je voyais un de ces coffres de pirate de bandes dessinées. Tu sais, les flancs ruisselants de colliers de perles, une masse de diamants, et enfouie au milieu de tout ça, la fabuleuse *corona* de Bourgogne. J'attendais de la part de l'homme un peu de bon sens, j'espérais une ultime signature, pas...

– De la merde ? proposai-je.

– Pas de la merde. – Elle sourit. – Mais quoi de mieux ? Quoi de plus adéquat pour un coffret à bijoux ? Alors voilà, de vieilles coquilles d'huître plus du guano égalent le trésor des Indes.

– Essaye le stylo, proposai-je.

Après tout, c'était à moi de donner le feu vert, puisqu'il serait probablement fichu.

Enfonçant le Cross dans une légère entaille, Vivian s'en servit comme levier et souleva un éclat, sous lequel il en apparut davantage.

– M'man, appela Nash d'en haut. Tu l'as trouvé ? Ça va ?

– Je ne sais pas ce que j'ai trouvé, cria Vivian. Garde tes questions pour l'instant – le temps est précieux. Je t'expliquerai tout quand nous serons sortis d'ici. Va chercher Hilda et Racine. Dis-leur d'amener la voiture. Roger est trop faible pour revenir à pied.

– C'est comme si c'était fait, dit Nash.

– Attends, demandai-je. Y a-t-il quelque chose à manger ? Je n'ai rien avalé depuis... je ne sais plus.

– Une seconde.

J'attendis, la tête en arrière, que la manne me tombât du ciel. Et elle vint, sous la forme de chips, de Cheez Doodles, de Mars et de Snickers. Il pleuvait des sacs de pop-corn, des tablettes de chewing-gum, un paquet de Twinkies. Dernier à tomber, rempaqueté à la hâte, d'autant plus précieux qu'une bouchée en avait déjà été prélevée, que ce présent avait littéralement été arraché à la bouche du garçon, une tartelette aux cerises. Je la ramassai, rabattis le papier. Elle était cassée et saignante, mais c'était le spectacle le plus beau que je pusse imaginer.

– Je reviens tout de suite, cria Nash. Que personne ne bouge.

– Ne bouge pas, rit Vivian.

– Y a pas de risque, dis-je.

Nous ne nous doutions pas de ce que nous allions trouver, aussi étions-nous circonspects. Sans doute aurions-nous dû laisser aux experts la tâche de le décaper, comme le fit à plusieurs reprises remarquer Vivian sur un ton lugubre. Toute sa formation anthropologique, qui consistait à établir la provenance exacte et à ne pas déranger les sites, allait à l'encontre de notre action, pourtant cela ne nous arrêta pas. L'objet, la couronne, ne nous appartenait pas – c'était entendu. Si l'on considérait que la remise avait été faite cinq cents ans auparavant, elle était la propriété du Vatican ou du gouvernement espagnol d'une part, des Bahamas de l'autre.

– En fait, si on considère l'intention, fit remarquer Vivian, elle devrait être donnée au Japon. Christophe Colomb croyait avoir débarqué à Cipango. Il l'a soutenu jusqu'à sa mort.

Quoi qu'il en fût, il convenait d'en établir la propriété et ce n'était pas notre rôle. Mais, sans le dire explicitement, nous étions d'accord pour trouver que la *découverte* nous appartenait. Nous avions l'un et l'autre – sans le vouloir, je l'admets – risqué nos vies pour atteindre ce lieu. Nous tenions à être les premiers à savoir. Cobb aussi, sans aucun doute, mais il avait été déchu de ses droits.

Plus on enfonçait dans le guano, plus il devenait friable. À quelques centimètres sous la surface, le moindre coup suffisait à le réduire en poudre. La forme du support commençait à se préciser : c'était un carré parfait. Après deux heures d'effort, nous pouvions retirer les couches accumulées à la seule force de nos doigts. Ayant découvert une dépression, j'y enfonçai mon pouce, et rencontrai quelque chose de si lisse, si uniforme, que j'en restai interdit.

– Nous y sommes, dis-je.

– Je sais, approuva Vivian. J'ai senti, moi aussi.

Avec respect, un grain à la fois, nous enlevâmes la poussière.

– Emportons le tout, proposai-je. Peut-être verrons-nous quelque chose, une fois sortis d'ici.

Vivian gratta sa dernière allumette.

– C'est du verre, dit-elle doucement. C'est une boîte en verre.

Elle dirigea la lumière dans l'ouverture déblayée, mais la surface en était opaque, embuée de l'intérieur.

QUATRE RETOURS

1

27 décembre 1990
Eleuthera, les Bahamas

Nash Twostar

Éblouie par le coucher du soleil, ma mère est sortie la première de l'ouverture. Il était tard, le crépuscule était proche, mais le ciel était superbe. Ici, ce sont les nuages qui font tout. Ils jouent un rôle de barricade, laissant passer les couleurs sur les côtés, mais les bloquant au centre. Ils me font penser aux photos de Stonehenge que j'ai vues dans le *National Geographic,* de gros monolithes pleins d'eau, presque des barrages contre la lumière. C'est la réfraction, et j'en comprends le principe, mais le mot est trop faible pour ce qui se passe. Les rayons sont courbés et le spectre devient bizarre. J'ai vu ici des orange, du vrai pourpre, une fois même une espèce de pêche. En cette fin d'après-midi, la teinte dominante était le bleu, mais allant quasiment du noir au turquoise le plus suave. Ça faisait une heure que je le contemplais, que je m'en repaissais. Les photos ne rendent jamais vraiment compte de la réalité. Elles risquent d'édulcorer votre souvenir, de le banaliser. J'ai capté cette expérience avec mon esprit.

M'man était couverte d'une poussière couleur crème, qui rendait particulièrement sombres ses yeux et l'intérieur de sa bouche. Elle me rappelait ces acteurs de nô, très lointains, qui ne vous cassent pas la tête avec ce qu'ils ont à dire. Roger est sorti ensuite de terre; c'était le jumeau de m'man, un grand fantôme efflanqué et couvert de craie jaune. Non, ce n'était pas ça. C'était une larve, si faible qu'on craignait que le vent ne le renvoie en bas en attendant d'être prêt à voler. En me voyant, il a secoué la tête. Ils étaient l'un et l'autre hébétés et désorientés, comme s'ils avaient oublié le monde, comme si, après avoir été enterrés, ils revenaient à la vie. Ils en avaient l'odeur, aussi. J'ai retenu ma respiration. J'ai tendu la main pour immobiliser le bras tremblant de Roger.

– Tartelette aux cerises, a-t-il dit avec un sourire qui dévoilait une langue rouge écarlate. La meilleure que j'aie jamais mangée.

Il pouvait me gêner, Roger, et il le savait, mais je ne crois pas que c'était son intention, cette fois. Depuis cette nuit où je lui avais fait sauter son masque avec son journal, il n'avait jamais complètement renoncé à se venger, bien qu'il ne l'ait jamais admis, même à lui-même. Il était soi-disant si adulte, si bon pour moi. D'ici peu, il me demanderait de l'appeler « papa ». Je n'ai jamais appelé personne de ce nom et ne le ferai probablement jamais. Les papas, c'était pour les autres. J'avais assez de problèmes comme ça.

– Vous l'avez ? ai-je demandé, sans savoir exactement ce qu'ils avaient trouvé.

J'avais essayé de voir par le trou, mais j'avais seulement entendu gratter, taper, et perçu des bribes de conversation qui montaient comme des bulles pour éclater dans l'air.

M'man s'est assise sur un affleurement rocheux et a contemplé le soleil. Lorsqu'elle s'est essuyé le front, sa main a laissé une empreinte. Elle était aussi captivée que moi par les nuages. Le ciel faisait partie de ces trucs que nous avons en commun ; on dirait que c'est dans nos gènes de lever les yeux dès que nous sommes dehors. Elle a pris son temps pour répondre et je ne l'ai pas bousculée. Le coucher du soleil n'était pas pressé.

– C'est enveloppé dans le filet.

Roger regardait les vagues se fracasser contre les rochers, et ses minces épaules étaient parcourues d'une sorte de frisson.

– Y a plus qu'à le remonter.

Il n'a pas esquissé le moindre geste, alors je lui ai tendu ma veste.

– D'accord, je donne ma langue au chat, lui ai-je dit. Mystère de l'univers. Comment es-tu arrivé là-dedans ?

– C'est le destin d'Adam, a répondu Roger sur un ton théâtral, qui l'a fait rire lui-même. Non, sérieusement. C'est normal que je sois arrivé le premier au coffre de Christophe Colomb. J'ai commencé mes recherches avant ta mère. Ce n'est que justice après tout.

Soufflant de la mer, un coup de vent a soulevé nos chemises et ébouriffé les cheveux de m'man. Elle s'est levée et a mis les poings sur les hanches.

– Alors tu sais évidemment ce qu'il y a sous le verre. Eh bien, vas-y ! Éclaire-nous donc !

Au bruit d'une voiture, nous avons tourné les yeux vers la plage, et avons aperçu notre tank de location qui approchait lentement sur le sable dur et les galets. Puis nous avons reconnu Hilda au volant. Ils avaient manifestement eu le message que j'avais laissé à l'épicerie. Racine nous montrait du doigt, puis sortant la main par la fenêtre, il l'a agitée frénétiquement. Le porte-bébé était fixé à la banquette arrière et, à sa vue, j'ai été traversé par une bouffée de faiblesse. Pourrais-je, une seule fois dans ma vie future, regarder ma sœur sans éprouver gratitude et soulagement ? Elle était mon sursis, elle me déculpabilisait sans semonce. En réapparaissant, elle m'avait redonné la vie, tout comme sa mort en aurait été la fin. Elle m'avait rendu ce que je méritais de perdre et j'étais plus que son débiteur. Ce qui lui arrivait m'arrivait. J'étais en son pouvoir.

– Les témoins arrivent, dit Roger.

Mais il ne voyait que Violet. Il était ridicule – décharné et dégingandé, les mains jointes si fort devant lui qu'il en avait les ongles roses. Je ne savais toujours pas ce qui lui était arrivé, je ne savais pas comment il était tombé dans cette grotte, mais une chose était certaine : il avait cru le bébé mort et pensait que c'était sa faute. Rien qu'à le voir, je savais qu'il ressentait exactement la même chose que moi.

– Hé, ai-je chuchoté, de manière qu'il soit seul à entendre. T'inquiète pas. Elle va bien.

Il s'est tourné vers moi et nos yeux se sont croisés. Plus que nos yeux. Nous n'avons pas dû nous regarder plus d'une seconde, mais ça a paru long – le genre de situation où l'on se dit : « Oh, mon Dieu, nous nous regardons », puis on pense : « Oui, on se regarde, et alors ? » et on n'y pense plus, on se contente de le faire et c'est tout. Je lus les mots sur ses lèvres.

– Je t'en prie, ai-je répondu dans un souffle.

Je ne connais pas bien mon père. Un coup de téléphone de temps en temps, un été ou deux en Californie. Il a une autre famille, et je ne peux être qu'une complication, quelque chose qui lui est arrivé avant qu'il ne devienne celui qu'il est désormais. Un conseiller pédagogique m'a demandé un jour si j'avais de la rancœur contre lui, et, bien que je l'aie nié à l'époque, j'y ai pensé de temps en temps. Comment peut-on être furieux contre quelqu'un qu'on ne connaît pas ? Ça veut seulement dire que ça vous fait chier rien que de penser à eux, à ce qu'ils ne sont pas et ne seront jamais. J'ai eu parfois envie de retourner voir ce psy pour lui expliquer combien ce genre de question est dangereux. Ça vous trotte dans la tête et il faut y répondre, alors qu'on s'y refuse. La réponse n'a aucun sens. Qu'est-ce que ça pouvait faire que je sois furieux contre mon père. S'en soucierait-il ? Changerait-il quoi que ce soit à sa vie pour me rendre heureux ?

J'en ai parlé à mémé.

– Ils croient que je suis furieux contre mon père. Que ça explique mes conneries.

Elle a reniflé, accéléré légèrement le balancement de son fauteuil.

– Des excuses.

– Ce n'est pas une excuse, ai-je protesté. C'est de la psychologie. Tu ne comprends pas.

– Je suis furieux contre mon père, alors je ne ferai pas mes devoirs, dit-elle en psalmodiant d'une voix de fausset. Je suis furieux contre mon père, alors je vais fumer une cigarette. – Elle a levé les yeux au ciel et secoué la tête. – *Moi*, je suis furieuse contre ton père. *Toi*, tu ne sais pas même quoi lui reprocher.

Cette conversation m'est revenue en un éclair, tandis que se prolongeait cet échange privilégié entre Roger et moi.

– Je t'en prie, ai-je répété, plus fort cette fois.

C'est alors qu'il m'a pardonné. Je l'ai vu dans ses yeux. Toute prudence dissipée, il était là, servi sur un plateau d'argent.

Oh merde, ai-je pensé. Ça y est. Voilà que je suis encore responsable de ce type. Mais le plus drôle, c'est que ça m'était égal. Le plus drôle, c'est que j'étais content.

J'espérais qu'ils auraient coffré Cobb pour de bon. Je détestais ce type pour ce qu'il avait fait, pour ce qu'il avait essayé de faire. Je ne m'étais pas inquiété pour m'man, parce que je ne savais pas qu'elle était perdue. Mais pour Violet, pendant deux heures, j'ai été fou, jusqu'à ce que m'man la retrouve saine et sauve près de cette petite église.

Mais le lendemain matin, quand j'ai vu Racine penché sur Cobb, qui avait été rejeté sur la plage, j'espérais que ce salopard s'était noyé.

Roger était la seconde chance de m'man, et elle le méritait. Il l'aimait lui aussi – ça, je le savais par son journal, bien qu'au départ ça m'ait rendu fou. Et Roger était le père de Violet. J'étais payé pour savoir ce que c'était que de grandir sans père. Et Roger était... Roger était quelqu'un que je ne pouvais pas détester. Il faisait des choses stupides. La moitié du temps, il était d'un con... et les conneries qu'il pouvait dire – c'était à ne pas croire.

Mais il m'aurait manqué Roger Williams. J'aurais beaucoup pensé à lui. Nous étions là, et m'man le regardait ; il avait le regard posé sur ma sœur, et moi je me sentais – je ne sais pas – bien.

C'est Hilda qui a rompu le charme. Il n'était pas difficile, sachant où on allait, d'arriver où nous étions. Autrement le petit trou autour duquel nous nous tenions n'était pas différent de milliers d'autres, et rien n'indiquait qu'il avait plus d'un mètre de profondeur. Bonne grimpeuse, Hilda a rapidement dépassé Racine, qui était plus prudent, d'autant qu'il portait Violet. Tandis qu'Hilda escaladait les rochers comme si elle avait des chaussures à ventouses et à crampons, Racine assurait chaque prise.

C'était bien d'Hilda d'embrasser Roger puis de s'adresser à m'man pour savoir le fin mot de l'histoire. Ça fait dix ans que je vis avec m'man et mémé, alors parlez-moi donc de solidarité féminine. Ça paraît déloyal de l'avouer maintenant, et d'ailleurs j'ai changé d'avis, mais je voulais un frère. Quand j'étais petit, ça ne me faisait pas tellement bizarre. J'étais dans le secret, en fait, j'en faisais partie. Personne, moi comme les autres, ne prêtait attention au fait que j'étais un garçon. Je regardais le monde et voyais ces familles normales, un échantillon de chaque, et ils n'avaient pas l'air tellement mieux que nous. Plutôt pires, même. La plupart du temps, les parents étaient tellement préoccupés l'un de l'autre qu'ils oubliaient leurs gosses. Pas chez nous. Mémé et moi étions alliés, et c'est de m'man que nous nous inquiétions. Avait-elle fait ses devoirs ? Qui était ce type avec lequel elle sortait ? Avait-elle été à l'église dimanche ?

Mémé m'apprenait à faire la cuisine. Nous passions donc beaucoup de temps ensemble à la cuisine, et nous en avons bien profité. Nous avions nos plaisanteries et elle me parlait comme si j'avais un cerveau, me disait des choses que j'étais peut-être trop petit pour entendre. Mais elle ne répondait jamais aux questions. Sa théorie, c'était que si on ne comprenait pas tout de suite, c'est qu'on n'était pas prêt à savoir. « Ça te restera, me disait-elle, et un jour tu comprendras. Je ne peux tout de même pas te dire comment penser. » Ce qui m'a laissé avec de longues listes d'idées fragmentaires. En fait, elle avait raison. Il m'arrivait en grandissant de voir ou d'entendre quelque chose de nouveau, quelque chose qui me tirait à hue et à dia, et je me souvenais alors d'une histoire de mémé qui correspondait tout à fait à la situation.

La première fois que c'est arrivé, j'ai couru tout ébahi à la maison pour lui raconter.

– Tu sais, cette histoire sur mon grand-oncle pendant la guerre et ce qu'il ne voulait pas faire ? Eh bien, je crois savoir pourquoi.

Je ne sais quelle réponse j'attendais d'elle. Je veux dire, elle avait évidemment compris à quoi je faisais allusion, mais avec elle on ne savait jamais très bien à quoi s'en tenir. « Explique-moi », avait-elle insisté. Après quoi je lui ai demandé : « C'est bien ça ? » Elle s'est contentée de hocher la tête d'un air grave. Je la vois encore, elle faisait frire des haricots, debout devant la cuisinière. « Est-ce cela ? s'est-elle demandé tout haut. C'est possible. C'est possible. »

Ça me rendait fou, mais ça faisait partie de ce que j'aimais en elle. Elle semblait toujours prête à changer d'avis, à accepter une nouvelle théorie, si elle lui paraissait logique. Rien, pas même un événement qui s'était passé avant sa naissance, n'était définitivement fixé. La vérité était dans le récit, dans la manière dont il était raconté, et dans la personne qui le faisait. Il pouvait changer d'une minute à l'autre ou rester indéfiniment le même. Une vérité ne durait que jusqu'à ce qu'une meilleure vienne la remplacer. Ou, solution également plausible, se placer à côté. Essayez d'expliquer ça à un prof de physique. Je l'ai fait un jour, et ça l'a rendu furieux. Il a cru que je me foutais de lui, parce que je n'avais pas lu la leçon, mais je l'avais lue. J'avais seulement commis l'erreur fatale d'en discuter en navajo avec mémé.

Mais, en grandissant, les portes ont commencé à se fermer. M'man et mémé ont fait équipe tout en continuant à se disputer sur les sujets habituels ; la moitié du temps, elles me traitaient comme si j'appartenais à une espèce étrangère : intéressante, potentiellement hostile, et dont il fallait se méfier. Il faut dire que c'est moi qui avais commencé. Je jouais les êtres mystérieux et je leur répétais qu'elles ne pouvaient pas me comprendre. Mais je ne m'attendais pas à ce qu'elles me prennent à ce point au sérieux. Au début, c'était comme un jeu – je jouais à être adulte et distant – et puis ça a cessé d'être une blague pour devenir vrai. Elles ne me comprenaient vraiment pas, aussi ont-elles commencé à définir des règles que j'ai dû commencer à violer. Ça leur faisait de la peine, je le voyais dans leurs yeux, et j'avais envie d'aller vers mémé et m'man et de leur dire : « Allez, on arrête. Tout redevient comme avant » – mais je ne l'ai pas fait.

Nous étions donc là, au sommet d'un rocher creux, à l'extrémité d'une île efflanquée, d'un côté Hilda et m'man discutant, de l'autre, Roger et moi, muets. Le troisième couple arriva enfin au sommet et fit prendre la mayonnaise. Personne n'avait, semble-t-il, appris les bonnes manières à Racine – j'ai toujours attribué ça au fait qu'il était étranger. Dans le New Hampshire, ce manque de retenue pouvait être carrément gênant – vous vous promenez dans la rue avec des amis et voilà que ce type hilare vous embrasse sur les deux joues, essayez donc! – mais à ce moment-là à Eleuthera, c'est précisément ce dont nous avions besoin. Il s'est approché de Roger et de moi, son bras libre largement ouvert, et a réussi à nous rapprocher. Aucune question dans son expression – elles viendraient plus tard et ne s'arrêteraient pas de sitôt –, juste une espèce de gratitude. Nous formions un carré parfait – moi, Racine, Violet dans son siège, et Roger – et que le vent s'y faufile, comme la lumière à travers les nuages

M'man avait enveloppé et attaché l'extrémité du filet autour de ce que Roger et elle avaient trouvé dans la grotte, et avant que la nuit ne tombe, nous avons conjugué nos efforts pour le remonter. Nous tirions doucement pour ne pas que ça se balance et heurte les côtés, et à mesure que le filet s'amoncelait devant moi, ma curiosité augmentait. Personne ne parlait. Chaque année dans mon école les élèves de terminale enterrent une capsule de temps – les annuaires de l'école, le hit-parade, des prédictions, un journal. Ils ont l'intention de l'ouvrir à leur vingt-cinquième réunion, puis de l'enterrer de nouveau jusqu'à leur cinquantième. Après, je ne sais pas. Peut-être que plus personne ne s'en soucie. Peut-être le passé n'est-il important que pour ceux qui s'en souviennent directement.

Je me sens indien de différentes façons. Il y a les moments à Hanover, où – pour le meilleur ou pour le pire – ça me sépare de mon entourage, et ceux, comme quand nous sommes dans les réserves de m'man et de mémé, où je me sens chez moi. Le plus souvent, c'est juste déroutant ou inopportun, un masque parmi tous ceux que je porte. Sauf que c'est une peau, pas un masque. Je sais suffisamment ce qui s'est passé – comment la petite vérole et la rougeole et toutes ces autres maladies ont liquidé la majorité de ceux qui vivaient en Amérique du Nord et en Amérique du Sud – pour savoir que statistiquement je suis une exception improbable, un survivant des survivants des survivants. La mémoire se perd, l'identité s'estompe en même temps que les sangs se mélangent. Lorsque ce truc que nous remontions avait été enfoui, Eleuthera était indienne, et il n'y avait maintenant plus âme qui vive qui puisse retrouver un lien ou une parenté. Anonymes et invisibles comme s'ils n'avaient jamais existé, ils avaient disparu.

Sauf pour m'man et moi. J'ai l'air de me vanter, mais ça n'est pas ça. Si nous étions là, à respirer le même air salé, à contempler le même ciel que ceux d'autrefois, ça n'était pas grâce à nous. C'était pur hasard, pourtant... pourtant c'était très important. En fin de compte, c'est encore grâce à une des histoires de mémé qu'il y a eu le déclic. Nous étions la preuve.

Nous avions atteint le trésor du filet, et la récompense qu'il contenait apparut enfin : une boîte carrée recouverte d'une croûte grisâtre de la taille d'une petite machine à écrire ou d'un gros téléphone. Nous avions fait très attention, et le filet formait maintenant une cuvette qui bouchait l'ouverture. Nous avons tous reculé, le filet s'est aplati ; il y a eu un petit jaillissement et l'objet s'est présenté comme sur une toile d'araignée. Les fils semblaient fragiles pour un tel poids, mais ce n'était évidemment pas le cas. Ils étaient dans un nylon vert éprouvé, assez fort pour étouffer un dauphin, pour attraper et tuer tout ce que l'océan pourrait y jeter. Leurs losanges ne s'étaient même pas étirés sous le poids de m'man, et pas une maille ne s'était rompue lorsque Roger s'y était agrippé. Elles tiendraient. Plantés comme les points d'un cadran solaire, nous attendions.

– *Omphalos*, a dit Racine.

– Pardon ? a demandé m'man.

D'abord à peine audible dans le vent, comme si elle ne voulait pas briser le charme, sa voix a changé. Elle a tenté de le briser par une plaisanterie.

– Si c'est un nombril, il ressort. Ce truc doit être plein.

– *Omphaloskepsis*, poursuivit Racine. Un ordre mystique du XIVe siècle, les hésychastes, avait un monastère sur le mont Athos. Ils étaient quiétistes et croyaient qu'à force de regarder son nombril, on arrive à voir la lumière divine increéée. Cette contemplation s'appelait *Omphaloskepsis*.

– Tu veux dire qu'on pouvait connaître un bébé qui n'était pas encore né ? ai-je dit en regardant mon ventre.

J'aurais souhaité voir à travers ma chemise. J'aimais l'idée qu'un corps puisse répondre à ses propres questions.

– À peu de chose près, mais plutôt dans le sens du potentiel infini. C'étaient des célibataires, après tout. Ils n'avaient pas de vrais enfants. Leurs générations futures n'étaient pas fixées parce qu'elles ne furent jamais. Tout était possible.

M'man raisonnait différemment.

– Les quiétistes, répéta-t-elle.

Il y a eu un silence. Nous réfléchissions tous à l'idée.

– On peut le dire, reconnut Racine.

Tout en parlant, nous n'avions pas quitté des yeux la mystérieuse boîte. Nous n'avions pas prévu comment l'atteindre sans la laisser tomber. Il fallait lâcher un peu le filet tout en l'amenant à nous. Mais de quel côté ? Qui ?

M'man me lança un regard. Je savais à quoi elle pensait. Au karaté, *tan-den*, la source de la force physique, est située juste en dessous du nombril. C'est le centre de l'équilibre, et ça m'a fait penser à mémé et à la prière qu'elle m'a fait apprendre par cœur et que m'man et moi récitions dans la voiture avant chacune de nos leçons. Le karaté est *do-zen*, le zen en mouvement, c'était donc le Chemin de la Bénédiction qui convenait. Je me mis à réciter la version abrégée de la mélopée, et elle écoutait.

« Les pieds de la Terre deviennent mes pieds, et c'est ainsi que je traverse la vie.

« Ses jambes deviennent mes jambes, et c'est ainsi que je traverse la vie.

« Sa puissance motrice devient ma puissance motrice, et c'est ainsi que je traverse la vie.

« Son corps devient mon corps, et c'est ainsi que je traverse la vie.

« Son esprit devient mon esprit, et c'est ainsi que je traverse la vie.

« Sa voix devient ma voix, et c'est ainsi que je traverse la vie.

« Sa parole devient ma parole, et c'est ainsi que je traverse la vie. »

Je me suis arrêté sans trop savoir ce que je devais faire ensuite. J'ai eu soudain peur qu'Hilda, Racine et surtout Roger me prennent pour un type bizarre. C'était peut-être le cas, mais ils n'ont rien dit, et m'man... m'man souriait. Après un silence, elle a chanté une autre partie de la mélopée, une que je ne connaissais pas par cœur, mais que je pouvais assez facilement traduire pour moi. Je l'avais entendue dernièrement : c'était le Chemin de la Bénédiction utilisé pour une femme qui attend un bébé.

« *i né ya*... une merveille m'est donnée, une merveille m'est donnée *-a-a-a.*

« Maintenant je suis la vie, maintenant je suis le bonheur car une merveille m'est donnée.

« Devant moi tout est bénédiction car une merveille m'est donnée.

« Derrière moi tout est bénédiction car une merveille m'est donnée.

« Sous moi tout est bénédiction car une merveille m'est donnée.

« Au-dessus de moi tout est bénédiction car une merveille m'est donnée.

« Autour de moi tout est bénédiction car une merveille m'est donnée.

« Ma parole est bénédiction car une merveille m'est donnée.

« Ce qui m'entoure est bénédiction car une merveille m'est donnée.

« Une merveille m'est donnée dans les mains. »

Parfois les choses s'accordent, elles se connectent, et quand c'est le cas, on se sent bien. Ça faisait longtemps qu'aucun Navajo n'était venu dans les parages d'Eleuthera, mais d'une certaine façon, c'étaient les mots qu'il fallait prononcer. Ils revenaient quand on avait besoin. Roger n'avait rien compris de ce que disait m'man, mais il se tenait, tête baissée, comme on le fait, par respect, quand on assiste à un rite inconnu. Hilda semblait fascinée, comme impatiente d'en savoir plus, et Racine... c'est drôle, mais il avait l'air de prier. Ses lèvres remuaient en silence, formant des mots que je ne pouvais pas lire. Violet, pour sa part, avait la décence de rester endormie.

Avant d'avoir fini, m'man avait mis au point une stratégie et pris les choses en main.

– Envoyez-le vers moi, dit-elle à Roger et Racine.

Elle commença alors à ramener le filet, tandis que les autres le lâchaient centimètre par centimètre. Le poids de la boîte formait une dépression dans le filet, mais tant que nous maintenions une tension égale, elle ne pouvait pas tomber. Et nous faisions très attention. Pendant l'opération, nous avons tous reculé de quelques pas pour nous établir sur un sol plus ferme. Le cercle s'est agrandi, et nous n'avons pas lâché avant que le centre se retrouve au bord. Fixer cette concentration de cercles, c'était comme régler un télescope sur un point et effacer tout le reste. Le temps qu'elle soit hors de danger, nous ne voyions plus que la boîte. Avant qu'elle ne touche terre, j'ai récité les deux vers du « Chemin » que je préférais, parce qu'ils décrivaient parfois mieux que tout ce que je ressentais.

« Maintenant je suis le garçon-élevé-à-l'intérieur-du-mirage, j'ai trouvé un mirage, *ni yo o.*

« Au centre du mirage j'ai trouvé un mirage. »

C'était du verre recouvert de crotte et il y avait quelque chose à l'intérieur des parois. Nous nous sommes agenouillés et avons essayé de lorgner à l'intérieur, mais les angles de vision étaient étroits. D'un endroit, je discernai quelque chose de droit et d'un autre, la courbe de quelque chose de rond. Roger a soulevé la boîte et l'a présentée comme un prisme au soleil couchant. Il en a eu le visage tout rouge, mais il n'arrivait toujours pas à en découvrir le contenu.

– Du verre de Murano, je parie, a fait remarquer Racine, lorsque Roger a reposé la boîte. Très ancien et l'œuvre d'un maître. C'est un trésor.

– Ce n'est qu'une boîte, corrigea m'man. À l'intérieur se trouve ce pour quoi nous sommes venus, ce que Peter Paul, le Mohawk de Dartmouth, a caché pour que je le découvre.

– Il n'y a pas de jointures, annonça Roger.

Il a examiné lentement le coffre dans l'espoir d'y découvrir l'ouverture.

– On dirait qu'il a été soufflé autour de... ce qu'il contient.

– Un bateau dans une bouteille, ai-je dit. Mais sans bouchon.

– La question est donc, qu'est-ce qu'on fait ?

Hilda avait l'esprit pratique. Pour elle, il y avait toujours plusieurs solutions. Soit on emportait le truc sans l'avoir ouvert, soit on se débrouillait pour le percer sur place.

– Il conviendrait de l'étudier dans les meilleures conditions, a avancé Racine. Chaque étape devrait être documentée, photographiée. Il faudrait l'envoyer à la Smithsonian ou au British Museum.

– On peut sûrement prouver, a poursuivi Hilda, que cela appartient à Cobb. J'ai lu des trucs sur ces procès relatifs à la propriété. La ténacité compte dans un tribunal.

– Ou à l'Espagne, a dit Racine. C'est elle qui a financé le voyage. C'est vraisemblablement elle qui détient le titre légal. Ou au Vatican, du fait de sa nature religieuse. Je suis sûr que le gouvernement des Bahamas fera une demande en justice. Les Mexicains le voudront pour la collection de la Conquête du musée anthropologique. Et il y a nous bien sûr. Les États-Unis appuieront sûrement leur position sur notre découverte.

Toujours hébété, perdu dans ses pensées, Roger restait silencieux, mais Hilda hochait la tête. Racine et elle étaient des érudits. Leur devoir était clair. Ils pouvaient attendre. Ils étaient objectifs, détachés.

M'man c'était autre chose.

– Ce que nous avons là est le cadeau de l'Europe à l'Amérique, a-t-elle dit d'une voix mesurée, calme, que je connaissais bien – c'était le signe qu'elle se préparait, qu'elle rassemblait ses forces. Ce que nous avons ici, c'est la promesse, le gage, l'intention pure, l'idée préconçue avant que ne soit connu le moindre fait. Cette boîte que n'importe qui peut soulever, ce petit rien, était le lien censé être une transaction juste. Et Christophe Colomb l'a laissée sans qu'elle ait même été ouverte. Jamais donnée. Jamais acceptée.

Roger a croisé mon regard. Il m'a fallu un moment pour comprendre ce qu'il avait de différent, mais je finis par saisir : il écoutait. D'habitude, lorsque quelqu'un d'autre parlait, Roger avait hâte qu'il s'arrête pour intervenir. D'accord ou non, peu importait, il était impatient d'exprimer son opinion, de discuter son point de vue. Mais pas là. Il était captivé par m'man, comme s'il avait quelque chose à apprendre.

Sans s'arrêter de parler, m'man s'est mise à fouiller dans le siège de Violet. Ma petite sœur était éveillée, observatrice impartiale au milieu des voix qui s'enchevêtraient dans le vent. Elle regardait m'man sortir la dernière couche propre de derrière le coussin. Elle regardait m'man l'enrouler, lentement, posément, comme un bandage, autour de sa main droite.

– L'Europe a eu l'Amérique, corps et biens, et en échange, nous étions supposés prendre... ça.

M'man a fermé les yeux, concentré ses forces, puis a prononcé dans un soupir :

– Nous avons assez attendu.

J'ai vu venir le coup. Comme tout mouvement do-zen parfait, il s'est brisé de nulle part et de partout à la fois. Ça a surgi de l'intérieur, d'un long cortège de décisions subtiles, maillons d'une fine chaîne, se traduisant en action. M'man est devenue sa propre main enveloppée de blanc et s'est abattue avec elle sur le verre.

Il a dû y avoir du bruit. Le verre fait du bruit en se brisant sur du rocher. Mais il arrive qu'un sens domine tous les autres, qu'il les supprime, et cette fois nos yeux, pas nos oreilles, ont enregistré l'événement.

Là, encadré par une auréole d'épines, un cercle brun entortillé d'où ressortaient quelques brindilles.

Il devait y avoir du bruit. Cinq personnes respirant, un bébé à bout de patience. Et pourtant tout était silencieux. Même le vent semblait se recueillir.

Comme Cobb, je m'attendais à des bijoux. Diamants, rubis, émeraudes. Je m'attendais à de l'or, ce qu'il y avait de plus précieux, l'objet qui en lui-même et de lui-même était censé tellement éblouir le peuple découvert par Colomb qu'il accueillerait les bras ouverts tous ceux qui viendraient après lui.

– Après tout, c'est une couronne, dit m'man.

Et c'était une couronne, pas de doute. Je l'ai reconnue d'après le tableau qui se trouve au-dessus du lit de mémé : c'était la Couronne d'épines.

Le métal est durable. Le plastique ne se désintègre jamais. Et sous vide même les tiges des plantes peuvent se conserver pendant des siècles, bien que l'humidité qu'elles contiennent s'évapore en buée. La couronne semblait fragile, elle était incrustée de poussière. Lorsqu'elle ne serait plus protégée par le mur de nos corps, serait-elle emportée par le vent.

Quand, à l'aide d'un art asiatique ancestral et en présence d'un témoin ayant grandi en Australie, une Indienne parvient à s'introduire dans un coffret européen, on peut dire que le monde est devenu vraiment bien petit. En tout cas, ce qui est arrivé ensuite était nouveau, ça n'était encore jamais arrivé.

Le vent s'est faufilé entre nous avec suffisamment de force pour souffler des éclats de verre. Avant que nous ayons pu réagir, la couronne s'est soulevée, s'est reposée, mais le cercle est resté intact. Seules les épines sont tombées, toutes.

Il faisait trop sombre pour descendre du rocher, c'était trop dangereux pour le bébé; nous avons attendu l'aube. De nos vestes retenues par des pierres nous avons fait une tente pour la couronne puis, serrés les uns contre les autres, nous avons regardé la nuit. Les étoiles brillaient tant qu'on pouvait les compter.

Racine avait, bien sûr, une explication.

– Ce doit être quelque conservateur naturel. Badigeonné sur toute la surface comme un enduit. C'est pourquoi les épines n'ont pas tenu. Leur point d'attache étant interne, une fois évidées, il n'y avait plus rien pour les tenir.

– Tu crois que c'est la vraie ? ai-je demandé à Racine, pour lui tendre une perche.

J'avais lu que des archéologues avaient daté au carbone le voile de Véronique et le Suaire de Turin, et découvert qu'ils étaient faux. D'après la *Vie des saints* de mémé, sainte Hélène aurait rapporté de Jérusalem des morceaux de ce qu'elle affirmait être la Vraie Croix. Mais je n'avais rien entendu sur la couronne d'épines.

Racine gardait le silence. Il n'avait pas pardonné à m'man. Dans la fièvre de l'instant il avait qualifié la destruction de la boîte de « crime contre l'histoire », et avait soigneusement réuni en un tas jusqu'au moindre bout de verre.

– La reconstitution est le seul espoir, avait-il déclaré avant que le manque de lumière ne l'empêche de continuer.

C'était la première fois que je le voyais en colère, et ça me rendait nerveux. Il attendait que m'man s'excuse, mais elle n'en a rien fait, alors il ne pouvait pas lui pardonner.

– Raconte-nous, l'a prié Hilda, fatiguée de son rôle de conciliatrice. Tu ne demandes que ça. Allez, ne boude pas.

Il y a eu un bruissement dans la nuit : pour manifester à Racine l'intérêt qui l'apaiserait, tout le monde s'est penché en avant. Il s'est laissé fléchir.

– D'après la tradition, la couronne aurait été conservée à Jérusalem, avant d'être apportée à Byzance au IIe siècle. Deux cents ans plus tard l'empereur Baudouin II en fit présent à Saint Louis, qui construisit la Sainte-Chapelle pour l'abriter. Une épine se trouverait dans la cathédrale de Barcelone ; Marie Stuart en apporta une autre à Edimbourg ; d'autres furent données à divers chevaliers allemands.

– Sir John Mandeville l'a vue à Paris, a ajouté Roger. Selon ses *Voyages*, elle y serait parvenue par des marins génois et aurait été conservée dans un reliquaire de cristal.

– Génois, a répété m'man.

On voyait, à sa voix, qu'elle était fatiguée, plus fatiguée que je ne l'avais jamais vue, fatiguée comme l'était parfois mémé.

– Laisse-moi prendre Violet, proposa Roger.

C'était la seule à avoir encore de l'énergie. Malgré la fraîcheur de la nuit, elle refusait de garder une couverture autour des épaules.

– Alors, quel est ton avis ? a demandé Hilda. Ont-ils dupé le roi et gardé la vraie, ces Italiens ? Christophe Colomb l'a-t-il trouvée là ? Et pourquoi a-t-elle atterri ici ? Comment as-tu su où chercher ?

– La réponse se trouvait manifestement dans les coquilles, a dit Racine, qui attendait que m'man lui explique, comme elle l'avait fait pour moi lorsque je l'avais rejointe, cet après-midi, au sommet de cet affleurement. Dans les inscriptions judaïques.

– Elle a été stupéfiante... commença Roger.

Mais dès qu'il a ouvert la bouche, Violet a tenté une protestation ; il s'est arrêté et a secoué la tête.

– Elle a été idiote, lui a dit m'man, avant de s'adresser à Racine – ou bien était-ce à elle-même ?

– Peut-être ces Indiens s'attendaient-ils à quelque chose de mieux et se sont-ils crus insultés. Croyant que la couronne était dangereuse, peut-être n'ouvrirent-ils jamais la boîte et enterrèrent-ils tout le saint-frusquin, là où personne ne risquerait d'aller le chercher. Peut-être le mirent-ils à l'abri jusqu'à ce qu'on vienne leur expliquer son utilisation. Peut-être n'en voulaient-ils tout simplement pas, mais ne savaient pas comment le rendre.

– Ça explique beaucoup de choses, a dit lentement Racine. Les voyages continuels, les interminables recherches. Colomb en est venu à revêtir la bure d'un pauvre moine, un franciscain. Essayait-il d'expier ? Ce qu'il avait perdu était peut-être plus précieux que ce qu'il avait trouvé.

Il y a eu une trace de lumière, loin à l'est, juste au-delà de la limite de la mer. Elle soulignait le bas d'un nuage d'un étroit galon d'or, mais l'étoile du matin était toujours le point le plus brillant dans le ciel. Heureuse dans les bras de son père, ma petite sœur s'était assoupie.

Je songeai à mémé. Que dirait-elle de tout ça ? Comment expliquerait-elle qu'elle l'avait toujours su ? Cela rendrait m'man folle, mais, comme nous tous, elle finirait par abandonner la partie. Mémé ne changerait pas d'avis. Soit les faits cadraient avec ses déductions, soit ils ne méritaient pas qu'on s'y arrête.

J'aimais la façon qu'elle avait de ne jamais rien lâcher.

2

30 janvier 1494
Barcelone, Espagne

Colón

Item : Vous direz à Leurs Altesses que le bonheur de l'âme desdits cannibales, et aussi des habitants de cette île, m'a suggéré l'idée d'en envoyer le plus possible en Espagne, ce qui rendrait service à Leurs Altesses de la manière suivante. Vu le grand besoin que nous avons en bétail et bêtes de somme, pour l'alimentation et pour aider les colons dans cette île et dans toutes les autres, afin de peupler la terre et de cultiver le sol, Leurs Altesses pourraient autoriser un nombre approprié de caravelles à y apporter tous les ans ledit bétail, les provisions et autres articles; ce bétail etc. pourrait être vendu à un prix modéré pour le compte des porteurs, et ces derniers pourraient être payés en esclaves, pris parmi les Antillais, qui sont un peuple sauvage; ils sont bons à n'importe quel travail, bien proportionnés et très intelligents, et, une fois débarrassés des cruelles habitudes auxquelles ils sont accoutumés, ils seront meilleurs que n'importe quelle espèce d'esclaves. Une fois hors de leur pays, ils oublieront leurs cruelles coutumes; et il sera facile d'obtenir beaucoup de ces sauvages grâce aux bateaux à rames que nous avons l'intention de construire. Il est admis que chaque caravelle envoyée par Leurs Altesses aura à son bord un homme de confiance, qui veillera à ce que les vaisseaux ne s'arrêtent nulle part ailleurs qu'ici, où ils devront décharger et recharger leurs vaisseaux. Leurs Altesses pourraient fixer des droits sur les esclaves qui seraient transportés, à leur arrivée en Espagne.

Mémorial des résultats du Second Voyage de l'Amiral, Christophe Colomb, aux Indes, établi par lui pour Leurs Altesses le Roi Ferdinand et la Reine Isabelle; et adressé à Antonio de Torres, de la ville d'Isabelle, le 30 janvier 1494.

... Dieu est juste et, l'heure venue, Il fera savoir par qui et comment cela a été fait. Qu'on me juge en gouverneur qui aurait été envoyé en Sicile ou quelque province ou ville dotée d'un vrai gouvernement, et où les lois peuvent être appliquées sans crainte de danger pour le bien public ni de soumission à une énorme injustice. Je devrais être jugé en tant que capitaine, envoyé d'Espagne aux Indes, pour conquérir une nation nombreuse et belliqueuse, avec des coutumes et une religion radicalement différentes des nôtres; un peuple qui vit dans les montagnes, sans habitations fixes pour lui-même ou pour nous; et où, par la volonté Divine, j'ai soumis un autre monde à l'autorité du Roi et de la Reine, nos souverains; en conséquence de quoi, l'Espagne, qui était considérée comme pauvre, est maintenant le plus riche des royaumes. Je devrais être jugé en capitaine, qui a porté les armes pendant des années, sans s'en séparer un seul instant. Je devrais être jugé par des gentilshommes qui ont eux-mêmes connu la récompense de la victoire; par de vrais chevaliers et non par des chevaliers en titre; comme cela aurait été le cas chez les Grecs et les Romains, ou chez toute autre nation où il existe autant de noblesse qu'en Espagne; car sous tout autre jugement, je subis un grand préjudice, car il n'y a aux Indes ni droit civil ni siège de justice.

Déjà la route de l'or et des perles est ouverte, et on peut espérer trouver également des pierres précieuses, des épices et mille autres choses. Plaise à Dieu que je ne souffre pas pires maux que ceux dont j'ai déjà souffert, afin que je puisse, au nom de notre Seigneur, recommencer mon premier voyage; et que je puisse me rendre en Arabie Heureuse jusqu'à La Mecque, comme je l'ai dit dans la lettre que j'ai envoyée à Leurs Altesses par l'intermédiaire d'Antonio de Torres, en réponse à la division de la mer et de la terre entre l'Espagne et les Portugais; et que je puisse ensuite aller au pôle Nord, comme je l'ai dit et écrit au monastère de La Majorada.

Je sais, assurément, que les erreurs où j'ai pu m'égarer ont été commises sans intention mauvaise, et j'espère que Leurs Altesses voudront bien me croire; mais je sais et vois qu'elles se montrent miséricordieuses envers ceux qui manquent délibérément à leur service. Je reste, cependant, convaincu qu'un jour viendra où elles me traiteront beaucoup mieux; car si j'ai été dans l'erreur, c'était en toute innocence et sous la pression des circonstances, comme elles ne manqueront pas de le comprendre bientôt : moi, qui suis leur sujet, et dont elles souhaiteront chaque jour mieux reconnaître les services et l'utilité. Elles pèseront tout, comme, selon les Saintes Écritures, il en sera du mal et du bien au Jour du Jugement.

Christophe Colomb

3

25 novembre 1992
Hanover, New Hampshire

Roger

Dans la paix qui précède l'aube, que seul habite le tic-tac du réveil, je quitte la douce chaleur de notre lit, laissant Vivian, son corps orienté par notre dernière étreinte, enveloppée dans ses rêves intimes. J'enfile mes bras dans les manches d'une robe de chambre en duvet d'oie que j'attache autour de moi, de sorte que je ressemble à un sac de couchage ambulant. Je descends l'escalier et pénètre dans le vrombissement de la cuisine. J'appuie sur le bouton de ma machine à café qui me répond par un gargouillis sympathique, suivi d'un filet de vapeur et de l'arôme du café de Tanzanie.

En ces matins où l'inclinaison de la Terre annule le rayonnement de la Lune, où les nuages effacent les étoiles, toute lumière, c'est dans le bleu de ma cuisine que je me rappelle cette vaste profondeur où j'ai découvert ma propre obscurité. En cherchant à tâtons la rampe d'escalier, en tâtonnant le long des murs pour atteindre mon bureau, je pense à ce monde inférieur.

J'étais perdu, je vis maintenant dans le paradis quotidien d'une vie imprévue. J'étais étranger à ma famille, à ma fille, je suis maintenant sauvé.

Je préfère travailler à cette heure, surtout maintenant que je suis occupé à autre chose. La première, et seule, partie du « Journal d'un homme perdu » a été publiée dans une bonne revue littéraire, *Caliban*, au début de 1991 – en fait, peu après notre retour de l'île. Cela derrière moi, je suis libre de pousuivre tout ce qui me vient à l'esprit, alors ces matins-là, je chante les conserves et les gonds, les ragoûts de légumes, les routes défoncées, l'écorce verticillée des noyers cendrés, les visages de ceux que j'aime. Je chante le corps branché plutôt que l'esprit en vadrouille. Car j'ai changé.

On peut changer. Je l'ai appris. On peut s'adapter aux habitudes des autres. Nous avons construit une maison ensemble, Vivian et moi, avec une chambre attenante où le furieux balancement de sa grand-mère et ses déclarations impérieuses ne risquent pas de me déranger, de même que mon besoin de silence ne gâche pas son plaisir.

Sans doute suis-je tombé dans l'ombre publique de Vivian Twostar. Son témoignage télévisé contre Cobb – il purge actuellement une peine d'emprisonnement de dix ans –, suivi peu après de la publication par ses soins de la version intégrale et annotée du Journal de Christophe Colomb, lui a valu la considération de milieux divers. Notre répondeur enregistre aussi bien des messages de Nash, qui étudie l'ethnobotanique à l'université de Washington, que des demandes de discours d'ouverture et d'articles émanant de Valence ou de La Haye.

Vivian a trouvé dans le texte mille façons d'aborder en droit international des questions relatives au droit et à la souveraineté aborigène, ainsi qu'à la fraude préméditée. Les perspectives de victoire – ici, au Brésil, en Nouvelle-Zélande, au Mexique – sont meilleures qu'on ne l'aurait pensé. Elle est très sollicitée et doit s'absenter plus souvent que nous ne le souhaiterions. Je ne peux pas faire grand-chose, mais je suis prêt à l'aider, dès que je le peux – comme, par exemple, terminer l'article pour la revue des anciens sur le Colomb historique, article désormais signé de nos deux noms.

Le droit de propriété du Journal lui-même est toujours contesté, et la question risque de ne pas être réglée de sitôt. Mais en attendant, il sera exposé dans le hall central du nouveau Smithsonian Museum des Indiens d'Amérique, à Washington. Quant à la couronne, une fois dissipé l'intérêt des media, quelques érudits sérieux en sont venus à reconnaître son authenticité ou ont conservé un intérêt pour la question. Les tests pratiqués sur une des épines n'ont pas été concluants. Il se peut qu'elle soit authentique. Il se peut qu'elle soit seulement très ancienne. L'Église, qui déclare officiellement que la couronne d'épines était plus importante comme image que comme objet, ne s'est pas prononcée ; la couronne repose pour l'instant au musée de la Découverte de Nassau. Le service des postes a sorti un timbre où elle apparaît en surimpression sur le drapeau des Bahamas.

La nature humaine n'est pas différente de ce qu'elle a toujours été : le présent est une éponge qui absorbe l'histoire.

Pour ce qui est de moi, certains se disent peut-être que je me suis évanoui, que je me suis retiré en moi-même, ou même que j'ai subi une crise artistique ou pédagogique, mais rien n'est plus loin de la vérité.

Maintenant, je vis, voilà tout. La grotte a justifié et en même temps oblitéré tous les choix que j'avais jusqu'alors faits dans ma vie. Je continue à maintenir une distance ferme et polie par rapport aux exigences familiales qui m'ont tant fait souffrir dans ma jeunesse, et je continue mon chemin à l'université. Jusqu'à présent j'ai évité la crise cardiaque qui a emporté mon père. Je vis moins à travers Vivian que je ne la complète. Nos différences me plaisent : elle a faim et soif de justice future, et je lutte pour ramener du passé ce qui était bon. Nous nous rencontrons dans le présent, dans cette maison qui contient le trésor.

Violet rayonne au milieu. L'autre jour, je l'ai trouvée – elle a à peine plus de deux ans – lissant de ses mains potelées sa courtepointe ; elle faisait son lit. C'est manifestement ma fille. La nôtre. Quelles histoires nous avons à lui raconter ! Quels jeux et quelles pensées ! Quelles expériences et quels poèmes ! Quel monde à préparer !

Je sors parfois le bout de papier que Cobb pressait dans ma main sur cette plage d'Eleuthera. Je relis ce qui y était dit sur les « feuilles luisantes », les « merveilleux changements opérés » par les mains du roi lorsqu'il toucha le fragile cercle. Quel *fut* le miracle finalement ? Lorsque ses doigts effleurèrent les ronces sèches, le bois se mit-il un instant à frissonner de vie ? En surgit-il des pousses vertes ?

J'ai perdu mes certitudes, j'ai acquis des doutes. Par ces sombres matins de la Nouvelle-Angleterre, avant de me mettre à mon travail, je reviens souvent au saint sonnet de John Donne, « La Corona ».

J'essaye toujours de comprendre.

Daigne accepter cette couronne tissée de grâces
Et de prières, dans l'humble dévotion de ma mélancolie,
Toi qui détiens – que dis-je ? –, personnifies le trésor
De toute bonté depuis les plus anciens des jours ;

D'une vile couronne de baies éphémères,
Ne récompense point mon innocente muse,
Mais puisse ce que gagna Ta couronne d'épines
M'apporter la couronne de gloire et sa fleur éternelle ;

Notre fin vient nos œuvres couronner. Mais Toi,
Notre fin Tu couronnes d'un repos infini;
Mon âme aspire à cette première fin dernière,

Je suis brûlant de zèle et ma soif est ardente.
Voici venir les temps où cœur et voix s'élèvent,
Car proche est le salut pour les hommes de foi.

4

24 décembre 1990
Eleuthera, les Bahamas

Ce fut finalement celle à qui on s'attendait le moins qui s'arracha à la surprise qui les tenait hébétées et retira le bébé du radeau. Coudes repliés, Valérie Clock tenait la petite fille à sa hauteur ; elle claqua la langue jusqu'à ce qu'un des yeux du bébé clignote, s'ouvre et observe. À quatre mois, l'enfant découvrait les délices des autres humains, et à la vue du visage renfrogné et de la lourde mâchoire de Valérie, si proche, les yeux verts du bébé s'agrandirent. Elle fit un grand sourire qu'elle prolongea, extasiée, dans l'espoir d'être nourrie.

– Maman, quelle est jolie ! dit Valérie en balançant le bébé sur son épaule, tandis qu'elle se dirigeait vers le rivage.

Sans répondre, Eunice tira le radeau flasque dans la petite cour du bungalow. Elle regarda la mer d'un air suspicieux, balayant l'horizon vide, puis, d'un air tout aussi suspicieux, elle considéra sa fille, qui tenait le bébé, comme si elle en avait déjà eu un, comme si elle savait s'y prendre.

Pendant la semaine de Noël, il n'y avait personne à la grande maison, mais ces gens n'avaient rien à voir là-dedans. C'était un bébé hâlé, aus cheveux clairs, dont Dieu Lui-même avait dû mélanger les couleurs. Il avait peut-être dérivé des abords de Governor's Harbour, où le Club Med garait ses autocars et engageait des filles pour s'occuper des enfants des riches touristes. Peut-être une de ces filles avait-elle mis ce bébé au monde et l'avait-elle abandonné pour cacher sa honte, ou peut-être berçait-elle son bébé dans le ressac et avait-elle détourné les yeux pour faire de l'œil à un garçon. Il était clair en tout cas, qu'Eunice devrait demander à son frère, Sydney, ce qu'elle devait faire de l'enfant.

Sydney Clock était un pasteur qui travaillait au noir comme mécanicien; il réparait des taxis et des voitures de location. Le jour où Eunice vint lui demander son avis, il était derrière sa maison, à l'ombre d'acacias à changer des courroies de ventilateur.

– Un bébé.

Il se passa la main sur le menton et brossa sa chemise pour en retirer les chatons. Sydney était baraqué, et tenait tout juste sous les voitures.

– Demande autour de toi, dit Eunice d'une voix sans réplique.

Elle savait que la meilleure source d'information était le milieu des chauffeurs de taxi, qui parcouraient l'île à longueur de journée, sans se soucier du prix de l'essence.

Valérie était assise devant la véranda d'Eunice à l'ombre du prunier, d'où pendaient des bouées de pêcheur rouge, jaune et orange fluorescent. La fille n'arrivait pas à faire accepter le biberon au bébé – une chèvre, voilà ce qu'il fallait, pensait Eunice. Le meilleur pour le sevrage était le lait de chèvre. Elle avait sevré Valérie avec du lait de chèvre, bien que même à cette époque la fille fût trop passive pour songer à réclamer le sein; elle était indifférente à la nourriture comme à tout le reste, sinon à ce bébé, ce qui précisément ennuyait Eunice.

– Ne reste pas là, ordonna-t-elle, sinon on va dire que tu te pavanes avec ton bébé.

Mais Valérie se contenta de sourire. Même entrouvrir les lèvres était trop lui demander, et voilà qu'elle essayait de lui faire prendre du lait de vache et elle avait même enlevé sa couche trempée et l'avait remplacée par un linge propre.

Autant que le gilet de sauvetage, c'était cette couche originale, celle que portait le bébé lorsqu'elles l'avaient trouvé, qui intriguait Eunice. Ce n'était pas un linge de coton, ni une culotte de caoutchouc, rien que pussent s'offrir les filles de l'île. C'était le genre de couche qu'on jetait par douzaines à la grande maison durant la semaine où le neveu et sa femme avaient passé leurs vacances, l'année précédante. Ça avait choqué Eunice. Ça la choquait encore. C'était cette couche américaine qui compliquait le mystère.

La Maison de l'Église du Dieu Vivant, bâtiment en planches de forme oblongue, contenait des bancs, autrefois peints en brun, dont les coloris maintenant passés allaient de l'ocre au crème. En cette nuit, elle accueillait un nombre record de fidèles : pas seulement parce que c'était la veille de Noël, mais parce que tout le monde était curieux de voir si Valérie Clock amènerait le bébé qu'elle avait trouvé.

Sydney, qui avait fait une course à l'aéroport, avait répandu la nouvelle. Deux heures plus tard on savait qu'il n'y avait pas de bébé, blanc, noir ou entre les deux, qui manquât à l'appel à Eleuthera ou dans les îles escales jusqu'à Fort Lauderdale. En tout cas, les pilotes qui faisaient le voyage deux fois par jour n'avaient rien signalé à la préposée au courrier qui les attendait à l'arrivée comme au départ. Appuyé à la limousine du Club Med, break Country Squire délabré dont les panneaux en faux bois avaient été remplacés par de vraies planches, Sydney discutait de l'affaire avec d'autres chauffeurs, une cigarette imaginaire à la main.

– Ce soir, je vais consulter les Écritures, avait-il promis, en tendant une brochure sur la Bible qu'il conservait dans la boîte à gants.

Grâce à la providence, Sydney avait réuni la plus impressionnante assemblée de sa carrière, et maintenant, dans la lumière décroissante, il accueillait chacun sur le seuil. Dehors dans le crépuscule fraîchissant, dans le bois de palmiers, les grands paons de nuit s'affolaient – énormes papillons de nuit avec des pièces d'or sur les ailes. En remontant l'allée centrale, Sydney éprouva l'ivresse du pouvoir. Eunice se trouvait au premier rang, tête baissée, yeux clos, marmottant ses prières. Valérie était à côté d'elle, le petit bébé potelé prêt à hurler dans les bras.

Sydney estima de bon ton de manifester une attention particulière à cette nièce qu'il n'avait jamais beaucoup aimée. Il s'arrêta devant elle avec un sourire indulgent, ouvrit les bras pour invoquer le Rédempteur, puis mit les mains sur ses tempes. Peut-être serra-t-il un peu plus fort que nécessaire, ou peut-être la nature déplaisante de Valérie ressortit-elle simplement, comme c'était souvent le cas. Quoi qu'il en fût, au lieu de fermer les yeux pendant que Sydney priait sur elle, Valérie le regarda. Dans ses pupilles qu'elle avait rendues noires et dures comme marbre, Sydney lut le refus.

Il fut étonné. Il avait pensé que Valérie adorerait être le centre d'intérêt. Plus tard, tandis que le chœur entonnait le premier hymne, il tourna son regard du côté de Valérie pour lui signifier de faire taire le bébé, mais pour toute réponse elle lui tira la langue. Son geste avait été si rapide que personne d'autre dans l'assemblée, pas même Eunice, ne semblait s'en être aperçu.

L'orgueil précède la chute, se répétait Sydney. Pour se comporter de la sorte envers son oncle, Valérie prouvait qu'elle n'avait pas l'étoffe d'une mère, et qu'elle n'était pas non plus un exemple de sainteté. C'est pourquoi, il décida de mettre l'accent dans son homélie sur les ennuis qu'avait causés la fille de Pharaon. Après tout, une fois l'enfant devenu grand, que gagnèrent les Égyptiens pour avoir sauvé le bébé des roseaux ? Leurs fleuves se changèrent en sang, des grenouilles infestèrent leurs maisons, puis elles moururent et empuantirent l'atmosphère. De leur poussière s'élevèrent des moustiques et d'autres insectes, puis des taons. Tout leur bétail mourut. Les gens furent frappés d'ulcères, puis il y eut de la grêle. Des sauterelles, les ténèbres pendant trois jours, la mort de tous les premiers-nés.

Ils étaient dans un drôle de pétrin, lorsqu'ils se décidèrent à laisser partir les Israélites.

L'office terminé, Sydney se tint de nouveau à la porte, discutant et embrassant ses ouailles avant de les laisser s'égailler dans la nuit. Les premiers seront les derniers et les derniers seront les premiers, songeait-il, tandis que les occupants du premier rang arrivaient en dernier à sa hauteur.

– C'était pour sûr un drôle de sermon, dit Eunice, le regard grave, prenant dans les siennes la main de Sydney.

Mais elle était manifestement d'accord pour qu'on remette l'enfant à la police. À côté de sa mère, Valérie tenait couverte la tête du bébé. Voyant son regard furieux, Sydney préféra attendre une occasion moins solennelle pour informer Eunice du comportement de sa fille. Feignant un intérêt bienveillant, il se pencha vers sa nièce.

– Tu t'es bien occupée de ce bébé ? s'enquit-il de sa voix la plus suave. L'as-tu nourri de lait et de miel en ton palais ?

– La seule différence...

Valérie répondit avec une inhabituelle rapidité. Elle fronça les sourcils, pinça les lèvres. Pour la première fois, Sydney vit une ressemblance avec Eunice.

– La seule différence, c'est que la fille de Pharaon, *elle a gardé le sien*.

Valérie en aurait dit plus si Eunice, scandalisée, n'avait saisi sa fille par sa taille fine, et ne l'avait entraînée dans l'allée de corail pilé.

Elles tombèrent dans les bras d'une touriste qui montait le sentier en courant et cherchait à se faire remarquer. Il y avait de quoi, reconnut plus tard Eunice, non ? C'était son bébé, qui avait été perdu en mer et poussé sur le rivage, pas très loin, remarquez, juste derrière la pointe en dessous de la grande maison des Cobb.

Tandis que la femme, sa Violet dans les bras – c'était le nom du bébé –, pleurait et parlait sans arrêt avec à peine un regard pour Valérie, qui se tenait comme une colonne de sel, muette, Eunice se demandait comment rendre service à une de ses amies qui avait fait la cuisine tout un mois pour les Cobb et n'avait jamais été payée. Une fois l'émoi retombé, Eunice mentionna l'argent à la femme.

Mais ce fut peine perdue. Jamais ils ne vous écoutent correctement. Le visage de la femme était rouge et gonflé et elle ne semblait pas saisir le bien-fondé de la plainte ; Eunice renonça. Accompagnée de la femme, elle se dirigea vers la voiture de Sydney, suivie d'une petite foule composée des voisins d'Eunice, curieux de voir le bébé et sa mère réunis. Ils raconteraient l'histoire, y seraient mêlés. Plus tard, chacun arrêterait le récit au bout du sentier, lorsque la femme mit son bébé dans la voiture, saisit les mains de tel ou tel, et se mit à poser ses autres questions :

– Avez-vous vu un homme ? demandait-elle. Avez-vous vu un homme d'une quarantaine d'années ? Grand ? Un Blanc ? Y avait-il aussi un homme dans le bateau ? A-t-on retrouvé un homme sur le rivage ?

C'est alors que tout le monde se retourna pour regarder celle qui avait accueilli le bateau. On regarda du côté des marches de l'église, où on l'avait vue en dernier, pour s'apercevoir que Valérie avait disparu.

Se glissant derrière l'église, Valérie traversa les broussailles pour se réfugier sur une falaise de sable dominant la mer. Elle y resta à réfléchir une heure, puis deux. Tout était différent maintenant, tout avait changé, mais si elle retournait au milieu de la foule ou dans la maison de sa mère, Valérie le savait, la différence ne durerait pas. Alors elle restait là, assise. Durant ses quatorze ans de vie, elle n'avait pas remarqué la mer, elle n'en avait pas vraiment tenu compte. Les vagues n'étaient jamais qu'un son qu'elle entendait toujours, un bruit de fond. Valérie regardait maintenant l'étendue sombre et s'ouvrait à ses pensées. L'eau était vivante, palpitante, pleine de poissons. Des gens y mouraient, entraînés au fond. Des bateaux coulaient. Et parfois quelque chose de merveilleux était rejeté sur le rivage.

C'était elle qui avait reçu le bienfait de la mer. C'était elle qui avait rendu ce bienfait, mais la mère lui avait arraché le bébé sans le moindre remerciement.

Valérie avait mal à la gorge rien que d'y penser. Elle avait encore les épaules endolories d'avoir bercé le bébé pour essayer de l'endormir, cet après-midi, et les doigts crispés d'avoir dû le lâcher. Malgré tout, c'était elle qui avait été choisie au départ. Ce qui signifiait qu'il pouvait lui arriver encore d'autres choses, elle en était sûre.

Il fallut à Valérie un certain temps pour commencer à se dire que la mer pouvait se traverser mais, une fois cette idée en tête, elle n'en démordit plus.

Cet ouvrage a été réalisé par la
SOCIÉTÉ NOUVELLE FIRMIN-DIDOT
Mesnil-sur-l'Estrée
pour le compte des Éditions Robert Laffont
en septembre 1992

Imprimé en France
Dépôt légal : octobre 1992
N° d'édition : 34163 – N° d'impression : 20989